黎明之后

LIMINGZHIHOU

冰块儿 著

廣東旅游出版社
GUANGDONG TRAVEL & TOURISM PRESS
悦读书 · 悦旅行 · 悦享人生

中国 · 广州

图书在版编目（CIP）数据

黎明之后 / 冰块儿著 . 一 广州：广东旅游出版社 ,2023.3
ISBN 978-7-5570-2894-7

Ⅰ . ①黎… Ⅱ . ①冰… Ⅲ . ①长篇小说 – 中国 – 当代 Ⅳ . ① I247.5

中国版本图书馆 CIP 数据核字 (2022) 第 198539 号

黎明之后
LI MING ZHI HOU

著　　者　冰块儿
出 版 人　刘志松
责任技编　冼志良
责任校对　李瑞苑
责任编辑　何　方　李　丽

广东旅游出版社出版发行

地　　址　广东省广州市荔湾区沙面北街 71 号首、二层
邮　　编　510130
电　　话　020-87347732（总编室）020-87348887（销售热线）
投稿邮箱　2026542779@qq.com
印　　刷　北京盛通印刷股份有限公司
（地址：北京市大兴区亦庄经济技术开发区经海三路 18 号）
开　　本　880 毫米 ×1230 毫米　1/32
字　　数　450 千
印　　张　11.75
版　　次　2023 年 3 月第 1 版
印　　次　2023 年 3 月第 1 次印刷
定　　价　45.00 元

失去了那么多回，连拥有对方呼吸过的空气都觉得可贵。

“习惯了黑暗的人不能拥有光，光会融化他赖以生存的冷硬外壳，驱散他用以提防危险的戒备，让他变得柔软、脆弱。”

“他不能暴露自己的软肋，只能将心底的念想，藏在谁也看不见的地方。”

“明焰他笑起来……是什么样子？”

“很干净明朗，万里晴空的感觉。”

有你在，何止是晴天而已。

——窗外开始放烟花了，又一年过去了。

发送时间是1月1日的00：01。

段明炀的生日是12月31日。

黎洛脑中一阵晕眩。

他不敢去想段明炀为什么要等到那个点，

更不敢去想段明炀到底等了多久。

或许只是那一天，或许，是那一年、两年、三年……五年。

只为等一句明知无望的“生日快乐”。

目录

CONTENTS

第 01 章 001
第 02 章 012
第 03 章 019
第 04 章 035
第 05 章 048
第 06 章 060
第 07 章 077
第 08 章 091
第 09 章 100
第 10 章 110
第 11 章 122
第 12 章 132
第 13 章 141
第 14 章 153
第 15 章 162
第 16 章 175

目录

CONTENTS

第17章 190

第18章 207

第19章 222

第20章 233

第21章 241

第22章 251

第23章 260

第24章 276

第25章 287

第26章 295

第27章 303

第28章 317

番外一 323

番外二 337

番外三 360

第01章

chapters

“旅客们，飞机已安全抵达，地表温度是……”

国际到达出口处，刚从各个国家飞回国内的旅人正好端端走着，突然听闻后方人声嘈杂，回头一看，一群约莫二十来岁的小姑娘挤作一团，边小跑边拍照，有的举着手机，专业点的则扛着比脸还大的单反，咔嚓快门声不断。

路人唯恐被撞倒，立即自动朝两旁让出一条道。待这群小姑娘走近了，才发现她们簇拥着一个人。

那人比周围人都高出许多，穿着飒爽的长款黑风衣，领口两排铆钉泛着锐光，顺着从衣领延伸而上的修长脖颈往上看，是尖小的下巴和绷成一条直线的嘴唇。

仅半张脸，就能看出精致的面容，在人群中如同鹤立鸡群般醒目。只不过戴着超大墨镜，挡住了大半张脸，模样难以辨认。

“哪个大明星啊？粉丝这么多？”

“看这头长发，难道是……”

未待路人们掏出手机，拍上几张难得一见的明星照，这群人已经风风火火地走出老远了。

“赶着投胎哪？现在的这些明星啊……”

黎洛迈开长腿，大步流星地向前疾走。

迅速经过一段段缓缓前进的自动人行道时，及肩的长发随风扬起了几缕。

周围紧紧相随的女粉丝气喘吁吁地扛着镜头在一旁小跑，才勉强赶到前头拍上几张。

落在后头的粉丝喊：“洛哥！走慢一点好不好！”

“洛哥今天怎么了？什么事这么急啊？”

“洛哥笑一笑吧，我们大老远赶过来的。”

“我们这儿还有礼物……”

助理邓良的步子慢，一时追赶不及，一不留神就被埋进了人堆里，忙不迭地替自家艺人收下粉丝的礼物。

手写表白信、定制小周边、应援手幅……一圈下来手里提了七八个袋子，脖子上挂了五六个条幅，不禁庆幸黎洛和明言只收粉丝自己做的礼物，否则他这会儿还不得被礼物压垮。

“大家别挤，洛哥今天有急事，我们要赶去公司，大家体谅一下，让出路来，不要影响机场秩序。”

眼看与自家艺人的距离越拉越远，邓良大冬天急出了满头汗，肉肉的脸颊透出两坨高原红，终于忍不住扯着嗓子喊：“洛哥！你等等我啊——”

可惜他的声音被淹没在了粉丝嘈杂的声音之中。

有些粉丝专门从巴黎回来，机舱里不能拍照不能打扰，就指望着在下机后到出口前这短短一段路程间搭上话、送出礼，外加拍几张前线图，不然一会儿到了关外，来接机的大批粉丝一拥而上，哪儿还有她们接近的机会？

“小邓子，过来。”

所幸走在前头的黎洛总算想起了自个儿见不着影的助理，稍稍放缓了脚步，转身伸手，将落在后边粉丝群里的邓良一把拽到自己身边。

“洛哥好宠小邓子哦！”一粉丝打趣。

“洛哥也宠宠我们吧！”一群粉丝喊。

黎洛闻言，修长白皙的手指搭上大框墨镜边缘，微微向下一压，墨镜卡在了高挺的鼻梁上，露出一双狭长的眼睛，有股糅杂着凌厉以及艳丽的漂亮。

“你们乖点。”他总算露出了笑，“今天真有急事，体谅一下。”

说完附赠一个眨眼，引来粉丝一阵尖叫，前线站姐们眼疾手快地抓拍到了每一帧画面，想必又将诞生一批“万转图”。

黎洛说着急，到底还是没走 VIP 通道，没让关外的接机粉丝白来一遭。在保安的开路下，挤过人海，顺利上了车。

车门关上，喧嚣被隔绝在外，他松了松领口，长舒一口气。

“真服了。”

前座的邓良被他吓得一哆嗦，转过头：“哥欸，你都气了一天了，咱犯不着，别气坏了身体，前几天已经天天熬夜了，昨天还喝了那么多酒，我真担心你怒急攻心……”

“怕我猝死？放心，我要死也得先去宰了那姓罗的白眼狼。”黎洛恶狠狠的语气与他精致的面容天差地别，“大卸八块、五马分尸的那种。”

“罗总这事做得是不太地道……不过或许他有什么苦衷呢？我从你出道开始就跟着你了，看得出罗总很欣赏你啊，哪次有好资源不是优先考虑你？这次怎么会突然换人呢？……”

邓良劝慰到后头，自己也困惑了。

黎洛这回去巴黎为G牌走秀是一个月前就定好的行程，作为国内第一位登上该蓝血品牌T台的男星，可谓万众瞩目，备受关注。公司早已造足了势头，只要他不出差错，秀后起码三天的头条以及品牌代言都是他板上钉钉的囊中物。

然而他没出差错，公司却“作妖”了。

“黎先生，我们觉得您的形象非常符合我们品牌的风格定位，可惜贵公司说出于某些原因，您不会再与我们合作了，之后会换其他更合适的人选，我们也没办法，但我们会尽力向您的公司再争取一下。”

品牌方说完这番话，黎洛当场没表现出失礼，回酒店后一个国际电话打回去，把自己的顶头上司劈头盖脸地骂了顿。

“是不是有病？啊？不让我继续合作干吗派我来？公司里还有谁比我更合适？你倒是说说看！”

向来顺着他意思的罗鹏只叹了声气：“等你回来说吧。”

黎洛当天就订了最快回国的机票。

“我生气的是换人吗？我生气的是他浪费我的时间精力。”

黎洛此刻摘下了墨镜，没上遮瑕的眼睛下方有一圈淡淡的青灰色，透出睡眠不足的疲惫。

“为了走好这场这秀我特意跟着超模学了一个星期，在巴黎哪天不是和设计师讨论细节到深更半夜？他一句话都不跟我商量就把我换了，有没有把我放在眼里？”

全烁星公司上下，敢这么嚣张地和大老板罗鹏叫板的，仅黎洛一位。

罗鹏虽然脾气好，但有时也吃不消这位祖宗。无奈黎洛是整个公司的台柱和摇钱树，既是演员，又是偶像、时尚宠儿……哪方面都吃得很开。当初以一己之力让濒临破产的烁星起死回生，抬升至如今颇具名气的地位，即使现在，公司要培养新人，相当一部分资金也来源于黎洛带来的收入。

罗鹏就算不想捧，也得捧着他，何况黎洛确实值得捧。大学毕业签约后第一部戏就一炮而红，邀约不断，虽然由于不愿剪去长发而戏路受限，多以古装角色为主，但也因此成了他最有记忆点的个人标志，知名度飞速暴涨，出道两年便获封“演艺圈第一美人”的称号，至今无人能撼动其地位。

曾有影评人如此评价道：“用带刺的玫瑰形容黎洛有点俗，也不够精准，应该说黎洛是把剑，表面看起来雕满了精细华美的花纹，仿佛只是把中看不中用的绣花剑，可倘若剑身一侧，锋芒毕露，你就会知道，这把美到极致的剑也是能杀人的。”

黎洛现在就很想杀人。

“对他客气还真当我好拿捏了，一会儿看他怎么跟我道歉。”

邓良心道你什么时候对罗总客气过了？但该劝的还是得劝：“哥你别生气，回公司之后好好谈谈，品牌方不也说了吗，还会争取的，说明这事还有回旋的余地，你好好跟罗总说说，他一定会回心转意的。”

“他不转也得转，我合同只签了五年，马上就到期了，他敢堵我路，我大不了跳槽，自己和品牌谈去，看看是他挑的人合适还是我合适。”

黎洛伸展开两条长腿，可后座空间有限，伸到一半便只能憋屈地屈着了。他烦躁地捋了把额前挡住视线的刘海，望向车窗外，街景剪影在琥珀色的瞳中迅速掠过。

只差一点点就得手了，怎么能功亏一篑。

车子停在了烁星娱乐的写字楼底下，银灰色的玻璃楼身反射出重重日光。

黎洛眼睛一眯，径直步入电梯，直达总经理办公室，迎面遇上的人见了他的脸色，都自觉退避三舍。邓良连后备箱的礼物都顾不得拿，急匆匆地追赶上去。

“老罗！你给我解释清楚——”

总经理办公室内，正和罗鹏说着话的青年被突然闯入的吼声吓了一跳，睁着无辜的大眼睛惶恐地望过来，将黎洛满腹的骂人话硬生生堵了回去。

罗鹏：“林澄，你先出去吧，晚点再找你谈。”

林澄点点头，像只听话的小绵羊，走到办公室门口时，轻轻地对黎洛说：“洛哥，对不起……”

对不起什么？

待林澄关上门后，他才反应过来。

“你把我换成了他？”

罗鹏头痛地揉按着太阳穴，没有否认。

“疯了吧你？林澄才出道一年，人气连我十分之一都不到，能有多大‘带货’能力？他吃得下这么大块蛋糕吗？”黎洛质问三连，“而且他走的不是可爱路线吗？你好歹找个气质和我差不多的啊，用他来换我代言人的位置，Excuse me（不好意思）？我不鄙你，品牌第一个鄙你。”

“祖宗，别说了。”罗鹏头快炸了，“放眼整个演艺圈都找不出第二个你这种气质的了，行了吧？”

黎洛往沙发上一坐，架起长腿：“呵，知道就好，他离开不到两分钟，你还来得及撤回你的决定。”

“来不及了，一个星期前就决定好了。”

黎洛晃悠着的腿定格。

“你是……真想跟我恩断义绝？”他拍案而起，“我哪儿对不起你了？你要这么搞我？就算你突然吃错药审美大变，论颜值论身材，也该是我更出挑吧？怎么，嫌我老了？小罗，你可以啊！”

这么僵持尴尬的氛围下，邓良还是忍不住笑出了声。

罗鹏也啼笑皆非：“祖宗，你能好好说话吗？”

“我哪里不好好说话了？倒是你，说的这都是人话吗？我辛辛苦苦准备了这么久，结果都是给别人作嫁衣，换你你能高兴？”

邓良附和道：“罗总，洛哥他为了这个品牌代言真的特别特别努力，我从来没见他对事业这么上心过！”

“不会说话就别说。”黎洛朝门口做了个请的手势，“您这边走。”

邓良委委屈屈地被赶出了门，黎洛落下门锁，转身正色问：“老罗，到底出什么事了？你跟我认真说说，我不信你是那种忘恩负义的白眼狼。”

“我当然不是啊！”罗鹏神色为难，“唉，这事我本来不能告诉你的，但既然你已经知道了，我也瞒不下去了。其实我们公司……要被收购了。”

黎洛一愣：“什么时候的事？我怎么不知道？”

“上个月，下星期就要签合同了。”

“下个星期签合同？你今天才告诉我？”黎洛责问着，火气倒是降下来了些，“算了，我明白了，新来的大老板要捧林澄是吧？行，我自认倒霉，没事，你准备去哪儿谋发展？我跟着你走，我就不信这个代言我抢不过来。”

“我……不走，我还是总经理。”罗鹏万分心虚，底气明显不足，额头甚至紧张得冒出了冷汗。

“但是……新来的大老板，点名要你走。”

“而且……所有娱乐公司都收到了暗示，不能收你。也就是说……”

办公室内一片寂静，落针可闻。

“……你说什么？”黎洛气极反笑，“我黎家虽然没以前那么有钱有势了，但名头好歹还能震一震人呢，哪个不长眼的敢动我？”

罗鹏汗水贴着鬓角流下，抽了张纸巾擦干，接着揉作一团，丢进垃圾桶，竭尽所能地拖延回答这问题的时间。

“你说啊？我保证把他安排得明明白白的。”

“这个人……还真能动你，你也安排不了他。”

"说来听听？"

"这……大老板不让我说啊，不然我肯定早就告诉你了，哪儿能瞒你到现在，我讨骂吗我？"

"你现在不说，就是讨打。"黎洛撑着宽厚的实木办公桌，俯身向前靠近罗鹏，眯起狭长的眼，透出丝丝危险，"小罗，我揍人有多疼，你见识过的吧？"

年近四十还被小辈唤作"小罗"的罗鹏一个哆嗦，不敢吱声了。

别看黎洛顶着张仿佛十指不沾阳春水的精致脸蛋儿，揍起人来比地痞流氓还凶。

这是他第一天认识黎洛时就认识到的客观事实。

那会儿他还是个事业刚起步的娱乐公司小老板，去英国旅游的时候遇到了正在念大学的黎洛，瞬间被对方惊为天人的外形所吸引。而且当时黎洛浑身价值不菲的名牌，靠着辆夺目的红色跑车，一看便知家境非富即贵。

演艺圈里富二代不在少数，他当即动了劝对方入行的念头。

黎洛那时微笑着收下了他递来的名片，说是以后有机会再联系。委婉的拒绝和得体的语气一点儿也不让人心生失落，反而还让罗鹏觉得能搭上话就是种福气。

他鬼使神差多嘴了句："你一会儿有空吗？我可以再给你介绍介绍我们公司。"

黎洛眨了眨眼，柔软的发丝被风一吹，拂过白皙的脸颊，阳光映入琥珀色的眼底，光影流转，道不尽的温软绵长意味。

连罗鹏这样一个大老爷们都看走了神。

"一会儿我要去酒吧，先生。"黎洛保持着微笑，但架势似乎是打算上车走了。

罗鹏忙道："那正好顺道啊，我也要去酒吧。"

"可是……"黎洛似乎为难地皱了皱眉，"我可能没有时间欸。"

罗鹏一愣，突然觉得眼前的青年身上有股说不出的违和。

当晚，他就明白了这股违和感从何而来。

某酒吧后门的僻静小巷子里，昏黄的路灯孤零零地矗立在幽深处，不甚明朗的光线照映在路灯下的肮脏地面上。

一个花臂光头大汉正虚弱地趴在那儿。

恰好路过的罗鹏躲在巷子出口的拐角处，紧扒着墙，眼睁睁看着几个小时前还和善亲切的青年一脸狠戾阴沉。

"冲谁动手呢？嗯？"黎洛插着兜，鞋尖一顶，把这人翻了个个儿。

"唔唔唔！！"那光头瞪大眼惊恐地摇头。

“现在知道求饶了？刚刚不是挺狂吗？连我都敢欺负，欺负过不少人吧？今晚我就替天行道。”

罗鹏大气都不敢喘一下，心脏怦怦直跳，冷汗不停地往外冒，正欲找机会开溜，突然身旁传来砰的一声。

是饮料罐子被踢到的声音。

他朝声源一看，有道身影迅速闪进了后门。

黎洛的话音戛然而止，幽深的小巷子里好几秒都没有传出任何声音，静得有点瘆人。

“呦，这不是罗先生吗？”

罗鹏差点被这声耳边响起的问话吓得当场尿裤子。

以至于很多年后，只要黎洛一靠近，他心里就开始慌张打鼓。手下员工还以为他是捧着这棵摇钱树，才一再纵容黎洛种种嚣张任性的行为。

呵，这些天真的“凡人”。罗鹏心道，你们要是见识过这位变脸祖宗吓人的样子，就该佩服我居然有胆子签下他了好吗！

不过一码归一码，黎洛对朋友是发自心底地仗义，况且这几年他脾气收敛了许多，即使此刻举着拳头威胁自己说出大老板的名字，罗鹏也知道他并不会真的下毒手。

“我真不敢说……大老板都是派底下人来跟我协商的，只给我打过一次电话，就是让我别告诉你。所以公司上下就我知道大老板是谁，我要是说了，不就立刻被精准定位了？我可不想英年早逝……”

“那你就忍心抛弃我？”黎洛质问。

“我哪儿有啊祖宗！”罗鹏喊冤，“你是不知道，我这一个月为了留下你，折腾得有多心力交瘁，可人家压根不理我，我能怎么办？”

“把他电话给我，我自己去谈。”

“你去和一个想要踢走你的人谈？这结果不是明摆着吗？”

“难道我就要咽下这口恶气？”黎洛怒眉一竖，“这人专挑我合约到期的时候踢掉我，掐准了时间啊？我不发威他当我好欺负了是不是？”

“你别冲动，咱们从长计议，不就一个代言吗，以后还多的是，你先休养生息，等老哥我发达了……”

“那我不如直接投胎，说不定下辈子你能飞黄腾达。”

罗鹏：“嗯？”

这是在说他这辈子都不可能发达的意思吗？

黎洛敲了敲桌子，提醒他回神：“老罗，咱们打开天窗说亮话，代言人这事到底还有没有回旋的余地？”

“非要说的话，有是有的，就看你愿不愿意……”

“什么意思？”

罗鹏小心翼翼地看了他一眼：“你可以找江流深帮忙啊，他是你的好兄弟，不会见死不救吧？”

江流深，国内超一线青年演员，绰号“太子爷”，也是黎洛从小玩到大的兄弟。江黎两家是世交，江家在本市富豪榜数一数二，几乎没有搞不定的事。

“找他啊……”黎洛还真思忖了会儿，“行，你要实在为难，我也不逼你。你就先拿我黎家的名头压一压那个不长眼的，要是压不过，再用江家的，我去跟他说一声。”

罗鹏奇了：“你居然真要找江流深帮忙？”

“不是你提的建议吗？”

“我就说说，没想到你会答应啊，你这么讨厌欠人情，连你爸出事那会儿你都没找他帮忙……”

“我爸那事谁帮谁惹祸上身，我能让他帮吗？”黎洛皱眉，“别废话这么多，快给我办事去，还要不要留下你祖宗了？”

“要要要，等我处理完手头的事马上去说。”罗鹏连声答应了，又问，“阿洛，你就这么想要这次的代言？以前怎么没见你在这方面这么积极过？”

“我有我的考虑。”黎洛不愿多谈，打气似的拍了拍罗鹏的肩，力气之大，把罗鹏拍得都矮下去了一截。

“放心，你祖宗我的字典里就没有‘服软’这两个字，想踢我走？当心我先弄他。”

黎洛离开公司的时候，原先被赶出办公室的邓良总算有了跟上的机会，一路跟着他回了市区的别墅。

一到家，他便吭哧吭哧地将机场收到的大堆礼物按老规矩存放到储藏室，又喘出了两坨高原红。

储藏室里大大小小的箱子不少，有的用来收纳粉丝的来信，有的用来堆放粉丝的手工礼物。不起眼的角落里摆着个架子，上头摆的是黎洛出道以来所获得的全部奖项。

这趟出国十来天，几座奖杯久未清理，顶上已经蒙了层薄薄的灰。

这其中勉强算是有分量的奖项当属某知名影视剧奖颁发的年度人气奖，黎洛已经蝉联了四年。

但人气奖终究不如年度演员奖，前者是可以靠粉丝捧上去的，后者则必须要凭借演员本身的实力。

若要说黎洛没实力，也不尽然，起码在邓良心里，他家洛哥再勤奋点儿认真点儿，绝对可以成为江流深那样的优秀青年演员。

问题就是黎洛不愿意努力啊。

曾经有次，一位屡获大奖的知名导演抛来橄榄枝，邀请他担当新片男主角。别人求都求不来的机会，这位任性的祖宗却毫不犹豫地一口回绝了，转而接了部走流量的言情古装剧。

邓良都替他痛心疾首："洛哥！你干吗浪费这么好的机会啊？！"

黎洛满不在乎地回了句："拍电视剧轻松，不费神，周期短，何乐而不为？"

邓良哑口无言。

如此种种，都足以证明，这位黎家的富家子，或者说曾经的富家子，压根就没多热爱演员这份职业，纯粹是来玩的。

邓良刚当上他贴身助理那会儿，还尽量往好处想，根据罗鹏透露的一星半点儿内幕信息得知了黎洛的背景，便猜测他或许是为家庭变故所迫，不得不出来赚钱，等有朝一日积攒够了钱，一定会潇洒告别演艺圈，退居幕后，甚至变身成为商界总裁，重振家业。

不过这些猜测在与黎洛的日渐熟悉中渐渐化作了泡影。

就邓良目前来看，这位眼下正赤脚盘腿靠在沙发上、专注于手机游戏断杀，充了几万买装备的祖宗，显然不属于擅长经营理财的那一挂。

"怎么又输了！"黎洛喊了声，将手机往沙发上一摔，"这游戏不行。"

邓良伸长脖子看了眼，嚯，对手差了二十个等级，这都能输？

"肯定是因为他有张神卡，我怎么就抽不到呢，都花了十来万了。"黎洛撇撇嘴，又把失败的原因归结到了游戏上，"这概率有问题，不给这垃圾游戏充钱了，浪费。"

邓良眼睁睁看着声称不浪费钱的黎洛把充了钱的游戏给删了。

他是对浪费的定义有什么误解吗？

"你这才玩了几天，会输很正常呀，再玩一阵子呗，可能玩得熟练了赢面就大了。"

黎洛正在打开应用商店下载另一款新游戏："不想费心思，就是个消遣，而且这游戏我已经玩腻了。"

"……"

论喜新厌旧的程度，邓良觉得，在当红演员里，恐怕没人能比得过他家祖宗。

不光是游戏，黎洛连换绯闻对象都跟换衣服似的，频繁到连一些记者都失去了追踪报道的动力，反正就算爆出来也引不起多大轰动。

前阵子新剧正在热播的时候，黎洛就被路人拍到他和女主赵珊珊私底下一起吃饭，举止亲昵。

某博主发布照片后，底下评论的画风都是这样的——

“吃个饭而已，没劲，你们能不能爆点新鲜的料？”

“时隔一个月，黎洛终于换对象了，他再不换我都觉得他花花公子的‘人设’要崩塌了。”

“我拿着洛哥的号码牌，苦苦等待。”

……

连公关都不需要，从某种方面来说，真的非常省心了。

“礼物都放好了？”黎洛将正在下载游戏的手机随手一扔，躺了下来，转头问他。

“嗯，按老样子放的，我看储藏室里头有点落灰了，一会儿我让阿姨来打扫一趟？”

“别了，我想清静会儿，你收拾完就先走吧。”

今天第二回被赶的邓良叹了声气，只得听从：“行，我给你收拾行李去。”

其实也没多少可收拾的，黎洛这回出国穿的都是品牌方提供的服装，基本日用品酒店也都有，行李箱里只剩下些贴身物品。

邓良将东西一一拾掇好，最后将一包未拆封的新皮筋塞进了夹层。

黎洛一天到晚丢三落四的，每次完整的一包皮筋带出去，回来的时候就没几个了。

留长发真是有够麻烦，也不知道黎洛为什么这么坚持，明明也没多喜欢这个造型。经常听到他发牢骚说长头发太热，但说了这么多年，也没真正下决心剪过，一直就保持在那个长度，发型师多剪一厘米都要发脾气。

如此种种来看，邓良觉得，他家洛哥可能有点儿口是心非。

回到客厅时，黎洛正在打电话。

“有人要搞我，稍微借用了下你的名头，不好意思啊。

“是是是，欠你人情了，让你帮点小忙可把你牛坏了，我就不信你没有求我的那天。

“没多大事儿，你不用管。老罗那人你也知道，胆子小得很，吓唬一下就不敢吱声了，我可不怕。

“行，知道了，别啰唆了，要真有事再找你，挂了啊。”

黎洛挂断电话，长舒一口气，疲惫地按了按太阳穴，睁开眼，看着刚收拾完出来的邓良，扯开一丝自嘲的笑。

“居然沦落到欠江流深人情，我可真狼狈。”

邓良摇头：“哥你一点都不狼狈，你在我心里是最帅的！”

“行了，别吹了，我知道我年纪大了，比不过小鲜肉了。”黎洛躺在沙发上，望着顶上的吊灯，微微出神，“林澄那孩子是比我嫩，才十九岁，发展潜力大，还听话乖巧，我要是大老板我也捧他。”

“可是哥你的气质独一无二呀！而且你的人气是他的几十倍好吗！”

“人气这种东西都是虚的，粉丝想捧你的时候满口‘永远爱你’，看腻你之后连声再见都不会说就走了。我已经出道五年了，没什么过硬的作品，光凭这张脸，人气也差不多快到顶了。”

邓良听得心里着急：“洛哥，咱别这么悲观啊，以后日子还长着呢，别因为这次代言的事就失去信心了啊。”

“我悲观？”黎洛回神，不禁笑了，“小邓子你想岔了，我才不在乎什么人气什么代言，要不是这次的代言关系到一些私事儿，我才懒得和林澄争，他又没招惹过我。”

“啊……这样啊……”邓良迷茫了，但他不方便过问黎洛的私事，只好问，“那你被踢走也无所谓吗？”

“那是另一码事，我要是退出演艺圈，只能是我自己乐意退，别人逼我，我偏不退。”

还好还好，饭碗没丢。邓小助理松了口气。

嗡嗡——

黎洛的手机突然振了起来，邓良瞥了眼来电人，是他们卑微的罗总。

“喂，老罗，你最好是来告诉我好消息的。”

这通电话只持续了短暂的半分钟，黎洛道了声“明白了”就挂了电话，神色无异，从沙发上站起来，伸了个懒腰，继而朝衣帽间走去。

“干吗去啊哥？”邓良在后头喊。

“挑战袍。”

黎洛侧头淡淡地睨了他一眼，乌黑的长发垂在颈边，平添几分任性和恣意。

“老罗说这周六公司会举办一场收购前的庆祝晚宴，那位新老板同意让我出席。”

黎洛眯起眼：“我要让那不长眼的睁大眼，看看到底谁才配得上代言人的位置。”

第02章

周六当晚，烁星上下所有签约的艺人以及公司职员全部准时出席晚宴，黎洛从车库里挑了辆最拉风的跑车，载着邓良自行前往。

“哇，新老板有点阔气欸。”

车子正绕过灯光璀璨的音乐喷泉，邓良望着豁然映入眼帘的富丽堂皇的大酒店，不禁叹为观止：“据说这儿包场一晚得要上百万，咱罗总什么时候才能这么有钱啊……”

黎洛打回方向盘，把车停稳了：“他？这辈子都不可能了。”

罗鹏正在宴客厅内主持事宜，猛地打了个大喷嚏，连忙抽了张纸巾擦鼻子，回头恰好看见黎洛从门口走进来。

一瞬间，厅内的熠熠灯光仿佛全都集中到了他身上。

黎洛一身暗红色的复古丝绒西装，领面镶嵌百来颗细钻，折射出的光线使得他周身像是笼罩了一层光芒，耀眼得夺目。及肩的黑发做了微卷的复古造型，颊边无一丝散落的碎发，露出了整张俊美绝伦的脸。

一下让周围所有人都变成了他的陪衬。

他一手插着兜，迎着众人的目光从容地走到罗鹏面前，扬了扬下巴：“人呢？”

罗鹏有些呆了，饶是他与黎洛熟识多年，有时还是会被这位的神仙颜值震撼到。

演艺圈“一美”确实名副其实。

“问你话呢，人呢？”黎洛又问了一遍。

罗鹏这才回神：“啊？谁？”

“你说的那位大老板，在哪儿呢？”

“噢噢，他还没来，估计要再等会儿，等他来了我给你引荐。”罗鹏说完，又忙去了。

黎洛抬起手腕看了眼表，七点十分。

迟到十分钟了，看来这位新老板是那种爱摆谱的“装腔男”。这类人往往没什么真本事，有点钱就不可一世，以为可以为所欲为。

要是有钱真的能为所欲为，他也不需要这么发愁了。

“洛哥……”

旁边传来道细细的声音，黎洛偏头一看，林澄端着两杯红酒，神色踌躇地向他搭话：“对不起……我没想到会变成这样……”

黎洛接过酒，大方地拍了拍他的肩：“没事，我没怪你。”

他说这话不是客套虚伪，而是真心实意地。林澄是公司新人里最努力的一个，每天都在练习室里挥洒汗水至深夜，见到前辈时也都是毕恭毕敬，没什么缺点。加上他性格真诚坦率，长相白净乖巧，跟小绵羊似的，公司上下都挺喜欢他。

黎洛也不例外。他一直把林澄当弟弟看待，平时很照顾他。前阵子林澄参加了一档颇有热度的综艺，涨了一点人气，如今粉丝已经超百万了。黎洛当时还转发了他的动态祝贺他来着，谁知一转眼就变成了现在这种尴尬的竞争关系。

“我不想要代言人的位置……”林澄咬了咬唇，“我知道我配不上这么好的资源，洛哥你才是最合适的。”

“小澄，这话你跟我说也就算了，可千万别在新老板面前说。”黎洛打趣似的刮了下他的鼻尖，“人家给你这个资源是想捧你，你要这么说，可就太不给人家面子了，直接被‘雪藏’都有可能。”

林澄愣了愣，抬手摸摸自己的鼻子：“新老板和我关系挺、挺好，他不会‘雪藏’我的……”

黎洛动作定格。

原来林澄还真得了大老板欢心？

“你涉世未深，有些话哥必须跟你说清楚。”他正色道，“这行业很复杂，也有很多诱惑，但你得抵挡住，不能失了初心，想靠捷径上位，终究是要栽跟头的。”

林澄听得似懂非懂，点点头：“洛哥说得对。”

“你听话就好，以后离那新老板远一点，他不是什么好人。”

“可是我觉得段总人挺好的啊……”林澄挠挠头，还想替新老板说两句好话，突然看到面前的黎洛脸色唰地一变。

“你刚刚说什么？段总？”

“嗯，对啊，收购我们公司的是段氏，洛哥你不知道吗？”

“哪个段总？”黎洛语气有些急，“段兴烨吗？”

林澄摇了摇头："是他弟弟，段明炀。"

黎洛怔怔地看着他，瞳孔剧烈震荡："段明炀……"

他话尚未说完，宴客厅的大门口忽然响起了嘈杂的人声，夹杂了几声掌声，似乎在欢迎某位贵客的到来。

林澄转头望去，只见一位身形高大、西装挺阔的男人在保镖和众人的簇拥下昂首而来，面容淡漠，唇角没有一丝弧度，漆黑阴郁的眼眸中似有冷锐寒光，令人不敢与之对视。

而此刻，这冰冷的目光直直地射向了他……身旁的黎洛。

林澄心中一跳，看向黎洛，担心他会被段明炀凌厉的气场吓到。

然而黎洛竟然在笑。

他全然没了刚才震惊的模样，转瞬间就变了脸，从容潇洒地笑着，甚至朝正在走近的段明炀打了个招呼。

"好久不见。"

"别来无恙。"

宴客大厅内的晚宴是自助形式，烁星的普通员工和人气不高的艺人在厅内用餐聊天，而地位较高的，则进了更为私密豪华的大包间。

烁星虽小有名气，但也只是个成立没几年的创业公司，规模不大，人员也少，除了罗鹏这个大老板之外，上桌的高层就一位副经理和一位艺人总监，加上黎洛和林澄，他们这边一共就五个人。

段氏那边以段明炀为中心，两侧各坐了三人，包间四角则站着四名保镖，门外头还守着两个，确保闲杂人等不会进入。

罗鹏从没见过这架势，紧张得背后直冒虚汗，实在想不通段家的段明炀怎么会屈尊来谈收购的事。

段氏是本市除了江家之外有钱有势的豪门，以前也有涉足娱乐产业，但盈利额恐怕连段氏年利润的百分之一都占不到。收购几个娱乐公司这种小事，就算是段明炀的秘书来办都有点兴师动众，何况是他本人亲自前来。

难道真是因为林澄？可罗鹏反复思忖，都想不出这两人有过什么交集。

况且，素闻段明炀是个铁石心肠、手段狠辣的私生子，前几年刚入段家的时候默默无闻，这一两年突然声名鹊起。据说他已经从自己同父异母的兄长段兴烨手里抢走了一半家族产业，如今已隐隐有取而代之成为继承人的趋势。

这么个冷酷无情高高在上的豪门富家子，怎么会看得上烁星这种小鱼小虾？

“罗总。”对面的吴秘书喊了他一声，“这次我们收购的几家公司里，你们是第一家签合同的，可见我们公司对你们的重视。合同我们已经拟好了，周一会给您送过来，如果您还有什么疑问或者要求的话，现在还来得及改。”

罗鹏听见最后这句话，为难地看了眼一直没发话的段明炀，实在不敢开口，只能朝黎洛使眼色：你快说动大老板让你留下来啊！

黎洛却像是看不见似的，只顾把玩着手里的高脚杯，透过摇晃的红酒看对面那人冷漠的脸庞。

成熟了，却也陌生了。

他刚才打完招呼，段明炀径直从他身侧走过，一个字都没施舍给他，带着林澄率先进了包间。

令笑着打招呼的他宛如一个表演失败的尴尬小丑。

不过黎洛释怀得很快。

反正也不是第一回这样了，段明炀从来没把他放在眼里过。

五年前不会，现在更不会。

他要是为此难过，自己都会笑自己矫情。

罗鹏使眼色使得眼角都快抽筋了，黎洛才总算有了动作。

他浅饮一口红酒，放下酒杯时没有像平日那样用小指稍稍垫一下，而是故意敲在了桌上，发出一声略高于周遭声音的碰撞声，不至于刺耳，却刚好足够吸引众人的注意力。

他接着站起来，微微欠身，说：“罗总应该没什么要求了，但我有个不情之请。”

霎时间，所有人的目光都转移到了他身上，包括段明炀淡漠的视线。

那双漆黑的眼里毫无波澜，仿佛在看一个素昧平生的人。

吴秘书接了话：“黎先生有话不妨直说。”

黎洛直视着段明炀，勾起笑：“我们这小破公司能被财大气粗的段氏看上实属荣幸，想必段总也是冲着赚钱的目的来的，既然如此，作为烁星最赚钱的艺人，我想向段总求个情，让我留在烁星……可以吗？”

曾经的段明炀或许还会做出妥协，然而如今的段明炀，或者说撕下了伪装的段明炀，可不会那么好说话。

“不可以。”

没有任何委婉客套，只有冰冰冷冷的一句否定。

“我能问问为什么吗？”黎洛依旧笑着，“是我的艺人素养不够？还是说……段总对我有什么意见，非要把我扫地出门不可？”

他这番绵里藏针的话一说出口，气氛登时变得有些剑拔弩张，旁边的罗鹏抹了抹额头渗出的冷汗，大气都不敢喘。

“你绯闻缠身，形象极差，工作散漫，不求上进，我们不需要这样的艺人。”段明炀冷眼望着他，“行业里的垃圾，是该有人肃清了。”

此话一出，不仅烁星这边瞠目结舌，连段氏那边的人也微露错愕。

黎洛出道这些年，虽然确实没在作品方面有所建树，但也没闹出过什么丑闻，论人气也是顶尖的，不知道多少大公司抢破了头挖他。而在段明炀口中，他却成了毫无价值的垃圾，怎么想都不太合乎常理。

这话说得实在太难听了些，吴秘书本来想打个圆场，但看了看自己老板的脸色，还是识相地闭上了嘴。

黎洛轻笑了声，扬着的嘴角慢慢落下，眯起狭长的眼。

阔别五年，段明炀对他说的第一句话就是骂他。

还真符合这人的做派。

“我要是垃圾。”他挑眉，“你又算什么东西？”

离他最近角落里的保镖立刻往前走了两步，眼角一道疤，面容凶煞。

黎洛瞥了那保镖一眼，眼中剑锋般的光芒流转，笔直射向段明炀：“呦，还学会玩威胁这套了？段总不得了啊，一个私生子混到这个地位——”

砰！

椅子轰然倒地！

保镖瞬间冲上前，反扣住黎洛的手腕！

肩膀猛蹿上来一阵疼痛，黎洛龇了龇牙，忍不住低声骂了句什么。

酒杯被撞倒，里边的红酒没洒出来，泼脏了他精致的西装，打湿了固定好的发型，湿发凌乱地散落下来，狼狈地贴在额头。

“明炀哥！”

林澄焦急地跑过来，费劲地去掰保镖的手：“你快放开他！明炀哥，快让你的保镖放开洛哥！”

林澄在这种场面下这般大胆出言阻拦，在座的其他人都不由得朝他多看了眼。

罗鹏没这底气，但他到底还是讲义气的，忍了几秒，也硬着头皮起身求情：“段总，阿洛就是任性了点，但他没恶意的，您大人不记小人过……”

段明炀端起酒杯，浅抿了一口，平平稳稳地放下。罗鹏不敢说话了。

对面传来椅子蹭地的声音，黎洛的脸紧贴着餐桌，看着那人起身，迈着沉稳的步子朝自己走来，直到站定在跟前，居高临下地俯视着他。

“澄澄。”

唤的却不是他的名字。

“你坐回位子去。”

“可是……”林澄欲言又止。

段明炀左手比了个手势，保镖立即松了手，恭敬地退回角落。

“黎先生衣服脏了，恐怕不适合继续坐在这儿。”

一副二世祖的语气。

可这人明明曾说过，最厌恶二世祖的那副嘴脸。

黎洛没回答。

直到罗鹏扯了扯他的衣角，他才倏然回神，直起身，活动了下酸疼的肩肘，夸张地“嘶”了声。

“段总看来是真的不待见我，行，我就不在这儿讨人嫌了。”

黎洛笑笑，从容地理了理自己湿透的血色衣领，浑然不在意似的。继而自顾自地摆正倾倒的酒杯，给自己倒了小半杯红酒，仰头一饮而尽，咂了咂嘴。

“这么难喝的酒，也就段总您挑得出来。”

他透过垂散在额前的湿发紧盯着段明炀，目光森冷。

“这么无耻的事，也就段总您做得出来。”

保镖闻言再度上前，但黎洛比他动作更快，猛地挥手一甩！

酒杯刹那间擦着保镖的脸颊飞过，重重地砸在墙上，啪的一声，碎裂声刺耳，圆滑的玻璃摔成了尖锐残破的碎渣，应声而落。

包厢里的空气仿佛凝滞了，寂静得可怕。

黎洛拿起餐巾，轻按了下嘴角，扔回台面上。纯白的餐巾沾上了暗色的红酒，宛如染上了瘀结的血。

他朝众人绅士地行了个微躬礼。

“各位慢用。”

在大家的注视下，他若无其事地打开门，走出了包厢。

邓良正在宴客厅内享用晚餐，刚夹了块牛排，一抬眼，忽然看见他家的洛哥从包间那侧的走廊走了出来。

他立刻高兴地迎过去：“洛哥，你们已经吃完啦？这家酒店的自助餐好棒啊，新老板果然……”

他说到一半卡住了：“洛哥你怎么了？……”

黎洛拿毛巾擦干了脸和头发，挡住沾染着红酒的领口，脸色有些发白：“没事，里面太闷，我出去透透气。”

“洛哥……是不是新老板欺负你了？”邓良小心翼翼地问。

新老板还未上任就指明踢走黎洛，想必不会给他好脸色。只是以他家洛哥的性子，应该会骂到对方气急败坏愤然离席才对，怎么反而自个儿满身狼狈地出来了？这情形还是头一遭见。

“他如果不欺负我，就不是他了。”黎洛扯了扯嘴角，却没能扯出一个洒脱的笑来。

邓良：“什么意思？洛哥你和新老板认识？”

黎洛不答，长长地呼出一口浊气，扔掉擦脏了的毛巾，将散乱在额前的湿发往后一拨，露出张扬恣意的俊脸，插着兜迈开大步往宴客厅外走去，如同来时那般，一副潇洒贵公子的派头。

“曾经的好友而已。”

第03章

说是好友，其实不太贴切。

黎洛出了宴客厅的大门之后才想起来。

在他与段明炀刚认识的那一年多时间里，段明炀从来没搭理过他。

这话听着仿佛他是一个可怜虫，但实际上，在最后挑明真相彼此决裂的那一天之前，黎洛一直觉得，段明炀才是可怜的那一个。

因为他与段明炀做朋友的起因，只是一场幼稚冲动的报复。

彼时，黎家位居本市财富排行榜榜首，江家和段家紧随其后。他是商界巨头黎正宏的独生子，从小享尽万般宠爱，性格上难免有些任性骄纵，肆意妄为，但有家里担着，只要他不违法乱纪，怎么闹腾都有人替他收拾残局。

所以黎洛十五岁之前的人生，可谓顺风顺水，不知道“挫折”二字怎么写。

直到十五岁那年他父母突然离婚。

这对任何一个处于青春期的孩子来说都不亚于晴天霹雳，他震惊、痛苦、彷徨，死拽着妈妈的衣服不让她走，歇斯底里地问他爸爸为什么妈妈要离开他们。

然而黎正宏只是沉痛地摸了摸他的头，说：“是爸爸的错。”

少年人不懂大人这话语背后的无奈与心酸，把它当了真。

他们的父子关系从那一天开始恶化。尤其是当他某天突然发现自己的父亲与下属暧昧不清后，便单方面笃定了母亲是由于这个原因而离开了他。

可无论黎洛如何激烈地抗议反对，黎正宏都没有辞退那名下属，也没有解释离婚的真正原因。

父亲的缄口不言未能缓和俩人之间的关系，反而使得本就岌岌可危的父子情彻底崩塌。

于是便有了这场一时兴起的报复。

黎洛仍记得那一天，他浑浑噩噩地上完了全部的课程，被教授的种种专业英语术语搞得头昏脑涨，脑子应该算不得多清醒，否则也不会突发奇想，风风火火地开着跑车去了学校附近的酒吧。

目的只是为了气一气最近准备给他介绍富家小姐的黎正宏。

你自己和别人乱搞，气走我妈，破坏圣洁的婚姻承诺，还妄想让我循规蹈矩，按你的计划联姻?

做梦。

然而到了酒吧，一打开门，一阵剧烈的电子音浪迎面扑来，人声鼎沸，震得他耳膜发痛，黎洛差点就想转身走人。

他平日里去的酒吧都比这高档百倍，环境静谧灯光柔和，客人也是非富即贵，品酒闲谈间一派优雅矜贵的氛围，哪儿会有这种五彩斑斓的灯光和震天动地的俗乐?

但转眼间后边又涌进来了四五人，挡住了他的退路，催促他往里走别堵在门口，黎洛只好先走进了酒吧，想着姑且看看有没有好玩的。

他的目光在场上快速地扫了一圈，缭乱的彩灯照得人脸模糊，识别不清细节。

粗略看下来，姿色尚可的不少，然而多数是外国人。

相比之下，他更希望找个会说中文的聊聊，沟通上的障碍能小点儿。

这时，恰逢一首歌停了，魔性的灯光暂时退场，视线稍稍明朗。

黎洛往场子中央走近了几步，不经意间一瞥，目光忽然触及了一道穿梭于人群之中的身影，顿时眼睛一亮。

那人黑发黑眸，穿着黑白制服，在一群发色夸张、着装花哨的客人之中显得相当惹眼。

看外表应该只是一名服务生，可他那步伐稳健的挺拔身姿，以及那微微垂下的眼帘和没有一丝弧度的唇线，都令他看起来像一位遭受打压的位高权重之人，隐于喧嚣，含垢忍辱。

有种阴郁的贵气。

黎洛啧啧两声，摸了摸下巴。

有点意思，这人。

那服务生刚送完一轮酒，正夹着空盘往吧台走去。黎洛目光如鹰般追随着他，理了理着装，手插着兜，也朝吧台走去，心里琢磨着怎么样能让对方跟他交个朋友。

到达吧台需要经过舞池，此刻新一轮的电子乐响起，那些尚未尽兴的人又开始扭腰顶胯、群魔乱舞，动作幅度大得阻碍了过道。

黎洛不得不拨开人群往前走，即将到达吧台时，头顶眼花缭乱的彩灯一晃，冷不防地被人推搡了一下。

“哟。”一光头花臂大汉贴在他背后，用中文说，“你长得真漂亮。可惜没长眼。”

“你才没长眼。”

“呦，脾气还不小？”

黎洛眼角一抽。

送上门的人头，不要白不要。

只不过这儿人多眼杂，要是闹大了还挺麻烦。

不管私下里什么模样，公众场合依旧要维持风度，这是上流圈心照不宣的秘密。

他在这方面尤为擅长，在家可以和他爸闹得天翻地覆摔盘子砸花瓶，出了门，仍然是高雅潇洒谈笑风生的黎家人，看不出一点恶劣因子。曾有一位知名导演夸他有当演员的天赋，悲欢喜怒皆藏于心，也不知这话算是褒义还是贬义。

当下，黎洛脑中的念头一闪而过，便微微缩起脖子，弓起背，令自己的身形矮了一小截。转过头时，眉眼低垂，温顺而无害。

他咬了咬唇，抬眼看向那光头，轻声说：“我们去后门吧……我给你道歉。”

光头一副得意的样子：“算你有眼力见。”

黎洛正欲先行走向后门，突然眼前光线一暗，被横穿出来的一人挡住了去路。

“先生，您点的 Dry Martini（马提尼）好了。”

竟是先前的那位服务生。

对方站在他面前，身躯比他刚才远远望去时还要高大些，手上平稳地端着镀银托盘，酒杯中澄澈透明的马提尼却在大幅摇晃，似乎经历了一段疾路。酒中的冰块将玻璃杯身逼出了一层寒冷的水汽，更衬出面前人冷峻的面容。

“本店规定酒杯不能带出店去，请您在店内喝完。”服务生看都没看那光头一眼，只盯着他，用英文说，“如果您喝醉了或者遇到了其他麻烦，可以向我们求助，我们会帮忙的。”

黎洛自然听得懂这话里的意思，稍感意外，没想到这小服务生心地还挺善良？

他冲对方笑了笑：“好，我知道了，我会在店内喝完的，谢谢你的提醒。”

“不客气。”服务生微微颔首，离开他们又走回了吧台，看样子是要重新调一杯酒。

所以这杯酒算是请他了？

黎洛就着杯沿抿了一小口，冰凉的酒液入喉而下，却令他心中升起一丝热意。

倒是很久没被陌生人这样关心过了。

平日里来自家人朋友的关切其实并不算少，但这些年里，曾经单纯的童年玩伴们一个个成了计较利益得失的俗人，十分友情被物欲横流的现实分裂成了三分客套七分谄媚，纯粹的不含任何目的的关切已然成为一种奢侈，也就剩下为数不多的几个朋友仍旧臭味相投。

至于家人……

黎洛冷笑一声，仰头将辛辣的马提尼一饮而尽，喉间登时烧起一团烈火。

他爸对他的关心，不过是一种愧疚补偿罢了。

光头见他迟迟不走，催促道："酒有什么好喝的？快走了，我倒要看看你怎么给本大爷赔礼道歉。"

"我去还个酒杯，你去后门等我。"黎洛绽开一个算不得纯良的笑。

光头冷哼一声，先行转身离开了。

黎洛冷眼瞧着他离去的背影，嗤了声"找死"，随即端着空酒杯走向吧台。

那位服务生正在等调酒师调酒，侧对着他，鼻梁高挺，眉眼深邃，下颚线如刀刻般硬利，若不是穿着身制服打着领结，说是酒吧老板都不会有人怀疑。

"你好。"黎洛温声打了个招呼，"酒杯还你，我……"

他尚未说完，忽然脚下一绊，直挺挺地朝前方倒去——

意料之内地没摔在地上。

"您还好吗，先生？"那服务生低沉的嗓音在他头顶响起，比方才的马提尼还要醇厚。

"没事，就是有点晕……可能酒喝得急了。"黎洛按着自己的太阳穴，眉头深锁，极为不适的样子，勉强撑起一丝笑来，抬头看向那服务生，"谢谢你，刚刚帮我解围……"

他被对方扶着胳膊，这服务生身上没什么熏人的酒气，反而有一股清爽的皂香，想来是个爱干净的人。

"我还以为是我多管闲事了。"

服务生冷不防地发问。

"您难道不是准备跟他出去吗？"

黎洛心里正拨着的小算盘猛地刹住。

怎么语气冷冰冰的？

"我怕闹起来影响了酒吧秩序……"他胡诌了句，将问题抛回去，"那你为什么还要拦住我呀？”

“以防万一，没事就好。”

服务生对他的卖力表演似乎不为所动，扶直了他便不再看他一眼，接过调酒师新调好的马提尼，放上托盘，准备去给客人送酒。

“等等！”他拽住了对方的衣角，随口找了个留人的理由，“刚刚你给我的那杯酒，多少钱？我付给你吧。”

“不用了。”

“这怎么行呢……你告诉我嘛……否则你帮了我还要自己赔钱，我会良心不安的。”

服务生微微皱眉：“我现在有点忙，等下班再说吧。”

“嗯，好！”黎洛立马绽开一个灿烂的笑，仿佛不谙世事的纯真少年。

“我等你哦！”

从酒吧后巷揍完人回来的时候，黎洛在进门的地毯上蹭了蹭鞋底，暗红色的地毯洇湿了一小块，看不出有颜色留下的痕迹。

接着去了趟卫生间，将刚刚因动作过大而散落下来的发型稍稍打理了下，服服帖帖地垂在耳后，长度刚到脖颈，半长不短，有时侧个头还会觉得痒，烦得很，真有点儿想剪了。

可他前几个月跟他那损友江流深打了个无聊的赌，要是他能把头发留到及肩长，够扎一个小辫，江流深就要在千万粉丝的社交平台上公开喊一句：“洛哥真牛！”

江流深笃定他没这个耐心和毅力，他也确实没什么耐心，但他够倔，不认输，哪怕头发长得慢如蜗牛，也硬是留到了现在。

没想到眼下倒是派上了些用处。

镜中人没染烫过的发丝光泽柔软，乍一看还真像个从不惹是生非的乖巧学生。

黎洛确保自己眼里的戾气散干净了之后，便回到了外头的吧台，规规矩矩地坐在高脚椅上，点了杯纯果汁，搅几下喝一小口，目光在场内追随着那名穿梭忙碌的服务生。

一开始还能装模作样，等到后头就渐渐不耐烦了。在对方第五次前来端酒的时候，终于忍不住问：“你还有多久下班呀？”

服务生斜睨了他一眼，目光不知为何冷锐了些：“十二点之后。”

黎洛看了眼表，还要等一个多小时。

“那你……”他一抬头，却发现刚才站在面前的人已经不见了踪影，转头望去，那人又汇入人群去送酒了。

这么无聊的吗？

黎洛头回等人等这么久，还一再遭到冷遇，当即有点想走了。

但一想到刚才那杯马提尼……算了，再等等吧。

结果一等就等到了凌晨一点。

黎洛困得手都快撑不住头了，忽然听到身旁传来句："我下班了。"

他脑袋猛地一垂，咚的一下磕到了桌子，龇牙咧嘴地"咝"了声，好歹算是清醒了，捂着脑门恼火地看过去，登时怔了怔。

换下制服穿上休闲装的服务生浑然变了个样，多了几分学生气，不过起了球的棉质 T 恤和洗得发白的裤子令他方才阴郁的贵气荡然无存，只有冷峻的面容还残留着几分傲气。

这人缺钱。黎洛瞬间心里就有了底。

"你家在哪儿呀？"他歪了歪脑袋，"我开了车来，送你回去吧。"

"不用，我住的地方步行就能到。"对方似乎没有长谈的打算，直截了当地说，"你要还钱就现在给我，不还也没关系，我赶着回去。"

"给的，当然要给。"黎洛立刻拿出手机，扫了他的账号，不可避免地看到了部分实名。

"段……炀？"他从手机屏幕上抬起目光，问，"中间那个字是什么呀？"

对方没回答，收回了手机。

黎洛意识到自己问得唐突了，立即先行自报家门："我姓黎，黎明的黎，单名一个洛，洛阳的洛，你呢？"

"段明炀。"

"哪个明？"

段明炀看着他，漆黑的眼瞳中映出吧台投射过来的一道昏暗暖光，像是海面上浮现的初升旭日，驱散了他眉目间的几分阴冷。

"黎明的明。"

"啊，这样。"他从高脚椅上下来，看见对方身后的背包，没话找话道，"你是大学生吗？"

"嗯。"段明炀简短地回了声，"没什么事的话，我先回去了。"

说完竟真的朝门口走了，似乎一秒也不愿多聊。

黎洛不知是睡昏了头还是怎么的，破天荒地贴着热脸追了上去。

出了酒吧的门，外边夜色漆黑，马路上已经没有多少行人，商店大多都关了，只有酒吧周围还三两成群地聚着些喝醉酒的人，边大声谈笑边抽着烟，一整片区域都烟雾缭绕，气味呛人得很。

黎洛追上去的时候恰好看见段明炀皱了皱眉，似乎是不喜烟味。他刚想搭话，却被旁边横生出来的一条手臂拉住了，一名醉汉用英语挑衅道：

“嘿，你这个——”

黎洛横腿一扫，醉汉话没说完便重心不稳轰然倒地，摔得眼冒金星，爬都爬不起来，倒在地上发出痛苦的呻吟。

走在前边的段明炀听见响动，转过了身，黎洛立刻一个箭步蹿过去，惶恐不安道：“哥，刚刚那人抓住我想揍我，还好他喝醉摔倒了……我先跟着你走吧，这里好可怕。”

段明炀漠然以对：“不是你自己来这儿的吗？”

“我、我只是想来开开眼界，这是我第一次来酒吧……”黎洛嘴唇咬得发白，“你就好人做到底嘛。”

段明炀定定地看了他几秒，终究没再说什么，领着他走到了停车场。

“到这里可以了吗？你开车走吧。”

黎洛像是才想起来似的，一拍脑门：“哎呀，我忘了，我喝了酒，不能开车……”

段明炀拿出手机，“那我给你打车。”

“我住学校，这会儿宿舍应该已经关门了……”

这话半真半假，他虽然付了五万一年的住宿费，但嫌学校的二人间不够宽敞，另外在学校附近租了间豪华单身公寓，离酒吧就一公里。

段明炀放下手机，面无表情地看着他，似乎在问“你到底想怎样”。

黎洛捂头颦眉：“哥，我头好晕，可能是喝醉了……能不能去你那儿留宿一晚，付房钱也可以……”

“我那儿只有一张床。”

“那我睡沙发——”

“没有沙发。”段明炀打断了他，“你要是愿意睡地板，没有垫子没有被子，就来吧。”

黎洛暗暗磨了磨牙。

老子就不信你穷成这样。

“没关系，有个落脚的地方就可以了……”他朝段明炀虚伪地笑了笑。

二十分钟后。

黎洛打量了一圈十几平方米的出租屋，明白了一个人生真理。

有钱使人缺乏想象。

别说落脚，他现在就想一脚踹飞段明炀这浑蛋，这人绝对是故意的。

“酒醒了吗？”段明炀将背包往地上一扔，往浴室走去，“除了床，随便你睡。”

这还有什么地方可睡？站两个大男人都觉着挤。

浴室里传来哗啦啦的水流声，一听就是淋浴，连个浴缸都没有。

黎洛颓丧地往床上一坐，深深地叹了口气。

好奇心使人作死。

他是有点想和段明炀交个朋友，不过这点儿想法还不足以支撑他在这种寒酸破旧的地方睡上一晚。

算了，这人怎么看都不像是会和他做朋友的类型。

黎洛挠了挠头发，决定不告而别了，反正看段明炀这态度，估计也巴不得他赶紧走。

他站起身迈了两步，人都快走到门口了，突然瞥见房间里的小桌上摊着张纸，随意瞧了一眼，发现是张奖学金的奖状，而上边学校的名字……

竟然和他是同一所。

黎洛掉转方向走到桌前，不可思议地拿起奖状，仔细看了看，上面写的金额大约是人民币一万元。

而他们大学一年的学费是二十万。

酒吧打工这么赚钱的吗？

不过黎洛眼下更计较的是另一件事。

他迅速折回去，走到浴室前敲了敲门，朝里头喊：“段明炀！我发现你跟我一所大学欸！而且我比你大一级！”

里头传来混杂着水声的声音：“哦。”

哦个头啊，黎洛只好提醒他重点：“那你应该叫我哥！”

浴室里的水声突然停了。

半分钟后，门打开了。段明炀只穿了条宽松的居家裤，赤裸的上身仍挂着水珠，沿着结实的肌理往下流淌。

段明炀拿毛巾擦了擦精瘦的腰腹，黎洛觉得他仿佛在擦拭一座希腊雕塑。

“我叫你哥？”

段明炀把毛巾搭上了宽厚的肩膀，稍稍俯身低头，漆黑的眼眸透过垂散在眼前的湿发，盯着面前的人，似有嘲讽。

“凭什么？”

黎洛一怔。

“我比你大一级啊，就算不喊学长，也该喊我一声哥吧？”

“我讨厌‘哥’这个称呼。”段明炀绕过他，径自上了床，“我睡了，你自便吧。”

黎洛不服气：“可我刚刚喊了你两声‘哥’，我好亏啊，你得补偿我一下吧？”

“我没让你喊，你自己要喊的。”

“谁让你长得这么成熟……”黎洛嘟囔了句，突然来了主意，开玩笑道，“那你喊我一声爸爸也可以呀。”

谁知段明炀竟生了气。

怒意几乎是刹那间就侵袭上了他本就严肃的脸，语气陡然下沉，道：“再开这种玩笑，就给我滚出去。”

黎洛愣了愣，回过神来立刻蹿起了怒火。

什么玩意儿？他长这么大还从来没人敢对他说“滚”这个字，一个玩笑而已，用得着说得这么难听吗？

可当他正要想卸下伪装回骂时，段明炀突然又道了歉。

“抱歉，我不是针对你。”他抿了抿薄唇，“只是我出于个人原因，对这个词很反感，请你不要拿来开玩笑。”

黎洛的满腔怒火瞬间被这句话浇灭了。

“你……也讨厌你爸吗？”他忽然感受到一丝共鸣，“好巧欸，我也是。我不是跟你套近乎，我说真的，我今天去酒吧就是因为我爸。”

段明炀问：“为什么？”

“因为……”黎洛脑子转了个弯，把不能说的省略了，“因为他把我妈气走了，我生他气，就跑出来喝闷酒了。你呢？你爸做了什么让你这么反感？”

段明炀沉默了会儿，沉声说：“他明明有家室，还欺骗我妈的感情，抛弃了我们很多年，现在却又想接我回去。我妈同意了，我不答应。”

黎洛难得泛起了同情心：“你这比我还惨啊，别跟他回去，有什么困难找我，我帮你。”

“你？”段明炀眼中透出显而易见的怀疑，“我们今天第一次见，你凭什么帮我？”

“相遇就是缘分嘛。”黎洛露出天真无害的笑意，坐在了床沿，“何况我们遭遇这么像，互帮互助也是应该的。”

“我不需要同情。”段明炀毫不动容，盖上被子躺下了，“我明早还有课，先睡了，你觉得地板硬的话去浴室拿个浴巾垫着。”

黎洛：“……”

难得真情流露全喂了狗。

但经过这番插曲，他也懒得走了。段明炀从家庭故事到经济状况都比他惨，这么可怜的一个人尚且能在这间破屋子里坦然入睡，他黎洛铁骨铮铮，绝不能轻易认输。

黎洛打起精神，在屋子里搜寻了一圈，想看看有没有其他可充当垫子或者被子的东西。

然而很不幸的是，目之所及，一样都没有。

他也不好乱翻别人的柜子，又不想真躺在冷硬的地板上，只好将一把硬塑料椅搬到了墙边，打算靠着墙趴在小桌上凑合一晚。

关灯前他还特意问了声："我可以关灯吗？"

段明炀没回他，似乎已经睡着了。

黎洛无奈，啪一声将灯关了，扶着桌子摸索到了椅子边坐下，枕着自己的手臂，趴着睡了。

这个姿势根本没法熟睡，他睡一会儿醒一会儿，姿势调整了一遍又一遍，可逼仄的角落里长腿怎么摆都难受，迷迷糊糊间也不知道到底睡着了多久。

正浅眠时，忽然感觉身体一轻，似乎被人拖了起来，紧接着，后背靠上了不算柔软的硬板床，粗糙的棉被盖到了脖子上，带着令人心安的温度。

黎洛困得睁不开眼，没脑力思考怎么回事，心满意足地沉入了梦乡。

很多年以后，每当他回想起这一个晚上，总觉得那时候段明炀的举动，应该是有一丝真心实意在的。

只可惜他们的相遇并非如他所说的是一段缘分，而是一场灾难。

夜色渐深，宴客厅外的夜景宛如泼满了墨的画纸，点缀着葳蕤灯火。

黎洛站在露天停车场内，倚靠着一辆豪华光亮的纯黑迈巴赫，指间夹着一根火光微闪的烟，直到快烧着手了，段明炀一行人才从宴客厅里出来。

他身后跟着一群点头哈腰恭送的人，包括罗鹏，身旁却只跟着一人，林澄。

黎洛吸了口仅剩的最后一截烟，手指被烫了下，他将烟头往地上一扔，漫不经心地插着兜，抬起皮鞋踾了踾烟头，呼出一口缭绕的烟雾，果不其然地看到走近的段明炀皱起了眉。

终于让这人露出了一丝带情绪的表情，哪怕是厌恶的，也总比漠然好。

"洛哥！"林澄小跑了两步，比段明炀先走到他面前，"你怎么开始抽烟了？对身体不好……"

黎洛揉了揉他的脑袋："没事的，我有话跟段总说，你能先回避下吗？"

他尽量让自己的语气听起来不像一个言情剧里的恶毒配角。

尽管他也曾在段明炀面前扮演过天真善良的角色，但他终究不是绵软的小白兔，演得再好，在这份剧本里，也依旧是个注定失败的配角。

结果也确实是一败涂地。

“嗯，好。”林澄没提出一点反对或疑问，像往常一样乖巧又听话，却紧接着转过头对段明炀说，“洛哥对我很好的，你对他好一点，不准再像刚刚那样了。”

这语气仿佛在责备，可又含着点求情的意味。

“澄澄，你先回去。”段明炀也揉了揉他的头发。

林澄见他们俩都催着自己回去，只好无奈地先行一步，由保镖护送着离开了。

段明炀吩咐剩下的保镖也站到远处去，确保他们听不见谈话后，看向面前的人。

黎洛拍了拍身后的豪车，笑道：“段总这不是挺喜欢跑车的吗？怎么我当初送你就不要呢？”

段明炀没有接话，也没有提问，只是像个旁观者一样站在原地。不带温度的目光落在他身上，静静地等着他先说出来意，仿佛已然洞悉他想说的一切。

段明炀的这份冷静漠视实在很唬人，什么都不用做，就能逼得他乱了阵脚。

他们第一次见面那晚后的第二天也是。

黎洛一大早起来，发现自己睡在冷硬的床上，屋子里没了人，立便马返回酒吧停车场，开着车去了学校，想悄悄打听打听段明炀是哪个系的。结果走到教学楼时，恰好遇到一群刚下课的狐朋狗友，一人拍了拍他的肩，调笑他：“黎洛，昨天去酒吧怎么样？有没有碰见美女？”

黎洛刚要回答，就看见段明炀跟在后头走了出来，显然听到了方才。他拽起段明炀，不管不顾地朝僻静的地方跑，站定后，脱口而出：“我真是第一次去，只是想去看看而已……我们可以交个朋友吗？”

虽然是先前早已拟好的台词，但说出来的时候，黎洛自己都愣了愣。

段明炀自然是拒绝了他。

他本应就此罢手，可又突然转念一想，黎家的儿子和一个酒吧服务生做朋友成日厮混这种剧本，或许能让他爸火冒三丈颜面扫地。

无论哪种选择，段明炀那会儿在他眼里，都只是个有趣又可怜的的新鲜玩具。

然而后来发生的一切证明，他才是被段明炀玩弄于股掌的那个。

黎洛先率开了口，调侃道：“都是温顺小绵羊，段总当初怎么对我就那么冷漠呢？”

“你是吗？”段明炀反问。

“我确实不是。”黎洛逼近一步，望入那冷漠的眼底，“但段总好像也并非表里如一吧？”

原以为这猝不及防的质问会让段明炀稍露错愕，可他却依旧岿然不动，连眉头都没皱一下，目光又淡淡地落回面前人的脸上。

“抱歉，戳你痛处了。”他很快收拾好表情，笑了笑，松开手，“没想到段总也会有这种时候。”

段明炀原来也会和别人交心的。

他一直以为，像段明炀这种人的心，是永远焐不热的，所以他当初失败也正常。可现在段明炀却亲口告诉他，不是焐不热，只是他不是那个知音。

这种感觉就好比有一款全世界独一无二的玩具，谁也得不到，那便也没什么，可一旦得知有人拥有了它，心理平衡瞬间被打破击碎。

黎洛脸上的笑意褪去，琥珀色的眼瞳在夜色下显得漆黑，“林澄是个好孩子，不要把他拖进你那肮脏的世界。”

“你好像很关心他。”段明炀道，“所以你在这儿等我，是为了他？”

“不然段总以为？”

“我以为，你是来求我不要逼走你的。”段明炀的目光更冷了些，“看来是我高估自己了，毕竟黎先生敢搬出江家的名头来压我，想必江流深一定会护你周全，像我这种不入流的人，黎先生又怎会放在眼里？”

“呵，我要是知道新老板是你，怎么可能那么做？你一向不吃硬的，不是吗？”黎洛又上前了半步，“段总也别妄自菲薄，能从一个穷学生摇身一变，成为段家名正言顺的段总，您的狠辣手段，我又怎么敢不放在眼里？”

“但倘若段总真要封杀我，我也没什么可怕的，反正我进演艺圈，只是给自己找点乐子罢了，段总不会以为，我黎家已经落魄到靠我卖艺才能维持的地步了吧？”

黎洛哼笑了声，语调下沉发狠：“是，我们家确实被你们整垮了，我爸也被你们送进监狱了，但想要把黎家连根拔起，只能说你们痴心妄想。”

段明炀不为所动：“你爸的事，我没有参与。”

“是吗？”黎洛相当敷衍地回了句。

他半个字都不信。

他爸被抓的那天，他才知道自己认识了一年、住在廉价出租屋里的贫寒打工服务生，是他家死对头的儿子。

黎洛不是没问过“你姓段，和段家有什么关系吗”之类的问题，然而段明炀那时的回答是——没有任何关系。

彻头彻尾的谎言。

段明炀沉默了几秒，抬手按住他的肩，缓慢而不容抵抗地将他推远，似是嫌恶他染着红酒的衬衣，又似乎，只是嫌恶他这个人。

“黎先生不信，我也没办法，但在质疑我之前，希望你先反思下，当初动机不纯的，到底是谁。”

他不再多言，绕身欲走，却被抓住了手臂。

“那就当我们半斤八两好了。”黎洛的语调又扬了起来，变了副脸色，甚至冲他笑了笑，“我今天不是来翻旧账的，除了林澄的事之外，其实……我还想和段总谈一笔交易。”

段明炀脚步一顿，转过头：“交易？”

“对。”

“你有什么砝码可以和我谈交易？”

“有啊，砝码就是——”

黎洛勾起一抹志在必得的笑。

“我。”

话音落下的瞬间，黎洛其实心虚了一刹那。

他并没有周全的计划，只不过是方才从宴客厅出来，吹了会儿晚风，脑子清醒些了后，临时起意罢了。

他爸的案子这些年一直没有突破口，前阵子好不容易寻到一丝线索，还没来得及实施行动，就被段明炀横插一脚截断了，也不知道段家是不是发现了他接这个代言的目的，倘若真是如此，那便不能轻举妄动了。

但这么拖下去也不是良策，段明炀这人不吃硬，他这人不服软，僵持下去谁也讨不了好。

不幸中的万幸是，段明炀并非完全站在段家那一边。

依他俩目前的处境，最好的折中办法，唯有合作。

反正他想抢回代言人的最终目的，本就是指向段家的，这样一来，反倒走捷径了。

“黎先生这话倒是让我有些意外。”段明炀转过身，“就刚才在包厢发生的事来看，黎先生似乎不是合作的态度。”

“段总对我什么态度，我就是什么态度。段总愿意合作，我就是合作的态度。”黎洛笑了笑，“不过您可别误会，旧账还是要算的，只是暂时先搁一搁，我想，我们现在都有更重要的事做。”

“我有什么重要的事？”段明炀似乎来了兴趣。

“你虽然接管了大部分家族产业，但继承权还在你哥那儿，不是吗？”黎洛一针见血道，“说得难听点，你现在只是你哥的助手，干得再卖力，只要你爸这个董事长不改变心意，一切都是为他人作嫁衣。但你爸不可能真让你做继承人，他只是在利用你制约段夫人的娘家，避免他们独吞家产，我说的对吗？”

段明炀缄口不言，目光沉沉，透过愈来愈深的夜色看他，令人心悸：“没想到黎先生有关注我的近况，我还以为——你一辈子都不想再看见我了。”

这回答根本对不上问题。

黎洛视线上移，看向比他稍高些的段明炀。

恍惚间，他似乎觉得，段明炀其实也没有多少变化。

依旧是棱角分明的轮廓，深邃的眉眼间依旧凝聚着一丝化不开的阴郁，这双冷沉的眼眸，也依旧毫无温度。

唯一一次看到段明炀眼中的温度，大概是他们决裂前的最后一晚。

看高傲者堕落，向来是他们的隐秘乐趣。

所幸他天生一流的演技在那最黑暗的一天被逼到了极致，除了声音有些哑，从电话里听不出任何痕迹，即便身体不舒服，难受得站都站不太稳，口气依然是冷傲刺人的——

“段明炀，你以为你骗了我是不是？我告诉你，是我骗了你！你在我眼里就是条狗，就算现在反咬我一口，你也和你爸一样肮脏恶心，真以为我把你当朋友？就凭你？做梦！”

“滚！我一辈子都不想再看见你！”

一辈子都不想再看见你，这是他五年前对段明炀说的最后一句话。

听着似乎很难听很伤人，但在当时段明炀背叛了他，联合段家将他爸送入监狱的情形下，这话已经算轻的了。况且，冷血如段明炀，又岂会被这种气话所伤？或许还觉得他才像一条失了智乱骂人的疯狗，可笑又可悲。

所以此刻段明炀突然说出这句话，着实让黎洛有些意外。

他居然还记得。

“不想看到……这不还是看到了吗？”黎洛直面段明炀的威压，“段总得了势还缠着我不放，把我赶尽杀绝，又有什么好处？不如跟我合作，这样你既能得到你想要的家产，我也能达成我的目的，两全其美。”

段明炀淡淡地问：“你有什么目的？”

“我要证明我爸的清白。”黎洛道，“我还要你爸和你哥被踢出董事会，你看，我们的目的是一致的。”

“是吗？”段明炀却仿佛不太认可，但也没否认，而是问，“那目标达成后，黎先生要怎么做？继续对付我吗？”

“当然啊。”黎洛笑得露出一口白牙，“我没现在整死你就不错了，难道你还指望我原谅你？”

“那黎先生所谓的用自己当砝码，又是何意？”

“你总算问到重点了。”黎洛给他解释，“你爸我暂时对付不了，但你哥把柄还挺多的，我们可以先从他身上下手。”

“如何下手？”

“我听说你哥喜欢包养小明星？”

段明炀的脸色稍霁：“段兴烨没那么好对付。”

黎洛一听有戏，便道：“不好对付所以更应该从长计议，段总，你要相信我的人脉，你哥的枕边人一个接着一个，总有我能套出话来帮到你的时候。”

“黎先生的人脉确实很广。”段明炀语气似乎有些嘲讽。

“彼此彼此。”黎洛笑笑，“段总要是需要的话，我也可以给你介绍几个。”

尽管早已知晓了这人恶劣的品性，但毕竟也曾相处一年多，他对段明炀的印象，不可避免地残留着大段对方曾伪装出来的模样：沉稳而克制，冷静而细致，阴郁的表象下流淌着平和的暖意。决裂那天残酷无情的段明炀仿佛是噩梦里出现的臆想。

可此刻，段明炀像其他得势的人一样，妄意地践踏他人的自尊，以为靠金钱便能羞辱他。

现实是假的，噩梦才是真的。

现在想来，或许之前的相处在段明炀眼里，也不过是一场交易。他付出了一年多的时间和精力，甚至将他爸的机密泄露给了对方，于是素来冷淡的段明炀一反常态，作为奖励抑或怜悯，施舍给了他一些安慰。

一念及此，黎洛只觉胃里一阵痉挛，几欲呕吐。

“段总是想羞辱我吗？”

段明炀的眼神微露轻蔑：“黎先生还是这般自信，或者说，自负。”

“过奖。”黎洛回敬，“段总可否念在这份上，弥补我一下，考虑考虑我的提议？”

“黎先生的记忆似乎有些偏差。”

“是吗？”黎洛不带温度地笑了笑。

段明炀闻言，目光陡然变得阴鸷，薄唇绷成一条没有弧度的直线，像是处于发怒的边缘。可隐忍了几秒，终究没有发作，只往后退了一步，拉开一个疏远的距离。

接着，从西装口袋里取出一张私人名片，递给他，又变回了冷漠的公事口吻。

“你可以留在烁星，但之后的演艺事务都要经由我批准，经纪人也会换掉，不能擅自行动。我哥那边，有进展了直接联系我。”

黎洛接过名片看了眼，笑笑：“行啊。”

“还有。”段明炀已经拉开了车门，侧过头来，“跟我合作的事，不准与任何人提起，否则立即终止。”

“没问题，段总放心。”

段明炀没再回他，连声道别都没有，直接坐进了车里。迈巴赫的引擎声一响，分散在四周的保镖便闻声聚拢，上了另外两辆车，一前一后地护送着段明炀扬长而去。

晚风寒意阵阵，湿透的衬衫贴在身上更觉冰凉，黎洛站在原地出了会儿神，自嘲一笑。

友人变成仇人，居然还能从仇人变成伙伴，真是世事难料。

他蹲下身，用段明炀给的名片包住了地上的烟头，连同刚买的一整包烟和打火机，一并扔进了旁边的垃圾桶里。

还是以前用的那个国内号码。

这冷血动物在这种细枝末节的地方，倒是挺长情。

第04章

和段明炀暂时化干戈为玉帛后，黎洛的心总算稍稍定了定，周末的时候，抽空去了趟市立监狱。

市立监狱位于郊区一片广袤荒芜的土地上，据说原来是打算造楼盘的，但风水先生测出来说这儿不宜居住，便被政府用来盖了座监狱，平常除了来探望的亲属，几乎人迹罕至。

兴许因为今天是周末，来探访的人格外多，甚至在安检口排起了队，排在后头的大妈急着见自己的家人，推搡着堵在前面的人高马大的小伙子。

“哎，前面的，走快点儿啊，磨叽什么呢？”

“阿姨，前面不动我有什么办法？”

黎洛转过头，戴着口罩和大框墨镜，挡住了整张脸，要不是露出了一小截高挺的鼻梁，恐怕连肤色是白是黑都辨认不出。

“什么打扮，当自己明星啊……”大妈皱眉嘀嘀咕咕，忍不住多打量了几眼，还真瞧出了几分眼熟感。

“我好像在哪儿见过你……”

“阿姨。”黎洛一本正经，“您那个年代的搭讪方式，已经过时了。”

大妈一愣，继而翻了个大大的白眼。

“神经病！”

直到进了独间的一对一探访室，黎洛才卸下全副武装，随手理了理发型，确保自己一天没洗的油头看起来不那么邋遢。

逼仄的探访室内就一张朴素的方桌和两把塑料椅子，天花板角落有个全方位无死角的监控，除此之外只剩下青灰色的四面墙和地砖，逼得人心情压抑，仿佛想要唤醒每个走进这间房的人心中的罪恶感。

黎洛头几回进这房间的时候心情确实沉重，尤其是第一次来探访，瞧见他爸一夜间像是苍老了十岁，瞬间就红了眼眶，出去的时候外头偏偏还下起了绵绵阴雨，天空的颜色和探访室里的色调一模一样，仿佛从一个牢笼进入了另一个牢笼，永世难逃，抑郁得他差点想自我了断。

真是邪门的设计。

黎洛心里骂了句，随手转了把椅子，却没坐下，手指不耐烦地敲击着桌子，看了眼表。

九点半，应该还来得及。

下午他有一场综艺要录制，和前阵子一同出演古装言情剧的女主赵珊珊等主演一起参加。那剧在他看来实在无聊得很，无非就是霸道大少爷爱上了可爱小丫鬟，经历重重家庭阻挠终成眷属的俗套剧情，偏偏就符合大众口味，收视率和话题度高居不下，男女主的粉丝也不少，自然就有电视台趁热打铁邀他们剧组前往录制综艺。

干演员这行要敬业的话确实辛苦，又要演戏，又要宣传，还得学各种东西，就像他那损友江流深，表面看着风流不羁，实则敬业起来，许多老前辈也得赞叹一句“真拼”。

至于黎洛自己，当初进演艺圈并非出于兴趣，自然净挑不费脑不费力的戏来演。倒也说不上讨厌这一行，只是实在做不到像江流深那样百分百投入，心里总有其他事像大石头一样压着，一天不挪开，一天就没法专心。

这些年来最重的那块大石头，便是他爸的事。

吱——

探访室另一侧的门被推开，一名面无表情的看守把着门，侧身让一个戴着手铐身穿囚服的人走进来，随后关上了门。

“爸。”黎洛迎过去，照例先问，“最近还好吗？有人欺负你吗？”

黎正宏今年五十多岁，相貌堂堂，想来年轻时也曾引来过无数莺莺燕燕，如今两鬓却已生出几缕白发，多了几分沧桑。精神看起来倒是不错，朝自己儿子温和地笑了笑，眼尾似乎又添了道细纹：“挺好的，没人欺负我，我这阵子还在教别人创业呢。”

“创业？您老可真够闲的。”黎洛跟着他一起坐下了，接着这个话题问，“他们能听您的话吗？”

“那当然，除了你，谁不想听我的生意经？都巴不得我传授秘籍给他们。”黎正宏颇为得意，“他们还说，等以后刑满出去了，要是按我说的方法赚了大钱，一定回来给我分成报答我。”

黎洛笑了：“还挺知恩图报。”

黎家三代从商，就算前些年因为他爸入狱的事股价大跌，掉到了本市十大富豪榜之外，家产依旧处在寻常人遥不可及的高度，难道会稀罕那点微不足道的分成利润？况且要是钱能摆平所有事，黎家早就把人捞出来了，也不会让黎正宏在狱里熬了五年之久。

那些狱友的心思黎洛明白得很，不就是想和他爸攀关系吗？

黎正宏因挪用政府拨款被判了十年有期徒刑，曾经备受尊重的商界巨头一夜间沦为万人唾弃的罪犯，身陷囹圄，幸灾乐祸的之人不计其数。可毕竟十年说长也不长，还是有不少人忌惮他出狱之后会重新崛起。而且，黎正宏要是表现安分，说不定能减刑，这么一算，兴许过两年就出去了，当然得先巴结着。

这其中缘由他爸不可能不懂，只不过不想揭穿罢了。黎洛只好随他去，狱中生活本就单调乏味，找点乐子解解闷也没什么坏处。

“你这次去巴黎怎么样？”黎正宏问，“进展得顺利吗？”

“嗯，挺好的，总算见到了他们的大老板 Zark（扎克），不过只说上了几句话，他太忙，说以后联系。”黎洛挑了点不痛不痒的讲了。

“不联系也没关系，你本来拍戏就很忙了，爸不想让你为爸的事伤神，反正爸现在待在这儿也挺习惯的，再待几年也没事。”

“只是做了点自己力所能及的小事而已。”黎洛视线微微向下，落在了自己停止叩桌子的手指上。

“当初要不是我……您也不会这样，我总得弥补点什么。”

这话他已经说过多遍，但每次仍旧有些难以开口。

黎正宏瞧见他僵硬不动的手指和微抿的嘴唇，轻轻叹了声：“阿洛，爸说过很多次了，爸不怪你，你别自责。”

“是我怪我自己。”黎洛垂下眼帘，视线继续下移，青灰色的地砖映入眼里，那阴郁的颜色又开始令他心脏收紧，“当初我要是听你的话，不和段明炀往来，也不会让段家得了机会，害你被诬陷入狱。”

“别这么说，爸不要紧，爸只是心疼你，你当初——”

“没有的事。”黎洛迅速打断了他的话，抬起了眼，勾起一个没心没肺的笑，“不早就跟您说了吗？狐朋狗友而已，当时和他做朋友也就是一时兴起。”

黎正宏见他不乐意谈，只好转了个话题：“致安他……最近怎么样？”

冯致安，也就是黎洛口中的冯叔，是他爸从小玩到大的好友，也是他爸身边最信任的左膀右臂，黎家产业的大大小小事务几乎都会由他经手，他爸忙的时候，甚至可以代为决定。

十年前他爸离婚后，与冯致安走得越来越近，后来探监时才得知他爸的心情：“你妈已经离开了我，你也对我越来越疏远，只有致安一直陪着我，我们都这个年纪了，能有个交心的知己，就不想其他的了。”

如今黎正宏一判就是十年，所幸有冯致安接手公司主持大局，黎家财产才不至于分崩离析被外人瓜分。黎洛对自己曾经的恶言相向一直心怀愧疚，这些年没少向冯叔赔礼道歉。

“冯叔他挺好的，我前阵子还跟他吃了顿饭呢。”

黎正宏欣慰地笑了笑：“有时候我觉得我也算因祸得福了，起码你和我俩冰释前嫌了。”

黎洛翻了个白眼：“还不是你非要替我妈瞒着出轨的事？让我误会你在外面乱搞，我妈才离婚……要不是她来探望你的时候亲口告诉我，我这会儿还记恨着你呢，咱俩能像现在这样坐在一张桌子边上好好说话？”

“好好好，我的错。”黎正宏一点儿也不生气，“不过你也别生你妈的气，我那些年确实忙着打拼事业，没有顾及她的感受，她对我心灰意冷也正常……都是我的错。”

就因为这句黎正宏总挂在嘴边的“都是我的错”，才害黎洛误会了这么多年，想想都气不打一处来，气他爸不解释，更气自己不懂事。

“心灰意冷那就离婚啊，她干吗偷偷摸摸的？”

“她肯定是舍不得你，想让你有个完整的家。”黎正宏语重心长道，“她被我发现后第一句话就是求我别告诉你，不想让你对她失望，其实她心里最在乎的就是你了。”

黎洛撇嘴：“我还是觉得她对不起你，但既然你都已经原谅她了，我还能说什么呢。”

黎正宏颔首：“嗯，你懂事就好，有空也去看看你妈，回来告诉我她现在过得幸不幸福。”

黎洛受不了道：“爸，你知道有个词叫‘圣母’吗？我看你啊，就是‘圣父’！”

这时，访谈室的门被外边的看守敲了两下，示意规定时间所剩无几了。

黎正宏站起身，迅速拣了些要叮嘱的事项说了：“Zark 那边你要是争取不到他的佐证，就别费力气了，我估计像他地位那么高的人，也不想搅和到这种麻烦事里来。”

“我知道，我现在有新方向了，要是成功的话，比他的佐证管用一百倍。”黎洛也站起身，将来时的行头一样样穿戴上，整张脸挡得严严实实，只露出双狭长的眼睛，丝毫看不清脸上的表情，口罩后的声音含糊地透出来，“这段时间会比较忙，或许不能来看你了，我会让别人替我来的，你有什么事转达给我就行。”

黎正宏不太放心地问："什么新方向？这事不是闹着玩的，段家可还盯着我呢，你要是一不小心着了他们的道……"

"那我就进来陪你解闷。"黎洛浑然不在意，"每天给你讲演艺圈的新闻，我可以讲上四五年。"

"胡闹，咱们说正经的。"

"我也是跟你说正经的啊。"

黎洛推回椅子，站在桌子边上，腿长肩阔，脊背直挺。黎正宏看着面前比自己还高出一些的身形，忽然意识到，他这个曾经任性轻狂的儿子，如今俨然是个成熟的男人了。

黎洛最后戴上墨镜，漆黑镜片后的眼神难辨情绪。

"我犯下的错，终究是要由我来弥补的。"

从监狱里出来回到家时，已是十一点左右，黎洛懒得再出去，就让邓良从附近餐厅打包了一顿简餐，结果打开餐盒一看：白灼芥蓝、西芹百合、清炒虾仁……他吃了两筷子，实在清淡得没胃口，全推给了邓良。

"哥，你不吃啊？"

"这怎么吃得下去，一点儿油盐没放吧？"

邓良苦口婆心："你最近熬了夜，行程又赶，不能吃太油腻的啊，容易长痘，还容易发胖！"

"你当我健身房那些器械是摆设吗？"黎洛撩起衣服下摆，露出半截白皙的腰，"来来来，看看你哥我的腹肌，少一块了吗？"

邓良连忙捂住眼，又忍不住张开指缝："哥你身材好辣！"

"会不会说话？这叫好有型。"

"反正、反正就是很帅！"邓良摸摸自己的一大块肚腩，打了个饱嗝，"我也不吃了，下午见我的女神，得英俊潇洒点儿。"

黎洛嗤笑了声："要我给你挑套衣服吗？"

邓良立马点头如捣蒜。

"等着，我先进去换。"

黎洛进了衣帽间，脱了自己身上的外套，对着满衣柜的服装，思考今天外出的穿搭。

上午去探访穿得朴素，下午到了电视台虽然还得换服装，但这中间过渡的穿搭也不能太随性了，否则被粉丝和媒体拍到不修边幅的样子，"精致贵公子人设"就崩了。

好在他天生衣架子，穿个麻袋也不至于难看，加上穿衣审美在线，向来是各大时尚博主当作优秀典范的讨论对象。若非如此，也不会得到G牌的青睐，成为第一位亚洲代言人。

代言人……呵。

黎洛将刚拿出的一件G牌赞助服扔回了衣柜。

段明炀虽然答应了与他合作，但这代言人的位置估计是不会让出来了。

黎洛挑得烦了，干脆闭上眼手指一点，随机抽出了套休闲服。

得了，还是G牌的。

前阵子品牌方也以为这代言已经是板上钉钉的事，故而送来的赞助服堆成了山，想挑一套不是这牌子的都难。

时间耽误不起，黎洛只得妥协，迅速换上了手中的衣服，随后站在全身镜前挑选配饰。

放在边上的手机忽然嗡嗡地振了振，他瞥了眼来电人，按下免提。

“喂，有事快说，我忙着呢。”

“我有事还是你有事？”江流深上来就开始嘲讽，“我听说了，段明炀要收购你们烁星？还要赶你走？你想求我摆平的话就直说，我不会见死不救的。”

“得了吧。”黎洛嗤笑，“你有空管我？最近不是和某个小歌手炒得火热吗？怎么，审美变了？不喜欢萌妹了？”

“怎么可能。”江流深停顿了下，“不过那小朋友确实挺有意思，改天介绍给你认识。”

“哟，江大明星什么时候这么热心了？”

江流深没接他的话：“你别想转移话题，说认真的，这事真不需要我出面？”

“不用，我已经和段明炀见过面了，达成了和平交易，他暂时不会找我麻烦，我也不会报复他。”

“你和段明炀还能达成交易？”江流深难得惊了，“你忘了你爸被谁害的吗？”

“被我害的。”黎洛换了条项链，放在领口比照，语气平淡，“所以我要还他清白。”

“你这是羊入虎口。”

“我这是不入虎穴焉得虎子。”

“你确定你只是为了救你爸？而不是想和老朋友重归旧好？”江流深问道。

黎洛扑哧笑出了声：“你都哪儿学来的词？就算我想重归旧好，也得先有旧情啊。我跟他之间，有过情义吗？”

“有没有过你自己心里清楚，当年哭得跟个傻瓜似的也不知道是谁。”

黎洛的手一顿，将项链扔回了抽屉：“我那是在哭我爸，误会了我爸那么多年，觉得愧疚好吧？”

“行，你说什么就是什么，反正你意已决，我也劝不动了。但你得答应我，再遇到那姓段的，用鼻孔看他。”

“滚，我不要偶像包袱的吗？”黎洛笑骂，“总之我和他的事你别管了，我会处理好的。”

挂了电话后，黎洛总算挑到了一条满意的项链，将长发拢到一边，手伸到颈后拧上搭扣，对着镜子端详了会儿，只觉得头发实在碍事，便拿了根皮筋随手扎了起来，又看了看，依旧觉得碍眼。

“咚咚！”邓良在外头等太久，来敲门了：“洛哥，好了吗？”

“好了。”黎洛打开更衣室的门，迎面就是一句抱怨，“长头发真麻烦。”

邓良无奈，第一百零八次重复：“那就剪了呗。”

黎洛没接话，将他往更衣室里推，挑了会儿衣服后，才第一百零九次回答：“算了。”

张扬鲜艳的跑车开到电视台的时候，果不其然地被一群粉丝的尖叫声包围住。黎洛是当红明星中少数出席活动时经常自己开车前往的，每次开的车又格外高调，想不被认出来都难。

好在电视台早早就设好了围栏，粉丝在外圈挥着手幅激动地喊着自己偶像的名字。

黎洛下了车，摘下墨镜挂在衬衣领口，朝自己的粉丝挥了挥手，笑道：“想我了吗？”

他这一趟去国外花了不少时日，回国之后也没怎么抛头露面，算算都有近一个月没出现在粉丝面前了。因而今天粉丝比以往还热情些，拢手扩音大喊：“想！！！”

“我也想你们。”黎洛附赠了一个眨眼，“记得收看这期节目哦。”

“啊啊啊啊，好！！！”

邓良跟在他后头进了电视台，脑子还被刚才爆发的尖叫声炸得有点蒙。

他家洛哥是真的很会撩拨粉丝，本身“人设”走的就是翩翩公子型，演的角色也都是帅气爆棚的男主，加上这张足以迷倒众生的脸，再普通的句子从他嘴里说出来都娓娓动听，再油腻的情话经他一开口都能令粉丝激动不已。

比如这回的热播剧里，黎洛有幕场景是将赵珊珊饰演的女主压在床上，解开她的丝绸衣带，咬着她的耳朵低语：“我要你……”

那短短几帧的画面被反反复复剪裁成了无数动图和拼图，条条转发上万。

别说粉丝了，就连常演言情女主、搭档过许多帅气男星的赵珊珊都NG（卡）了好几回才把这幕戏拍完，之后几天看见黎洛还会脸红，显然是入戏被迷住了，明里暗里地给黎洛送秋波。

可惜黎洛出戏很快，演得再缠绵甜蜜，只要导演一喊“卡”，立刻就能从角色里脱离出来，对她的示好表现得相当平淡疏离。

结果没出几天，就被路人拍到他和赵珊珊私底下一起吃饭。

邓良有时候也搞不懂黎洛到底对这些女明星有情还是无情。

不过起码眼下，黎洛和赵珊珊两个人似乎相谈甚欢。

“你在巴黎的走秀我看了，台步很专业啊。”赵珊珊趁发型师卷发的间隙侧过头，开玩笑道，“代言人的位置非你莫属了吧？以后记得给我留着最新款啊。”

黎洛靠着椅背闭目养神，任由化妆师鼓捣，漫不经心道：“还不一定。”

应该说是一定不。

段明炀能答应不逼走他就不错了，代言还得留着给林澄呢，怎么可能还给他。

“遮掩什么呀，当我不知道啊？”赵珊珊娇笑，“杨婧不也去看秀了吗，她刚签了国内宣传大使的合约，听她说你是新晋的全球代言人。”

黎洛倏然睁开眼：“什么？”

赵珊珊惊讶：“你真不知道啊？那可能还没通知你，她昨天刚签的约，估计品牌方马上就会来联系你了。”

黎洛扭头问自个儿助理：“你知道这事吗？”

邓良摇头：“罗总没跟我说过。”

“给他打个电话。”

电话还没拨出去，倒是罗鹏先打来了。

“阿洛啊，还是你厉害，怎么说服段总的？”

“你指什么？”

“代言人的事啊！品牌方都给我发邮件了，明天就派人来签约，这下你该高兴了吧？”罗鹏喜气洋洋。

然而黎洛出乎意料地冷静，沉默几秒后，问的却是：“那林澄怎么办？”

“啊？”

“他知道消息了吗？”

“还没……你担心他难过啊？可他本来就不想要啊，你在意他干吗？”

"算了，我去跟他说。"

黎洛当即挂了电话，示意造型师稍等片刻，起身往外头走，刚走到门口，一人推开门进来了。

"黎先生您好。"来人西装笔挺，面容方正严肃，推了推眼镜，镜片后闪着精锐的光，"我是段总给您指派的新经纪人，金仁，今天开始就跟着您活动了。"

黎洛还算客气地跟他握了握手："幸会，你先和我助理聊两句，我出去打个电话。"

段明炀一如既往地不考虑别人的感受。代言人说换就换了，经纪人说来就来了，一点心理准备时间都不留。

拨出去的电话响了好几声才被接起，那头传来林澄清亮的声音："洛哥！什么事？"

"小澄，代言人……又换成我了。"

这话说出来，黎洛总觉得自己简直像来竞争对手面前炫耀的，为避免误会，他又加了句："不是我要求的，是段总擅自……呃，换掉的……"

林澄似乎愣了愣："啊……哦，那不是挺好嘛。"

黎洛斟酌着词句："你要是想当的话，我可以和段总说说。"反正现在这个资源对他来说已经没多大用处了。

林澄扑哧一声笑了："说什么呢，洛哥，我好不容易才说动明炀哥把代言人还给你的。"

黎洛："……是你让他换的？"

林澄还未答话，电话那头就传来了另一道男声："澄澄，在和谁打电话？"

林澄回了那人一句："是洛哥，明炀哥你要听一下吗？"

段明炀还真接了电话，冷冷道："你找他干什么？"

黎洛咽了口唾沫："关你什么事？林澄这会儿应该在公司练习，你把他拐到哪里去了？"

"他这两天感冒了，我给他请了假。"

"呵，你是他家长吗？有什么资格给他请假？"

"凭我是他老板。"段明炀语含轻蔑，"也是你老板。"

黎洛哼笑："明天才签收购合同，段总今天就开始摆起老板架子了？"

"提前履行职责而已。"段明炀对林澄说了句"去吃蛋糕"，接着似乎坐下了，戒备的语气松散了些，"对了，新换的经纪人，黎先生还满意吗？"

"不怎么满意，我还是喜欢原先的漂亮小姐姐。换了个古板的男人，感觉工作都失去了动力。"

“黎先生的动力来源还真是肤浅。”段明炀说，“他日后会监督你的工作，如果你有松懈偷懒或者行为不当的地方，我立刻便会知晓。”

“知道了又怎样？”黎洛满不在乎，“难不成你再逼走我一回？”

“这，对黎先生你似乎不起作用，所以我想到了另一个办法。”

段明炀的声音隐隐透出一丝戏谑。

“如果你再让我有一次不满，我就让发型师……剪掉你的头发。”

黎洛足足蒙了五秒。

他忍不住骂道：“段明炀，你有病吧？”

这招简直损到家了，就算段明炀让人把他五花大绑按在椅子上剪掉头发，他也只能忍着，总不可能去报警，对警察说：“有人把我头发强行剪了，你们快去抓他。”

那他可能会被当作神经病抓起来。

“黎先生要是好好工作，我自然不会对你心爱的头发做什么。”段明炀的话语中似有嘲讽意味，“毕竟要是随便剪了，我也可能惹麻烦。”

黎洛满头问号。

他刚开始留长发确实是因为和江流深打的赌，之前也和段明炀随口提及过，但后来……就不是因为这个原因而留的了。

“段总想剪就剪吧。”黎洛嗤了声，“我和那家伙的赌约他早就兑现了，况且他现在有了新欢，哪儿还有空来管我。”

当初他头发刚留到及肩长的时候，他爸便出了事，四处求人折腾了好几个月无果，灰心丧气。江流深为了让他排遣心情振作起来，不要无所事事惶惶度日，便说服他进了演艺圈。他本打算签入江流深的工作室名下，但考虑到他爸的事涉及太广，稍有不慎可能拖累自己兄弟，只好打消了这个念头，转而和曾经有过一面之缘的罗鹏签了约。

江流深虽然平日里总和他嘴上互呛，但在他出演的第一部电视剧“官宣”当天，还是兑现了他都快忘记了的赌约，发动态“艾特”他并附上剧照，高呼：“洛哥真牛！”

黎洛当时看到那条动态就不争气地红了眼眶。

郁结了多月的心情豁然开朗，这才从萎靡不振中走了出来。

由于江流深罕见的“自来水”宣传，那部剧的热度迅速飙涨，令他一炮而火，从零起点直接飞升一线演员，成了业内风头无两的神话般的存在。

“江流深都有了新欢，你不急吗？”段明炀突然问了这么句。

黎洛回神：“嗯？哦……我是挺急啊，最近都找不到新欢，他也不给我介绍个。”

“……”

这时，电话那头又传来了林澄的喊声：“明炀哥！我给你留块小蛋糕哦，你一会儿来吃！”

黎洛听见段明炀回：“好，我马上就来，你记得把厨房的姜汤喝了。”一转眼又变回了淡漠的语气，“黎先生，我给了你代言，算作一份与你合作的诚意，请你不要让我失望。今天录制的节目，我很期待成品。”

说完就单方面挂了电话。

什么臭毛病。

黎洛烦躁地抓了抓头发，返回了化妆间。

邓良正和新经纪人确认接下来的工作安排，见他进来，高兴地说：“洛哥！你真的拿下代言人啦？太好了！”

金仁一板一眼道：“接下来的品牌活动会很密集，需要去欧洲四个城市拍摄广告，国内的宣传也必不可少，加上您的新剧宣传，可能会忙得不可开交，黎先生要注意合理安排休息时间——”

“叫我黎洛或者洛哥。”黎洛听到这称呼就烦，仿佛有第二个段明炀在面前喋喋不休，“你跟邓良说就行了，他是我的随身助理，会替我安排好的。”

邓良点点头：“嗯！交给我吧，金哥！”

才这么会儿工夫，连哥都叫上了。黎洛无语。

金仁推了推眼镜：“好的，洛哥，那你现在有什么吩咐吗？没有的话我先去外边看看舞台布置得怎么样了。”

黎洛坐回了化妆镜前，架起腿，捻了捻自个儿的长发发梢。

下午两点，节目的录制准时开始。

这是一档名为《金牌秀》的热门综艺，每期请的都是当红明星，黎洛以前来过两次，这是第三次来。

其中一位女主持是他从小玩到大的老熟人，江小芙，江流深的堂妹。这小丫头隐瞒身份在自家公司名下的电视节目中做主持人，倒也干出了一番事业。如今平台粉丝过千万，是主持界炙手可热的新星，也是邓良心中才貌双全的“女神”，说上一句话都能激动半天的那种。

“小、小芙姐，刚刚洛哥蛋糕买、买多了，让我来给你……”邓良毕恭毕敬地捧着装在漂亮礼盒里的小蛋糕，递给正在场边休息的江小芙。

“哟，难得他这么好心。”江小芙开心地收下了，接着看了会儿台上的互动，突然神神秘秘地凑近邓良，“欸，黎洛他和赵珊珊，来真的吗？”

邓良因她靠太近而腼腆地咳了声，连忙定了定神，也看向台上。

黎洛正和赵珊珊演绎剧中的某段情景，赵珊珊饰演的小丫鬟不慎崴了脚，坐在路边的石头上蹙着秀眉，轻咬粉唇，一脸焦急。

这时，饰演大少爷的黎洛出现了。

他一袭素雅明朗的纯白长袍，乌黑的长发用无瑕玉冠高高束起，步履轻缓优雅，身影挺拔如竹。嘴角噙着笑意，目中点缀着繁星，端的是玉树临风，俊美绝伦，说是天人之姿也不为过。

都说古装是检验颜值的最高标准，邓良觉得，他家洛哥应该比最高标准还要高出一大截。

坏坏的大少爷调戏了娇憨的小丫鬟几句，互呛了几个来回，忽然一弯腰，将小丫鬟打横抱了起来。

台下粉丝瞬间尖叫连连，捂着爆炸的少女心激动得面红耳赤。

邓良看见依偎在黎洛怀里的赵珊珊也红了脸，娇羞地送了个秋波，黎洛大大方方地抱着她转了个圈，衣袂扬起，翩然出尘，随后便将她轻放落地。

两人之间看起来确实有那么点儿意思。

“我、我也不清楚啊……”邓良挠挠头，“洛哥对女明星好像都这样，女明星对他好像也都这样，我实在看不出来……”

江小芙好笑地敲了下他的脑袋：“你怎么这么呆啊。”

邓良唰地红了脸，直到中场休息的时候才褪下去些。

“怎么样？小蛋糕计划有用吗？你的‘女神’理你了吗？”黎洛边喝水边调侃。

“嗯嗯！”邓良猛点头，突然想起还没能回答江小芙的问题，估摸着黎洛应该也不会介意，索性直接问了，“洛哥，你和赵小姐是在交往吗？”

黎洛一口水差点呛住，咳了几声，瞪眼看他：“当然不是。”

“可我看她好像挺喜欢你的欸？”

“她喜欢我我就得跟她交往吗？喜欢我的人多了去了。”

邓良嘟囔：“那你还跟人家私下吃饭……”

“她找我吃饭确实有那个意思，我正好跟她说清楚，拒绝女孩子不得温柔点儿？”黎洛说完，不知想起了什么，目光微微出神，“而且那天……不想一个人过，正好她找我吃饭，我就去了。”

“可就算你拒绝了，我看她对你还是有那个意思的。”

“那就不关我的事了，反正我都跟她说明白了，她也同意了做朋友。至于这些搂搂抱抱的，纯属宣传需要，她好歹也是艺人，怎么可能会拎不清？”

邓良心道这可不一定，您戏里戏外都这么绅士体贴，连拒绝都没惹人家生气，还愿意跟您炒作眉来眼去，指不定心里还怀揣着一丝能让浪子回头的希望呢。

但倘若浪子能这么容易回头，也就不叫浪子了。

黎洛心不在焉地望了圈周围，随口问：“那新来的经纪人呢？”

“他呀？我看到他好像出去打电话了。”

“嘁，打电话？我看是打小报告还差不多。”

邓良莫名：“啊？给谁打小报告啊？”

“还能有谁，新来的大老板呗。”黎洛晃荡着架起的腿，仰头往后一躺，闭上眼，幽幽道，“算了，看在他诚意够足的份上，是该给他办点事了。”

第05章

代言人的事一定下，品牌相关活动便风风火火地展开了。合约一签，黎洛第二周就重返巴黎，继续之前差点黄掉的平面广告拍摄。

品牌方也是松了口气，先前的方案都是围绕黎洛的个人特色和风格量身定做的，要是真换了人，就得统统推翻重来，或者重新找一个风格类似的人选，但那谈何容易。因此能够继续合作，两方都觉得来之不易，都拿出了十二万分的劲头推动项目的进展，忙前忙后马不停蹄。

唯一一个提不起劲儿来的，大概只有主角黎洛本人。

“嗞……好冷，我到底为什么要来遭这个罪。”

他裹紧了大衣，往避风的地方疾步走去，指尖都在发抖。

邓良忙不迭地跟着走过去，递上保温杯：“洛哥，喝两口热水，当心别感冒。”

黎洛接过杯子拧开，里头的热气蒸腾而起，遇着寒冷的空气化为袅袅白雾。

这才刚开春，气温还没回升多少，品牌方就丧心病狂地让他穿着单薄的衬衫站在高楼屋顶拍时尚大片，冽冽寒风吹得他发丝散乱，头痛欲裂，冻得眼睛都发红了，不自觉地目露狠光，照理说应该是瞪谁谁发怵。

可摄影师却竖起大拇指叽里呱啦地用法语夸了一通，他听不懂，让随行翻译一翻，才知道摄影师说的是：“眼神太棒了！很高傲！很野性！请保持！”

高傲本傲、野性本野的黎洛此刻正蹲在墙角，瑟瑟发抖地缩在大衣里，捧着个保温杯吹热气，从远处看，活脱脱一个沧桑的中年老干部。

“就不能换个地方吗？就不能用PS换背景吗？”黎洛喝了两口热水，胃里才算热起来，“还有几套要拍啊？”

“还有五套衣服，洛哥你忍忍吧。”

邓良也没办法，黎洛拍摄时就穿着一件单衣，连暖贴都没法贴。虽说在大冷天拍外景对普通模特来说是稀松平常的事，但黎洛毕竟不是职业模特，是个明星。

还是个从小养尊处优、特别不上进、能不吃苦就不吃苦的大明星。

他能答应拍摄并在这种“恶劣环境”下坚持到现在，都已经堪称他明星生涯中可歌可泣的敬业之举了。

好在黎洛抱怨归抱怨，倒是没耍大少爷脾气，摄影师的指示都一一照做了。终于到傍晚时，在计划时间内完成了全部拍摄任务。

“洛哥你想吃哪家餐厅？”邓良划拉着手机给他看，上面是一家家巴黎的招牌餐厅，“你今天这么累，一定要吃好点犒劳自己。”

黎洛疲惫地靠在保姆车的座椅上，椅背已经调整到了最低，揉了会儿太阳穴，道：“你们去吃吧，给我打包点回来，我先去酒店睡一觉，头痛死了。”

坐在另一侧的金仁检阅着笔记本里的行程安排，道：“嗯，休息很重要，明天我们五点就得起了，然后飞英国，到拍摄地预计八点，做完妆造九点半，然后——”

“打住打住！”黎洛受不了，“明天的事明天再说，先让我歇一会儿行不行？”

金仁又“嗯”了声，果真不说了，转而盯着笔记本迅速地打起了字，也不知道在和谁汇报工作。

黎洛心里嗤了声，闭上眼，懒得去想这些有的没的，徒添烦扰。

第二天到达英国之后，来接他们的车直接将他们一行人从机场送往拍摄地。

黎洛困得要死，在车上睡了大半程路，快到的时候才被邓良喊醒。

他打着哈欠半睁开眼，迷迷瞪瞪地往车窗外看，目光逐渐聚焦，意识慢慢回笼，突然发现，这条路……好像很眼熟。

“我们要去的拍摄地在哪条街？”他问。

金仁迅速报了个街道名。

黎洛这下彻底醒了。

这条街……距离他的大学就一两公里。

段明炀以前租的房子就在这条街上。

车窗外的街景迅速掠过，大致上还是记忆中熟悉的景色，不过也有些许变化，街道上曾经老旧的房子要么被重新粉刷过了，要么就是拆了之后建了别的。比如这趟行程的拍摄地建筑名他就没印象，想来应该也是这几年里新建的。

车子继续往前开，经过某个位置时，黎洛望过去。

那栋出租屋也没了。

变成了一家西餐厅，餐厅很漂亮也很有情调，外边竖着一排围栏，上头整齐地摆放着盆栽，种着太阳花和洋桔梗之类的鲜花。从木门看进去，店外面有几张露天的桌子，不少客人正围着桌子坐着，边吃饭边聊天，享受着和煦温暖的初春阳光。

光看这场景，谁能想到这儿几年前是一栋楼梯间连照明灯都没有的破败居民楼呢？

段明炀要是看到自己昔日居住的出租屋改建成了如今这般美好的地方，会怎么想？

估计只会嗤之以鼻，或许还会说："这种小餐厅根本赚不了什么钱，不如建点别的。"

毕竟他这人，是没有一丁点情调的。

黎洛曾经不止一次觉得，似乎全天下浪漫的行为在段明炀眼里，都是无聊的把戏、虚假的情意。

但有一次例外。

那时他已经认识段明炀好些日子了，一开始还挺热情来劲儿，每晚只要有空，几乎都会兴冲冲地去那家酒吧报到。这事儿在富二代圈里传得沸沸扬扬，把他爸气得够呛，完美达成目的。

其实他去酒吧也不做什么，无非就是逮住段明炀聊东聊西，逮不住就坐在吧台安安静静地喝果汁，玩手机游戏打发时间，一晚上能换三四款游戏，充个万把块不足为奇。

段明炀的打工结束时间不固定，有时候十一二点，有时候凌晨一两点，甚至两三点。黎洛问了吧台的调酒师，才知道打工是算时薪的，段明炀第二天一大早有课的话就会早点结束，没课就稍微晚点回去。

不过在黎洛看来，为了那么点儿微不足道的时薪而每天工作至深夜，简直是浪费青春浪费精力。他好几次等得不耐烦了，都想把自己的白金卡甩给段明炀，说："我给你发工资行不行？这点钱也配让我等这么久？"

但他最终还是默念了好几遍"'人设'不能崩，'人设'不能崩"，把火气忍了回去。

段明炀像是全然不知道他等得有多无聊多心累似的，每次下了班就面无表情地跟他说一句"我走了"，接着便径自回家了。还得黎洛追上去，跟在后头巴巴地问："我可以跟你回去吗？"

他就想拍一张和段明炀一起的照片。

然而除了第一次之外，段明炀再也没同意过。

有一晚，黎洛倔脾气上来了，被段明炀再度拒之门外后，学着电视剧里的情节，硬是在楼下等了一个多小时，指望着段明炀也像电视剧里演的一样，从窗口看见他之后下来找他，无奈地将他领回屋。

可他毕竟不是在演电视剧。

天空刚下了点毛毛雨，他就受不了打道回府了。

从那之后，他想和段明炀做朋友的热情也被那几滴雨浇灭了些。

人心都是肉长的，谁也忍不了天天这么热脸贴冷屁股，况且他本就心高气傲。虽说计划的是死缠烂打的剧本，可黎洛潜意识里总觉得自己是放下身份去递橄榄枝的，段明炀既然知道了他家境优渥，在留学生圈有点地位，就算拒绝也该委婉客气些，这样冷漠对他，实在有点拎不清。

于是每天报到渐渐变成了隔三岔五报到。不去酒吧的日子，黎洛又和原先的狐朋狗友聚到了一起，出去寻欢作乐，喝酒赛车。久违的纸醉金迷更令他觉得，之前的苦苦等待简直卑微可笑得不忍回首。

他要什么样的朋友交不到？一个连笑一下都不肯的冰山哪儿值得他费尽心思地去焐热？

他想通之后出去连疯了几夜，整整一个礼拜没去酒吧，顶着疲倦的面容、打着大哈欠去上课，却在通往教学楼的林荫大道上撞见了段明炀。

黎洛愣了愣，习惯性地挂上了纯善的笑容，走上前打招呼："明炀，早啊！"

段明炀不知为何脸色也不太好看，像是很多天都没休息，眼睛下方泛出青黑，更显阴郁。

"早吗？现在十一点了。"

说话的语气也是阴沉沉的，败兴。

黎洛维持着笑意，心里却已经想走了，并且他有预感，这一走，以后可能再也不会去那家酒吧了。

"也是，不早了，我要迟到了，先走一步，拜拜！"

"等等。"段明炀却忽然叫住了他。

"啊？什么事？"

"你的钱包落在酒吧了，有空去拿。"

"我的钱包？"黎洛困惑。

他怎么没察觉自己丢了钱包？哦，也对，他有好几个钱包，每个里面都放了卡和现金，估计一时没找到就顺手拿了个别的，没往心里去。

"你怎么知道那是我的钱包？"

"里面夹了张照片，是你和你妈的合照。"段明炀的神色似乎有些鄙夷，"这么重要的东西都能丢。"

黎洛不太爽他的语气，带着点刺回道："是挺重要的，不过我每个钱包里都夹了照片，家里还有电子备份，丢了也不要紧。"

段明炀皱眉："那你到底要不要？不要我扔了。"

"要啊，我今晚去一趟，谢谢你啦。"

"没事。"

段明炀走远后，黎洛脸上的笑意慢慢退去。

明明只是个穷学生而已，装什么高高在上？口气里的傲劲儿比他还足。

今晚绝对是最后一次去酒吧了，拿好钱包就走，一秒都不想多耽搁。

下午上完了课，太阳刚沉下去些，黎洛的一群夜猫子朋友便纷纷冒出了头，群里新消息不断。

他是这群留学富二代里最有钱的公子哥之一，大家对着他说话的语气，说好听点儿叫作客气，说难听点儿，叫作谄媚。

他其实不怎么喜欢这种将他捧到天上去的态度，但他更讨厌段明炀那种不把他放在眼里的冷漠。

人是社会性动物，总是希望被其他人认可的。

黎洛收拾完东西，往教室外走，随手在群里发了句：你们晚上去哪儿？立马就有一串人回复。

"黎少也有空？我们还没定呢，要不去盘山公路那儿赛车？"

"前几天不是刚赛过吗，玩点儿别的，新开的会所你们去了没？"

"没去过，新开的？保密性靠不靠谱啊？别到时候我爸一个电话过去就把我给卖了。"

"那倒不清楚，咱们可以今晚去探探，黎少，你去吗？"

"洛哥肯定不去吧。"

黎洛正往停车场走，手指上套着个钥匙扣，漫不经心地转着圈儿，用语音回了句："你们先商量着，我晚上有事，办完就加入你们。"

酒吧七点才开始营业，这会儿还有三个小时的空当，黎洛无事可做，本想开车出去兜兜风，然而到了停车场，站在自个儿的跑车面前驻足了片刻，又改变了主意。

横竖都是无聊，不如走走，还可以锻炼锻炼身体。别看他经常出去花天酒地，对身材的控制一向很严于律己。

从学校到酒吧没几公里，黎洛插着兜迈开腿，就从校门口走了出去，朝着酒吧方向慢悠悠地闲逛。

学校周围一片儿几乎都是放了学的学生，三三两两或成群结队，热热闹闹欢声笑语的，迎面遇见了认识的人还要来个击掌。

黎洛在学校里名气挺大，今年还在学生自发举办的校园帅哥评选里得了前十，是榜单上唯一的亚洲面孔，不少人都认得，因而在街上走了五分钟，就和些认识不认识的人打了七八次招呼，实在有些吃不消这份热情，逮着机会便闪身进了一家沿街的珠宝店。

店里环境雅适，就两位年轻的女店员，正聊着天，见有客人来了，也只微笑了下略表欢迎，没有迎上来推销。

黎洛本来只是想随便看看，结果沿着柜台走了圈，发现这家店不少设计还挺别致，用料也上佳，便认认真真重新绕了一圈，仔细挑了几条精致的项链和手链，打算过几个月放假的时候带回国，送给他妈去。

店员替他妥帖地收进了丝绒首饰盒，再用礼品袋包装了起来。黎洛进店时没看招牌，这会儿看了眼袋子上的品牌标志，才知道这牌子叫作 Dawning（黎明），似乎是家独立设计师品牌，在某平台上还挺有名。

他随口问了句为什么叫这名字，店员介绍了一遍官方描述后，开玩笑说："而且读起来很像'Darling（亲爱的）'，不是吗？"

"确实挺像。"他笑着道了别，自己翻附赠的品牌介绍册去了。

沿街的各色商店不少，黎洛又逛了几家，却没买到什么东西，眼看还有一小时，干脆先去吃了顿饭。饭后边走边消食，到酒吧的时候正好赶上开张营业。

他前阵子来得勤快，长得又令人过目难忘，吧台的调酒师一抬眼就认出了他，笑道："哟，阿洛，好几天没来了啊，今天又来找段明炀？"

看来段明炀和这些同事的关系不怎么样。黎洛心想。连他这个只来过几次的客人都被唤了昵称，他们称呼段明炀却还是全名。

也对，就段明炀那性格，和谁都处不到一块儿去，在学校里也是形单影只，估计一个朋友都没有。

"嗯，我来拿东西，他来了吗？"

"来了，前脚刚到，去员工间换制服了。"调酒师的目光落到他手里提着的礼品袋上，"哇，这什么呀？给他买的礼物？"

黎洛看了眼袋子，上边没写段明炀的名字啊，莫名地问："为什么你觉得是给他的？"

"啊？难道不是吗？今天是他生日呀，我以为肯定是你打算送给他的礼物。"调酒师说道。

黎洛愣了愣："真假？他生日？"

"骗你干吗，我们老板本来打算放他一天假的，他非要来，说不定是有什么惊喜要给你哦。"

“那我可得期待下了。”黎洛笑着说，心里却嗤了声。

可能吗？让段明炀给他准备惊喜，比让太阳从西边升起都难。

不过……今天居然真是那家伙的生日啊，怎么一声都不吭？就打算在打工中度过了吗？这也叫生日？

黎洛这会儿心情有点复杂。

他自己每次过生日，无论大小，排场都搞得铺张奢华。他爸从来不会在这方面吝啬钱，只要不太过，随便他怎么折腾。像段明炀这种普通人甚至可以说穷人的生日，一般怎么过，他还真不清楚。

眼下得知段明炀连生日都要打工，忍受酒吧嘈杂的人群和讨厌的酒气烟味，他心里不由得生出一丝同情。

前些日子自己虽然也遭了不少罪，但反过来一想，段明炀好像也挺惨……

现在连个生日都没人陪他过，当真可怜。

黎洛一拍大腿，当即决定：给段明炀准备一份惊喜！

就当作是道歉补偿和道别礼物好了，好歹相遇一场，也算是种缘分。

他立刻打开手机，在网上挑选起了蛋糕。也不知道段明炀喜欢哪种口味，干脆选了自己喜欢的巧克力慕斯。

就算段明炀不喜欢，自己这么用心准备了，他总得赏面子吃几口吧？

预订的蛋糕装饰颇多，制作复杂，四个小时后才会送到，黎洛算了算时间，段明炀那会儿也差不多下班了，地址就填了出租屋。

这样一来，段明炀怎么也得请他进屋喝杯茶吃点蛋糕吧？那照片不就得手了。

啧，真是一箭双雕，足智多谋。

黎洛放下手机，信心满满，颇为得意地哼起了歌，吸了口果汁，一抬眼，瞧见段明炀从员工间那儿出来了。依旧是一身黑白制服，只是神色似乎比白天见到时阴沉了许多。

“怎么了，明炀？”黎洛歪了歪脑袋，“看到我不开心吗？”

段明炀对他的装乖视若无睹：“我忘了，我把你的钱包拿回家保管了，明天带给你，你回去吧。”

“没关系啊，我可以等你一起回家去拿。”

“我今晚通宵加班。”

黎洛笑容一滞：“通宵？”

谁过生日还主动通宵工作？有病吧？

“我觉得……”

然而段明炀压根没听他发表观点的意思，拿上酒水单子，就去服务第一批进来的客人了。

黎洛："……"

调酒师扑哧一笑："我看他是生气咯，阿洛啊。"

黎洛瞪大眼："他还生气？凭什么啊？"

"你是不知道哦，你没来的这一个多礼拜里，段明炀几乎天天通宵。"

黎洛心里呵呵一声："他应该只是想多赚点钱。"

"嗯……那倒也有可能，听说他妈最近要做手术，需要很多钱。"

黎洛一摊手："看，我说吧。"

"说不准呢。"

调酒师闲聊完，擦拭了下玻璃杯，将方才调好的鸡尾酒倒入杯中，液体澄澈鲜艳，看得黎洛喉间一痒，又担心段明炀送酒回来看到，正犹豫着要不要点一杯解解馋，酒杯却被另一只手端走了。

"哎！ Andy！这杯是段明炀要送的。"调酒师出言阻止。

"怎么了？我帮他送还不好吗？"叫作 Andy 的人神色不屑。

"可是……"

黎洛知道他要说什么。国外酒吧多数客人都会给送酒的服务生小费，这人表面说是帮段明炀送酒，实际上是在抢生意，一般同事之间绝不会做这种缺德事，这人估计看段明炀不爽，只是不知道背后有什么原因。

调酒师面色为难，眼看着酒就要被端走了，张了张嘴，最终也没提出什么异议，看来是不想掺和其中。

Andy 哼了声，嚣张地把酒杯放上了自己的托盘，迈腿便走——

"等等，这杯酒我要了。"

Andy 闻声回头，见出声的青年是前阵子常来的熟客，正坐在吧台的高脚椅上，身正腿长，瓷白的脸极为俊美，一身昂贵的名牌，一看就是位富家公子哥儿，便不敢怠慢了，语气都谦卑了几分："您好，这杯酒是另一桌点的。"

"我说我要了，你听不懂吗？"黎洛压下眉头，狭长的眼眸隐于暗处，透出厉色，"让他们等等怎么了？分不清该先给谁吗？"

Andy 被这青年阴狠的语气吓得一哆嗦，心里打起了鼓。他在这酒吧打工了一两年，也见过不少凶神恶煞、文龙刺虎的大爷，骇人是骇人了点，但动怒了顶多就打一架。可眼前这位，那狠戾高傲的眼神，像是惹恼了他，立马就会被碎尸万段拖出去喂狗似的，瘆人得很。

调酒师也是头一回看见这向来乖巧温和的青年露出这般神色，不由得看呆了。

“怎么？要我喊保镖来，跟你好好‘谈谈’，你才肯给我？”黎洛眯起了眼。

“不用不用！给您，给您。”Andy忙不迭地献上那杯酒，脚底抹油开溜了。

“嘁，吓唬一下就怕成这样，㞞包。”黎洛不屑一哼，伸手去拿那杯酒，伸到一半，想了想，还是缩了回来，“留给明炀吧。”

调酒师仍处于震惊之中：“阿洛……人不可貌相啊……”

黎洛乖乖地吸了口果汁，无辜地眨了眨眼：“你说什么？我怎么听不懂呀？”

段明炀之后又来吧台端了几次酒，依旧是那副死气沉沉的样子，任凭黎洛怎么插科打诨抛出话题，他统统不接。

“奇了怪了，他今天怎么回事？平常好歹还理我一下的啊。”

黎洛埋怨了几句，目光追随着那道高大的身影，在场间穿梭。灯光交错，段明炀的目光却始终没有与他交错过一次。

“您好……”一道男声从旁边插进来。

黎洛侧目，是刚才那名叫Andy的服务生，不知为何又折返了回来。

“有事？”

“嘿嘿……没什么事，看您一个人坐这儿挺无聊的，正好我现在有空，可以陪您聊聊天解解闷。”

黎洛斜眼上下打量了他一番，这人脸上阿谀奉承的笑容平添了三分油腻，估计是看出了他有钱，连活儿都不干了，说不定捞到的好处比送酒的小费还多。

“不需要。”黎洛懒得理睬他，目光又回到场内去寻觅段明炀的身影。

“这位客人……”Andy指着段明炀的方向，一副无可奈何的样子，“哎呀，看您来这么多天了，一直被他无视，我都有点儿过意不去了。”

黎洛：“过意不去？那你有什么办法让他别无视我吗？”

Andy：“我也没办法，别看段明炀在这儿打工，其实他家里有钱着呢！不把您放在眼里，也很正常……”

“哦？他有钱？”黎洛来了兴趣，终于转身用正眼瞧他了，“你倒是说说看，他家里怎么有钱了？你又是怎么知道的？”

Andy立马搬了个高脚椅坐下，头凑过来，神秘兮兮道：“我亲眼看到的！”

“那天我在外边逛街，看到他和一个中年男人在说话，看模样应该是他爸，开着超级贵的豪车，身边站了四五个保镖，绝对是有钱人中的有钱人！”

“他爸好像是想带他走，可段明炀跟他爸吵了起来。用的中文，我听不懂，就见他撇下他爸，怒气冲冲地进了家商场。”

“我想跟进去安慰他一下，结果看到他进了一家奢侈品店，随手买了个钱包，两千多英镑呢我的天！这种泄愤方式我真是无法理解，我们打工时薪才多少啊，不愧是有钱人。”

“这不对啊。”一旁偷听的调酒师插了句嘴，“段明炀要真这么有钱，为什么还天天在我们这种小破酒吧打工？”

Andy 哼笑：“谁知道呢，说不定是为了体验穷人的生活呗。”

“可他的妈妈不是生了病，需要很多钱做手术吗？他爸也不资助一下？”

“这我哪儿知道，我就知道他其实很有钱就是了。”

黎洛的手指在吧台上敲击着节奏，心里琢磨着这些话有几分可信度。

就段明炀那股傲劲儿，比他有过之而无不及，要真是什么富家子弟，哪儿肯住在那种廉价破旧的出租屋？哪儿肯忍受这种群魔乱舞、烟酒味夹杂着臭汗味的恶劣工作环境？

除非他更不能忍受其他的。

比如来自他爸的帮助。

对了，那一晚，段明炀是怎么评价他爸的来着？

“他欺骗我妈的感情，抛弃了我们很多年，现在却又想接我回去。我妈同意，我不答应。”

这话再结合 Andy 的叙述，所有事似乎都能解释得通了。

段明炀之所以能付得起如此高昂的学费，大概是因为他爸送他来这儿读书，替他出了学费。估计他妈也在其中推波助澜，否则以段明炀对他爸的痛恨程度，必然不会同意。

到了国外后，他爸还想为他做点什么，但他妈不在身边，他不用再有所顾忌，不肯向抛弃自己的生父低头，宁可自己生活条件差一点辛苦一点，也要守住自尊和傲骨。

好一出剪不断理还乱的家庭伦理剧啊。

黎洛在脑海中脑补完一场大戏，不禁为自己的推断力和想象力折服。

“阿洛，你想什么呢？”调酒师的话将他拉回了现实。

“啊？哦，没什么，我只是在想……你告诉我这些做什么呢？”黎洛看向 Andy，“段明炀有钱没钱，关我什么事？”

Andy：“我这不是好心劝您嘛，别在他身上浪费时间金钱，他不屑，也不值得。”

“他不值得，难道你值得？”黎洛冷恻恻地说，“我管他到底是什么背景，我就是想跟他做朋友。就算不和他，也不跟你，懂吗？”

Andy 的脸色瞬间变得很难看，但恼怒的目光却不是冲着他来的，而是瞪向了他身后。

黎洛回头，被身后的段明炀阴鸷的目光惊得心头一跳，也不知道刚才的话他听见了多少。

“有意思吗？”段明炀冷眼看着 Andy，“在员工间里没说够，还要出来说是吗？”

Andy 正愁有火没地儿发，骂了几个脏词：“不说了不说了，我可惹不起你，要是你一不开心，让你爸来找我麻烦，我不就——”

砰！

黎洛愕然起身。

调酒师吓得失手打碎了一个玻璃杯。

连在舞池中打碟的 DJ 都停了下来，其余客人听见音乐停了，察觉异样，纷纷朝巨响传出的方向看热闹。

“说够了吗？”

段明炀一步步走到被自己踹飞的 Andy 面前，居高临下地俯视着他，浑身散发出森冷阴沉的煞气。

“说够了，就给我闭嘴。”

黎洛看呆了，咽了口唾沫。

哇哦，太酷了吧？

Andy 气急败坏地冲调酒师大喊：“愣着干吗！报警啊！他打人！”

不少客人也看见了段明炀动手的那一幕，纷纷附和：“是啊，报警吧！”

“太吓人了这服务生……”

“看他那样子，凶神恶煞的……”

“这种酒吧以后谁还敢来啊！”

“就是，让老板辞了他……”

段明炀微微侧头，议论声瞬间止了大半。

他一把扯开制服领结，往地上愤而一扔，大步走进员工间，取来了自己的衣服和背包，不顾他人的指指点点，径自出了酒吧大门。

黎洛回过神来，立马跟了上去，在门外拦住了他。

“等等！你就这么走了？”

“他要报警，我还留在原地等着被抓吗？”

“没事，我可以帮你的。”

段明炀绕开他：“我不要你的恩惠。”

“你可别误会，我不是给你恩惠，我只是单纯地想帮你忙。”

“为什么？”

黎洛笑笑：“什么为什么，我不是说了我想跟你交朋友吗？帮朋友的忙，不是很正常吗？”

段明炀的脚步刹住：“……朋友？”

“是啊。”黎洛上前，“我很欣赏你，不然干吗问你能不能跟我做朋友。”

段明炀沉默片刻，盯着他的眼睛，缓缓道：“你骗我。”

确实是骗你的。黎洛心里这么想，嘴上却委屈道：“你怎么可以怀疑我呢？我听说今天是你的生日，还特意给你准备了礼物。”

段明炀看了眼他手里提着的礼品袋子，说：“我从来不戴首饰。”

黎洛笑了：“这不是给你的，这是女款——”

段明炀瞬间抽出了手臂，理都不理他，直接往自己的住所方向走去。

黎洛自知失言，连忙边追赶边补救：“哎哎！这是买给我妈的！我给你准备的礼物是蛋糕！等等我啊！那蛋糕必须得是我签收才行，你就带我回去呗……走慢点啊段明炀！”

兴许是他的执着不懈感化了段冰山的心，也兴许是段明炀实在忍受不了他的聒噪，总之，最后黎洛终于如愿以偿地第二次进了那间出租屋。

“你一个男的，收拾得倒挺干净。”黎洛原地转了一圈。也只能原地转圈打量，这屋子小得跨出一步就差不多到头了。

“为什么男的就不会收拾？”

“我就随口一说，我家都是保姆收拾的，我不太了解。”

段明炀冷哼一声，似含鄙夷。

黎洛怕他又要赶自己走，连忙挑些讨好的话来说：“你刚才那一下好厉害啊！能不能教教我啊？”

“你怎么知道我那一下算是厉害？”段明炀问。

黎洛脑子一转：“我从小练防身术，经常看别人过招。”

“那你打过架吗？”

“没有！就算遇到有人挑衅，也都是保镖解决的。”

段明炀的神色看不出是信了还是没信，只说：“果然是‘大少爷’。”

段明炀将脱下的制服往地上随手一扔：“不是说欣赏我吗？”

黎洛：“是啊，但你不是挺讨厌我的吗……”

“谁说一定要互相赏识才能做朋友？”

段明炀呼出的气是热的，说出的话却是冷的：“看你可怜而已。”

第06章

chapters

黎洛难以置信地瞪大眼，差点被这话气笑了。

可怜？到底谁可怜？要不是看在你生日还得打工一个人过的分上，我早就和兄弟们玩去了，谁管你死活？

他极力按捺住火气，问："我哪里可怜了？"

段明炀仿佛没看见他脸色有多臭似的，"因为你根本不懂什么是朋友，还偏要装作很懂的样子。"

黎洛皱眉："你到底在说什么……"

嗡嗡——口袋里的手机相当适时地振动了起来。

黎洛："那个，不好意思，我手机响了。"

段明炀抬了抬下巴，示意他接电话。

电话里传来熟悉的大嗓门："黎洛！你怎么还不来啊？我们酒都开好啦，等你半天了！"

黎洛咬咬牙压下情绪，回了句"马上就来"，迅速拿开手机挂了电话。

段明炀听见这话，仿佛无事发生似的，神态自若地说："你走吧。"

黎洛冷着脸坐起来，拿了自己的东西就往门口走，一秒都不想在这破地方跟这破人待下去。

"等等。"

段明炀忽然又叫住了他。

"干吗？"黎洛不耐烦地转身，只见一个黑乎乎的东西破空而来，他伸手接住，捧在手里定睛一看，是自己丢失的那个钱包。

"看看里面东西有没有少。"

黎洛打开钱包，没去核对纸币和银行卡的数目，直接取出夹在里面的和他妈妈的合影，仔细检查了下，完好无损，只是照片一角似乎被什么东西给染红了，晕出淡淡的血色。

"这照片怎么……"他说到一半噤了声。

段明炀正背对着他喝水，赤裸的后背宽阔结实，肌理分明。

可上面却布满了触目惊心的瘀痕。

像是被棍棒打出来的，青红黑紫，狰狞可怖。

他头一仰，吞下了药片，桌上的药盒包装上写的似乎是止痛药。

“我尽力了，擦不干净。”段明炀喝水的动作顿了顿，“抱歉。”

黎洛的大脑有点死机，刚才那点儿火气都被眼前震撼的画面给冲散了。

他低头看了看照片一角的暗红，又抬头看了看段明炀的后背，一个可怕的想法冒了出来：“这、这该不会是你的……”

“是。”段明炀转过身看向他，漆黑的眼里没什么情绪，“回家的路上被人打了，不小心弄脏了。”

“你那么厉害，怎么会被打成这样？”

依之前段明炀的身手来看，对方就算有棍棒，他也不至于被打得这么严重。

“再厉害，一个人对七八个专业打手，也不可能赢。”

黎洛瞪眼：“七八个专业打手？你惹到谁了？我也许可以帮你。”

“你帮不上忙的。”

“说不定呢！”

“不用，这是我自己的事。”

“别这么见外啊，我们俩经历这么像，我帮你也是——”

“黎洛。”

黎洛怔住。

认识几个月，段明炀第一回，喊了他的名字。

他像被咒语施了定身术，立在原地一动不动，只能呆呆地回：“啊？”

“我们不像。”段明炀声线冷肃，带着点疲惫，“你很有钱，你爸宠你，你妈身体健康。你以为自己和我同病相怜？其实你现在的生活，已经是我的奢求了。”

黎洛讷讷道：“可是，你爸不也……”

“你听 Andy 说了是吗？”

黎洛点点头。

“是，我爸是很有钱，还想接我回去，但是，”段明炀紧锁着眉，“他没把我当儿子，他已经有个儿子了。”

黎洛好歹从小在上流圈混，对这种事也听得多了，立刻猜出了一二：“是不是那个儿子派人打伤你？威胁你不要回去争夺家产？”

段明炀瞥他一眼：“不愧是‘大少爷’，见多识广。”

“过奖。那你怎么不跟你爸说这事？”

“他不会管的，他只是想让我回去帮他管理公司，继承人不会是我，也不可能是我，只要他的大儿子不把我打残或者闹出人命，他就睁一只眼闭一只眼。”

“这也太过分了吧……”

“所以说，你帮不上忙，这是家事。”段明炀不愿与他再多谈这个话题，转身往浴室走，“你快走吧，你朋友该等急了。”

黎洛看着他背后惨烈的瘀痕，心一横：“我不去了。”

段明炀回头，眉头拧得更深了。

“我叫医生来给你敷点药。”黎洛不让他有拒绝的机会，扬了扬手里的钱包，“就当作是你拾金不昧的报答，而且你早点好，打工也能更轻松点，赚更多钱，早日脱离你爸的资助。”

段明炀无言地看了他一会儿，抛下句“随便你”，径自进了浴室。

医生来得很快，黎洛一个电话过去，十分钟就到了。这是他爸在国外安排的家庭医生，就住在他学校附近，以防他有什么小毛小病，可以及时赶过来，因而离段明炀家也不算远。

段明炀洗完澡出来时，狭小的房间内挤了三个成年男人，一下子显得更拥挤了。

医生迅速手法熟练地替段明炀后背上完药，留下联系方式便走了。来也匆匆去也匆匆，看来是赶回家睡觉去了，毕竟已是深夜。

黎洛趁此期间打电话回拒了那帮正在会所泡妞喝酒的狐朋狗友，对方虽然哀号着“你不来我们可就嗨不起来了啊”，但估计这会儿早就喝得不知道东南西北了。

医生走后没多久，房门再度被敲响，这回是送蛋糕的来了。

黎洛双手接过派送员手里的蛋糕盒，折身往屋里走，一步一低头，唯恐被屋子里的杂物绊倒，小心翼翼地捧到了房间中央。

桌上实在没地方放，他只好搬了把塑料椅，将蛋糕搁在上面，好说歹说才拉着段明炀坐到了床沿，一同拆包装。打开蛋糕盒，实物果真和图片一样精致诱人。

“要插蜡烛许个愿吗？”

段明炀蹙眉看着那花里胡哨的黑色圆柱物：“这什么东西？”

“慕斯蛋糕啊。”

“慕斯是什么？”

黎洛难得傻眼：“你……连慕斯都不知道？”

“我很少吃蛋糕。”段明炀象征性地插了几根蛋糕店送的细长蜡烛，“以前我妈会给我煮碗面，但我十岁的时候她生了病，之后就没人给我过过生日了。”

这话辛酸的，但凡有点良知的人都受不了。

黎洛这会儿火气早就消得一干二净了，同情心便又涌了上来，凑过去柔声说：“那我以后每年都给你过生日，好不好？只要你答应做我朋友，最好能再教我打架防身。”当然重点是后者。

段明炀侧头看他。

“你不会再给我过生日了。”

黎洛不服了：“为什么你总不相信我？”

“因为你所谓的友谊，太肤浅、太脆弱了，说得直接点，我觉得，你根本不懂什么是朋友。”

这感觉倒还挺准……黎洛心里腹诽着，又问：“那你倒是说说，怎样才算真的朋友？”

“我认一个人当朋友，会交心一辈子。”

段明炀的嗓音很低醇，似是在诉说，又似是在警告，透出不容置辩的说服力和压迫感。

“所以，别纠缠我。我这种人，你惹不起。”

黎洛哑然，一时竟想不出如何接话。

他平素待人处事向来得心应手，在段明炀这儿，却似乎总是束手无策，屡被压制。

安静狭小的屋子内，谁也没从对方身上汲取到任何温暖。这场景，古怪又尴尬。

黎洛最终“嘿嘿”讪笑了两声。

饶是他脸皮再厚再会演戏，也说不出“我也能跟你交心一辈子啊”这种话。

段明炀的语气太过认真严肃，仿佛一面灼灼明镜，能令他所有的谎言无所遁形，心生罪恶。

“但不管怎样，还是谢谢你的蛋糕。”段明炀伸手把那几根连火都没有点的蜡烛又拔了下来，用刀切了一大块蛋糕，放在纸碟子上，插上小叉子，递给他。

“你不点蜡烛吗？不许愿吗？”黎洛从来没见过这么潦草敷衍的生日仪式。

“以前许过，没什么用，还是老样子，甚至一年比一年更糟。”段明炀给自己也切了一小块，冷硬的侧脸看不出什么表情，“就算真的有实现愿望的神，世界上许愿的人那么多，他只会看到人群中耀眼醒目的人，比如你。”

“不会看到阴暗角落里的人，比如我。”

黎洛手里捧着那块巧克力慕斯蛋糕，怔怔出神。

“我每年都许愿让我妈回来，从来没有实现过。”他自嘲一笑，“或许我该跟你学学，以后也别过什么生日了。”

失而复得的钱包就摊开在桌上，夹在透明隔层里的是他十二岁时和妈妈在外度假的合照。

那时年幼的他笑容灿烂明媚，是含着金汤匙泡在蜜罐子里被父母宠大的孩子，不知世间疾苦，不知人情冷暖，然而现在……

照片丢了可以再拍再印，被割裂的回忆却终究是无可挽回了。

黎洛盯着那张照片看了半天，轻轻叹了声气。移开目光时，瞥到角上的那抹淡红，突然感觉哪里不太对劲。

“等等，这钱包……是我原来的那个吗？”

段明炀挖了一小勺蛋糕，送进嘴里，低着头，没有吭声。

黎洛愈发笃定自己的猜疑：“为什么里面的照片染上了血，而外面一点痕迹都没有？你怎么做到的？”

段明炀吃掉最后一口蛋糕，站起身，把纸碟子扔进了垃圾桶，沉默着走到储藏柜前，拉开抽屉，从里面取出了一个盒子，又折回来。

“太聪明会让人烦的知道吗？”

他这语气有点像生闷气的小孩儿，黎洛不禁笑了，接过盒子：“你真给我买了个新钱包？这里面是我原来的那个？”

“嗯。”

“哈哈哈，你也太客气了，我这钱包可是要两千多英镑……”

黎洛突然被自己的话噎住。

“……看到他进了一家奢侈品店，随随便便就买了个钱包，两千多英镑呢我的天……”

“……你是不知道哦，你没来的这一个多礼拜里，段明炀几乎天天通宵……”

段明炀哪儿来的这么多钱？他不接受他爸的资助，唯一的经济来源，只有酒吧打工的收入，时薪是多少来着？数字低到记不太清了，只记得个大概。

这样一个钱包，起码抵他两个月的工资。

他不由得屏住呼吸，缓缓打开手中的盒子——

里头确实是他原来的钱包，但已经面目全非了。

上好的皮革上印染着褪不去的暗红血迹，以及灰黑的泥水脏污痕迹，惨烈无比。

“当时下着雨，掉到地上的时候我本来想抢救下，结果后来沾上了血，就没办法了。”

段明炀说得云淡风轻，仿佛只是在走路时不小心弄掉了钱包，又不小心划破了手才染上血。

但看过他背后的瘀痕之后，傻子都能想象出来，当时他是如何被棍棒痛击，摔倒在地，钱包掉落，又是如何被七八个人围殴到鲜血直流，印染到了钱包上。

黎洛一手捧着那崭新的钱包，一手拿着那旧钱包，两只手都犹如端着块沉甸甸的烙铁。

“你其实不用这样……”

他平日里能说会道的嘴又卡壳了。

一个向来冷漠无情对他不理不睬的人，突然做出这种举动，心灵上的震撼力和冲击力实在太大了。

感动？肯定有。惊愕？也有几分。

“我知道一个钱包对你来说不算什么，但既然是我弄脏的，我就要负起责任。”段明炀说。

“那你的生活费怎么办？我听说你妈还要做手术……”

“生活费多打工就有了，手术还有大半年，不急。”

“明炀……”黎洛咬了咬唇，脑子里很乱，鼻子不受控地发酸，“我第一次收到这么珍贵的东西。”

段明炀拿过他手里的脏钱包，放回盒子：“没什么珍贵的，这样的钱包你要多少就能买多少。”

黎洛摇头：“不一样。”

他虽玩世不恭，但也并非善恶不分。

他屈起腿，脑袋抵在自己的膝盖上，侧头望过去，琥珀色的眼中头一回浮现出了几分真切的情谊：“明炀……你真好。”

段明炀的目光似乎有一刹那的定格，下一秒就迅速移开了。

“有吗？”

“有的有的，你要是对我再好一点儿，我就更开心了。”黎洛笑得没心没肺，又切了块蛋糕给他，“谢谢你，真的，我好久没这么开心过了，今晚我住这儿吧，陪你过完生日。”

“你不怕我吗？”

“我知道你其实心地很善良，为人也很正直。”

段明炀没答应他：“你不了解我。”

“我相信自己的直觉。”

黎洛胸有成竹，笑吟吟地看着他，眼底倒映出他依旧冷峻的面容，却第一次觉得，段明炀这人其实并不怎么难相处。

“我真挺欣赏你的，以后每年生日，我都陪你过。”

段明炀垂着眼：“你会食言的。”

“绝对不会，相信我。今年准备得太匆忙了，明年一定给你一个更豪华的生日。你可以先告诉我，你想要什么样的生日蛋糕？我让人设计起来。”

段明炀叉了一小块蛋糕送进嘴里，抿了抿淡薄的唇，咀嚼的动作似乎令唇角的弧度微微上扬了一丁点。

“慕斯的就好。”

“没问题，一定让你满意！”黎洛拍着胸膛打包票。

日落余晖在天边晕染出渐变的暖橙色，像一幅刚铺了色的水彩画，笼罩在亮起稀疏灯火的城市上空。

浸染了暖意的晚风拂面而过，被拍摄者耳后的几缕柔顺长发随风扬起，颀长挺拔的身形在逆光中映出一道剪影，隐于昏暗光线中的面容俊美凌厉，微张着唇，迷离着眼，又透出几分魅惑。

咔嚓咔嚓！快门声连连按响，摄影师比了个“OK”的手势：“收工！”

最后一天的广告拍摄任务宣告完成，黎洛披上邓良递来的黑色呢子大衣，罩住单薄的丝绸红衬衣，走下了台阶。空落落的衣袖和厚重的衣摆因走动而微扬，一双狭长的眼睛被冻得发红发狠。

华贵与危险交织，像极了行走于暮色、出来觅食的吸血鬼。

随行的摄影师见此画面，忍不住又拍了几张，当作后续的物料花絮。

连轴转了几天，黎洛整个人精力严重透支，一秒也不想在拍摄现场多待，和工作人员挨个儿鞠了躬，道了几声“辛苦了”，便和自己的随行人员上了保姆车。

车子尚未发动，品牌方的负责人急匆匆地跑过来，说：“黎先生，我突然想起您上次说想见我们老板一面，正好他明天来英国，如果您需要的话，可以给您安排出时间。”

邓良记得黎洛确实提过想和品牌老板见面，不假思索道：“那太好了，洛哥，我们——”

“不必了。”黎洛却礼貌地回拒了，“没什么要紧事，不占用 Zark 先生宝贵的时间了。况且我今晚就要回国了，明天还有其他事，也腾不出时间。日后有机会再聚的话，再麻烦您引荐吧。”

负责人：“行，没问题，那黎先生您赶快回去休息吧，这几天真的辛苦了。”

“应该的，工作嘛，你们也辛苦了。”

车门关上，保姆车沿着平坦宽阔的道路往前行驶，车内暖气充足，黎洛脱了大衣披在身上，闭着眼小憩，呼吸均匀，似乎是睡着了。

邓良悄悄打量了他几眼，终究没问出口“为什么突然又不要见品牌老板了”，反正黎洛临时变卦也不是一次两次，脑袋一根筋的人实在猜不透他那些弯弯绕绕、花样百出的心思。

“之前赵珊珊说国内的宣传大使是杨婧？”

突如其来的声音吓了邓良一跳，见是闭着眼的黎洛动了动嘴皮，连忙回：“是啊。”

“怎么会选她？”

“这我不清楚……宣传大使就是个名头而已，她是品牌方国内分部选定的，你是总部直接钦点的，不是一条途径。”

“你觉得她适合吗？”

这问题让邓良犯了难。

杨婧就是一普通女演员，长得好看是好看，可没什么辨识度，身材在美女扎堆的演艺圈也只能算是中等偏上，演过的戏就两三部有点知名度，人气不温不火，国民度不高不低，论气质和 G 牌勉强能搭上边，可排在她前头的女明星不少都比她更合适，也不知道品牌方怎么会选了她。

邓良不清楚黎洛问这话是什么意思，也不清楚黎洛和杨婧有没有私交，只能委婉地表达自己的意见：“我觉得杨小姐做宣传大使没什么问题，只是……感觉应该有更合适的人选。”

黎洛冷哼：“要我看，她配不上。”

邓良：这么直白粗暴的吗？

坐在一旁单人座上的金仁推了推眼镜，合上笔记本电脑，微侧头，问：“洛哥好像话里有话？”

邓良：“啊？有吗？”

黎洛懒洋洋地半睁开眼：“段总的手下果然是人精啊。”

“应该的，洛哥有事尽管吩咐就好，我现在在你手下办事，都听你的。”

“行，那我就直说了，你去调查下她背后是谁在牵线搭桥。”

邓良听得云里雾里，一边问一句：“洛哥，你查这个干吗？金哥，这你也能查？”

然而这两个人都非常默契地保持了沉默，一个闭上眼又休息了，一个打开笔记本继续敲起了键盘。

无助可怜且弱小的邓小助理左看看右看看，不明白自己怎么就被排除在话题之外了，又不敢打扰两人休息和工作，郁闷之下，只好登上自己的账号，发了条动态诉苦。

——我感觉我是多余的……

他平台上总共就几十个粉丝，都是朋友、亲属，目前还没被黎洛的粉丝找到，可以放心大胆地浪，关注的也基本都是自己公司的艺人，这会儿顺手一刷新，就看见林澄几个小时前发了条新动态。

“很高兴能参加这档节目！”

邓良一看，原来是一档国民度相当高的歌手综艺，上一季收视率爆火，很快便有了第二季，请的其余几个嘉宾都是人气颇高的“大咖”，林澄是其中年纪最小、粉丝最少的，宣传海报也排在最边缘的位置，混在里面像是背景板一样。

点开评论，果然有不少质疑声。

“这个林澄是谁？怎么从来没听说过？”

“这咖位相差得有点多吧？其他嘉宾随随便便拎一个出来粉丝都是他的十几倍啊。”

“或许是黑马？隐藏选手？”

“他参加过比赛，那时候表现得还行，不知道现在有没有进步，但比起这些前辈来说还是差得远了。”

“据说本来是想请夏希艾的，但夏希艾出了事，节目组只好临时拉了个人当替补。”

“唉，要是夏希艾不出事，这档节目肯定爆。现在请了这么个十八线，收视率估计要降一大截。”

……

邓良翻了翻评论，提到林澄的评论，除了粉丝是好评之外，几乎没一条是好话，看着惨兮兮的。

他在这行干了几年，多多少少也明白了一些演艺圈的生存法则，比如有好资源固然是好事，但也得看艺人能不能配得上。就像之前的 G 牌代言，如果真让林澄去，恐怕会被冷嘲热讽，恶意揣测。

欲戴王冠必承其重，林澄只是个连通往高位的台阶都没踏上去的小卒，公司就一再把沉重的王冠往他头上按，这不是要压垮他吗？

像林澄这样刚踏足演艺圈没经历过多少风浪的“傻白甜”，这回也不知道能不能承受住舆论的压力。

夜晚在回国的飞机上，邓良跟黎洛随口提了嘴这事，没想到隔天下了飞机，黎洛打开手机网络的第一件事就是转发林澄的动态，给他撑腰助威。

这一转发，立马就登上了“热搜”。

黎洛平时很少在网上和其他明星互动，连自己演的剧都不大宣传，这回第二次特意发动态为林澄加油助力，粉丝都意识到了这个小师弟在黎洛心里地位不一般，纷纷打趣。

“哇，洛哥好宠林师弟哦！江流深都没这待遇吧！”

“小师弟可爱是挺可爱的，就是看起来不太聪明的样子，不过为了洛哥还是会支持的！”

“这林澄到底有什么特别之处啊，竟然能让洛哥这么青睐他，能教教我吗？我好纳闷。”

……

邓良也挺纳闷，光转发就算了，黎洛甚至还特意来了趟公司，说是要找林澄谈谈心，缓解一下小师弟的心理压力。

他跟在后头问：“洛哥，你对林澄也太关照了吧？咱们公司那么多艺人，你就对他最上心。”

黎洛在前头走着，看样子是要去练舞室，漫不经心地回：“因为他最认真也最听话，谁不喜欢这样的小孩儿？我小时候特想要一个这样的弟弟，可惜啊。”

“可惜什么？你妈不想生？”

“我不知道她想不想，反正到最后我也没盼来一个弟弟。”

不仅没盼来弟弟，连他妈都离开了。他爸又忙于工作，加上他那时候也不怎么理睬他爸，以至于青春期最需要陪伴的时候，回到家连个可以倾诉的人都没有。

那时候黎洛真的疯狂渴望有个懂事乖巧的弟弟，陪他一起打游戏，陪他一起写作业，晚上还可以一起谈天说地。

林澄算是他的理想型弟弟了，只不过如今他这个当哥的心情，更倾向于照顾好这个单纯天真的傻弟弟。

黎洛在练舞室前停下脚步，透过暗色的透明玻璃门往里张望，有三四名练习生正跳着舞，平均年纪只有十七八岁，青春洋溢，旋转跳跃间，热汗飞洒，湿发飘扬，T 恤的背后洇出了一片暗色湿痕。

林澄站在靠前排的位置，认真地跟着老师学动作，汗水糊了眼也没空去擦，费劲又笨拙地眨巴着大眼睛。

他没有舞蹈基础，半路出家，在里面其实不算跳得最好的，也不是最有天赋的，但确实是最努力的。

黎洛还记得他刚来公司的时候，瘦瘦小小的，看起来有些营养不良，老师给他拉筋时，他那惨烈的叫喊声响彻了整栋楼。

黎洛当时在另一层楼听见了，还无情嘲笑说："新招的练习生行不行了？叫成这副鬼样子，估计坚持不了多久。"

结果林澄愣是靠着一股子刻苦勤奋劲儿，咬牙坚持到了现在，练了一年半载，跳起舞来倒也有模有样了。

一曲舞蹈结束，练习生们暂时中场休息，邓良正要敲门，忽然听见从走道的拐弯处传来了两道声音。

"他还练什么啊？好资源一个接一个，有靠山真了不起。"

"就是啊，差点儿把洛哥的代言都抢了，真牛，洛哥那么厉害——"

两名刚出去接完水的练习生拐进走廊，突然撞见了练舞室门口的人，被那射来的冷厉目光一瞪，吓得把后面的话统统咽了回去，瞬间僵在原地。

"洛哥……你、你回来啦……"

"刚才的话，我姑且当作没听见。"黎洛寒声道，"但要是再让我听见你们在背后乱嚼舌根……你们应该知道，我在罗总那儿还是有点话语权的。"

"不会了不会了！"两个练习生战战兢兢，头摇得像拨浪鼓。

黎洛又恶狠狠地剜了他们一眼，把两个小练习生吓得噤若寒蝉，嘴巴抿得牢牢的，像是被针线缝上了似的。

"这还差不多。"

黎洛姑且放过了他们，随即推开练舞室的门，迈进去半步，朝那群正在旁边休息的练习生喊："大家辛苦了。"

林澄见到他眼神立刻亮起了光，汗也顾不得擦了，小跑着过来："洛哥！你回来啦！"

黎洛笑笑："训练完了？"

"嗯！但我还想再多练会儿，反正后面也没什么事。"

"有事，哥带你去吃好吃的，要不要去？"

林澄微露诧异，紧接着立马绽开一个灿烂的笑："要的要的！"

"老师，林澄我先带走了啊！"黎洛和舞蹈老师打了声招呼，直接带着林澄离开了练舞室。

邓良在后边跟了几步，忽然看见自家艺人回了头，说："小邓子，去老罗那儿看看有没有什么事，明天汇报给我，我先带林澄去吃晚饭。”

言下之意是：你别跟着，明天再来。

“……行吧。”

邓小助理望着两人远去的背影，站在原地独自萧瑟。

晚间七点，正是餐厅生意最好的时候。

黎洛找了家常去的环境幽静雅致的餐厅，开了间包房。厚重的雕花木门一关上，只剩下悠扬舒缓的背景音乐在房内萦绕，外头一丝人声也传不进来，房内人的说话声自然也传不出去。

他脱了鞋，踏着柔软厚实的长毛地毯走到沙发椅处坐下，林澄跟在他后头入座。

“想吃什么？”黎洛将菜单递给他。

“嗯我看看……”林澄神态自然，没有太多拘谨，稍稍游览一遍后，便迅速挑了几道，从冷菜到甜品一样不落，有两道菜还是不太常见的食材，他也没多问，看起来似乎常来这种高档场所。

黎洛看着他熟练点菜的样子，微不可察地皱了皱眉。

以前罗鹏挑选练习生的时候，他帮着看过几眼林澄的资料，从当时的家庭背景信息来看，林澄的父母都是很普通的工薪族，工资应该不太高，怎么会有钱带他时常出入这种一顿就要大几千的场所？

“谢谢洛哥这么忙还带我出来吃饭。”林澄抿着吸管喝鲜榨果汁，乖巧地道谢。

黎洛暂且收回思绪，笑了笑：“没事，前阵子工作忙，很久没和你吃顿饭聊聊天了，最近怎么样？”

“还好呀，就是又要去参加综艺了，感觉有点紧张。洛哥你知道的，我没什么梗，唱歌也一般……”林澄越说声音越小。

黎洛没急着安慰他，给自己倒了杯酒，问：“网上的评论看见了吗？”

“嗯……他们说的其实没错，这节目本来轮不到我去参加的，我也不是很想去。我想先打好基础再往上走，现在还没学会走呢，就要我跑了……”

黎洛听出了点端倪：“如果你不愿意的话，为什么一开始要接受呢？是罗总的意思吗？还是……段总的意思？”

林澄眼神闪躲，支支吾吾地说不出口。

“明白了，是段总的意思。”黎洛替他回答了，“看来我真得找他好好谈谈。”

林澄有点慌：“洛哥，你别怪段总，他也是为了我好，想让我多一些曝光度。”

“小澄，你确定他是为了你好？而不是——”

而不是把你当作一个可以用名气和地位来打扮装饰的玩具？

这话有点太过残酷，黎洛犹豫了下，忍住没说出口，换了种说辞：“他只是一个商人，不懂循序渐进，只会牟取暴利求速成，以为给你最好的就能把你捧到最高位，但揠苗助长只会反受其害。我在这个行业这么些年不是白混的，你相信我。”

“嗯，我相信的！”林澄答应得出乎意料的爽快，连一丝犹豫动摇都没有。

准备了一肚子说教的黎洛反倒卡了壳：“你怎么这么轻易就相信我了？是不是别人随便哄你两句你就跟着跑了？”

“怎么可能，因为你是洛哥啊。”林澄腼腆地笑了笑，“我都听洛哥的。”

少年的神色间是毫无保留的信赖，眼神坦诚而真挚，对上这样的目光，再硬的顽石估计都会软化几分。

黎洛浅抿了口酒，入喉微涩。

越是浸泡在利欲熏心、尔虞我诈世界里的人，怕是越欣赏这份难得的天真纯粹。比起自己以前那拙劣蹩脚的演技，林澄才是真正绵软无害的小绵羊。

黎洛将杯中的小半杯酒一饮而尽，接着又给自己倒了一杯，喉结动了动，终于还是问出了那个不该问的问题：

“小澄，段明炀对你好吗？”

林澄不假思索：“明炀哥对我很好。”

“那你还听我的，不听他的？”

“因为我……更喜欢洛哥你……”林澄这回倒是犹豫了，声音很轻，不好意思地挠了挠鼻子，“洛哥你就像我哥哥，很亲切，什么都可以跟你谈。明炀哥比较有威严，方方面面都管着我，更像我另一个爸爸……”

黎洛差点被残留的酒水呛住。

另一个爸爸？

林澄继续说着：“你是我的偶像，我当时有好几个选择，但我选了烁星，就是因为洛哥你在这儿，那时候明炀哥不同意，但我还是签了……”

黎洛捕捉到了关键信息：“你进烁星之前就认识段明炀了？”

“嗯，以前见过，明炀哥回国之后，通过家人又遇到了。”

黎洛了然了几分。

林澄对段明炀的了解，似乎只是出于段明炀对他的照顾，可仅仅因此就攀附权贵，这小孩儿的路怕是已经有点走歪了，必须好好敲打敲打。

“可你总不能一辈子都让他照顾。”他直截了当地点明，“他也不会照顾你一辈子，随时随地都有可能不再管你，你明白吗？”

林澄点头：“嗯，我明白的，所以我现在也在努力工作赚钱，争取早日独当一面，不依赖明炀哥和洛哥你的帮助。”

“你知道就好，你的人生还很长，不要被他耽误了。今后少跟他来往，他要是硬逼你做些什么事，你来找我，我帮你解决。”

林澄迷惑：“明炀哥没有逼我做什么啊，虽然我是有点怕他……但他还是会跟我好好商量的。”

“你看他之前在收购宴上怎么对我的？那都算轻的了，我可没有危言耸听。”

林澄真被唬住了，惴惴不安地问：“明炀哥以前……也对洛哥你很好吗？那他为什么现在对你这么坏啊？”

黎洛摇晃着酒杯的手定格。

“他……没有对我很好过。”

这个问题犹如当头一棒，砸醒了他。

黎洛突然意识到，自己其实根本没有资格用一副过来人的姿态对林澄说教。

他傻乎乎地为那个钱包感动了大半年，现在想来，就跟个笑话似的。

段明炀从来没显露过和他的友情，甚至连一句好话和关心都没有过。所以在对段明炀为人的评判上，自己和林澄的印象才会大相径庭。

段明炀也许真的很会照顾人，能让林澄这样单纯无求的小孩儿都心甘情愿听他的话，死心塌地维护他。

自己和林澄的经历，压根没有可比性，又谈何说教？

自以为是，真够可笑。

“我可能是个例外，他一直都很讨厌我。”黎洛耸了耸肩，“反正我也讨厌他，彼此彼此。”

林澄叹了声气：“我不希望你们这样水火不容啊……你们都是我很尊敬的人。”

黎洛伸长手揉了揉他的脑袋：“别傻了，不可能的。他有什么可尊敬的？听我这个哥哥的，我肯定不会害你。”

林澄尚未接话，手机先响了，他拿起来看了眼，当着黎洛的面接了：“喂，明炀哥，什么事？”

黎洛无意偷听，却不可避免地听到了两人的谈话内容。

“我现在？在外面吃饭呢，呃……和谁啊……就和洛哥呗。”

“嗯，就我们两个……”

"不用了，我自己回去就可以了。"

"真不用！"

黎洛听不下去了，朝林澄伸出手："我来说。"

林澄迟疑了半秒，还是乖乖把手机交到了他手里。

黎洛接起来就是不客气的一句："您有事吗段总？"

电话里传来段明炀低沉的声音，透出些许不悦："这是我的事，黎先生请不要插手。"

黎洛冷哼，"段总不至于这么霸道吧？能不能放林澄一晚上，让他好好吃顿饭？"

"和谁吃饭都可以，和黎先生你，我不放心。"

"怎么，我是洪水猛兽吗？"

"有过之而无不及。"

黎洛笑了："段明炀，我发现几年不见，你这人说话越来越不给人留面子了啊？我话给你撂这儿，今晚我要和林澄吃饭，我送他回去，你不必劳心了。"

林澄在一旁听得心惊胆战，摆着手小声说："没关系的，洛哥，我还是回去吧，明炀哥会生气的。"

黎洛给了他一个"放心"的眼神，继续朝电话里说："他只是个孩子，给他点空间和自由行不行？万一人家受不了你的专制跑了，说出去你公司多没面子？"

段明炀沉默几秒，回："黎先生还是那么能言善道。"

"过奖过奖。"

段明炀："我十分钟后到，你们可以结账了。"

"谁要听你命……等等，你怎么知道我们在哪里？"黎洛忽觉不对劲，脑海中警铃大作，浑身汗毛一下子竖了起来，"你是不是在他手机里装了定位？"

"是，我——"

"段明炀你真是狗改不了吃屎！"黎洛毫无征兆地突然暴起，差点就把桌子掀了，仿佛被一脚狠狠踩到了逆鳞，"我警告你，别用这种下三滥的手段监控他！"

林澄听得目瞪口呆，眨眼都忘了眨，说话都结巴了："洛、洛哥……你、你怎么了……"

黎洛单方面挂了电话，胸膛剧烈地起起伏伏，撑着自己的额头平息余怒，过了半分钟，才渐渐恢复平静："没事，就觉得他这人卑鄙无耻而已。"

得知对方如今还在玩这一套恶心的手段，他这些年积压在心里的怒气和怨气又一次被引燃。

说到底，他们现在虽然达成了合作关系，但只要那些发生过的事依然存在着，他就是一座休眠的火山，随时随地会爆发，永远不可能有真正和平安稳的一刻。

“你快换个手机，这个手机被他监控了。”黎洛脑子飞速转着，思考应对策略，“新手机自己收好，不要被他拿去，否则他肯定又要给你装——”

“洛哥，你别慌。”林澄走过来坐到他这边，安抚似的拍了拍他的后背，“装定位的事我知道，明炀哥问过我，我同意了他才装的。”

黎洛愣住：“你……同意的？”

“嗯，有些人会找明炀哥的麻烦，他怕连累到我，所以给我装了定位，方便随时能联系到我，出了什么事也能第一时间赶过来。”

“啊，这样……”

原来就算是装监控，目的也是有区别的。

对他是利用，对林澄，则是保护。

“那我刚刚太失礼了。”黎洛很快收拾好情绪，站起身，“走吧，一会儿他来接你的时候，我跟他道个歉。”

“嗯！洛哥你这样就对啦！”

黎洛勉强笑了笑，没接话。

他可以一码归一码，为误解而道歉，但段明炀呢？他当年质问对方的时候，段明炀承认得尤为干脆利落，仿佛理所应当。

简直无耻到了极点。

林澄眼巴巴地看着满桌的精致菜肴，有些一筷子都没动过，这就要走了，难免有点儿可惜。他好不容易跟自己偶像出来吃顿饭，肚子都没填饱，就像个小学生似的被家长抓回去，饶是乖巧如他，也不满地小声嘟囔：“明炀哥好霸道……”

“你才知道啊。”黎洛招来服务生，把菜全都打包了，替他拎着沉重的袋子下了楼，往门口走去，“现在知道谁才是真正对你好了吧？”

“嗯！洛哥在我心里一直都是最好的！”

“真乖。”他们俩在餐厅大门口站定，黎洛摸了摸他的脑袋，突然察觉到一道锐利的目光，如芒刺在背。

转头望去，门口那辆眼熟的迈巴赫已经停着了，两名保镖门神似的站在车头和车尾。

后座车窗降下了一小截，隐约可见里头坐着的人那威严的剪影和硬朗的侧脸线条。

段明炀没下车，保镖走过来，恭敬地鞠躬：“林先生，请上车。”

黎洛随手把打包袋塞给了保镖，自己插着兜跟着往外走，却见林澄坐上了另一辆车。

“黎先生，段总请您上车。”

倒是他坐在了段明炀身旁。

“喂，不是吧？”他跷起腿靠在椅背上，一点儿没把自己当外人，“你接个人都要开两辆车带上保镖啊？”

段明炀睨了他一眼：“黎先生变脸可真够快的。”

“嗯？什么意思？”

“几分钟前还骂我，现在又能跟我心平气和地说话了。”

“哦，这个啊，我刚刚误会了，对不起，行了吗？”黎洛吊儿郎当地笑着，“我道歉了，段总什么时候给我道歉？”

“我有做什么需要道歉的事吗？”

“你心知肚明！”

段明炀微作恍然状：“黎先生是说你求我那次？为什么要删？”

话音未完，一记破空而来的迅猛拳头已至眼前。

黎洛根本没考虑这一拳砸过去会是什么后果，尚未彻底平息又翻涌而起的熊熊怒意已将理智燃烧殆尽。

可惜他拼尽全力的一拳并未触碰到段明炀分毫，反被半路截下，手腕一痛，顷刻间局势扭转，他倒成了被反扣着手压制住的人。

段明炀下手凶狠，膝盖从背后死死压住他的膝弯。一只手紧掐着他的两只手腕，勒出了鲜明的红痕，另一只手毫不留情地揪住他披散的长发，朝后一扯，迫使他艰难地仰头。

黎洛倒抽气：“段明炀！”

段明炀置若罔闻，一派气定神闲。

第07章

chapters

车子四平八稳地行驶在路上，厚厚的隔音挡板将车内分割成了两块全然隔绝的区域，前座的司机听不到后座传来的任何声音，也看不见此刻宽敞的后座内，两个扭打在一起的身影。

“你给我放开！”黎洛突袭不成反而受制于他，气得想咬人。

“黎先生的脾气实在不太好，这样下去我们很难合作。”段明炀松开了他的头发，将他的头往座椅上用力一按。

“想让你学乖一点而已。”

“偏不巧，我这人只会装乖，不会学乖。”黎洛的侧脸紧贴着真皮座椅，发丝散乱在额前，气息不稳，偏要嘴犟，“这一点，段总你不是最清楚了吗？”

“看来黎先生还不太明白自己的处境。”段明炀俯下身，近距离直视着他的双眸，目光冷锐。

“你以为，自己还是呼风唤雨的黎家‘大少爷’？需不需要我提醒你一下，你爸入狱了，你爷爷年事已高，黎家现在只是靠着以前积累的一点资产和你赚的那点微薄收入维持虚名？

“当初要不是你去做了演员，构不成威胁，你以为其他对你家虎视眈眈的人会那么轻易放过你？

“眼下你爸快要出狱了，那些忌惮你爸东山再起的人已经开始蠢蠢欲动，你要是还这么嚣张任性，以后怎么死的都不知道。”

黎洛眯眼：“那请问那些人里，包不包括段总你呢？”

“如果包括我，我还会跟你说这些吗？”

“那可未必，说不定是贼喊捉贼呢？”

“你非要这么怀疑我的话，可以，你去找段家另一位段总合作试试，看他会不会理你。”

段明炀松开了对他的压制，退回原位，又恢复成了一派正襟危坐的姿态：“黎先生，别怪我话说得难听，你在那些把你当作鱼肉的人眼里，是没有谈判权的。我与你合作，也不是因为没有其他更合适的人选。”

黎洛坐起身,甩了甩酸痛的手腕:“你总不会是因为念及我们是旧相识吧？”

“如果我说是呢？”

“那麻烦你下次找个可信度高一点的理由。”

段明炀低着头，有意无意地转了转自己手上的戒指：“这可难为我了，在黎先生眼里，我说什么都不可信吧？”

“你知道就好。”

“彼此彼此。”段明炀垂着眼帘，看不清情绪，“黎先生的话，我也不会再信了。所以你看，我们之间，根本没有信任，又谈何欺骗？”

黎洛琢磨了会儿：“说得还挺有道理，那你到底为什么跟我合作？”

“敌人的敌人就是朋友，段家那父子俩想摧毁的东西，我偏要保护，这个理由怎么样？”

黎洛审视他几秒，终于笑了：“这就很像真话了。段总了不起，能屈能伸，当年为了名利地位依附段家，卧薪尝胆这么些年，现在得了势又要忘恩负义地报复自己亲哥、亲爹，可怕可怕。”

段明炀没被一个个贬义词惹恼：“知道我可怕，以后就少惹事。”

黎洛僵住。

他自认变脸的速度已经够令人瞠目结舌了，没想到道高一尺魔高一丈。

可又转念一想，段明炀这么没脸没皮，自己怎么能㞞?

段明炀看了他一眼，眼底似有无语，但终究没有多说什么。

仿佛刚刚破口大骂脏话的不是他黎洛，狠心把手腕勒出红痕的也不是他段明炀。

“黎先生。”段明炀低声唤他。

黎洛抬眼看他,被那双深邃的眼一盯,不由自主地降低了音量:“什么事？”

“听说你在调查杨婧。”

这个听说，到底是听谁说的，不用问也知道。

“是啊，我怀疑她傍上了你哥，才拿到宣传大使的名号。”

“她最近确实跟段兴烨走得很近，不过我目前还无从下手考证。”

黎洛：“交给我吧，你给了我代言人的位置，我总该给你办点实事、礼尚往来一下了。后天有场品牌方举办的公关活动，我和她都会去，到时候探探她的口风，段总要不要也来凑凑热闹？”

“后天我要出席华曲奖的典礼。”

“哟，段总还真想发展娱乐产业？”黎洛调侃，“还是说你的哪位小情人是歌手，想给她个奖？”

“黎先生随意揣测，总之我去不了，你万事当心。”

“放心，我也就在您这儿一再吃亏，别人要来找我麻烦，先得掂量掂量自己几斤几两。”

“我看你先该掂量下自己。”

段明炀这句话的语气似乎颇为无奈，听得黎洛微怔，一时竟分不清是嘲讽还是关心。

这时，车平稳地停下了。

他手腕上面的一圈红痕已然消失不见，看来方才也没有勒得多狠，起码没留下瘀痕。

保镖下车替他打开了车门，停靠地正是他家门前。

段明炀好整以暇地做了个请的手势：“黎先生，静候佳音。”

黎洛回以微笑：“段总，拭目以待。”

车子扬长而去，隐入漆黑的夜色之中，顷刻间销声匿迹。

黎洛迎着风站在家门口，长发被吹得凌乱打结也全然不顾，直到趋于麻木，才转身进了家门。

两天后的品牌活动，在市中心的大型展馆举办。

说是公关，其实更像是一场宣传。有别于通常的走秀，这次所有的新款以及经典款都展示在玻璃陈列柜中，还增设了品牌故事电影、理念宣讲等诸多形式丰富的环节。

除了国内的唯一代言人黎洛和几位挂名号的宣传大使之外，品牌方还邀请了一众知名时尚达人和媒体，看来是想进一步开拓国内市场。

黎洛自然是全场最受瞩目、咖位最高的明星，一大半媒体都追着他拍，一群连名字都没听过的陌生“网红”追着要和他合影。

他烦不胜烦，挂着“营业”微笑把自家助理往身前一推，有那敦实的身形挡着，谁也近不了身。

邓小助理欲哭无泪：“洛哥，我快被挤扁了。”

“正好，助你减肥。”

黎洛靠着这块挡箭牌在人群之中杀出了重围，趁外场的媒体还没追过来，赶紧逃进了展馆内场。

内场里陈列着更为高级的珠宝类展品，每件都价值不菲，随便一道灯光打下来都能闪瞎眼睛，邓良看得啧啧称奇，靠得太近差点触碰到警戒线，黎洛提醒了他几句，没再管他，径直朝更里边的贵宾展厅走。

偌大的贵宾厅被布置成了暗夜之色，顶上点缀着繁如星光的小灯，神秘而华贵，只有寥寥十几位品牌挚友能够有幸进去参观。

黎洛晃悠了一圈，在一处项链展品前定位到了目标人物。

“这条项链是二十年前秀场上的展品了，当时是世界第一超模佩戴的，很有收藏价值。”

他朝对方粲然一笑：“杨小姐眼光不错。”

正在欣赏展品的杨婧愣了愣，有点受宠若惊：“黎先生……”

“啊，杨小姐原来认得我？那就省去自我介绍了。一直久仰你美名，总算见上一面了。”

黎洛弯着眼，嘴角勾起的弧度能把人的三魂七魄勾走大半。

杨婧被他这么盯着，脸上立刻浮现出了一层薄红。

俊美的男明星往往刚出道时最清爽迷人，越知道自己“颜值”高，行为反而越容易“油腻”。可黎洛不一样，他的俊美从一开始进入公众视野时，就像融化的巧克力一样浓郁腻人。

不沾上则已，一旦沾上，只会越品味越深陷沉沦，再也无法从这处巧克力沼泽中脱身而出。

他深知自己貌美，美就是他的武器，助他大杀四方，为常人所不能为。

杨婧含羞带怯：“黎先生太客气了，谁会不认得你啊？倒是我，终于见到你真人了。前阵子你和珊珊的那部剧，我可是追着看完了。”

黎洛诧异：“这不巧了吗，你上个月那部剧，我也追着看完了。杨小姐饰演的‘八姨太’可太漂亮了。”

杨婧掩嘴娇笑，褪去了几分矜持：“洛哥原来也会追剧啊？我还以为你很高冷不食人间烟火呢。”

“我也是偶然看到了预告，觉得不错才去追的，平时确实很少追剧，连我自己演的都不怎么看。”

黎洛讨足了她欢心，话题一转：“所以这次能和风华绝代的‘八姨太’一起代言这个品牌，荣幸之至，早就想找个机会跟你认识一下，刚刚逛着逛着恰好看到你，一时冲动就来搭话了，现在想想好像有些唐突，抱歉抱歉。”

“洛哥哪儿的话，明明是我的荣幸才对，你是正儿八经的全球代言人，我只是宣传大使而已。”

“没多大区别，反正都是品牌的门面。选你选我，无非就是看中了咱们的‘颜值’嘛。”

“哈哈……有点道理。”

黎洛没错过她眼中稍纵即逝的一丝尴尬，向前走了一步，压低了几分音量：“对了，负责人刚告诉我，之后要拍摄国内的硬广，让我想想有没有合适的女星可以搭档，要选四五个，杨小姐如果愿意的话，我可以推荐你。”

杨婧有些惊喜：“我吗？”

宣传大使无非就是线下站站台，线上发发广告，但如果能进投放全国的平面广告，地位就完全不一样了。

“嗯，你是宣传大使，咱们肥水不流外人田嘛。而且珊珊也来，你是她的朋友，我邀请你，她肯定高兴。”

黎洛这话说得滴水不漏，暗含暧昧。

杨婧果然误解了：“哇，你和珊珊……之前看你俩私下吃饭的消息，我还以为是假的……”

当然是假的，但黎洛故意含混不清地引导她往那方面想：“我俩关系挺好，她的朋友就是我的朋友。”

“哈哈，既然这样，那我就跟着捡便宜了。洛哥你卖我这么大个人情，我可怎么还啊？”

“还什么呀，只要以后我跟珊珊闹矛盾的时候，你能帮着劝几句，就算帮我大忙啦。”

至于到底会不会有矛盾，又是什么样的矛盾，就任由她想象了。

杨婧彻底打消了残存的疑虑，笑道：“那我就先谢谢洛哥了。”

“不客气。”黎洛适时拉开了距离，得体而绅士，接着却眨了眨眼，有些俏皮地说，“今天的活动差不多快结束了，我打算先溜了，杨小姐呢？”

“啊？还可以提前走吗？”

“负责人说累的话可以先离开，反正后面也不需要我们出场了，没事的，你也要走的话我们可以一起去吃顿饭。”

杨婧迟疑了：“可我之后有约……”

“那就不打扰了，下次有机会再约吧。”黎洛很大度体贴地说，继而又说，“不过这倒是稀奇。”

杨婧：“稀奇什么？”

黎洛笑了笑：“不是我自恋啊，可我一般约别人，别人哪怕有约了也会推掉，选择跟我出去的。不知道是谁魅力这么大，能让杨小姐忍心拒绝我？是我认识的人吗？”

“不认识吧。”杨婧忽然想起什么，“哎不对，你可能真认识。”

黎洛立刻竖起耳朵："谁啊？"

"就是收购你们公司的——"

"黎先生。"

"啊！"杨婧吓得惊叫了一声。

不怪她，这道突如其来的声音几乎就在耳边炸响，如同鬼魅，连黎洛都一瞬间头皮发麻，迅速转头朝这突如其来的声源看去。

一个高大的男人不知何时站在了他们身后，身着高定奢华黑西装，身形挺拔，气质矜贵，约莫三十出头的模样，英俊的眉目间透出几分温文尔雅的书卷气，此刻正眯着眼笑看他们。

分明是个和煦如春风的笑容，黎洛却仿佛被迎面泼了一盆冰凉刺骨的冷水，从头皮凉到脚底。

段兴烨怎么会出现在这里？

气氛只僵持了一秒，黎洛立刻回神，皮笑肉不笑地回了句："你好。"

他对着段明炀还能插科打诨几句，但对着段兴烨，半分调侃的兴趣都没有。

平心而论，光从外表来看，段兴烨确实比他弟弟温和友善多了。不管是出现在报纸杂志上，还是晚宴活动上，都是一副平易近人的模样，嘴角常年噙着笑，并且场面话说得极为漂亮，在商界可谓左右逢源，堪称豪门典范。

不知道多少人想嫁给这个看似英俊又温柔的段兴烨，可段兴烨前几年却突然与女歌手苏芷结了婚，令一大片少女心碎。

不过这场不因循守旧打破豪门常规的婚姻，倒也为他博得了不少美名，外界人人都吹捧他是真正的温柔绅士总裁，因而近几年段兴烨在商界的风评极佳，尤其是与冷酷不合群的段明炀相比。

可这些表象，骗骗外人还行，骗不了同处于上流圈的人。

段兴烨私底下什么模样，黎洛是见识过的。

段老爷子估计是作孽太多，生出两个儿子，一个想让他"兴业"，一个想让他"名扬"，到头来，一个成了挥霍荒淫的败家子，另一个成了恶名昭著的私生子。

但相比之下，段明炀起码做事光明正大、坦坦荡荡，不搞两面三刀那一套。

所以比起段明炀，黎洛其实更忌惮眼前这只笑面虎。

"黎先生见到我好像不是很开心的样子？"段兴烨微皱眉，"我弟之前对你做的事是过分了些，但我没有参与，还劝过他，你可别误会我啊。"

黎洛："你指哪件事？"

“就是先前收购你们公司时候的那件事啊，黎先生应该知道我在说什么吧？”段兴烨笑着看他，“不然还有哪件事？”

黎洛：“他看我不爽也不是一天两天了，我跟他已经没什么可说的了。”

“明炀他为人确实冷漠了些，但希望黎先生不要因此而殃及池鱼啊，我个人还是非常想和你交个朋友的。”

黎洛轻嗤：“你？想和我交朋友？”

“黎先生不信的话可以问杨小姐。”段兴烨看向杨婧，笑意温柔，“我常和你提起他，对不对？”

杨婧眼中闪过一丝困惑和心惊，选择了附和：“嗯嗯，兴烨他经常提起你的，洛哥。”

黎洛：“杨小姐喊得这么亲密……是跟他很熟吗？今晚要约的人，不会就是他吧？”

杨婧张了张口，不知道该怎么解释，又识相地闭上了嘴。

段兴烨脸色无异，客客气气地说：“确实是我约了杨小姐。”

“这可奇了怪了。”黎洛含着嘲讽说，“今晚不是有华曲奖的颁奖典礼吗？苏芷也去了吧？怎么段总不去陪着老婆，来这儿陪杨小姐啊？”

杨婧的脸色顷刻间惨白。

黎洛知道自己这番话说出来，以后就没可能继续和杨婧套近乎了，但既然段兴烨会突然出现在这儿，显然是已经察觉到了什么，杨婧这边估计没法再套情报了，撕破脸也没关系。

横竖都是不爽，不如过把嘴瘾。

段兴烨却丝毫不为所动：“黎先生可别误会，我和杨小姐见面，我老婆是知道的，至于我们俩有什么事要谈，就不方便多说了。”

黎洛冷哼。这话乍一听实在虚假，但仔细想想，好像又没什么毛病。段兴烨成天在外乱搞，苏芷不可能不知道，要和杨婧“谈”的事情，也确实不方便说。

不愧是段家出来的，狡诈程度比段明炀有过之而无不及。

段兴烨接着体贴地对杨婧说：“你先去外边场馆等着吧，这里空调开得有点冷，你穿这么少，容易感冒。”

杨婧点头，似乎也不愿多待下去，立即往外面大厅走去。

黎洛也跟着迈开腿：“啊，是有点冷，那我也——”

段兴烨却拦住了他。

“黎先生，关于我弟的事，我还想跟你谈谈，当然，主要是跟你道个歉。”

“不必了，这是我跟他之间的事，要道歉也该是他来道歉。”

“我弟那个脾气，你也知道的，让他低头太难了。”段兴烨笑了笑，做了个请的手势，“我们去休息室那儿吧，就耽误你几分钟，杨小姐还在外面等我们呢。”

黎洛站在原地一步不动，定定地看着他。

段兴烨略显无奈：“我是真想好好谈谈，黎先生要是实在不愿意，那就算了吧。”

他正欲往外走，这时，黎洛突然开了口：“好啊。”

段兴烨转身，展颜一笑：“谢谢。”

“不必。”黎洛把手插进了裤兜，懒洋洋地说，“段总请吧。”

两人一前一后走到了较为偏僻的休息室，门上贴着员工专用的标志，这会儿工作人员都在外面接待来宾，估计没几个人在里面。

段兴烨先推门进去，黎洛跟在后头，扫视了一圈房间里的人，一共五个男人，两个在低头玩手机，三个在闭眼小憩。

他立刻掉了个头：“这儿人太多，我们换个地方聊。”

“咔嗒。”清脆的一声声响，段兴烨锁上了门。

那五个男人也像被按下了开关似的，随着声响起身，向他们二人靠拢，面无表情地将黎洛包围住。

“黎先生好警觉啊，我差点来不及锁门。”

段兴烨给自己拉了个椅子，在他面前坐下，架起腿，好整以暇地笑着看他：“怎么发现的？”

黎洛的眼神往门口瞟：“他们没带工作证。”

“原来是这样，哎，接到消息后来得匆忙，没考虑太多，好在目的还是达成了。”段兴烨的笑意渐渐发冷，“黎先生不用看门口了，没有人会来救你。”

黎洛收回视线：“谁说我盼着人来救了？我只是在计算把你们揍趴再开门需要多久。”

“哈哈，黎先生真幽默，那你觉得，需要多久呢？”

“十分钟。”

段兴烨闻言，慵懒地靠倒在椅背上，笑意彻底褪去，朝手下人抬了抬下巴。

“听见没？别让我丢脸。”

十分钟后。

深灰色的大理石地砖上凌乱不堪，散落着纸张、一次性塑料杯、纸板箱……

还有倒在地上的三个人。

“黎先生确实厉害。”段兴烨拨弄着自己平整的指甲，“当年段明炀也就打趴了三个而已。”

黎洛剧烈地咳了几声，胃部绞痛，脸色苍白，声音发涩地笑：“可你派了七八个人拿着棍棒去截他，不是吗？段总这些保镖，水平真不怎么高……唑！”

原来之前段明炀下手还挺轻的……

“我没听错吧？黎先生这是在变相夸我弟厉害吗？”段兴烨蹲在他面前，扯着他的头发，迫使他对视。

“我让你闭嘴！”

黎洛红着眼厉声大吼，全身发抖。

段兴烨低笑。

周围保镖也哄笑起来。

黎洛睫毛颤抖着，缓缓睁开眼，虚弱地笑了。

段兴烨的动作定格，突然手一松，站起身来。

“黎先生很硬气，这点我是欣赏的，但硬气用错了地方，就是自找苦吃了。”他彻底撕下伪装，面容阴鸷，声音冷得瘆人。

“我今天没伤到你用来吃饭的脸，已经算是客气，劝你以后老老实实做你的大明星，别和我弟鬼混在一起想着怎么扳倒我。

“段明炀没那个本事，他不过是一个半路进门的私生子，再受器重又如何？我爸给他的，我这个继承人照样能收回来。况且等过两年我爸没了实权，我妈难道还会好心留一个别的女人生的孩子在家里吗？家产还不都是我和我妈的。

“等到我收拾他的那天，我可不想再多收拾一个人。黎先生，希望你考虑清楚，是跟着他万劫不复呢，还是回去跟着你爸乖乖夹起尾巴做人？”

黎洛艰涩地发声：“你怎么知道……你爸过两年……就愿意把实权拱手让给你……”

“这就是我们的家事了，不劳你操心。”

段兴烨理了理自己根本没几道皱痕的西装，朝保镖们一挥手。保镖立刻依照指示松开了趴在地上的人，架起自己的同伴，先行从场馆后门悄悄撤离。

段兴烨打开门走出去之前，回头补了句：“哦对了，黎先生有空调查我今天为什么没去华曲奖，不如先调查下，我弟为什么去了华曲奖吧。”

门啪的一声重重关上，休息室内迅速重归寂静，只剩下粗重的喘息声。

黎洛终于忍不住，松开了咬紧的牙关，发出隐忍已久的痛呼，绵长虚弱。

不知过了多久，或许是几分钟，或许是一小时，直到他额头的冷汗完全蒸发，脸上恢复了点血色之后，他才扶着桌角，摇摇晃晃地站起身。

接着，抬起手，像进门前一样，再次把手插入裤兜里。

取出打开已久的录音笔，按下了暂停键。

黎洛在家躺足了一天。

下床后第一件事就是把昨天的录音导出来，存了个完整版，接着复制一份，截掉了前面无关紧要的对话，只留下段兴烨最后的那几句。随后给段明炀打去电话，约了个碰面地点。

段明炀让他来家里，他爽快地答应了。

换作平时他可能还会警惕有诈，但遭受了段兴烨这一顿毒打羞辱，黎洛忽然觉得，段明炀的危险系数其实没那么高。

起码段明炀从来没打过他。

邓良在客厅勤勤恳恳地安排后面的行程，见自家洛哥从卧室出来了，还换下了睡衣，一身要出门的行头，疑惑地问："哥，这么晚了，去哪儿啊？"

"小助理不需要知道这么多。你处理完了就走吧，不用等我。"

邓良嘟囔："睡了一整天，晚上倒有精神了，洛哥你这作息不健康啊，而且昨天不是还磕到腿了吗？别出去了吧，你要约人的话改天也行啊。"

"人家等不及咯，让我立马过去。"黎洛在玄关处穿鞋，抬起腿时膝弯一痛，踉跄了下，幸好撑着墙壁才没摔倒。

"哎哟，洛哥！"邓良连忙扶住他，"你这磕得挺严重啊，上药了吗？卷起裤腿我看看。"

"没事，一点瘀青而已，过两天就消了。"

"一点瘀青也可能影响工作的好吗？你可是靠脸吃饭的，我看你该去给自己的身体买个保险了。"

"这主意不错。"

黎洛一路上还真思考起了邓良这建议的可行性。

反正一样挨打，不如讹段兴烨一笔，让他也不痛快。

到段明炀家的时候已经过了约定的九点，繁茂树影遮掩下的住宅区万籁俱寂，曲径通幽。司机师傅还在磨磨蹭蹭地朝前开，探头探脑地往外张望，打量这难得进来一趟的高档别墅区，又从后视镜连连瞟了几眼后座戴着墨镜的青年，估计已经在心里贴上了"富二代"这个标签。

黎洛咧嘴一笑，在阴影中露出森森白牙："能快点儿吗师傅？"

司机肩膀一抖，立即端坐，目不斜视，迅速送他到指定门牌号前，收了钱便一脚油门开走了。

黎洛昨天受的气总算泄出来了些，心情稍缓，挺直了身板，不让自己露出一丝疲态，接着走到段明炀家门口，按响了门铃。

来开门的居然是段明炀本人。

“怎么没开车？”

去掉了生疏的“黎先生”三个字，换上了随意的居家打扮，段明炀这一句话，居然让他听出了几分要好老熟人聚会的味道。

不知是门廊的暖黄灯光太过温馨，还是眼前人的模样与多年前的记忆重合，黎洛似乎被气氛感染，跟着去掉了疏离的称呼，直接问：“你家怎么没保姆？”

“清静。”段明炀稍稍侧身，让开道。

黎洛懒得跟他寒暄客套，大摇大摆地走进了屋，听见身后关门声响，转身欲道出来意：“我昨天——”

“你怎么了？”

“啊？”

段明炀走近了几步，拧起眉：“你是不是受伤了？”

尾调下沉，听起来像句陈述句。

黎洛莫名其妙地看了下自己的全身，长袖长裤，露出的皮肤都完好无损，应该没露出马脚啊？

段明炀沉吟一秒，突然伸出手。

黎洛错愕，立即抬手：“离我远点。”

可段明炀出手更迅速，趁他不备，直接往他腰间不轻不重地按了一下，瘀青未消的腰部瞬间抽疼得厉害，黎洛倒吸一口凉气，身体不受控地软倒。

被段明炀眼疾手快地扶住了胳膊。

可段明炀又紧接着连按了他的大腿、肚子和手臂等部位，处处致命，按得黎洛惨叫连连：“你！你要我死吗！”

段明炀阴沉不言，突然拽着他向里面走去。

黎洛狭长的眼睛都瞪圆了，盯着段明炀冷硬的侧脸：“你干吗？”

段明炀依旧不说话，拖着他径直上了二楼，一脚踹开虚掩的卧室房门，让他坐在了柔软的大床上。

“衣服脱了。”

“什么？”

“上药。”

“不用，我上过药了。”黎洛撑着床坐起来，饶有兴趣地看他，“你怎么看出来的？”

“很明显。”

“明显吗？可我的贴身助理从昨天到今天一直陪着我，他都没看出来，你怎么一眼就看出来了？”

“因为他傻。”

黎洛扑哧笑了出来：“哈哈哈，好有道理。”

他笑得牵动了受伤的腹部肌肉，忍不住剧烈咳嗽了几声，抬眼一看，段明炀的眉头拧得更深了。

“脱衣服。”

“真没事，我看过了，没你当年被你哥打得惨。”

段明炀神色微微一变：“段兴烨打的？什么时候，昨晚？”

“对啊，除了你们段家人，谁还会下手这么狠？”黎洛嬉皮笑脸道，“段总，我这算不算因公负伤啊？你去给我报个仇呗？”

“你要怎么报仇？”

黎洛只是开个玩笑，没想到他还真接话了，随口道：“就打回去咯，最好再让他倾家荡产。”

“好。”

段明炀答应得极为爽快，反而显得很假，像是在敷衍他。不过黎洛也没深究，本就只是瞎说说过个嘴瘾而已，就算段明炀终有一天让段兴烨倾家荡产，也不会是为了他。

“我们还是说正事吧。”黎洛拿出录音笔，“这可是我牺牲自己换来的宝贵录音，你给我好好听听，有没有能派上用场的。”

段明炀接过来，听了一遍，面色有些凝重。

“听出什么把柄了吗？”黎洛问，“我感觉他那句‘家产还不都是我和我妈的’语气太笃定了，感觉好像胜券在握一样。可你爸不是利用你压制他夫人娘家了吗？而且身子骨还那么硬朗，怎么会过两年就把实权轻易交出去？”

“我爸老了，近几年经常犯糊涂，已经不适合坐董事长这个位置了。但以他的性格，确实不会轻易交出去，这点我暂时没什么线索，之后派人去查吧。”段明炀话锋一转，“你不是去找杨婧的吗？怎么都是段兴烨在说话？”

“她那儿没可能了，刚要套话就被你哥逮住了，这不就吃教训了吗？好在你哥没我聪明，也不想想我为什么乖乖跟着他走。”黎洛一脸得意。

段明炀沉着脸：“下次不要轻举妄动。”

“哪儿还有下次啊，我估计这次之后你哥会更加小心提防，这条路怕是行不通了。”

“可以再试试。”

“再试？难道你哥又有新情人了？就算那样他肯定也不会再让我接近了啊。”

“你不用管，我自有人选。”段明炀貌似胸有成竹。

黎洛狐疑地看着他，想从他脸上看出点讯息来，但看着看着，却看出了其他不对劲的地方。

“你这边脸怎么好像有点肿？”

段明炀一侧的脸颊比另一侧稍稍高出一些，不仔细看还真发现不了。

“和你一样。”

“被人打了？”黎洛掩嘴，故作惊呼，“我的天哪，谁这么胆大包天，敢打我们高贵的段总？”

段明炀淡淡道：“倒还真有一个人敢，而且你也认识。”

黎洛一噎：“不会是……江流深吧？”

段明炀没有否认。

“他为什么打你？”黎洛奇了。

江流深确实一直看不惯段明炀，但以他的行事风格，要打五年前早就打了，绝不会拖到现在。

何况江流深向来是上流公子哥儿界的奇葩，长了张看似风流花心的脸，实则正派得非寻常富二代所能理解。黎洛跟他从小玩到大，也就见他堂妹江小芙被欺负的时候动过一次手。

“为了他的朋友。”段明炀的音调不知为何有点上扬，“我没让那个小歌手入围新人奖，他气得打了我一拳，看来他和那个小歌手关系是真的很好。”

黎洛嘲笑：“你这是活该，换我我都生气，还小歌手，夏希艾这两年有多红你知道吗？他不得新人奖谁信啊？明目张胆的黑幕。”

“作为赞助方，我只考虑公司的利益，让一个近期丑闻缠身的歌手获奖，后续公关很麻烦。”段明炀顿了顿，“江流深后来应该去找他了。”

黎洛松了口气：“那就好。”

“我这事做得确实不太厚道，他打我一拳，就算扯平了。但麻烦你转告他一句，下次要是再来招惹我，我不会不还手了。”

“你自己没嘴吗？还要我转告？”黎洛喊了声，“别以为人人都像林澄那样乖乖听你话，我只是跟你合作，不是你的下人。”

说到林澄，黎洛朝四周望了圈，没有在卧室里看到第二个人留下的痕迹。

“林澄不住你家了？”

“他自己有家，为什么要住我家？”

“那之前……”

“之前看他感冒，他爸妈又在外市，平时一个人住，怕他照顾不好自己，就接过来住了两天。”

“哦，这样。”黎洛漫不经心地应了声，扭过身子下了床，“那我先回去了。”

“夜已经这么深了，黎先生腿脚不便，不如住下。”段明炀突然又变回了疏离的语气，似乎有意要拉开他们之间的距离，降低自己的威胁感。

黎洛含笑看他：“腿脚不便？说得我像个老年人似的。就算我坐着轮椅也得回去，否则谁知道段总会对我做什么？”

“我不会揍你了。”

“这谁能保证啊，段总不会以为今晚我们心平气和说了几句话，我就对你放松警惕了吧？”

段明炀缓步走近他，目光沉沉：“黎先生大可放心，你受着伤，我不会对一个弱者动手。

“但你哥可不是这么说的。”

第08章

“段兴烨的话，一个字也不要信。”

段明炀沉默半晌，说出来这么句话，黎洛简直想冷笑。

“难道你的话就可信了？”

若是如此，他也不会沦落到如今这副下场。

被人抓住了把柄献给仇家，还被当作茶余饭后的笑资。

往日愤恨历历在目，昨日屈辱记忆犹新，段明炀却还妄想着他会再次落入圈套。

痴人说梦。

黎洛嘴角的笑意森冷。

“还要我说得更难听点吗，段明炀？”

他极力抑制音调，让自己的声音听起来平静从容，眼中却无可避免地射出刺人的锐光。

段明炀瞳孔骤缩。

兴许是从来没人敢对他说这种话，他的目光片刻间剧烈动荡，仿佛经历了一场地震。

空气凝滞了许久。

“你喊了我的名字。”

他再开口时，声音有些哑：“你说……要和我一辈子做朋友。”

黎洛最痛恨听见自己曾说过的这些话。

它们宛如一把利剑，被段明炀掌控在手里，时不时拿出来狠戳他的脊梁骨，提醒他过去是多么可笑而讽刺。

可他除了嘴硬否认，想不出第二个在段明炀面前维持残存自尊的方法了。

哪怕撒谎，也总比真心被作践好。

“喝醉的人的话，哪儿能当真？你一再拿这件事来嘲笑我，起不了什么作用，劝你还是省省吧。”黎洛扯了扯嘴角，“行了，咱们这笔账以后再算，我现阶段实在不想每次和你见面都因为这件事吵起来，你不累我还嫌累呢。”

段明炀想一再提醒他，他偏要一再无视。若非要翻旧账，他除了鱼死网破报复回去，只能是再断绝一次关系。以他目前的身心状况，哪一种都不太有利。

君子报仇十年不晚，他当年能放下身段，如今也能委曲求全容忍段明炀的种种试探。

只要不触碰到底线，一切都在和平合作的范畴内。

段明炀沉默地杵在原地，眼中的情绪慢慢归于一如既往的平静、冷漠，宛如毫无生气的死潭。

时间过去许久，他忽然问：“你这两天有安排吗？”

话题转变得太快，黎洛一时微愣：“啊？没有，怎么？”

“那这两天就住我这儿，我让医生来给你敷药，再商量下后面的计划。”

黎洛无语:“段明炀,合着我刚刚说的话你压根没听是吧？我说我要回去！”

段明炀置若罔闻：“你想睡我房间还是客房？”

“你要脸吗？”

“我房间有浴室，备用睡衣一会儿去给你拿。”

“段明炀！”

“今天太晚了，我明天再喊医生来。”

黎洛翻了个大白眼，直接迈腿往门外走。刚走出一步，胳膊就被一股大力硬拽了回来，拉扯着往后疾退，肩膀被推了下，仰面摔倒在大床上。

段明炀居高临下地掐住他肩膀，力气不大，却像一个坚不可摧的铁环，将他压制住。

“要我说多少次？黎先生，乖一点。”

黎洛气得想骂脏字。

“有必要这么惊讶吗？”

段明炀眼眸中的压迫一清二楚。

“黎先生要是再这样不把我放在眼里，你爸的事，我可就不管了。”

黎洛眯起眼，狠狠磨了磨后槽牙，默念了十遍“大丈夫能屈能伸”，终于把怨气吞回了肚里。

“我住就是了。”

黎洛直到躺在客房的床上，还在思考今天的段明炀到底是哪里抽了风。

当年明明是段明炀欺骗他，套到他爸公司的秘密情报之后就跟他绝交了，还将他爸送入监狱，借此立了大功，为段家除去了一大劲敌。

段老爷子喜不胜收，对他另眼相待，出钱帮他妈做了手术。段家其余人也无法再提出反驳，只能忍气吞声地看着他被接回了家门。

段明炀终于如愿以偿，实现了曾经渴望的奢求：有钱有势，父亲宠爱，母亲健康。

可这一切都是建立在别人的痛苦之上。

他怎么还有脸邀请自己住在他家？

黎洛闷闷地望着天花板，被子拉到了鼻子以上，只露出一双眼睛，在夜色中映出窗外投射进来的微弱月光。

其实……如果段明炀当初是被逼无奈，抑或走投无路才投诚段家的话，他们之间即便做不成朋友，或许也能做个相忘于江湖的陌生人，不至于反目成仇、彻底决裂。

再说了，段家能给的，难道他就不能给吗？

他只会给得更多。

分明可以选择另一条道路，段明炀却偏偏选择了踩着他这块垫脚石平步青云。

寂静的黑暗中，黎洛很浅地皱了下眉，哗啦一下拉起被子，蒙住了整个脑袋，试图扫除脑海中某些纷至沓来的回忆。

可一人之力终究斗不过万千思绪，直到疲倦困乏渐渐涌上，沉入梦乡，如影随形的记忆依旧挥散不去。

恍惚间又回到了那个闷热的夏天。

六年前的初夏。

微风是温的，阳光是热的，刚放暑假的学子们是沸腾的，只有认识了近半年的段明炀，依旧是冷冰冰的。

“哦。”

黎洛看着这简短到令人发指的回复，气不打一处来，噼里啪啦回了一大串：“‘哦’是什么意思？你到底让不让我留下来陪你过暑假啊？不让的话我可就回去了。”

“随你。”

黎洛没中暑，倒是快被段明炀气晕了。

旁边拿着麦克风高歌的朋友正撕心裂肺地往上飙高音，一曲动人情歌唱得鬼哭狼嚎，听得他脑袋快要爆炸了，心态更是要爆炸，啪一下按下了切歌键。

伴奏戛然而止，朋友提到一半的调子卡在了喉咙里，表情颇为滑稽，瞪着眼：“洛哥，我还没唱完呢？”

“唱什么唱，难听得要死，陪我喝酒。”

他自己先倒了一杯，也不管旁边人有没有喝，仰头一饮而尽。

一包厢的人面面相觑，不敢说话，你看我我看你，最后都看向了同一个人。

“你们玩，我带这个扫兴的出去喝。”

江流深起身，走到他面前，拽他胳膊，吊儿郎当地说：“走吧，黎少爷。”

黎洛抬眼瞥他：“去哪儿？”

“去哪儿都行，总比你在这儿待着生闷气，害大家都玩不痛快强。”

也就江流深敢对他说这种话。

其余人都以为他下一秒要拍案而起了，可黎洛放下酒杯，还真乖乖站了起来，说：“不好意思，我们先走了。”

“没事没事……”众人连忙摆手。

上了江流深的车，黎洛往副驾驶座椅上一靠，闭了眼，微皱着眉，什么话都没说，满脸写着“我很烦别来打扰我”。

奈何江流深是个从不看他脸色行事的：“我难得回学校一趟见见你，你就这么不给我面子？怎么，就因为今年你黎家的收益比我家多了那么几个亿，就不把小的放眼里了？”

黎洛忍了忍，还是破了功，笑骂：“我正烦着呢，能不能别逗我！”

“有什么事能让我们没心没肺的黎大少爷烦成这样啊？”

黎洛不接话，扭头看着车窗外，却突然发现街边景物格外眼熟。

“你带我去哪儿喝酒？”

江流深已经找到了车位，正慢慢倒进去，打着方向盘，回：“去喝你新朋友端来的酒啊。”

“你怎么知道？你不是一直在国内拍戏吗？”

“你爸都找过我好几回了，让我劝劝你，说那个小服务生不像好人。”

江流深停好了车，解开安全带，打开了车门，下车前，忽然转过头，笑得一脸高深莫测。

黎洛莫名：“你笑什么？”

黎洛一愣。

“就你最烦！”

江流深既然起了这个头，也没对这事提出异议，黎洛便没再顾忌，从停车场走到酒吧的短短一路上，骂骂咧咧地描述了自己这半年的辛酸过程，末了道：“我觉得他肯定不是这样的人。”

江流深琢磨着：“要是你非看好他，没关系，哥支持你。”

黎洛："我怎么觉得你是要害我？"

江流深："我们这么多年的兄弟，我能害你吗？等着瞧吧，哥今天好好给你露一手。"

黎洛："呵呵，哥，您行吗？"

江流深："这点小事还能难倒我？"

黎洛："行，您尽管作，被揍了可别找我。"

他们两个勾肩搭背打打闹闹地进了酒吧，江流深好歹是知名演员，参演的电影经常送到国外参展，在国外也有一定知名度。他怕被人认出来，惹来不必要的麻烦，便戴了副超大墨镜，挡住了半张脸。可他俩都身高腿长，气质出众，加上一身名牌，刚进门就收获了不少好奇打量的目光。

黎洛已经算是这儿的熟客了，平常都是一个人来，不少人都知道他和这店里的一名服务生关系好，这回看到他头一次带了朋友来，酒吧角落里响起了几声不知从谁嘴里吹出来的口哨。

"你在这儿的人缘好像还不错？"江流深揽着他的肩，"可以啊，混成酒吧界名人了？"

"能闭嘴吗？你不要脸我还要呢。"黎洛翻了个白眼，带他去了吧台。

调酒师抬头看见江流深，眼神一亮，接着又透出几分疑惑："这位帅哥……你好像有点眼熟啊？以前来过吗？"

江流深相当从容地往高脚椅上一坐，没有半分不自在，笑得潇洒迷人。

"可能来过吧。"

黎洛一拳砸上他的胸膛："我要吐了！"

江流深顺势挡住他的拳头，扬起英眉："吐吧，我给你接着。"

"你找死——"

黎洛挣脱了他的手，刚想再砸一拳出去，突然余光瞟见一道熟悉的身影，正朝吧台走过来。立刻正襟危坐，砸到一半的拳头舒展开，伸手替江流深抚平了衣服。

"哥，你看你衣服皱的，出来玩怎么能穿得这么不得体呢？"

江流深眼神古怪地看了眼自己平平整整的衣服："你有病？"

"咳咳。"黎洛咳嗽了两声，朝他努力使眼色。

江流深不愧是领悟能力一流的天赋型选手，立刻会意，低头假装看手机，手指滑动着屏幕，一副毫不关心的模样，实则藏在墨镜下的眼睛一直斜视着刚来到吧台端酒的服务生。

黎洛转身，对来人熟练地挂上笑："明炀，今晚几点下班呀？"

段明炀手上动作利落，已经将吧台上的酒杯都放上了托盘，正在等调酒师调制最后一杯，视线淡淡地落在空玻璃杯上，没分给他半秒目光。

“两点。”

“啊？都放暑假了你怎么还工作到那么晚啊。”

“赚钱。”

黎洛张了张嘴，欲言又止，想说“我给你钱”，又怕伤他自尊，只好换了个话题问：“为什么不回国啊？暑假那么长呢，待在学校多没劲啊。”

“没钱。”

好吧，又绕了回去。

暑假高峰期从英国往返国内的机票价格确实不低，段明炀正在为她妈妈几个月后昂贵的手术费筹钱，眼下能省则省也正常。

“行吧……”黎洛沮丧了没几秒，又抬头对他笑，“那我也留在这儿陪你吧！”

“随你。”

段明炀还是这两个字，取过最后一杯调好的酒，端起托盘，再度汇入了人群。

“……”

江流深终于忍不住爆笑出声：“这就是你说的‘他肯定不是这样的人’？”

黎洛脸色不太好看：“我现在心情很不爽，劝你少说话。”

自从那次段明炀生日之后，他才开始真正用心地观察这个朋友。

越观察，越觉得这人有意思。

段明炀特别在哪儿？

不如说他哪儿都很特别。

长得特别高大英俊，气质特别出众，身手特别厉害；在学校里特别用功上进，在酒吧里特别勤快干练；对待名利权势特别不屑一顾，对待家人朋友特别认真用心。

“他会花两千英镑给我买新钱包。”黎洛最后说。

江流深失笑：“两千英镑的钱包？你身边任何人都能买给你。”

黎洛摇头：“有几千万的人给我买两千的钱包，和只有几千块的人给我买两千的钱包，完全不是一个概念。

“他是那种，会倾尽自己所有来担负起责任的人，哪怕错不在他。

“虽然他看起来挺薄情的，但如果是他认可的朋友，我觉得，他一定会交一辈子。”

黎洛出神地望着熙熙攘攘的人群，琥珀色瞳中又映入了那道正朝自己走来的身影。

江流深脸上轻佻的笑意渐渐敛起，审视他的神色几秒，最终无奈地叹了声："看来我是劝不动你了。"

"不用你劝，你以为我没劝过我自己吗？"

黎洛已经重新转身面对来人，漾开欢欣的笑容。

江流深轻哼："起码我肯定不会和这种冷淡的人做朋友，得和我一样话多，不然多无趣。"

"随你怎么说，没工夫跟你扯。"

段明炀已在三步开外，黎洛保持着完美微笑，正要迎上去搭话，身旁的江流深突然走下高脚椅，拦在了他面前，侧头小声说："看哥的。"

黎洛："啊？"

江流深先他一步迎了上去，朝走到面前的段明炀伸出右手："你好，我是黎洛的朋友，姓江，常听阿洛提起你，夸你英俊帅气为人正派，今日一见，果然如此。"

黎洛："……"

他信了江流深的邪。

这个厚脸皮的向来什么话都敢说，他在一旁听得简直尴尬到脚趾蜷缩，四处搜寻有没有抹布可以拿来堵住这张不正经的嘴。

段明炀的目光落到江流深鼻梁上架着的墨镜上，面无表情道："原来江先生不是盲人啊。"

江流深："……"

黎洛反应了半秒，登时爆笑出声，笑得腰都直不起来："哈哈哈哈……我第一次看、看见他吃瘪，明炀你好厉害，哈哈哈哈……"

江流深磨了磨牙，墨镜后的目光狠狠剜了他一眼，面上依旧保持着微笑："段同学可真幽默，我戴墨镜是出于私人原因，不便解释，还请谅解。"

"没事，我不介意。"

如果是黎洛，对话进行到这儿一般就快接不下去了，但江流深向来嘴上功夫了得，有他在，没有聊得死的天。

"这儿的酒我好多都没喝过，挑不出来点什么，段同学能推荐一下吗？"

段明炀看他一眼，转过头，手肘撑在吧台上，指了指江流深，直接对调酒师说："给这位先生调 杯'蓝色日落'。"

"听起来很特别。"江流深笑了笑，"就和阿洛描述的你一样。"

黎洛：“嗯？”

段明炀闻言，转过头，微眯起眼：“什么意思？”

“你看，蓝色是冷色，日落却是暖色，阿洛说你外表看着冷淡，其实有一颗温热的心，这不是很像吗？”

黎洛被他胡编乱造的能力震惊了。

这都能联系到一起？

“是吗？”段明炀竟然还搭理了他，转而看向黎洛，“在你眼里我是这样的人？”

黎洛咽了口唾沫，不知该怎么回话，只好勉强点了点头。

段明炀皱起眉，看样子似乎在思考些什么，倒没有透出不悦的神色。

江流深添油加醋：“其实我们阿洛也是这样的人，内外反差大，很多事都憋在心里不说，哎，比如今天这桩事吧——”

黎洛掐住他胳膊，做出要扶他起来的样子，挤出笑，咬牙切齿：“我哪儿有什么事啊，你是不是喝醉啦？要不我们还是先回去吧？”

“看看！他为了不让我告诉你，多么努力！”江流深死死按住他的肩膀，硬生生将他按回了座位，朝段明炀言辞恳恳道，“我觉得你们两个之间应该好好沟通，不能这样！有多少友情，就是因为缺少沟通才白白错过！”

黎洛掐得更狠了，笑得也更灿烂：“明炀，我这朋友酒量不好，喝醉了就容易胡言乱语，你别往心里去，我这就带他走。”

段明炀：“酒还没调好，他就喝醉了？”

黎洛：“……”

江流深趁机挣脱了他的毒手：“段同学果然观察入微，你看看我们单纯的阿洛，怕被你知道这件事，紧张得撒谎都不打草稿了！”

“他隐瞒了什么？”段明炀直切重点。

黎洛只能将一口恶气憋下去，事已至此，他倒想看看江流深能说出什么花样来。

江流深摆够了腔调，才煞有其事道：“阿洛他啊，其实早就给你买好往返中国的机票了。”

“……”

牛啊。

江流深：“他知道你想回去陪生病的妈妈，就想跟你一起去，但又怕你自尊心强，不肯收下他买的机票，这些天一直很纠结，所以才旁敲侧击问你要不要回国。你说不回去，还说随便他留不留下，他其实很受伤，刚刚还问我，是不是留在这儿会惹你烦，要不还是别出现在你面前了。”

黎洛听得叹为观止。

要不是江流深口中的对象是他自己，他或许都信了。

段明炀沉默良久，突然问他：“你真想跟我一起回去？”

黎洛一愣，立即点头：“想的！”

江流深胡诌的话虽然大多是假的，但有一点倒是真的，他确实很想和段明炀一起回国。也不是没考虑过给段明炀买机票，只是鉴于段父的前车之鉴，才没有做多余的事，生怕惹段明炀不高兴。

“怎么样？段同学，考虑一下呗？”江流深趁热打铁，“你要是不好意思白收阿洛给你买的机票，以后努力赚钱还给他就是了，但亲人可是见一次少一次的。”

段明炀沉默不语，黎洛的一颗心随着时间的流逝越提越高。

“好。”

他最终说。

心脏瞬间又落回了原位，安安稳稳地跳动着。

黎洛长舒了口气，等段明炀离开吧台后，难得感激地看了江流深一眼：“谢了。”

“就说哥能给你搞定吧？”江流深笑得相当得意，跷着长腿，端起调酒师刚调好推至面前的“蓝色日落”，优雅地浅饮了一口，“大恩不言谢，别跟哥客——噗！！”

他难以置信地瞪大眼看着蓝橙分层的漂亮酒杯。

“什么玩意儿？这么难喝！”

第09章

在巧舌如簧的江流深的推波助澜之下，三天后，黎洛就如愿以偿地和段明炀一起飞回了国内，并且死皮赖脸地一路跟着他，住进了他家。

“只住一个礼拜？”段明炀将背包放下，“我还以为你整个暑假都会缠着我。”

黎洛正蹲在地上，把自己行李箱里的东西一样样往外搬，见缝插针地摆放到这间不足一百平方米的小房子的各个角落，闻言抬头：“住久了怕我爸来逮我。”

“你不就喜欢和你爸对着干吗，怎么突然怕他了？”

“谁说我怕他了？”黎洛昂起脖子中气十足地喊了句，继而音量又低了下去，嘟囔着，“我这不是怕他找你麻烦嘛……”

黎洛提高音量又补了句：“他不同意我跟你交朋友，但我和谁玩得好轮不到他来管，他要是找你麻烦，你跟我说，我一定会保护你的！”

段明炀整理行李的动作一顿，也只是半秒，继续低着头翻背包。

“我没答应跟你做朋友。”

黎洛不气馁地问：“那你什么时候答应？”

“我为什么一定要答应？”

“你为什么不答应？”

黎洛跑到他身边蹲下，仰着脸笑吟吟地看他，“你朋友里难道还有比我更好看、更听话的吗？”

段明炀挑眉：“你听话？”

“当然！”黎洛说。

“你不比我大多少。”

“是是是。”

黎洛觉得自己一定是被支配了，说出的话、做出的事都像个傻子，却没法控制自己不要如此。

收拾完行李，段明炀打算先去趟医院，黎洛软磨硬泡了半天，才说服他带着自己一起前往。

路上得知，段明炀的妈妈是因为早些年独自抚养他、操劳过度才生了病，从那之后身体状况一直不太好，前两年实在坚持不住，便辞了工作在家安心休养。

家里没了收入，段明炀靠着为数不多的存款勉强上完了高中，本打算大学时多打工来赚钱养家，可就在那时，他失联已久的生父突然找上门来，说要送他去国外读书，培养他做下属，将来家产也会分给他一部分。

段明炀当然不屑一顾，可他妈不愿他这么辛苦，苦口婆心地劝他："他资助你是应该的，是他这些年亏欠你的，你干吗不要？这不是便宜他了吗？等你将来毕业了，有了文凭，想做什么就做什么，就算不去他那儿工作，他还能逼你不成？"

架不住他妈不停地劝，也为了让他妈病情不再因为情绪恶化，段明炀只好暂时服从了他爸的安排。

"但我不会去他手下做事的。"段明炀斩钉截铁地说。

黎洛："为什么？他的家产确实是你应得的呀，等你分了家产再走也不迟啊。"

"事情没那么简单，我现在拒绝回去，他那个儿子就已经盯上我了，不惜追到国外来教训我。要是我真回去了，我和我妈不知道会面临什么。"

"这倒也是……"

黎洛暗暗琢磨着，改天调查下段明炀他爸的背景，如果只是个普通小老板，那使点手段教训下另一个狠毒的大儿子也不是什么难事。

自个儿的朋友，总得自个儿罩着。

谈话间，他们走到了病房门口。段明炀的妈妈年初查出来了一点心脏问题，段明炀又不在家，只好暂时住到医院看护着，由亲戚家代为照顾，等待手术安排。

手术费用十几万，若段明炀点点头，答应回家效力，他父亲立马能付清。可偏偏段明炀有骨气，宁可自己勤工俭学，去酒吧打工，也不愿再受自己生父的恩惠。好在酒吧时薪较为可观，他又干得卖力，工作了近一年，如今也已经攒了七八万了。

打开病房的门，段明炀先走进去，黎洛跟在后头，见他停在了一个床位前，喊了声"妈"，也跟着探出脑袋，礼貌地问候："阿姨好。"

段妈妈脸庞清瘦，气色倒还不错，见到自己儿子身后冒出个人，颇感意外："这位是？"

“大学同学，暂时住在我们家。”段明炀简要概括。

黎洛在讨好长辈这方面驾轻就熟，展开笑容：“我家这星期没人，想跟明炀先凑合住一星期，有个照应。叨扰了，阿姨，我会帮着明炀做家务的，算作房租了。”

段妈妈笑了：“没什么叨扰的，可惜阿姨还不能回家，不然能给你们做几道菜。”

“没关系，我来就好！”

段明炀斜他一眼：“你会做菜？”

黎洛撞了他一肘子：“晚上等着瞧。”

他们三个人聊了近一小时的天，多数时间是段明炀和她妈妈聊学校里发生的事，从哪个教授比较严厉聊到哪门课程作业最多。

这是黎洛自认识他以来，第一次听他絮絮叨叨地说那么多话。

段明炀只字未提酒吧打工到深夜的事，就说自己业余兼职赚了点钱，可以承担手术费了，不用再依赖谁，让他妈别担心。

黎洛身为外人，不方便插嘴过多，就撑着脑袋在一旁安静地听着。偶尔在他们母子俩聊到有困难的地方，神色变得凝重时，出声活跃下气氛。

病房里的其他两位病患正在午睡，他们尽量压低了谈话声音，段妈妈语调柔和，看着自己儿子的目光透出欣慰与关爱，段明炀也舒展开了平日里总拧着的眉头，温声附和。

窗外霞光渐浓，给他们母子二人的轮廓镀上了一圈暖洋洋的金边。黎洛被那光晕迷了眼，依稀想起自己小时候，也曾和妈妈有过这样的温情时刻。

从家人方面来说，段明炀其实比他幸运，起码还有一个至亲在身边，给予了真真正正的关爱，没有一丝隔阂。

临走的时候，段妈妈特意嘱咐自己儿子：“这么好的同学，你可得好好招待啊。”

黎洛得了这句话，宛如有了免死金牌，尾巴翘到了天上去，在超市买菜的时候尽挑自己爱吃的：“要牛肉！最贵的，我来买单！还要那个秋葵！”

段明炀：“你真要做菜？”

“嘿嘿……我做的话，那就只买色拉吧。”

“……”

最后自然还是段明炀下厨。不过他要吃的菜倒是全买了，没让他出一分钱。

本以为段明炀顶多也就是“会做饭”的水平而已，没想到摆上桌的菜竟然意外地色香味俱全，加上“好朋友第一次给自己做饭”这个大前提加成，美味程度翻倍。

黎洛平常饭量不大，这一顿却配着菜足足吃了两大碗米饭，直到洗澡时还在不停打饱嗝。

段明炀在外面估计是听不下去了，过来敲门，说："吃撑了洗澡容易晕，你当心点。"

黎洛应了一声。环顾一圈，狭小的卫生间里连个遮挡的帘子都没有，就一个莲蓬头嵌在上方的壁砖上，温热的水流喷洒出来，顺着他的身体流淌而下，汇聚到脚边微凹的瓷砖处，排入下水道。

穷人的生活真够寒碜的……

不过他又觉得，这样充斥着烟火气的生活，似乎也不赖。

只要是和好友在一起，人间百态皆无所惧。

这澡冲了近半小时才算完，黎洛胡乱擦了擦，趿着稍大了点的拖鞋，噔噔噔地跑到段明炀卧室里，身上还散发着温热水汽。

"我可以睡你的房间吗？"

段明炀拿了自己的衣服进浴室，丢下一句："随你。"

黎洛没客气，直接往柔软的床上一扑。

段明炀家的卧室比他那破旧的出租屋条件好上许多，床也宽大不少。

黎洛在床上打了好几个滚儿，不经意间余光瞥见对面的柜子上有个相框，立即来了好奇心，起身凑近查看。

照片中的段明炀看模样应该是刚上高中的年纪，被一群男女同学围着，嘴角微翘，眉眼间已有几分桀骜不驯的酷劲儿，但整体来看仍是个俊朗清爽的少年，看不出半分如今老成冷漠的影子。

浴室门咔嗒一声响，段明炀冲完澡出来，只穿了条平角裤，拿着干巴巴的毛巾擦着头发。

黎洛看看眼前的他又看看照片里的少年，问："你是怎么变成现在这样的？"

"我现在怎样？"

"嗯……不太爱笑，看谁都像欠了你五百万似的。"

"要是真有人欠我五百万，我不会不笑的。"

"哦……"

说到底还是生活所迫，不得不迅速早熟，沉重的家庭负担压平了他曾经微翘的嘴角。

黎洛的目光落到他赤裸结实的后背上，那儿曾经狰狞可怕的瘀青已经消退了，但生活在这样的环境里，谁又能保证将来不会添上新的伤痕？

如果出生在更幸福完整的家庭中，沉稳勤恳如段明炀，本该拥有更平坦优越的人生。

现在浪费学习时间去打工，被父亲和兄弟不断骚扰却无法彻底斩断联系，归根结底，只是因为缺钱而已。

而这恰恰是自己拥有最多的东西。

黎洛一股热血涌上心头，脱口而出："明炀，我可以给你钱的。"

话音刚落，他就后悔了。

段明炀不会乐意听见这种话。

他立即抢在脸色瞬间阴沉的段明炀前头补救："我的意思是，你有什么困难，我可以帮你一起解决。你不用觉得亏欠我，我也不是同情你，是把你当朋友才帮你的，这点忙对我来说真的是小事……"

段明炀静静地听着他啰里吧嗦解释了一堆，神色没有缓和多少。

"黎洛，我说过很多遍了，别费心思。"

黎洛的话语停顿住。

"为什么啊……"

"我们根本不是一个世界的。"段明炀缓步走近他，漆黑的眼眸被湿发挡住了一半，里头的情绪影影绰绰，看不真切。

"我说过，你惹不起我，我也不想把你拉到我的世界里，因为我很有自知之明，我可能一辈子都过不了你现在这样的生活。

"所以，乖乖当你的富家子，享受你幸运的人生。我这种人，就算了吧。

"我也不喜欢你们上层人的世界，尔虞我诈，虚情假意。"

"那我就来你的世界！"黎洛难得严肃，"你不要看不起我，觉得我吃不了苦，我可以的。我也不觉得你会一辈子这样，你有能力过上更好的生活。"

段明炀紧抿着唇，沉默良久。

"习惯了黑暗的人不能拥有光，光会融化他赖以生存的冷硬外壳，驱散他用以提防危险的戒备，让他变得柔软、脆弱。

"一旦光消失，他会跌入更深的黑暗，手无寸铁，彷徨无助，不是被四周潜伏的敌人杀死，就是孤独至死。"

这一晚上黎洛睡得挺不踏实，兴许是因为身上未愈合的伤，也兴许是因为在段明炀家，潜意识里就戒备着，没法安下心来。

第二天早上的时候，黎洛是被后背上传来的丝丝疼痛和清凉感闹醒的。

耳边依稀传来交谈的人声，他困倦地眯眼扭头看去，一个岁数瞧着挺大的老头站在床边，正拿着几贴膏药，往他背上贴，段明炀则站在旁侧。

黎洛清了清嗓，声音带着点儿刚睡醒的哑：“干吗啊这是……”

“你睡太晚了，医生已经来很久了，之后还有事，不能再耽误医生时间。”

“那你叫醒我不就行了。”黎洛说道。

“黎先生有这精力耍嘴皮子，不如想想今天的晚宴穿什么。”

“晚宴？谁办的？”

“我哥，庆祝苏芷斩获华曲奖最佳原创女歌手。”

黎洛瞬间瞪眼：“疯了吧？你哥办的，我去干吗？”

段明炀瞥他一眼，云淡风轻道：

“砸场子。”

直到晚上坐着段明炀的车前往会场时，黎洛仍觉不可思议：“你胆子也太大了吧？我前天刚被你哥揍，今天咱俩就去他面前耀武扬威，你是打算彻底跟他撕破脸吗？”

“我们从来没给对方留过脸面，谈何撕破？”

“嗯，也有道理……等等，你俩要是斗起来，那我不就又成了你哥的头号打击目标？而且这是他办的宴会，我去岂不是自投罗网？”黎洛一琢磨，立即敲打隔板，“司机师傅！我要下车！”

“别闹。”段明炀沉声呵斥，“我在，他不敢。”

黎洛动作定格，回头看他：“段总口气挺跩啊？冒昧问一句，你现在拿到段家多少股份了？”

段明炀不为所动：“黎先生没必要嘲讽我，我眼下是没有多少股份，但我也不是冲着股份去和他作对的。

“我说他不敢，是因为集团现在的一大半产业都由我直接经手，他不忌惮我的股份，但他忌惮我的能力和对我忠心的人。

“如果他公然和我对抗，段家会出大乱子，所以目前，他暂时不敢惹我。”

黎洛困惑：“他不敢惹你，和他招惹我有什么关系？”

段明炀沉默了几秒，才开口：“他看到我把你带在身边，应该会有所忌惮。”

“真的假的？”他问道。

“你是我的合作伙伴，自然是真的。”段明炀回得相当“官方”。

“哦。”黎洛感觉自己似乎松了口气，接着问，“那我一会儿需要做什么？”

“跟紧我，不要走散。”

车子停在了一处郊区的豪华城堡式酒店，从外边大门口看进去黑灯瞎火的，只有两旁的路灯照明着，驶入了里面，才发现是繁茂的树木将灯火通明的酒店遮掩在了树影之后。

酒店门口停放着一辆辆豪车，想来这次出席晚宴的非富即贵。段明炀的车一停靠下来，除了负责接待客人的服务生，还有一位看起来是管理层的男子也立刻迎上来，恭敬地替他打开车门。

“段先生，您来了。”

“嗯。”

段明炀下了车，走到另一侧，接替了司机，亲自为黎洛打开车门。

黎洛讶然抬头。

段明炀这戏演得可真够足的。

他不遑多让，一下车就冲他笑了笑：“谢谢，明炀。”

先前的男子相当会察言观色，立即上前给他们带路：“段先生，黎先生，这边请。”

还没走进辉煌奢华的宴客厅，黎洛就远远看见了里边的布置装饰，不禁感叹了句：“你哥这些年真是一点儿没变，还是这么铺张浪费。”

宴客厅内三面都布置了鲜花墙，这么大的面积怕是价值不菲，不知道的还以为是什么盛大的婚礼现场，可苏芷不过是得了一个分量算不上多重的奖而已。作为歌手界颇具实力广受好评的女歌手，这种奖项她恐怕都获得五六个了，根本不足为奇。

段兴烨摆出这样的场面，无非是想让来宾觉得他对妻子有多么宠爱，以巩固他的“好丈夫人设”。但倘若真是如此，他也不会在妻子获奖当晚去接别的女人约会了。

黎洛对此嗤之以鼻，跟随段明炀走上了铺设着红毯的台阶，一只脚刚踏入大厅，就收获了来自四面八方的打量目光。

其中不乏几张以前熟悉的面孔。

当初段家构陷他家的事做得滴水不漏，只有他们两家和江家清楚他爸究竟是怎么入狱的，其他人还以为真是他爸犯事了才被抓，以前巴结奉承他的狐朋狗友呼啦一下散了个干净，谁都不敢出手帮忙，连句安慰的话都没有，也算是让他看清了哪些才是真心朋友。

眼下这些人正偷偷地瞟他，大概是疑惑他一个家道中落污点缠身的人怎么还能参加晚宴。

而其余的大多数人看他，主要还是因为他如今的明星身份。

场内有几个二三线小明星，胆子大的上前来打招呼，黎洛尚未开口应答，段明炀就打断了话：“我们有事，抱歉。”

黎洛被他推着往前走。

“哈哈哈，我发现段总你越来越有意思了。”黎洛笑意更盛，“你这几年到底经历了什么，变得这么能说会道了？”

“过奖。”

段明炀没跟他多闲聊,带着他穿过人群,走到宴会厅最前排的时候,才站定。

段兴烨正在与几位宾客谈笑风生，目光扫到他们俩，顿时一僵。

倒是他身旁的苏芷展颜一笑，先开了口：“明炀，你来得有点晚。”

继而看向黎洛，微微颔首：“黎先生，好久不见。”

黎洛笑笑：“确实是很久没见了，苏小姐依旧这么大方美丽。”

他与苏芷同是明星，曾有过几面之缘，苏芷的长相，眉目清冷，气质脱俗，别有一番动人之处，常被网友评价为“高级超模脸”。

据说她与段兴烨相识于一场活动，段兴烨对她一见钟情，追了她小半年，使了各种浪漫花招。苏芷被他温和绅士的态度以及持之以恒的精神打动，才答应了和他交往，一年后结了婚。

当时网友们虽然惋惜“女神”这么年轻就嫁了人，但看在段兴烨仪表堂堂和豪门贵子的份上，多是祝福的态度。却不知这背后，有多少不为人知的辛酸与黑暗。

黎洛不清楚苏芷对段兴烨在外拈花惹草是什么态度，但既然没有选择立即离婚，应该是暂时不想跟他闹翻的，所以即便对她说了杨婧的事也没用，不如少生事端。

苏芷此刻看起来似乎心情不错，或许是刚得了奖的缘故，黎洛以前没怎么见过她笑，这会儿对着他和段明炀倒是笑得挺温婉。

“黎先生说笑了，在你面前谁敢自称美呢？”她的目光转向段明炀，“明炀，你怎么和黎先生一起来了？你们原来认识吗？”

“大学时的学长。”

苏芷目露讶异：“这样啊？”

一旁沉默了半晌的段兴烨忽然笑道：“是啊，世界就是这么小，你和明炀不也是高中同学吗？听说你们那时候一个是高冷‘校花’,一个是高冷‘校草’？”

“同学乱起的，我们那时候不熟。”

黎洛心中微微一动。

不熟，也就是说认识，难怪苏芷对段明炀似乎不只是亲眷间的客套，还多了几分熟稔，或许是过去同窗的缘故。

不过这还真是巧，曾经的同学成了自己的大嫂，段明炀的心情估计挺微妙。

段兴烨说这话时，语气阴阳怪气的，大概是故意想让他尴尬。

想到这儿，黎洛看了眼段兴烨，恰好和他视线对上，登时浑身一寒。

段兴烨笑得森冷，咧开的白牙像是要咬断他喉咙。

然而这也只是一瞬间的表情，下一秒，段兴烨就换上了一如既往的温和笑容，朝他伸出手："黎先生，又见面了，前日一别，你可还好？"

黎洛也伸手握住："承蒙段总挂念，我'磕到'的地方已经好多了。"

"嗯，以后要多加小心，不要'乱来'。还有，不用喊我敬称，都是朋友，喊我名字就可以了。"

黎洛抽回手，浅浅地笑了，笑意却未达眼底："段先生误会了，我是在喊我身边这位段总，他看我受伤，又一个人独居，很挂念我，让我这两天住到他家，方便照顾。"

段兴烨的笑容一滞。

连苏芷都听出了不对劲，目光诧异又疑惑地看向他，而黎洛此刻只想知道段明炀的脸上是什么表情。

是会觉得他回得痛快？还是觉得他过分任性？

很可惜，段明炀脸上依旧面无表情，丝毫不露破绽。

啧，没劲。

黎洛原本那点得意的心思都被他搅没了。

段兴烨的脸色由青转白，似乎是把怒气强行压抑了下去，竟然还能保持微笑："看来我弟弟很关心黎先生你啊，那你不妨多住几日，晚点回去，不然又磕磕碰碰到什么地方，二次受伤可就不容易恢复了。"

这话里的暗示很明显了：你有本事就在段明炀那儿住着别出来，否则有的是苦头让你吃。

黎洛心里暗嗤，他好歹是公众人物，家中势力也没有完全没落，段兴烨不可能真的乱来，顶多再受点皮肉伤罢了。

"多谢段先生关心。我会多加注意的。"

这时，一直没怎么说话的段明炀总算开了口，却是另一个话题："周夫人没来吗？"

周采英，段兴烨的母亲，段明炀父亲段天佑的妻子，同样是出身富裕家庭的大小姐。

两家当年的联姻被传为一段佳话，但黎洛从无所不晓的江流深口中得知，周家当初联姻本就没安好心，如今眼看着段兴烨作为继承人，逐渐在家中有了地位，周家人就开始觊觎段家的家产了。

黎洛当时听了还当是个笑话："这还要抢？将来不都是他们家孙子的？"

江流深摇了摇手指："周家也是个大家族，这些年经营不善，负债累累，都快成一具空壳了。段天佑那只狡猾抠门的老狐狸，眼看老丈人家扶不起来了，一点儿都不愿意自己的钱打水漂，也就段兴烨能用自己的积蓄接济一下。周家人见这个有钱女婿这样无情，干脆你不仁我不义，反正孙子是我家女儿生的，这家产就该给我们花。

"段天佑当然不愿意，但又不可能不把家产交给亲儿子，所以他才需要一个信任的帮手，帮他打理产业，把儿子和妻子的掌控权暂时分出去，起码在他当董事长的时候，不能让他们把公司的收益拿去救济娘家，投入无底洞。而且这个人得能让他们忌惮，产生威胁感，这样他们为了继承权，就不敢违背他的意愿了。

"最好的人选，当然是自己血浓于水的私生子咯。"

黎洛当时听江流深这么一解释，脑子里不禁飘过"贵圈真乱"四个大字。

可惜段天佑低估了段明炀对他的憎恶程度，段明炀被接入段家四五年，如今依旧生疏地喊"周夫人"，暗中还在计划如何整垮他家，这两个儿子可真是一个比一个闹心。

段兴烨似乎也没有伪善到要和他"共享"一个妈的意思，顺着他的称谓说："我妈她去看珠宝展了，爸陪着。"

"爸还有心思去看展？"段明炀冷不防地问。

段兴烨："你这话什么意思？"

不知道是不是黎洛的错觉，他突然感到身旁的段明炀气压骤降，闷得人喘不过气，宛如暴雨欲来。

"哥，龙行娱乐的赵总，怕是要进去了。"

段兴烨闻言，脸色无异，可黎洛却看见，他握着酒杯的手，猛地收紧了一下。

第10章

宴客厅内斛光交错，欢声宴语，唯有这一方小小的区域，肃然无声。

但沉默也只持续了短短几秒。

段兴烨端起酒杯，浅饮了一口，一派从容："是吗？他犯了什么事？"

"诬陷解约艺人，偷税漏税，还有……一些不光彩的生意。"段明炀看着他，"哥，你跟他好像来往挺密切？还给爸引荐过？那可得当心了，不要引祸上身。"

段兴烨笑笑："这还没证据呢，怎么就给人家定罪了？或许是误会一场。况且，连我都没听到一丝风声，你又是怎么知道他要进去了？"

段明炀："有没有证据我不清楚，但江流深盯上的人，应该不会轻易放过。"

听见这话，段兴烨无懈可击的笑容终于有了一丝松动。

"江流深？他怎么会盯上赵建华？"他说完，似乎联想到了什么，目光阴恻恻地转向了黎洛。

黎洛连忙撇清关系："段先生可别误会，我只认识江流深，可不认识什么赵总，不过嘛……"

"不过什么？"

"不过刚才听明炀说，这个赵总是龙行娱乐的老板？还诬陷解约艺人？那我猜，这位艺人是夏希艾吧？"

"是又如何？"

"那可就麻烦了，江流深前阵子刚跟我说过，夏希艾是他朋友，关系好得很。"黎洛皱起眉头，一副忧心忡忡的神色，"这位赵总怕是踩到江流深的逆鳞了，这下神仙也救不回来了呀。段先生，我劝你还是听明炀的，赶紧和他断了联系吧。"

一旁的苏芷突然插嘴："你和赵建华还有私交？"

段兴烨温声道："一些生意上的来往而已。"

"是吗？你手上一点娱乐产业都没有，还能跟一个娱乐公司老板谈生意？"

"做生意嘛，什么样的人都需要打交道，人脉越广越好。"

“这样。”苏芷回得敷衍，没再追问下去，兴许心下已经了然。

段兴烨抬手看了眼手表：“差点忘了，我一会儿还有个视频会议，你们先聊，我稍后就来。”

黎洛爽快道：“好咧，段先生，您慢走，不送。”

俨然一副主人的姿态，换来段兴烨一记“眼刀”。

待段兴烨走后，苏芷才露出了几分真切笑意：“没想到黎先生这么敢作敢为。”

黎洛收起轻佻：“抱歉，苏小姐，我只针对你丈夫，不是针对你。”

苏芷摇头:“没事,虽然不知道你们有什么过节,但我想,应该不是你的错。”

黎洛讶然：“苏小姐，对我这个没见过几次的人说这些话，不太妥吧？”

“我当然没那么傻，但你是明炀带来的人，我相信你。”

听见这话，黎洛不由得多看了她一眼，苏芷脸上的神色，不像是在说谎。

可她怎么会对段明炀如此信任？难道就仅仅因为他们曾是高中同学？

“前天太忙，没来得及祝贺，恭喜你获奖。”段明炀说。

“别放心上，只是个小奖而已，是他非要搞得这么隆重。”苏芷看起来挺无奈，“一会儿还要让我说获奖感言，尴尬，你们可别笑我。”

“不会，我们马上就走了。”

“啊？这么快？”

黎洛也问：“这么快？我打扮了那么久，就让我走个过场？好歹让我吃点东西吧？”

段明炀压根不搭理他，继续对苏芷说：“之后还有事，抱歉。贺礼已经让人送到后边去了，我们就先走一步了。”

“行吧……你总是这样来去匆匆的，那有事再联络。”

苏芷没强留他们，黎洛倒是很希望被留下，但他是随段明炀一同来的，眼下也只能一同道别，原路返回。

这才出去不过十多分钟，又坐回了车里，白瞎了他精心搭配的一身套装。

黎洛愤愤：“不是说来砸场子的吗？这场子还没逛熟呢，就走了？”

段明炀：“已经砸了，你没看到段兴烨慌了吗？再待下去无非就是些场面迎合，没意思。”

“这倒是……估计他也没心思继续参加晚宴了，还视频会议，嘁，我看哪，是商讨对策去咯。”黎洛惬意地靠倒在舒适的座椅上，扭过头，“欸，那赵建华和你哥到底什么关系？怎么一听说他出事，你哥那么紧张？”

“赵建华给他做的事，没那么简单懂吗？”

“这我当然明白，你说‘生意’的时候我就大概猜到了。就算江流深连带着查出了这事，你哥难道还摆不平下面几个人？”

段明炀停顿了片刻，似在斟酌如何表述：“我之前拿到过一份资料，那些人里……有非自愿的。”

黎洛愕然：“你哥这么畜生？”

“畜生的可不止他。”段明炀闭了闭眼，“赵建华要是供出来他们，就很棘手了，毕竟查的人是江流深，不是别的他们可以威逼利诱的小喽啰。”

“那我可得让姓江的赶紧查了，不能让他们销毁证据。”

黎洛说完，忽觉不对：“等等……段明炀，既然你手头早就有证据了，为什么不告发他们？现在江流深要查，你还跑来提醒你哥，这不是打草惊蛇吗？你难道跟他们是一伙儿的？”

段明炀平静道：“你觉得，光凭这件丑事，能扳倒他们吗？”

黎洛思索片刻：“不一定。”

段家势力显赫，背后还牵连着一大片关系网，要连根拔起，没那么容易。哪怕江流深有本事找出确凿证据并公之于众，这些有着强大律师团队的人未必不能脱身，将罪责统统甩到赵建华一个人身上。

如果不能一口气整垮段家，那段明炀贸然出手的话，势必遭到可怕反噬。他如今仍依附于段家，经受不起段家人的报复。

成或败，只有一次机会，必须有百分百的把握，否则就是自寻死路。

因而这潭浑水，不能由他来肃清，只能借助外部的力量，而且这股力量要超出段家所能控制的范围，这么一看，江流深真是绝佳助攻了。

黎洛想通之后，突然意识到：“所以你颁奖典礼上那样对夏希艾，是不是故意激怒江流深，好让他去查办赵建华？”

段明炀淡淡道：“我说过，那是出于公司声誉和利益。但我不否认，我确实想看看他会怎么做，好让自己心里有个底。

“没想到，他比我想象的还讲义气。那我就确定了，他一定会把赵建华送进监狱。所以我就顺手牵羊，把这事告诉段兴烨，让他慌乱不安、焦头烂额。

“无论段兴烨最后能不能摆平，只要这桩丑事曝光出来，那些与段家交好的那些人看到了新闻，一定会暂时与他不相往来、明哲保身。

“你想想，向来左右逢源的狡猾之人，突然落入了孤立无援又担惊受怕的境地，会怎么样？”

黎洛答：“露出破绽。”

段明炀目露赞许：“黎先生果然聪明。”

黎洛拍手鼓掌："比不上段总狠辣。"

"彼此彼此。"

"岂敢岂敢。"

段明炀今晚难得话多，回去的一路上说了不少目前本市商界的形势和机密，若是相关从业人士听了，必定觉得如获珍宝，可惜到了黎洛这个不懂行的门外汉这儿，就是左耳进右耳出，只要是跟自家无关的，一个字都没往心里去。

比起这些无聊冗长的分析，他更在乎什么时候能吃上晚饭。

这一趟出门期间滴水未进，来回折腾，他又有伤在身，饿得实在有些受不了，埋怨了一路黑心老板压榨员工不给饭吃。

没想到回到段明炀家，走进门一看，餐桌上竟然摆了一桌的精致菜肴，从前菜到甜点，应有尽有。

餐桌中央还摆着个镀金烛台，插着三根乳白色的香薰蜡烛，空气中飘散着食物的浓郁香味和柑橘味的清新香气。

"你家养了个田螺姑娘吗？"黎洛惊奇了，"什么时候做的？"

段明炀抽开一把椅子坐下："我们出门之后。"

"好啊段总，原来你早就打算去去就回了，还故意让我打扮那么久，玩儿我呢？"

"出席宴会，总要体面些。"

黎洛也坐下，松了松领结，含笑看他："那我今天，还算体面吗？"

段明炀倒了两杯红酒，一杯递给他："黎先生出席，不是为了体面。"

"嗯？那是为了什么？"

"当！"酒杯对碰发出清脆声响。

段明炀在仰头饮酒前顿了顿。

"为了惊艳。"

黎洛微怔，随即一笑："倒是难得听见你夸我。"

这顿饭吃得难得融洽，没有了往日的唇枪舌剑和明嘲暗讽，他们俩之间的气氛和平得仿佛是熟稔已久的朋友，堪称奇景。

黎洛心情还算不错，吃完饭没像之前一样叫嚷着要离开，丢下碗筷直接上了楼去洗澡，完全把这儿当作了自己家。

洗完澡，得换上新的膏药，他自己没法贴准，本打算随便贴贴得了，结果段明炀刚好路过房间，见他在镜子前别别扭扭地伸长手臂胡乱往背后贴，不容分说地要帮他贴膏药。

黎洛斗不过，干脆心安理得地享受服务

“好了。”段明炀放下他的衣服，站起身，淡淡道，“一会儿林澄要来，你就待在这个房间，别出去。”

黎洛的笑容一滞。

一整晚的愉悦刹那间如潮水般迅速退去，消失得无影无踪。

“……你就不能放过他吗？”

“黎先生说错了。”段明炀拢了拢自己的衣服，“不是我不放过他，是你不放过他。”

“我怎么了？”

“林澄他当初就是仰慕你才踏入了这个圈子，你再这么照顾他，他可就没法自力更生了。”

“那也比跟着你强，起码我不会亏待他。”黎洛冷着脸站起来，拦在他面前，“除非你把我赶走，否则今晚别想让林澄进来。”

这时，楼下玄关处传来了大门关上的声响，紧接着，便是一声喊：“明炀哥！你在吗？”

黎洛听见林澄的声音，登时失笑：“你居然把家里钥匙都给他了？”

段明炀挑眉：“有问题吗？”

“没有。”

只不过是想到，有的人在门口蹲守一两个月吃尽了闭门羹，有的人却轻而易举地拿到了钥匙自由出入。

眼前的事实一再提醒他，当年他在段明炀心里的地位，可能连一个随便认识的弟弟都不如。

段明炀朝他走近了一步：“黎先生真要阻拦我？”

黎洛挺直脊背：“当然，说到做到。”

“好，那就……”段明炀气定神闲，“请离开我家吧。”

黎洛怔了怔，没料到他那么干脆：“……你真赶我走？”

“我既然可以让你留下来，为什么不能赶你走？”

楼下的林澄唤了几声无人回应，自己走上了楼，听见谈话声，寻到房间来，一见他们两人，诧异道：“洛哥，你怎么在这儿？”

黎洛尚未开口，段明炀先绕过了他，直接拉着林澄往外走：“他来做客，这就要走了，我们去房间说。”

“段明炀！”

三个人齐刷刷停顿住。

黎洛脸色发黑："我警告你——"

"黎先生又要警告我了？"段明炀打断了他的话，眼中似有嘲讽，"你除了虚张声势地警告我，还能做点别的吗？"

黎洛听见这话，差点捋起袖子冲上去干架，看在林澄的份上，生生按捺住了。

林澄夹在中间左右为难："不是……洛哥，明炀哥，你们到底在吵什么啊？怎么好像每次我一来，你们都会吵起来，要不我还是回去吧……"

段明炀按住他："没什么，澄澄，你洛哥只是不甘心而已。"

"啊？不甘心什么？"

"不甘心你有我家里钥匙，不甘心你受我照顾，不甘心……为什么我对他不这么好。"

段明炀的话语像一把锋利决绝的刀，残忍地剖开眼前人的心脏。

"我说得对不对，黎先生？"

黎洛咬着牙关，握紧拳头，指甲几乎嵌入手心的肉里。

他缓缓地深呼吸，郁结在胸口的闷塞感却怎么也挥散不去，声音沉涩而尖锐，像把年久生锈的剑，被数年的怨气与恼恨所腐蚀，寒气逼人，陡然出鞘，与刀对撞。

"你可真把自己当个东西，忘了我当年在电话里怎么说的了吗？"

——你在我眼里就是条狗。

段明炀眼中的温度骤然降了下去。

"为什么不甘心这些啊……"林澄隐隐意识到问题好像出在自己身上，扭过头，"明炀哥，是不是洛哥不知道我们的关系？我……我可以告诉他吗？"

段明炀紧盯着对面的人，沉声吐出二字："随你。"

林澄立即往黎洛那儿走了两步："洛哥，明炀哥对我这么照顾，是因为……因为……明炀哥出国念大学那几年，不常回家，我姨妈身体又不好，只能住在医院里，就由我们家代为照看。所以他回国之后才这么帮我，只是种报答而已，并不是你想的那样……"

黎洛一时没反应过来："你姨妈？"

林澄："嗯，明炀哥是我表哥。"

黎洛瞬间僵住，整个人像是被雷劈了。

林澄继续说："洛哥，上次你说我该独立了，但我其实还是有点忐忑。所以明炀哥说让我今晚住过来，明天直接带我去节目录制现场，他去跟导演打声招呼，多关照下我，我、我就答应了。对不起……我应该自己面对的，不能老是依赖别人。"

"你为什么之前不说？"

林澄挠头："明炀哥让我别告诉其他人我跟他的关系，不然传出去可能会被人说我靠关系。"

黎洛咬着唇，力气渐渐加重，唇色愈发泛白，沉默了几秒，布着红血丝的眼睛看向段明炀。

"你故意的，是吗？"

段明炀回得淡漠："我不明白黎先生的意思。"

"好，那我再说清楚点。"黎洛声若寒霜，"段明炀，你不让林澄告诉我，是不是就为了等着现在这一刻，好打我的脸，看我的笑话？"

"我没那么想过。"

"那你给我一个合理的理由？"

段明炀直视着他，问："我说了，你就信我吗？"

"也是。"黎洛兀自轻笑了声，"你的理由有什么可听的，说来说去都是假的。"

他抓起椅子上自己的外套，往肩上一披，接着背过身，慢条斯理地穿戴整齐，扣上纽扣。

待穿好之后，他转过身来，脸上已经一丝情绪都看不出了，仿佛戴上了一张无形的面具。

"段总，我们合作的事，我能做的都已经做了，没有利用价值了，不用再做些虚情假意的事留住我。至于我爸那边，你愿意帮多少就多少，剩下的，我自己来吧。"

黎洛说完，别开视线，和他擦身而过，径直往门外走去。

段明炀出手抓住了他的胳膊："你去哪儿？"

"不是您让我走的吗？段总的家，好像从来都不欢迎我，我又何必自讨没趣。"

段明炀："我不让澄澄说，是因为——"

黎洛甩开他的手："不用解释，我这回干涉您的私事，只是因为我待林澄如弟弟，不愿意看他走上岔路。至于其他的，我不会再多管闲事。"

段明炀没让道，依旧堵在他面前。

黎洛冷笑，狭长的眼眸中透出显而易见的憎恶。

"在我眼里，你以前是人渣，现在还是人渣，一辈子都是人渣，你这样的人，不配拥有真心的朋友。你和你爸、你哥一样，该下地狱。"

段明炀的脸色瞬间阴鸷，甚至微微发白，喉结连连滑动，却什么都没说。

看着他，像是在看一个很遥远的陌生人。

林澄没忍住："洛哥，你这么说是不是有点……"

"难听是吗？那是因为你没经历过我所经历的，否则，你可能说得比我更难听。"

黎洛绕过他们二人，迈步走到门口，侧过头，斜睨段明炀。

"我早晚会让你后悔的。"

段明炀背对着他，纹丝不动，声音沉冷。

"我不后悔。"

黎洛欲迈开的脚步顿了顿。

"但我后悔。"

这一场争执带来的肝火如同突然暴发的洪水，水位上涨得迅猛，下降时却很缓慢，黎洛花了整整三天时间才让自己从家里走出来。

其间，参加综艺的林澄打来了一次电话，忐忑地问他和段明炀到底发生了什么，措辞小心翼翼，像是斟酌了很久，隐隐有劝和的意思。

让一个小七八岁的后辈来为自己操心，实在是有些丢份儿。黎洛打完电话，四仰八叉地往卧室的大床上一躺，盯着空白的天花板看了很久，直到脑子里纷乱的思绪也归于空白，才起身洗了个冷水澡，去了趟公司。

生活还是要过，他爸还是要救。成年人的世界没那么多时间浪费在颓丧消沉上，即使再不情愿，有时候还是得向不得已低头。

但再不得已，也得有个底线，像段明炀那样故意试探的行为，就严重触碰到了他的容忍底线。宁可自己多费些工夫，也不愿再委曲求全。

况且段明炀被他那样狠呛，不来找他晦气就不错了，帮他？想想都知道概率极低。

他事后也反思过，或许不该那么冲动，但他本性如此，暴脾气上来了自己都控制不住，忏悔也已经无济于事，不如打起精神重寻对策。

到了公司，全体员工正在开例会，金仁和邓良都在。散会后，罗鹏带着他俩回到办公室，冷不防瞧见等在里边的人，相当意外："哟，是哪阵风把我们祖宗吹来了？"

黎洛往沙发上一坐："少损我，我这么优秀的员工，当然是来工作的。"

"别人说这话还行，你？哪次不是我们把工作捧到您面前求您做？"

黎洛笑了笑："最近上头有指派什么工作吗？"

"这你得问金仁了，你现在的工作都是他负责的，直接对接大老板，我可不敢插手。"罗鹏说，"看来大老板还挺器重你啊？怎么之前就……是不是你们以前有什么过节，现在冰释前嫌了？”

“想多了，人家突然发现了我的价值而已。”黎洛随口敷衍了句，看向金仁，“上面安排我之后的工作了吗？”

金仁看都没看他如影随形的笔记本，直接回答：“没有。”

“一点儿都没有？”

“嗯。除了先前就定下的新剧宣传，这个月没有给您安排任何行程。”金仁顿了顿，罕见地微微皱起了眉，“关于这点我也有困惑，这样松散懈怠的行程不适合正值上升期的艺人，段总之前也盯得很紧，但这几天突然不再管了，让我自行安排。”

黎洛：“原来我之前那么密集的行程都是他授意的啊？果然是想累死我。”

罗鹏一听他在大老板派来的人面前说大老板坏话，慌忙补救：“别这么说嘛，段总也是为了你的发展啊，别人求都求不来这样的关心呀。”

黎洛扬眉：“那他现在不管我，是不是就说明他不关心我了？”

“话也不能这么说，或许是他最近太忙了呢？”罗鹏赶紧转移话题，“没关系，你先把手头的工作完成，趁这段时间养精蓄锐，下半年不是还有部大制作的古装片要拍吗？可别伤筋动骨了，到时候吊威亚拍打戏有的是苦头让你吃。”

“行，养精蓄锐。”黎洛一笑，“那你帮我做件事行吗？”

罗鹏：“我就说你今天怎么这么好说话，原来是有求于我。说吧，什么事？”

“帮我联系下 G 牌的老板 Zark，我要见他一面。”

“啊？品牌活动都告一段落了，你见他干吗？”

“上次太匆忙，没说上几句话，这几天正好闲着没事，就想跟他吃顿饭好好聊聊，你帮我牵线搭桥一下。”

“你总算知道要和品牌方联络感情了啊？”这倒也不是什么难事，罗鹏应承了下来，“行，我去跟他们的国内负责人说一声。虽然人家日理万机，但跟代言人吃个饭的时间应该还是有的。”

“谢了老罗。”

“先别谢太早，既然我帮了你一个忙，你也帮我一个小忙呗？”

“嗯？”

“嘿嘿……”罗鹏笑得谄媚，“祖宗，那什么，你的新剧快播了……”

黎洛了然：“炒一波绯闻？”

他前阵子演了部校园言情剧，帅气“校草”爱上平凡女大学生的俗套剧情。不过预告海报放出来的时候还是引起了不小的热度，高颜值的剧永远有观众爱看，况且几位演员在演技上也没有多少差评，如无意外，依然是大爆剧候选。

这部剧女主是新生代小花之一的刘羽嫣，邻家女孩型，清纯中带着点娇俏，是不少男性观众眼中的“初恋情人”长相。黎洛以前曾和她合作过一次，对她印象不坏，是个有分寸懂进退的女生。不会像赵珊珊那样，入戏太深。

罗鹏竖起大拇指：“不愧是祖宗，熟门熟路。”

黎洛：“她的话我 OK，过几天喊她来我家。”

邓良显然想岔了，惊呼：“啊？！洛哥你……”

“我什么？你也要来，还有金仁。”

邓良瞪眼：“我？！我来干吗？”

黎洛神秘地眨眨眼，咬字诡异：“来干活啊。”

就因为这句话，邓良担惊受怕了一个礼拜，天天试图从黎洛嘴里撬出点附加信息来，一再讨饶，问能不能别拉上他。

可黎洛只是笑而不语，一概不答。还当着他的面约了刘羽嫣晚上见，天一黑，就像老鹰捉小鸡似的把他逮回了家。

为了保证记者拍到他们俩单独从车上下来走进住宅区的画面，黎洛和刘羽嫣先行坐车回去，邓良和金仁一小时后再到。

邓良一路上战战兢兢，硬着头皮到了别墅的大门口，按响门铃后，在原地来回踱步。

“金哥，你说他们在里面干吗？我们会不会看到不该看到的？”

金仁：“不会。”

“真的吗？太好了……看你这么淡定我就安心了，嗯嗯。”

“我的意思是，”金仁推了推眼镜，“既然洛哥喊我们来，那不管我们看到什么，都是经过允许的，怎么会有不该看到的呢？”

邓良：“我竟无法反驳。”

金仁：“客气。”

邓良：“……”

咔嚓，外边的铁门自动解锁，邓良再不情愿，也只好跟在金仁后头走了进去。

大门是黎洛来为他们开的，穿得倒是端端正正，开口却吓煞人。

“进来吧。”

邓良立刻惊恐地摇头：“不不不用了！”

金仁应了声“好”，抬腿就往里走，邓良毫无办法，紧紧攥住金仁的衣角，躲在他后面探出半个脑袋，打算一旦看见什么不该看的，马上缩回脑袋，眼不见为净。

谁料三个人走到厨房，黎洛提拎着他的后领口将他一把揪了出来，同时朝厨房里的人喊。

“羽嫣，这就是我跟你说的，我的傻助理，你教教他。”

邓良还没来得及捂住眼睛，就看到了厨房里的场景：

锅碗瓢盆、面粉、打蛋器、水果切片，以及穿着围裙正忙碌的刘羽嫣。

“原来是做蛋糕啊！”邓良哭笑不得。

黎洛敲了下他的脑门：“不然还能做什么？脑子里想什么呢，还不快拜师。”

“拜、拜师？”

刘羽嫣走到他面前，笑容甜美：“听洛哥说小芙是你的‘女神’？我教你做款水果蛋糕，保证她喜欢。”

黎洛在一旁补充：“羽嫣是小芙的闺蜜，听她的，准没错。还不快谢谢她百忙之中抽空来教你做蛋糕？”

邓良立刻会意，站得笔直恭敬，连声道：“谢谢谢谢……”

刘羽嫣：“不客气，别听你洛哥吹，我闲得很，不然哪儿有时间搞这些爱好。反正今天也要在这儿待上三四个小时，不如找点事做。”

邓良总算松了口气，七上八下的小心脏稳稳落地，无奈地说：“洛哥，下次提前把话说清楚，不要吓我了。”

黎洛笑得坏：“日子太无聊，只能让你充当下乐子了。”

再不找点事做分散注意力，让自己的心情飘起来，就要被某些过于沉重的事压垮了。

他们四个人一同进了厨房，分工明确，刘羽嫣负责主要制作步骤，邓良负责打下手，金仁负责对照食谱给予补充意见。黎洛则负责倚靠在门框上，挑三拣四，指指点点，还相当欠揍地感叹：“为什么做水果的啊？我喜欢吃慕斯的。”

最后由于过度扰民，被一致赶了出来。

他无事可做，正寻思着要不要打盘游戏，忽然听见了门铃的声音。

“谁啊——”他拖长了音，懒洋洋地去开门。他住的这片别墅区安保严格，记者绝对进不来，能被保安直接放进来的都是熟人，不用担心有陌生人闯入。

即便如此，黎洛也没想到，来的居然是江流深。

“哟，江少爷，稀客稀客！您里边儿请，何事造访寒舍啊？”

他俩每次一遇上就互呛到底，江流深又是个满腹胡话的，说话就跟背台词似的一套一套的。

“客气客气，纯属路过，关心下多日未见的大明星。”

江流深当自己家似的随手拿了双拖鞋："与其担心我，先担心你自己吧，我告诉你……欸？你这儿怎么这么多鞋？还有谁来了？"

"朋友而已。"说起这个，黎洛突然想起，"你进小区的时候被拍到了吗？"

江流深耸肩："只要我不乔装打扮，哪儿可能不被拍？这还用问吗？"

黎洛狡黠一笑："那今天的头条可就精彩了。"

"什么意思？"

"没事，你刚刚想告诉我什么？"

江流深往里走了几步，听见厨房里传来人声，便没再往前走，站在玄关口，忽然收敛了一贯的随性，正色道："我把赵建华送进去了，你知道这事吧？"

"知道，我还知道他和段兴烨有牵连，怎么，他供出来了？"

"不只是这个。"

江流深沉声道："和你爸的事也有关。"

第11章

黎洛怔愣了一瞬，立刻阻止他继续往下说：“你等等，我们去书房说，别在这里。”

厨房里的几人随时可能出来，为防止被听见，黎洛干脆带江流深先去和他们打了招呼，说是喊来一起吃蛋糕的，随后带他去了楼上的书房。

“你说和我爸有关是怎么回事？”一关上门，黎洛就问道。

江流深：“赵建华不是被我查了老底吗？我本来以为他只能进去待一两年，没想到他犯的事还挺多，加起来够判十来年了，他为了给自己减刑，供出了不少客户的名字。”

“比如段兴烨？”

“段兴烨他不敢供认，是我让人搜集证据发给警察的，哦，段明炀那厮也提供了一点。但这证据有漏洞，对段家构不成太大威胁，只能让他们暂时陷入丑闻，估计之后还是能洗白的。”

“能让他手忙脚乱一阵子就不错了。段明炀一定不会放过这次机会，段家怕是要出大乱子了。”黎洛道，“可你说了半天还是没说到重点啊，到底关我爸什么事？”

“你急什么，这不就说了嘛！”江流深压低音量，“赵建华供认的名字里，有几个人是你爸曾经的客户，而且当年参与了对你爸的指控。”

黎洛心思活络，立刻就明白了：“你的意思是，当年是段兴烨让他们指控的？”

“极有可能。”

黎洛蹙眉：“这点我早就想过了，但一直找不到证据。”

当年他爸凭借出色的能力压下段家，与市政府联手推行一项商业建设企划，吸引了众多海内外客户投资，经过筛选，最后参与的都是以往有过多次合作的可靠客户，按理说这个项目是十拿九稳的。

然而就在项目进行到一半的时候，他爸被匿名举报，指控他将部分政府的拨款资金和客户的投资款项挪作他用，举报者还提供了确凿的证据。

此事一出，商界为之哗然。

不少和他爸有私交的老友都觉得古怪，黎家做生意向来清清白白，也不是没承包过更大型的项目，何至于冒这么大风险挪用资金，让几十年建立起来的声望名誉毁于一旦？

但警方查证后，发现确有其事。不仅如此，还有几位正在投资中的客户站出来指控说，黎正宏先前曾找他们谈过话，试图让他们一起参与此事。

人证物证俱全，谁也保不住，黎家只能迅速补上被挪用的资金缺口，外加多方打点，才将牢狱之灾压到了最低的十年。

如今人证隐隐出现转机是好事，但想要翻案，物证仍是难以攻克的关卡。

黎洛对金融方面没有多少概念，不知道当年那些资金到底是怎么被挪走的，但他确定的是，这事段家一定逃脱不了干系，因为他家出了事之后，负责管理项目资金的经理王东升立即跳槽去了段家效力，段家也因此上位成了该项目的接手者。

明白人都看出了点端倪，但没有证据，谁也不敢自不量力地蹚这趟浑水，唯恐被卷进去。

“证据我会尽力收集的，不过最好还是能把段兴烨这次的事搞大，墙倒众人推，这些势利眼为了自保，肯定会主动供出些东西来。”江流深说。

黎洛点头：“段明炀应该会把事搞大，你先别牵涉太深，说不定他们有后招，别最后你反倒栽了进去。”

江流深笑笑：“我们家阿洛居然在关心我？好感动哦。没事儿，我有分寸，再说了，当年的事没帮上伯父，我们家一直挺愧疚，也是该做点什么了。”

“谁说没帮上？要不是你们家派人来帮忙，就我家那股票跌的，可能直接就破产了，哪儿还有机会像现在这样慢慢回升？”

黎洛在这种正事上从不开玩笑：“况且，这事是我犯蠢，要不是我给那姓段的泄露了我爸保险柜的密码，段家怎么会那么轻易找到里面的公司机密文件，借机构陷我爸？归根结底都是我的错，所有后果都该我来承担，你们没义务帮我。”

江流深给了他一记怒捶：“这什么话？你以为你没说密码，他们就没法得手了吗？都已经买通公司里的高层了，迟早能找到其他机会的，保险柜里的资料不过是辅助而已。”

“但是时间拖久一点的话，我爸和冯叔或许会察觉到不对劲。再不济，也能做好反击的准备，不会那样措手不及。”黎洛说。

他爸对公司的账目向来盯得紧，要是有出入，肯定很快就会发觉。

偏不凑巧，那几天他爸来国外找他谈心，把公司事务都交给了下属。

谈心的内容，是劝他别和段明炀来往。

黎洛不仅没听话，还和他爸大吵了一架，转头就去酒吧找段明炀了，喝得酩酊大醉，被段明炀带回了家，埋怨间昏昏沉沉地说了句："他的关心都是假的！还每年把保险柜密码改成年份和我的生日，装什么父爱……虚伪！"

段明炀可能是嫌他吵，捂住了他的嘴。他喝得七荤八素，根本不知道他所说的话和所做的事，都被隐藏在房内的摄像头记录了下来，被人远程监控着。

第二天，他爸一回国，还没来得及审核公司这几天的账目，就被警方控制了。

事情本不应该发生得这么突然，就算段家买通了那些内贼，蓄谋已久，可若不是他在外乱来，他爸就不会心绪烦乱出现疏忽，也不会暂时放下工作出国办事，更不会让对家找准了机会奇袭。

他做了那股东风，成全了那群万事俱备只想搞垮他家的人。

江流深也知晓这点，对此无法反驳，只能安慰："你当时又不知道段明炀是段家的人，更不知道他已经投靠了段家，还在家装了摄像头监控你，谁能料到啊？错的不是你，而是别有用心的人。"

黎洛摆摆手："随你们怎么说，反正我原谅不了我自己。我们不谈谁对谁错了，来说说后边怎么办吧。"

江流深："我会让人继续跟进赵建华的口供，你呢？之前不是说跟段明炀达成交易了吗？他有许诺你什么吗？"

"别提了，我本来也没指望他真会帮我，就想借着跟他合作，打入他家内部。毕竟当初我爸被构陷，他只是提供了一点信息而已，真正在背后操作的是他哥和他爸。"

黎洛叹了声气："可段兴烨这人太警觉了，我才刚勾搭上他身边的人，就被他发现了，什么话也没套着，还平白挨了顿打。而且段明炀这阵子估计要搞他，以段兴烨的报复心，我要是接着和段明炀往来，万一段明炀输了，我怕是要遭殃，不如先脱身，看看最后鹿死谁手再说。"

江流深鼓掌："可以啊我们洛，什么时候这么会算计了？"

黎洛没好意思说自己跟段明炀吵架的时候其实没想那么多，都是后来才琢磨出来的。这一场冲动，似乎并非坏事。

"总之我这边先见 G 牌老板一面，他是我爸当年的大客户。"黎洛说，"冯叔这些年一直在收集翻案线索，前几个月无意间发现我爸和Zark的来往邮件里提到，Zark似乎想撤回一部分资金用于其他投资，我爸就先让人把那笔资金提了出来，定了转账日期，结果在那天的前一天，这笔资金就成了被挪用的款项之一。”

江流深瞬间了然：“如果是故意挪用，这种错误就太低级了，提款一天之内很难到位，你爸就算要挪用，也不会用这笔明天就要交易的资金。”

“对，他应该是和Zark单独达成了协议，那姓王的经理不知道这件事，作案的时间又紧张，没仔细核查，就把这笔资金一起转了出去。”

“这就好办了，你去找Zark核实下情况，如果能让他出席做证，你爸翻案的机会就大了点。”江流深忽然想起，“所以你代言G牌，是出于这个原因？”

黎洛：“嗯，Zark这种国际一线大牌的老板，哪儿有那么容易见到？冯叔一时半会儿没找到人脉，而我正好收到了G牌的邀约，就立马答应了，想借机和Zark当面谈谈。不过后来跟段明炀合作，我的经纪人换成了他的手下，什么事都汇报给他。我怕他知道后对我起疑心，把这条路堵死，就没去见Zark。现在他不管我了，应该可以行动了。”

江流深听出了点附加讯息：“他不管你了？他又做什么事了？”

黎洛嘁了声：“他能干吗？吵了一架而已，家常便饭。”

“你可别不当一回事，当心他找你麻烦。”

“不至于吧。”黎洛嘟囔，“我觉得不至于……”

他也不知道哪儿来的信心，明明不信任段明炀，给对方打上了“恶人”的标签，却又觉得段明炀不会报复他。

可能是因为，他骂过段明炀那么多难听的话，段明炀似乎从来没生过气，起码表面上没有。

当年在电话里，他愤怒地质问段明炀是不是背着他投靠了段家，段明炀全部承认。霎时间绝望的气息铺天盖地地压下来，心脏像浸泡在冰冷的海水里，不断往下沉。

他强撑着仅存的自尊，用极快的语速掩盖声音里的颤抖，气昏了头，什么难听的话都往外飙。

骂完直接挂了电话扔了卡，懦弱到一句回复都不敢听。

之后很长一段时间里，他都以为段明炀会回来找自己，报复也好解释也好，总该有个结束的时刻。

然而并没有。

那通电话竟成了他们的结局。

整整五年音讯全无的段明炀，像是完全忘了他。

又或者说，像是从来没把他当回事过。

利用完了，就丢弃了。

谁又会理睬丢垃圾时发出的杂音。

所以即便他吵得再凶，段明炀应该也不会在乎。如果真来报复，那除了唾弃自己眼瞎心盲，又能怎么办呢？谁让他自己先去招惹对方的。

嗡嗡——桌上的手机振动了一下，黎洛从思绪中抽离，低头看了眼，是罗鹏发来的信息。

——帮你约好了，Zark 下周正好要来国内，可以跟你一起吃顿晚饭。

总算来了点好消息。黎洛拿起手机朝江流深晃了晃，扬眉道："祝我成功吧。"

若不成功，或许就真的只能听天由命了。

会面时间定在了周五晚上，为表诚意，黎洛特地挑选了一身 G 牌的穿搭，从头到脚，从西服到胸针，在试衣间里磨蹭了一个多小时。

邓良在外头等得都快睡着了，总算等到他出来："哥啊，不就吃顿饭吗，有必要这么隆重吗？"

黎洛拨弄着额前的碎发："你懂什么，那可是品牌方。"

"以前也没见你对品牌方这么上心啊……"邓良嘀咕。

一旁的金仁合上笔记本，说："洛哥，刚刚刘羽嫣发了新微博，需要互动一下吗？"

黎洛随口回："行啊，你上我号评论一句吧。对了，上次那效果怎么样？"

邓良抢答："效果可棒啦！在'热搜'第一位待了好久呢！大家都以为你俩是真的了！媒体也说这是你绯闻里最真的一次。不过……深哥被拍到之后，讨论的方向就岔开了，有的人觉得你们只是朋友聚会……"

黎洛放声大笑，毫无形象："让他们想去吧。能捎带着把姓江的整一回，赚大了！"

金仁忙着编辑给刘羽嫣的评论，没回答，邓良伸长脖子凑过去一看。

——哇！仙女耶！但这张自拍还是不及你真人十分之一的美貌！

"……"

金仁发出去后，抬起头，面无表情地看向他："怎么了？"

黎洛将长发拨至耳后，露出完美的侧脸，朝他优雅浅笑："走吧。"

邓良："……"

妈妈这些人好分裂啊！

整装完毕后，他们三人一同坐车前往约定的酒店，黎洛这回没亲自开车，让专门的司机代为驾驶。

这辆车是他车库里最低调的一辆，也是他爸送给他的第一辆车，目的大概是想让他收起玩心和叛逆，早日成长，做一个沉稳踏实的接班人。可惜年少时的他只爱造型浮夸的跑车，收下这辆车后压根没开过几次。

现在想想，其实这也是他所有车里最安全的一辆，底盘很低，车身材质厚重坚硬，车窗是定制的防弹玻璃，安全系数极高。

他爸对他的爱，一直都是这样无声且深沉的，然而那时他并不懂。

现在懂了，却没有机会好好回报了。

窗外的夜景在眼中迅速掠过，连排的路灯只是转瞬即逝的残影，不留痕迹。黎洛有点被灯光迷了眼，泛上一阵酸意，立即合上眼，定了会儿神，再睁开时，已经到达了目的地。

Zark 之前订的是家普通的五星级酒店，中间改了次见面时间和地点，换成了市内顶级奢华的七星级酒店，大概是想住得更舒适些。不过比较扫兴的是，这家酒店是段氏名下的。

"你们留在外边吧，去餐厅吃点东西。"黎洛朝身后的二人说，"人家说了，这是一次朋友间的私下聚会，应该不希望我带着助理和经纪人去。"

邓良点头："那洛哥你要是快喝醉了，记得给我发信息。"

"知道了。"黎洛眨了下眼，"我赌对面先醉。"

会面的地点不在一楼，而是上层更私密的总统套房，有餐厅有书房卧室等，一应俱全，正适合用来谈事情。黎洛乘着电梯上去，门打开时，走廊里已经有人候着了。

对方是位外国美女，看起来像是秘书，微笑着对他用英语说："Zark 先生临时有事要处理，可能要晚一会儿，请您先去餐厅里等候吧。"

黎洛礼貌地回了声谢，跟着她先行进了包厢，没想到里面还有一个人，见了他，立刻站起来与他握手，自我介绍说是翻译。

黎洛笑笑："其实我英语还不错，而且和 Zark 先生聊的一些内容，可能不太方便由第三者转述……"

翻译立刻会意："行，那等老板来了我就退下。不过在此之前，洛哥，您能给我签个名吗？我女儿是您的粉丝，从您演第一部戏起就很喜欢您了。"

"没问题啊。"

黎洛接过纸笔，唰唰两下熟练地签完名，交还给他。

翻译妥帖地收好，很珍惜的样子，又说："机会难得，可以斗胆再跟您喝杯酒吗？不行的话就算了，不为难您。"

黎洛迟疑了下："可以是可以，但主座还没来……"

"我们老板不会介意的，外国人没那么讲究。"翻译的目光转向那位女秘书，"不信你问她。"

女秘书听他用英语复述了一遍之后，也笑着点头，称"老板不会介意的"，还主动替他们开了瓶红酒，斟倒在高脚杯里，递给他们。

盛情难却，黎洛只好与他碰了杯，仰头一饮而尽，微不可察地皱了皱眉。

这酒有点难喝啊……挑酒人的品位跟段明炀一样差。

这时，秘书的手机响了，她看了眼，笑道："Zark 先生说他正在过来了，还有五分钟就到。"

黎洛"嗯"了声，先坐了下来，手撑着脑袋，和翻译有一搭没一搭地聊天。不经意间扭头，见秘书还站着，便问："您不坐吗？"

秘书笑笑："不用了，一会儿 Zark 先生来了我就出去了。"

黎洛没强求，又随口问了句："您是美国人？"

"嗯，对。"

"那您平时和 Zark 先生交流应该有点障碍吧？"

秘书一脸茫然："为什么？"

黎洛笑了："因为 Zark 是标准伦敦腔啊，你用美国腔跟他说话，不会觉得——"

他突然笑不出来了。

酒精带来的热意迅速退去，一阵寒意从心头翻涌而起，甚至隐隐逼出冷汗。

"小姐，您的老板……不叫 Zark 吧？"

秘书的脸色迅速苍白。

黎洛一双眼睛瞬间迸发出凌厉寒光，雷霆般出手，一把抓过桌上的红酒瓶，往桌子边缘重重砸下！

砰的一声巨响！

秘书和翻译二人悚然一惊，吓呆在原地。

半截瓶身碎裂，酒液四溅，将纯白桌布染成了血红色，剩下半截酒瓶被黎洛死死握在手里，尖锐的玻璃刺角指向面前的两人。

"给我让开！"

他正要杀出去，餐厅门却被撞开了。

三个保镖模样的人破门而入，为首的一人，眼角一道疤痕。

如坠冰窖。

黎洛倒退一步，浑身发冷僵硬，握着酒瓶的手不受控地微微颤抖，瞳孔也跟着震荡，不可思议般问了句：“是……段明炀？”

那名翻译大喊：“愣着干吗？快制住他！”

三名保镖当即出手，趁他心神不宁之际，合围攻击，缴获了他手里的酒瓶。带疤保镖像上次在收购宴上一样，牢牢地反制住他的手臂，将他狠狠压在了餐桌上。

黎洛错愕过后总算回了神，磨了磨牙，提起一口气，突然暴起，一脚踹向身后人，用足了十成力气。

带疤保镖惨叫一声倒地，松开了手。黎洛正欲补上一脚，转身时却踉跄了下，一阵头晕目眩，撑住桌子才勉强站稳。

刚才那杯酒里放了东西。

被踹的保镖丢了面子，破口大骂：“他以前没这么厉害啊！”

黎洛虚弱地嗤笑了声。

那次不是他没有还手之力，只是想看看，段明炀会有什么反应而已。

现在知道了，段明炀不仅会眼睁睁地看着他被欺负，还会用欺负过他的人，再来对付他。

其余两名保镖乘虚而入，一人一边紧抓住他的手臂，毫不留情地将他按倒在了餐桌上，黎洛的后背重重撞上实木桌子，发出沉闷巨响，痛得他连连倒抽冷气，艰涩喘息。

顶上的白炽灯光明明晃晃，光线刺得他几乎睁不开眼，眯起眼环顾四周，却只能看见影影绰绰的人形轮廓。

视线逐渐模糊，力气正在流失，意识开始犯浑。

这种时候，或许该喊救命，但又有谁会来救他？

被踹的保镖总算从地上站了起来，气得一个耳光就想扇过去，翻译连忙出手阻拦。

“不能打脸！”

“要怪就怪你自己，惹谁不好，偏要惹段总生气。”

外头忽然传来两记不轻不重的敲门声。

保镖不耐烦了：“谁啊？”

“哥！有急事，先出来！”回答的是另一名保镖。

保镖骂骂咧咧地走到门口，打开门，“什么事啊——”

他的话音戛然而止。

门口站着的不是他的兄弟，而是一位高大的男人，逆着屋外的灯光，面容格外阴鸷森冷，令人发怵。

保镖呆愣了半秒，脸色唰一下惨白，僵在原地，哆嗦着咽了口唾沫。

“段总……”

内间面积不大，一眼就能望到头，段明炀的目光扫过去，立刻看到地上躺着个人。

那人听见了这边的声响，吃力地转过头，平日里那双剔透明亮的琥珀色眼珠，此刻却红得不像话，目光毫无聚焦，遥遥望过来。

保镖腿肚子有些发软，小心翼翼地朝对方身后偷瞄了眼，看见自己几个同伴都尿兮兮地抱头蹲在墙脚，被七八个壮汉看守着。再看看面前人可怖阴沉的脸色，连忙赔笑：“段总，我也是奉命行事……还没做什么，真的……”

“你要是做了什么，”段明炀的目光像刀刃一样从他脸上剜过，“你以为你现在还能站在这儿？”

“是是是！我马上出去！”保镖立刻识相地和自己的同伴蹲到了一起。

“洛哥！洛哥在里面吗，段总？”

邓良在后边焦急地问，正要踏进房间搜寻，段明炀抬臂一挡，将他拦了下来。

“你们在外面等着。”

“可是——”

邓良还想说点什么，金仁按住了他，摇摇头：“交给段总吧，他会把洛哥安全带出来的。”

“怎么会这样……”邓良快急哭了，大概也猜到发生了什么事，可他毫无头绪，扯着金仁的袖子问，“怎么会这样？！是他们老板要害洛哥吗？”

“应该不是，否则 Zark 刚刚不会更新动态，定位还是在英国，这要是让洛哥看见了，岂不是暴露了吗？”

邓良点头：“还是你反应快，立马把不对劲的地方报告给了段总。但如果不是他们老板的话，又会是谁呢……”

金仁目光一转，落在了蹲在墙脚的那名带疤保镖身上。

“那个人，以前是给段总做事的。”

邓良一惊：“啊？我们这位段总？”

“嗯，收购宴之后，段总让我辞退了他，后来我听说，他去了……”

“去了哪儿？他雇主是谁？”

金仁颦眉："没什么，我说得有点太多了。总之段总心里有数，我们听他指挥就行。"

这时，刚刚被关上的房门又打开了。

邓良看清来人，惊喜地喊："洛哥！！！"

第12章

隔天，黎洛清醒过来。

灿金色的阳光被厚重的窗帘挡在视线之外，只有缝隙间漏出一道金线，割裂了昏暗的房间。

空气中的潮湿的气味不知用什么方法清散了，鼻息间只剩下新被子暖烘烘的舒适气味，令人想再睡一个绵长的回笼觉。

但已经没理由再睡下去了。

黎洛费劲地坐起身，骨骼筋肉传来一阵酸痛。

他吃力地掀被子下地，腿刚一站直，又跌了回去。

还好没被看见这副丢脸的样子。

黎洛磨了磨后槽牙，忍着不适走到房间的沙发椅边上，那儿摆放着一套看起来似乎是为他准备的居家服。

他花了比平常多一倍的时间才穿好，身心俱疲，慢慢悠悠地去厨房找点吃的，填饱饿了一晚上的肚子。

之后的三天，黎洛都躲在段明炀的豪宅里。

为什么说是躲，因为一来，他这要是走出去参加活动，怕是五分钟后就登上“热搜”第一。二来，那天段明炀光明正大地带人来解救了他，段兴烨布置的眼线想必都已经汇报上去了，这下他跟段明炀彻底成了一根绳上的蚂蚱，别想撇清关系了。段兴烨这人手段狠毒成这样，保不齐会再找他麻烦，暂时还是住在段明炀家比较安全。

但这么住下去也不是长久之计，他对段明炀并未完全放下戒备，跟这么个人同处一室，总比不得在家里轻松随性。

段明炀倒是一派悠然自得，每天大半时间都待在书房里，用电脑处理公司的事、开视频会议。偶尔出去见个客户，就让几名保镖过来守在家里，自己也不会回来得很晚。

黎洛感慨："我可是很惜命的，你确定我明天回家不会被人半路绑架撕票？"

段明炀淡淡地看了他一眼，似乎是在指责他过于夸张的想象力。

"不会。"

"你怎么知道？"

"因为你的好兄弟江大少爷今天已经集齐了证据，正在让人整理，准备投给多家媒体，过阵子就会爆出来。"

段明炀慢条斯理地饮了口茶，仿佛在说件与自己无关的事："这样的案子若是成真，足以令他身败名裂了，他现在急得焦头烂额，哪有空对付你。"

黎洛把椅子拖到他旁边，一脸的兴奋："姓江的可以啊，这么厉害，段兴烨居然也压不住他？"

段明炀："本来是能压住的，但我找了帮手。"

意思是，没有我，江流深成功不了。

黎洛听出了点抢占功劳的意味，忍不住替江流深反驳："他会愿意接受你的帮助？而且你能找到的帮手，他会找不到？"

段明炀的脸色有些黑，放下茶杯，冷声道："黎先生这么看不起我，就去找他好了，江流深一定能护你周全。"

"段总别生气啊。"黎洛笑嘻嘻地说，"我这是合理质疑，没有看不起你的意思。你要是真帮上了忙，我一定也夸你。快，说说到底怎么回事？"

段明炀又喝了几口茶，像是在压下火气，半晌过去，才说："我告诉了 Zark 你这次的事。"

黎洛神色一凛："你查清楚了？"

"嗯，这其实是个巧合，罗鹏给 G 牌国内负责人打电话约时间的时候，负责人正好在拍摄现场。"

"什么拍摄？"

"线上推广的'软广'拍摄，对象是杨婧。"

黎洛一下子全明白了："杨婧听到了，告诉了段兴烨。"

"没错，品牌方和罗鹏敲定了见面日期地点后，段兴烨让人买通品牌方内部人员，用同个邮件地址，通知他，日期地点改了，于是你就掉进了陷阱。"

黎洛冷笑："难为你哥这么大费周章地搞我，这些心思要是用在生意上，他可能都成世界首富了。"

"他向来对折辱他人的兴趣比较大。"

"所以你把这事告诉 Zark 之后呢？他什么反应？"

"他很生气，毕竟你是他们品牌的代言人，而且有人假冒他的名义作恶，万一真出了什么事，他也会被卷入风波，任谁都会不爽。”

段明炀说：“所以我就顺水推舟，把段兴烨的事告诉了他。他与国外多家大新闻社的老板都有私交，愿意助我一臂之力。段兴烨的势力范围还没有大到能阻拦外媒之口，Zark 的身份地位又非他所能撼动，他只能自食苦果。”

黎洛点头：“这种事往往需要第一个出头鸟，既然外媒能做这只出头鸟，国内的媒体就可以把自己说成是搬运工，被找麻烦的概率会小一些，为了流量，总有敢冒风险的。口子一开，段兴烨本事再大，也挡不住悠悠众口。”

但他立刻又想到了另件事：“可如果段家被万人唾骂、股价大跌，你不也要遭难？”

段明炀淡淡道：“我遭过的难，难道还少吗？不至于承受不起这点风浪。”

黎洛歪过脑袋，靠得离他近了些：“段总听起来好可怜的样子，说真的，我家还有点积蓄，你要是实在走投无路，看在你救过我一次的份上，求求我，我可以帮你。”

段明炀斜睨他：“多谢关心，不过黎先生多虑了，我这些年既然能在段家生存下来，还不至于无能到没一点儿自己的积蓄和心腹。”

“哇哦，段总了不起啊，早就给自己铺好后路了，可就算你人能功成身退，你的名声也臭了啊，现在人人都知道你是段家的次子，以后谁还会和你做生意？”

“也不一定要做生意。”

“那你还能做什么？”

“比如，开间酒吧。”段明炀看着他，“请黎先生来喝酒。”

黎洛笑了：“段总还挺会开玩笑。”

段明炀没作声，放下茶杯，站起了身：“明天我有事外出，让司机送你回去。”

“不用，邓良来接我就行。”黎洛懒洋洋地趴在沙发靠背上，看着他离开的背影，忽然问，“说起来，邓良今天告诉了我一件事，我有点困惑。”

段明炀上楼的脚步顿住，转过身：“什么事？”

“他说，那天在房间里的保镖，是被你辞退的，而且……就在那次收购宴之后。”

他紧盯着段明炀的脸，没有错过任何表情，但令人可惜的是，段明炀丝毫不露声色。

“他没有经过我的允许，擅自出手，不是一个合格保镖该有的样子，所以我辞退了他，有什么问题？”

连回答都和表情一样，无懈可击。

黎洛自讨没趣："没问题，就是觉得你这人真无聊。"

段明炀转回去，接着上楼，丢下一句话。

"比起黎先生的某些朋友，我确实无聊得很，难为你和我同处这些天了。"

这"朋友"指的是哪位话巨多的"狐朋狗友"，自然不言而喻。

黎洛很想追问一句，但段明炀已经上楼进了自己房间，砰的一声关上了房门。

第二天，邓良是和金仁一起来接他的。

虽然之前通过几次电话，但阔别多日见到安然无恙的真人，邓良还是情绪激动地一把抱住了自家艺人。

"洛哥！我想你想得好苦！"

黎洛把他从身上扒拉开："才两三天而已，喊得跟两三年没见一样。"

"因为我度日如年啊！这些日子担心死我了！"

"行了，我这不是挺好的嘛，快给我安排行程，钱赚起来！"

"早知道晚几天再来接你了。"邓良小声嘟囔。

黎洛来时什么行李都没有拿，走时也依然如此。段明炀跟他一起出门，却没有穿西装，发型颇为随意，有点回到大学时代的感觉，看样子不像是去见客户。

"段总大白天的这是去哪儿啊？"黎洛已经坐上了车，手肘撑在窗框上，托着下巴笑吟吟地调侃，"不会是去见佳人吧？"

"不便告知。"段明炀走到自己的车前，司机替他开了门，坐上车便扬长而去。

黎洛喊了声："薄情寡义。"

冰山依然是冰山，全球变暖都化不了的那种。

同坐在后座的邓良却打抱不平了："洛哥，别这么说，段总他人真的很不错，很关心你。"

黎洛瞪眼："我没听错吧？你怎么胳膊肘往外拐？还是不是我的贴心小助理了？"

"我是说真的！"邓良朝前座的金仁喊，"金哥，你帮我做证！那天你打电话给段总，只说了句'洛哥可能有麻烦'，段总二话不说就带人来了，是不是？"

金仁转过头，扶了扶眼镜："是，但段总平时也不怎么说话，不能作为有力论据。"

"……"

黎洛大乐："听听，这才是公平公正的评价！"

邓良气鼓鼓："不想跟你们说话了！"

然而接下来的一路上，他还是絮絮叨叨地把后边的行程安排说了。

黎洛听完，长叹道："还以为能闲散一阵子，结果还是这么忙啊。"

光是新剧的宣传就有一个见面会、三个综艺、五个访谈，还有若干大大小小的活动。最近的一场，就在明晚，是一年一度的圈内慈善晚宴，除了大咖明星之外，各方名流都将出席。黎洛估计段明炀也是要去的。

主办方将他和刘羽嫣安排在了同一张圆桌上，同桌的还有江流深和最近刚刚复出的夏希艾，这一桌的话题度简直要爆炸。

黎洛当天坐着公司安排的车前往会场，路上无聊地刷起了手机，无意间看到场内座位图已经泄露出去了，他和刘羽嫣的大名登上了"热搜"前几位，还在呈上升趋势。

这回总算有了点讨论热度，好几条动态下面评论都过了千。

"这是不是黎洛绯闻里最真的一次？他真真假假的绯闻太多了，我已失去判断力。"

"我赌刘羽嫣是真的，最清纯的往往是笑到最后的，电视剧里都是这么演的！"

"我天，那这回黎洛和刘羽嫣炒得热火朝天，连家里都去了，会不会又有麻烦？"

黎洛看到这些评论，好笑地摇了摇头。

黎洛看得倦了，切出页面，去打了盘游戏，结果又输给了一个等级低好几级的玩家，实在觉得没劲，还是重新回到了社交平台。

然而一刷新，发现那条"热搜"已经不见了。

正疑惑间，手机传来一条新消息，是刘羽嫣发来的。

——洛哥，我的座位临时被换走了，好奇怪啊，我经纪人去协商也没用，你知道怎么回事吗？

黎洛："不是吧。"

怎么感觉……好像有人在搞他？

会是谁？

车子已经开到了场馆外边，排着队等候驶入红毯区域，远处粉丝的喧嚣声隐隐传来，黎洛原本就乱哄哄的脑子更加杂乱如麻，理不出一丝头绪。

偏偏这时，又来了个电话。

他一看来电人，再不耐烦也得接起来："什么事啊，江流深？"

江流深："你上红毯了吗？"

"没呢，干什么？"

"我有事晚到，帮我照看下我朋友。"

黎洛无语："大哥，红毯才多少米？真当你朋友是小孩？他自己会走路的好吗？"

江流深振振有词："万一地上不平绊倒了怎么办？万一有热情过度的粉丝冲上来抱住他怎么办？万一……"

"行行行，您别万一了，我去，我去！"

"我怎么感觉你在骂我？"

黎洛服了："不说了，我快到会场了……咦？"

"'咦'什么？"

"前面那个好像就是小夏啊。"黎洛透过车窗定睛看了看，确认无误，"小朋友今天穿得好贵气好惊艳哦，啧啧。"

没等他说话，黎洛已经挂了电话，难得能捉弄江流深成功，得意地吹了声口哨，推门下车。

霎时间，上百家媒体的镜头纷纷对准了他，闪光灯接连不断，将傍晚昏暗的夜色照耀得亮如白昼。

黎洛在明炽的光芒中踏上红毯，星眸含笑，风度翩翩地朝围栏外的粉丝及媒体挥手示意，引来一阵狂热的尖叫。

他今天穿得没以往出席活动时那么轻佻随性，挑了件深棕色的格纹西装，布料服帖修身，勾勒出了他的宽肩窄腰，领口处别着一枚价值不菲的钻石链条胸针，立刻点亮了原本沉稳但略显单调的深棕色套装。再加上用缎带束起了垂在肩上的长发，将老派贵族的稳重与洒脱气质融合得淋漓尽致。

黎洛插着兜摆造型，在红毯上停留了会儿，让粉丝和媒体拍够了照，立即喊了声前头还没下红毯的夏希艾，招着手走过去。

夏希艾有些蒙地看着他，似乎不明白他为何喊他。这也难怪，他俩只见过几次面，称不上多熟。

"希艾，好久不见。"黎洛大大方方地当着众多镜头的面跟他打招呼。

"好久不见。"嗓音清冽如泉。

未免太单纯好懂了。黎洛心道，这么纯良澄净的小朋友，长得又好看，歌又唱得好，简直是难得一见的顶尖好苗苗。

黎洛继续说道："你朋友不放心你，非要让我过来照看。我倒不是不愿意，就是嫌弃他那大爷一样的口气，敢使唤我？呵，看我怎么整他。"

夏希艾立刻问："你要怎么整他？"

对话间，他们俩已走到了红毯尽头，黎洛勾唇笑笑，告诉了夏希艾答案："已经整完了。"

送夏希艾离开红毯、进了后台之后，黎洛自认为任务已经圆满完成，接着往自己的休息室走。

刚迈出两步，突然后背一凉，登时一个激灵，迅速转身朝后方望去——

许多工作人员正忙着搬送布置场馆的东西，统筹者拿着对讲机协调安排各项任务，声音嘈杂，好几个人抱着大花瓶，新鲜直送的繁花茎长叶茂，挡住了大片视线。

看起来一切忙碌且正常，可黎洛总觉得哪儿不对劲。

他皱眉思考着这股违和感从哪儿而来，一时过于专注，推开休息室门时，都没发现里边还有别人，无意间一抬头，透过镜子看见坐在自己身后椅子上的段明炀，吓得手机差点甩出去。

"你能不能提前打声招呼！"

段明炀脸色沉郁，又换上了正经肃穆的纯黑色西装。最大众化的颜色款式，出席晚宴的男嘉宾里十个能有七八个这么穿，可偏偏穿在他身上，最显气质，也最令人不自觉地敬畏。

"抱歉，没想到黎先生胆子这么小。"

黎洛不乐意了："怎么说话呢？我才没那么容易被吓到，只是在想事情而已。"

"哦？"

短短一个字，却将嘲讽与不信任的语气发挥到了极致。

黎洛锁上门："刚刚在外边，我感觉有人跟踪我。"

他往段明炀身旁一坐，神秘兮兮地凑近："你说，会不会是你哥派来的？可能在我的饭菜里下了毒，也可能在场馆的某个地方，架着狙击枪等我，待会儿你要是看到我额头上有红点，记得——"

"那是我派的保镖。"

"啊？"

"三人轮流二十四小时监管，昨天早上就到位了。"

"你最后那句话是在嘲笑我迟钝吗？"

"是。"

"……"

段明炀斜睨他："我要是和你一样，进段家的第一天就被段兴烨整死了。"

黎洛气得瞪眼，憋了半天，只憋出一句：“谢谢段总破费，没想到你这么舍得为我花钱。”

“请保镖的钱是从你的收入里扣的。”

黎洛彻底炸了：“什么？！您有事吗？我这一个月都白干了，赶紧给我把人撤了！”

“反正黎先生赚钱轻而易举。”段明炀云淡风轻道，“拍部烂剧，炒波绯闻，钱就入账了。”

黎洛品了品，登时转怒为笑：“段总好像很不满？您放心，不用特意把刘羽嫣的位子调开。”

他原本只是试探，结果段明炀还真没否认，冷不防地问：“那夏希艾呢？”

“嗯？”

“为什么要去招惹他？”段明炀稍稍侧过头，嘴角向下，透出严肃与指责，“江流深在对付段兴烨，你最应该跟他身边的人避嫌。你反倒高调地迎上去，是嫌日子过于太平了吗？”

黎洛不假思索道，“段总连我和谁说话都要管？也太亲力亲为了吧。”

段明炀的上下唇绷成一道笔直的线，半晌没接话，空气陷入凝滞。

突如其来的敲门声打破了他们两人之间的谜之沉默，黎洛噌地一下蹿起来，先一步去开了门，门外站着的居然是苏芷。

“黎先生，你有看到……”她说完，自个儿先看到了坐在旁侧的人，笑了笑，“明炀，原来你在这儿，找你半天。”

段明炀站起来：“什么事？”

苏芷穿着一身黑色晚礼服，款式干练简洁，颇为中性化，只是领口宽松，场馆内空调打得足，难免会透风。

“太冷了，想找件衣服穿，可我这身搭不了披肩，你这儿有没有多余的西装外套？”

段明炀略一沉吟，竟然抬手就开始脱自己的外套。

“不用！”

“不用！”

苏芷与黎洛同时开口，互相看了眼，黎洛笑着说：“我助理那儿有一套备用的，我让他拿过来，苏小姐等一下。”

“好，那就麻烦你了。”

“不客气。”黎洛又转向段明炀，“段总，你一会儿可是要上台颁奖的，想什么呢？”

"没关系。"

"哪儿没关系了？有没有点大老板的样子？像话吗？"

苏芷笑了："我还是第一次听到有人这样训明炀，你就像他的老师一样。"

"别乱说。"段明炀立即否认。

黎洛准备去找邓良拿衣服，已经走到门口握上了门把手，随口回："当他的老师得有多大的耐心啊？我可没有。"

苏芷："是啊，我昨天跟明炀吃饭的时候还说，要有耐心。"

黎洛笑笑，没接话。

原来昨天是去见大嫂了，难怪段明炀穿得那么随意，可他们俩见面能聊什么呢？

"我很有耐心。"段明炀回，"倒是黎先生，别总是一时兴起，要有点大人的样子，负起自己的责任。"

黎洛开了门，外头的喧闹与光线一拥而入，将这一方宁静打破，他迎着光的脸漆上了一层白瓷般的温润感，笑容也明朗了，只是带着点嚣张。

"我一时兴起？那也总比某些人强吧。"

第13章

黎洛让邓良取来车里备用的西装外套后，亲自送到了苏芷手中，甚至体贴地为她披到了肩膀上。

段明炀在一旁静静看着，黎洛对此种种，视若无睹，和苏芷闲聊着往会场走。中途偶遇了几个以前合作过的女明星，随意攀谈了几句，分开时那些女明星都巧笑嫣然，称“下次有机会再合作”。

“黎先生人缘真好。”苏芷打趣道，“我也想跟你学学怎么逗人笑。”

“苏小姐要是学会了，你的‘高冷女神人设’就崩塌啦。”黎洛瞥了眼身旁的人，“况且，学会了又有什么用？会笑的不用逗也能笑，不会笑的，任你技巧再高超也没用。”

苏芷顺着他的目光望去，微笑道：“你后半句是在说明炀吗？其实明炀高中的时候也不是完全不笑的。”

黎洛讶异：“你见过？”

“不用跟他说这么多。”段明炀的声音冷不防地插了进来。

黎洛反呛回去：“我在和苏小姐说话，关你什么事？”

“你们在聊关于我的话题。”

“那又怎么样？又不是什么见不得人的事，聊聊怎么了，段总也太小气了吧？”

“有什么可聊的，你难道没见过吗？”

“我是没见过啊。”黎洛莫名，“你一天到晚摆着张臭脸，什么时候在我面前笑过？”

段明炀抿唇：“黎先生的记性果然很差，说过的话，见过的事，转眼就忘了。”

听他这么一说，黎洛还真反思了下自己是不是遗漏了某些片段，可回忆了一圈，依然确定没见段明炀笑过，不禁嘀咕：“你臆想症吧……”

段明炀铁青着脸，不说话了。

苏芷见气氛不对劲，连忙打圆场：“好了，明炀，黎先生也不是外人，说说这些有什么要紧？”

她竟一点儿不怕段明炀，接着对黎洛说：“我以前也以为明炀挺凶的，当时学校里好多女生喜欢他都不敢追。后来有一天，我放学打扫卫生，回去得晚了，听到花坛那儿有小猫叫，跑过去一看，你猜我看到了什么？”

黎洛：“他在虐猫？”

“不是。”苏芷有点无语，“明炀没你想的那么坏，他在喂猫喝水，就那么蹲在地上静静地看，听见我的声音，转过头来，笑得特别温柔，我印象很深。”

黎洛听完没什么表情变化，干巴巴地接：“那倒是挺让我意外。”

这时，恰逢苏芷的经纪人来找她，她便先行进了会场。大多数嘉宾都已到席，等候着晚宴的开始，只剩他们二人站在几乎无人的通道里，沉默地对视着。

黎洛挂上玩味的笑：“段总原来还有柔情的一面。”

“看小东西乖罢了。”

“也是，段总向来喜欢乖巧懂事的，也不知道现在是怎么了，竟不挑了。”

“黎先生总是这样一边挑衅一边试探我，究竟想从我这儿探出什么话？”

黎洛一脸无辜：“我哪有？”

段明炀目光下移：“如果我没看错的话，这是江流深代言的品牌吧？”

黎洛随着他的目光望去，看见自己左手无名指上新买的那枚闪闪发亮的戒指，抬起手：“这个？这只是戴着玩儿的而已，我自己买的。”

段明炀：“看来江流深没把你当朋友啊，自己代言的品牌，居然还让你花钱买。”

“是啊，我好可怜，他都不送我一枚。”黎洛笑笑，“要不，段总送我一枚？”

段明炀睨他，淡淡道：“可以。”

“那我要你手上的同款。”

“不行。”

黎洛：“嘁，做不到就别答应啊。”

“除了这款，其他都可以。”

“那就算了。”黎洛说。

“……黎先生为什么偏偏想要我手上这款呢？”段明炀转动着指根处的戒指。

他们之间仿佛总是这样，互相挑衅，互相试探，不知疲倦。

他才不给段明炀这个机会。

“我就说说，谁会真要啊。这戒指看着也不是什么大牌设计，才几万块钱吧？段总未免太抠门了。”

黎洛的语气不自觉地恶毒："不嫌寒酸吗？要是我收到这种戒指，气都气死了。"

段明炀手上动作一滞，抬眼看他，眼里流转的光冻结成冰。

"这戒指……很寒酸吗？"他问。

"你说呢，身价上亿的段总？你好意思给别人送这种便宜货吗？"

段明炀嘴唇一绷，似乎动了怒，手上使力，想要将戒指摘下来，可摘到第二个骨节处时，忽然停顿住了，迟疑几秒，又将戒指重新推了回去。

他突然往前一步，猛地出手，掐住眼前人的喉咙一把按到墙上！

"口出恶言，再让我听到这种话，你要承担后果。"

黎洛后背撞在了坚硬的墙面上，"嘶"的一声倒吸了口气，被迫仰着头，视线朝下，艰难地看着眼前人。

这么熟悉，又这么陌生。

曾经，这个人表面再冷漠，他也觉得，段明炀只是建起了一层自我保护的硬壳，内心其实是柔软的。

可现在，这个人掐着他的喉咙，声色俱厉地对他说着威胁的话。

此刻，段明炀手劲不大，没有令他疼痛或窒息，可他却感觉自己正在缓缓死去。

段明炀目光沉沉："头发太长了，可以剪了。"

黎洛轻笑："段总想在我面前命令我，还是省省吧，我演过的'霸总'比你当'霸总'的年限还多，套路都清楚得很。"

"不是命令，是请求。"

"那也不行，我头发一直都是这个长度。"黎洛拒绝道。

通道的拐角处传来了几道工作人员的声音，回音由远及近，正朝他们的方向走来。

"走吧，段总，再不进会场，咱俩唯二空着的座位席就显得很可疑了啊。"

"除了江流深和苏芷，没人知道我们认识。"

黎洛的步子已经往会场迈了，又回过头来问："欸，你把刘羽嫣的位置给调开了，怎么不把我和江流深调开？你不是看他也很不爽吗？"

段明炀跟上来，走过他身旁时停都不停一下，目光直视前方："想让你认清现实而已。"

黎洛莫名其妙地望着他离去的背影。

姓段的最近……好像越来越捉摸不透了啊。

或许是因为段明炀以前从来没主动接近过他，所有人都说他高傲，可在这段友情里，他分明也曾那样卑微过。

这场慈善晚宴对于多数出席嘉宾来说不过是博个曝光度，赚点路人好感，真正抱着做慈善念头来做实事的，根本凤毛麟角。

偏偏黎洛这桌就有两个。

江流深和夏希艾无疑是当晚话题度最高的，霸占了一晚上的“热搜”。这还算是意料之中，可令黎洛郁闷的是，竟然连段明炀都上了“热搜”。

他上台颁奖的视频片段被一位几十万粉的博主单独截取了出来，文案狂“吹”：“看直播的时候被这位惊艳到了！特意去查了资料，天啊这是什么霸道总裁！段氏集团二公子！身价过亿！毕业于世界前十！这颜值这‘人设’！我太可以了！”

网友如同发现宝藏一般相继大呼小叫，转发轻轻松松过了万。

黎洛看着转评里一溜的吹捧，再看看“热搜”榜，一条自己相关的都没有，气不打一处来，全撒在了自个儿小助理头上。

“小邓子，为什么我没有‘热搜’？”

邓良忙回：“有过啊！昨晚大家都夸你帅出了新高度！”

“那怎么现在不见了，姓段的还挂着？难道他比我帅吗？”

“段总是很帅啊……”邓良一瞅自家艺人的脸色，立刻改口，“但主要是！段总第一次出现在大家视线里，大家觉得新鲜，热度自然要高一点。”

黎洛眯眼：“你的意思是，我已经不新鲜了，过气了？”

“当然不是！”邓良怎么说都是错，急得别无他法，只好求助金仁，“金哥！你帮帮我！”

金仁从一堆数据中抬起头，面无表情道：“洛哥能光靠外形就保持这么多年的顶流位置，在演艺圈是很罕见的。”

邓良：“嗯嗯！你看金哥都这么说了！”

“但是，如果洛哥你一直这样下去，只接偶像剧，不转型的话，可能再过三年就走下坡路了。”

“嗯？！”邓良拼命朝金仁使眼色，“不会的不会的！洛哥会长红不衰的！”

“没有人能永远红下去。”

黎洛出乎意料的平静：“我今年下半年接的那部古装片，不就是为了开始转型吗？不然谁愿意遭那个罪。”

邓良感动得快哭了：“洛哥！你终于要认真工作了啊！”

“小邓子。”黎洛站起身，笑眯眯地走到他身后，搭上他的肩，“你是不是想吃炒鱿鱼了啊？”

邓良一抖：“不、不想……”

“那以后说话注意措辞，好不好？”

“好……”

金仁看了他们一会儿，低下头，又开始噼里啪啦打字。

黎洛蹙眉：“你不会连这个也要汇报给你老板吧？”

“段总说了，事无巨细，统统汇报。”

“那你怎么写的？”

“洛哥今天又威胁了助理一次。”

“你家老板哪儿有空看这些鸡毛蒜皮的小事，发过去不是打扰他吗。”

“段总会看的，上次我汇报说洛哥你威胁了助理，段总就回了。”

“真的假的？他回了什么？”

“密切关注助理，以防报复。”

邓良：“我说怎么之前有阵子金哥看我的眼神特别瘆人……”

“他真是咸吃萝卜淡操心，你尽管汇报吧，烦死他最好。”黎洛朝办公室外走，“明天我休假，你们也好好休息一天。”

“好的！”

门一关，邓良立刻回头跟金仁说话：“欸，金哥，你有没有觉得，刚刚洛哥看起来挺高兴的？他心里其实想被段总关心的吧？”

金仁没答话，仍旧对着屏幕打字，邓良凑过去一看，发现他今天的汇报已经写到了第五十一条。

——51. 洛哥明天休假。

第二天，黎洛又去了趟市立监狱，这回乘的是冯致安的车。

冯致安今年五十不到，和他爸差不多岁数，算是一起长大的，为人坦荡忠厚，能力超群，熟悉黎家大大小小各项事务。他爸曾经半开玩笑半认真地说，生意上的事，明面上做决策的是自己，但真正执行起来，离不开致安。

也幸好如此，他爸入狱之后，还有他冯叔撑着，黎家的生意才没有一落千丈。黎洛也不至于需要临危受命回来收拾烂摊子，还能安安心心地去演艺圈发展。

他从来不是做生意的料，他自己也知道，要是他爸的产业交到他手上，保不齐会衰败成什么样。

“最近忙吗？”冯致安打着方向盘，“你爸都说好久没见你了，你们的事我也不太懂，但看你最近的新闻里好像没什么坏事，我就没多想，要是有什么为难的事，尽管跟叔说。”

黎洛的座椅几乎放平成一百八十度，露出在最亲近的人面前才会显现的松懈状态：“其他倒没什么，就是 Zark 那儿，估计不愿意帮我们。”

“你和他联系过了？”

“嗯，打过电话了。”

前两天段明炀在和 Zark 进行发布新闻前的最后确认，他借着机会，总算和 Zark 谈上了一次话，可惜结果并不如人意。

“他看样子是不想蹚这趟浑水。”

冯致安叹了口气：“意料之中，所以我之前让你别抱太大希望，他不过是一个客户而已，没义务也没必要把自己卷入麻烦。商人多数还是利益至上，我们现在跟他没有利益关系了，很难让他为我们来回奔波出庭做证。”

黎洛不甘心：“那这条路到这儿就堵死了吗？”

“倒也未必。”冯致安说，“既然利益至上，大不了我们就割让点利益，说不定能打动他。这事儿后续就交给我吧，你忙你的，不用操心太多。”

“哎，我也就操心了这么一回。”

不仅没办好，还惹出了一堆麻烦，差点把自己搭进去。也不知道是太倒霉，还是他确实不适合商界。

车子开到监狱后，所有人员照例先过安检。

今天是工作日，来探望的人不多，没像上次一样排起长队，但黎洛还是不敢掉以轻心，依旧把自己的脸遮得严严实实。

上交通信设备的时候，他的手机振了下，只来得及瞥到一眼是段明炀打来的电话，就被狱警暂时没收了。

“黎先生，请去最里面的探访间。”

“好，谢谢。”黎洛将摘下的口罩重新戴好。

虽说纸包不住火，他爸的案子在外界并非无人知晓，但那毕竟是发生在他出道之前的事，一般人不会特意去留意。偶尔有好事者拿出来嘲讽，也很快就会被公关团队压下去，掐不出多大水花，这些年一直风平浪静的，渐渐也就越来越少人知道了。

进了探访间，流程还是一样，黎正宏被狱警带进来的时候，一眼看到了冯致安。

“你怎么也来了？”

冯致安笑笑：“昨天阿洛说要来看你，我就跟着来了，要是影响你们父子俩说事，我就去外边待着。”

“不影响，坐吧，好几天没见你了。”

三个人在桌子的两侧坐下。时间有限，黎洛把最近发生的事大致说了说，略过了会引起他爸担心的次要内容，直奔主题，谈到了段家恶行即将被曝光的事。

“估计就是今天了，一会儿我们走出去的时候，可能已经新闻满天飞了。”

黎正宏蹙眉：“我觉得事情没那么简单，他们不会坐以待毙的。”

“他们还能怎样？这件事已经板上钉钉了，就算不能把他们一击打垮，将来还能洗白，也够他们家难受个把月了。我就不信这几个月里抓不到他们更多把柄。”

黎正宏还是不放心：“以我对段天佑的了解，他就算不能力挽狂澜，也一定会想方设法把损失降到最低，现在依你说的，一点动静都没有，实在奇怪，你最好当心点。”

“行，我会注意的。”

“还有，你说这件事涉及了以前几个做伪证的人？我觉得在段家彻底倒台之前，他们不会轻易倒戈的，你让负责调查的人暂时别去打草惊蛇，防止他们联合起来对付你们。”

“嗯，我知道，目前都是私下里在查。”

黎正宏颔首，突然想起什么：“对了，我听说……段家那位次子收购了你们公司？”

黎洛瞥了眼冯叔，猜也不用猜就知道是谁泄露的消息了。

“是啊，不过您别多想，我们没什么，纯属交易关系，他需要我的协助来整垮段家，我需要他的帮助来救您，各取所需罢了。”

话虽这么说，但自从杨婧那次失败之后，段明炀其实早就不需要他帮忙了，反倒是他遇到麻烦的时候，段明炀一再出手相救。

黎正宏略一沉吟：“你要是觉得他改过自新了，心里还惦记着这个朋友，爸也不是不同意你们再来往。”

“停停停，打住。”黎洛讨饶，“我们小辈的事自己会处理，您管好您自己的生活就行。”

果然一提到这个，他爸立刻转移了话题：“总之，在行动之前都先问问你冯叔的意见，不要冲动。我在这儿待得还行，没受苦，不用太心急。”

“好，您说了算。”黎洛笑笑，“对了，减刑的申请批下来了吗？”

“还没有，但应该快了。”

“嗯，要是能减三年，说不定我们还没翻案，您就已经出来了，那我们可就如虎添翼了啊。”

黎正宏无奈地笑：“哎，还指望着我自己来翻案，儿子真是靠不住啊。”

“是，儿子才陪您多少年啊？冯叔都陪您四十多年了，您还是靠他吧。”

冯致安笑了笑，没有说话。

三个人你一句我一句地说说笑笑了半天，浑然忘了探访截止时间已至，还是黎洛先想起来，看了眼表，疑惑道：“我们好像超时了啊，怎么没人来提醒？”

刚说完，探访间的门就开了，进来的狱警却不是来带黎正宏走的，而是径直走向了黎洛。

“黎先生，你有把来探访的事告诉过别人吗？”

黎洛莫名：“没有啊。”他一向是自个儿悄悄来的，连邓良都没说过。

狱警皱着眉：“可大门口突然来了很多记者，我们问了问，都是来蹲你的。”

“蹲我的？”黎洛不可思议，脑子里飞速转了圈，“难道咱家的事被曝了出来？”

黎正宏当机立断：“你们这儿有后门吧？让他们俩从后门离开，再去告诉记者人已经不在里面了，他们蹲不到自然就散了。”

他严肃说话时不怒自威，带着常年作为领导者的强势，狱警不由自主地应了声“好”。

黎洛：“行，那我们先走了啊，爸，你别担心，顶多就是挂几天‘热搜’而已，不会影响什么的。”

黎正宏叹气：“就怕连累了你。”

冯致安：“没事，我会帮阿洛处理的。”

“嗯，有你在，我就放心多了。”

黎洛：“行吧。”

三人匆匆告别，物品存放处的狱警拿来了他们先前上交的手机等随身物品，冯致安接过车钥匙，突然想起来：“车停在前门，我去开过来吧。”

狱警出言阻止：“前门有很多记者，有些恐怕是认识你的。”

这些年冯致安代替黎正宏抛头露面，在网上也能查到不少照片，既然这些记者冲着黎正宏的事来，想必应该做过些功课，冯致安的确有可能被认出来包围住。

黎洛：“我喊人来接吧，就是要等一个小时左右，这儿太偏了。”

他按开手机，刚想给邓良打个电话，忽然看到屏幕上有三个未接来电和两条未读信息，全是来自段明炀的。

什么事竟然能让段明炀打三个电话？

黎洛点开信息看了眼。

——别出去，我来接你。

——到了，后门找我。

两条信息间隔了近一小时，大约就是从市中心赶到这儿来的路程。

冯致安见他站着不动，问："怎么了？是没有人可以喊吗？那我来喊吧。"

"不用了……"

"有人来接了。"

监狱后门延伸出去是一条平坦但不算宽阔的道路，只有两条来往车道，路两侧的杂草都被拔光了，只剩下一些碎小的石头，看起来荒凉得很，风一吹沙一扬，颇有几分美国西部片的味道。

黎洛和冯致安走出后门的时候，一眼就看到了段明炀的车很显眼地停在不远处，不是平日里常开的那辆跑车，换成了一辆奶白色的小车，老派且成熟。

仿佛不是来接人脱离困境的，而是来接人去旅行的。

他只身前来，插着兜倚靠着车身，瞭望着远方。硬朗的侧脸线条与沉稳阴郁的气质，一如当年在酒吧人群间鹤立鸡群的样子。

无论是嘈杂抑或荒凉的环境，他都显得如此格格不入。

只因太过耀眼。

段明炀似乎察觉到有人来了，转过了头，目光遥遥地望过来。

"你等了我多久？"黎洛问。

他任性地想，如果段明炀体贴地说"刚到"的话，那他可以考虑做一回圣人，既往不咎。

"很久。"

可惜他忘了，段明炀从来都不解风情。

但黎洛又觉得，既然等了很久，那得到一次原谅似乎也是应该的。

他的原则天平已被彻底打破平衡，不断朝着段明炀的方向倾斜。

历史重现，无可奈何。

说真的，他有点想提前颁发特赦令了，赦免段明炀的罪，也赦免自己的恨，却又不甘心如此轻易，思来想去，还是决定再观察一阵。

"您好，冯先生。"段明炀正色，恭敬地朝冯致安伸出手。

他此刻的模样有点儿正经过了头，但黎洛仔细一回想，段明炀似乎一贯如此。

冯致安涵养好，与他握了握手，没有显露出任何对往事的介意，但熟悉他的人都知道，他向来待人温和有礼，如果没有微笑，就说明已经是极不情愿与这人打交道了。

“有劳段先生了，其实我们可以自己回去，你不必来接的。”

“抱歉，是我唐突了。”段明炀异常谦卑，“只是事发突然，我觉得还是亲自来一趟看下情况比较好。”

“谢谢你的关心，我会照顾好阿洛的，下次不麻烦你了。”

“嗯。”

段明炀像个正在被老师训话的学生，乖乖地低头站着，和平常傲视众生的模样大相径庭。黎洛倍感新鲜，趁冯致安绕过车身走向副驾驶的时候，笑道：

“段总真这么担心我啊？我都有点受宠若惊了。”

段明炀的目光重新落到他脸上：“我的疏忽，我来承担。”

上了车，段明炀当即驶离监狱，直到开出四五公里，确保无记者跟踪后，才开口道出事情的缘由。

“外网已经放出新闻了，国内我安排了三家大媒转载，江流深应该也安排了几家，热度已经上去了，但效果没有预想中那么好。段兴烨拿你做了挡箭牌，现在流量和媒体的焦点大部分都集中到了你这儿。”

“嗯？”这话黎洛听着有些奇怪。

“怎么了？”段明炀问。

“没什么。他拿我当挡箭牌，后果会怎么样？”

“会影响你的声誉和发展。”

黎洛微愣：“不是，我是问你哥会有什么后果。”

段明炀微妙地沉默了几秒，说：“我们本来想借舆论扩大这件事的影响力，让段家信誉下降，形象抹黑，影响部分人脉，尽可能地拖延他们重整旗鼓的时间，趁他们忙乱的时候搜集更多证据。但现在这样一来，我们必须加快速度了，热度顶不了多久。”

“意思是他们洗白的时间会缩短？”

“嗯。段兴烨已经找好律师团和公关团了，最多一个月，就能把风头压下去。”

“才一个月？”黎洛讶异，“你当初不是说得胸有成竹吗？怎么爆个我的料就变成短短一个月了？至于吗？”

“至于。舆论的影响力是很大的，但如果舆论热度达不到一定的量级，就会下降得很快，被新的事件压下去。况且我们的证据并非完美无缺，只靠这些，段家迟早能翻身，不过早晚罢了。”

“这么说来，你们的曝光没起多大作用？”

“还是有点作用的，他们这次犯罪没有涉及金融利益方面，如果没有舆论施压，那些生意伙伴根本不会在乎。现在起码多了几分忌讳，短时间内应该会避开段家一阵子。”

“哇，你们生意场可真是黑暗。”黎洛趴到了前座的椅背上，手臂垫着下巴。

“欸，我怎么觉得，你好像不是很紧张的样子？是不是搜集到扳倒你家的新证据了？”

段明炀平稳地握着方向盘：“姑且算是有了几分把握。”

副驾驶上听了半天的冯致安终于忍不住问：“什么新证据？”

段明炀迟疑了下：“抱歉，不便告知。”

冯致安颔首，道了声“理解”，但看样子，心里应该颇有微词。

黎洛估摸着段明炀在他冯叔那儿的好感度快从负一百变成负一千了，灵机一动，手悄悄从左侧穿过驾驶座椅和车门的夹缝，避开冯致安的视线，轻轻戳了戳段明炀的胳膊。

“段总，既然你一点儿也不慌，为什么还特意亲自开车过来接我们？是不是担心我们呀？”

他自以为给足了暗示，段明炀却很不赏面子。

“不是。”

“哦。”

“冯先生遇事一向镇定冷静，我不担心。”段明炀补了句。

“黎先生请坐好，不要影响我开车。”

连冯致安都投来了无奈的眼神，黎洛只好悻悻然作罢。

车子开回市区的一路上，黎洛趁着空当看了网上对自己此次“黑料”的议论，与意料中一样，有表示震惊的，也有表示不屑的。

“震撼，黎家以前可是XX市首富啊！没想到来头这么大！真是屈尊了！”

“你们才知道啊？黎洛出道的时候就有人爆料了，不过当时他爸的事应该被江流深给压下去了，一点水花都没有。”

此事确实太有爆点，虽然段明炀说已经在让人降热度了，但他热度太高，效果没见着多少，依然高居“热搜”榜第一，一时半会儿是下不来了。

“热搜”榜往下几位才是段家丑闻，几家大媒报道称，根据前阵子被捕入狱的龙行娱乐总经理赵建华的口供以及某些匿名揭发信来看，他曾为段氏集团董事长及其儿子提供非法交易。

虽然报道点名了儿子是段兴烨，但前阵子刚在网上火过一时的段明炀不可避免地被拉下了水。

黎洛看了网友的议论，果然全是恶骂和唾弃。

两边“热搜”在外人看来似乎毫无关联，实则紧密相系，可惜除了他们之外，无人知晓其中的阴谋诡计。

黎洛盯着榜单放空了一会儿，将目光从手机屏幕移到前座上，忽然幽幽地说：“段总，我有个转移舆论的好主意，就是可能会给你添麻烦，不知当做不当做……”

“不当做。”

黎洛磨了磨牙：“不好意思，我已经做了。”

冯致安回头：“做了什么？”

车子驶入了地下车库，段明炀一个迅速倒车，稳稳入库，也转过头来，严肃地看着他，似乎在等他给一个交代。

黎洛的手指从屏幕上移开，眨了眨眼。

“我转发你哥的新闻了。”

第14章

从车库走进段明炀的别墅路程不到一分钟，罗鹏就打来了电话，骂是不敢骂的，只能痛哭求饶。

“祖宗！您能别惹事了吗！这让我们怎么公关啊？！！！”

“你不用管，我来处理。”

“段、段总？你怎么……阿洛呢？”

“他在我这儿。”段明炀听着电话，看了眼坐在沙发上毫不客气地给自己倒了杯红酒，端着酒杯笑眯眯望过来的黎洛，蹙起了眉。

“他非常好。”

罗鹏：“哦哦，那就好，那你们忙吧，不打扰您了……”

说完忙不迭地挂了电话。

可下一秒，电话铃声又响了起来，伴随着此起彼伏的新信息提示音，密集且急促，令安静的客厅陷入一片嘈杂。

黎洛笑道：“让你没收我手机，都说了，你不收我也会关机的，这谁受得了啊？”

段明炀果断地强制关了机，说：“你不该转发的。”

“是是是，给你添麻烦了。冯叔已经训过我了，你别再说教了。”

“他说的是对的，你不该让自己卷入段家的纷争里。”

黎洛惊了：“你怎么知道他刚刚在车库对我说了什么？我俩离得挺远啊。”

连语气都一模一样，他差点儿怀疑段明炀在他身上装了窃听器。

“很明显。”

“明显吗？”黎洛回忆了会儿，若有所思地点头，“也是，他走的时候表情那么严肃，好像不是要去公司替我善后的，而是要替我收尸一样。”

他又悠哉地喝了口酒：“其实你们不用这么紧张，我只是想把大家对我的关注转移到你家的事上去，不信你现在打开‘热搜’看看，肯定有效果。”

段明炀仍站在原地，不动声色地盯着他，似乎不信。

黎洛放下酒杯起身，拽着他的胳膊往沙发上坐，顺便给他也倒了杯酒，自作主张地碰了碰杯。

“你相信我，我可是大明星好吧？怎么引起大家的注可是我最拿手的事情。”

段明炀沉默几秒，还真拿出了自己的手机，黎洛立刻贴过去看此刻网上的最新情况。

他方才一念之下，转发了段家的新闻，配文：“骂我可以，段总真是无辜的。”

此条一出，网上果然已经炸开了锅，网友哗然一片，仅仅几分钟，“段总”已经登顶了“热搜”第一。

原本两件不相干的事突然被联系到了一起，网友立即察觉了背后似乎还有个秘密，纷纷变身福尔摩斯，深挖其中隐情。

“黎洛这是在干吗？为什么不给自己澄清，反倒管起段家的事了？他和段家什么关系？”

“黎洛所在的烁星前不久被段氏收购，现在他的大老板就是段家的段明炀，前几天慈善晚宴上了‘热搜’的那位。”

“我仿佛正在目睹一场豪门风云？”

“大胆猜测，黎洛和段明炀联合起来搞他哥他爸‘夺取家产，结果他哥’他爸反爆黎洛他爸的事，企图转移视线，然而又被黎洛反将一军。”

“我已经晕了，什么他爸他哥的，好复杂。”

段明炀没对此发表意见，眉头稍松几分：“他们猜测得不错。”

“那是，你可别小瞧群众的力量，今晚之前，我保证他们连我们上过同一所大学的事都能扒出来。”

“你到底为什么要这么做？”段明炀单刀直入地问，“我已经说了，我可以应付，你明知自己卷进来也没法把我推出去，为什么还要发这种话？”

“想陪你一起受苦受难呗。”黎洛仰头豪饮一口，咂了咂嘴，“这酒竟然还不错，难得你挑了瓶好酒。”

段明炀大概是实在看不下去他散漫的态度，夺过他的酒杯，铛的一声敲在茶几上。

“不要胡闹。”

黎洛懒洋洋地靠倒：“我没胡闹，你不是希望舆论扩散吗？我这么做，不仅转移了大家对我爸的事情的关注，还让你家丑闻的热度升了级，两全其美啊。”

段明炀侧头，猝不及防地撞入一片狡黠笑意。

黎洛：“我好像想多了，段总应该会高兴才对？”

段明炀："你考虑过这么做的后果吗？"

"考虑过啊，我爸人都在监狱里了，外头这些舆论影响不了他。至于我自己，顶多就是丢几个代言，少演几部剧，外加你哥和你爸想杀了我而已。"

"你不怕？"

"怕，可你会保护我的吧？"

黎洛笑得眉眼弯起，看似纯良且温顺。

"假如我出事，段总肯定会来救我的，对吧？"

段明炀一次又一次的出手相助给了他底气。

他没遇到人身危险，段明炀根本没必要亲自赶来，却还是来了。

要说段明炀对他没一丁点仗义，黎洛打死也不信。

转发事件轰轰烈烈地热议了多日，层出不穷的相关"热搜"一条接一条地上榜，最多的时候榜单上有七八条。

优秀的网友们果真把他们俩曾就读过同一所大学的事挖了出来，这下更来劲儿了，你一帖我一帖地探讨许久，发掘出了各种有迹可循的蛛丝马迹，凭借出色的"脑补"能力，竟然真的将整个故事的来龙去脉猜对了大半。

与此同时，段家丑闻也始终被关注着，热度非但没有减弱，反而不断攀升，达到的效果比预期的还要好。段家终究没能控制住舆论和影响，相关人员通通被警察召去审问，且不说最终结果如何，起码令他们陷入了被动的境地。

黎洛为此得意地邀功："看，得感谢我吧？"

段明炀正在处理公事，闻言抬起头，冷眼瞧他："你知道为了留住你的资源和代言，公司上下付出了多少努力吗？"

一旁的邓良点头如捣蒜："对的对的，我们这几天都跟孙子似的赔礼道歉，否则今天这场活动都不一定能来。"

他们几个正在前往一场新剧见面会的路上，黎洛作为剧中男主，原本理应出席，但由于他近期新闻缠身，见面会又人多拥挤，有安全隐患，主办方差点取消了他这次行程。

黎洛："不让我来像话吗？一大半人都是冲着我来的。这主办方也真是有意思，又不是我犯事，把我当洪水猛兽干什么。"

金仁："话是这么说，但洛哥你毕竟牵涉进了段氏丑闻里，加上你父亲的犯罪记录曝光，无论从哪边看来都是负面新闻，而且合作方看见你转发微博的举动之后，也担心你做出更大胆任性的事来，因此中止合作也在情理之中。"

黎洛止住了他的话头："你说的我都懂，我就发发牢骚。反正要是有人找麻烦，你俩别卑躬屈膝的，让咱们段总出马，保证摆平。”

说完，黎洛才想起来似的，看向身旁的段明炀：“哎呀，我差点忘了，段总现在在别人眼里，可能比我还洪水猛兽，怕是摆不平了。”

邓良听得心惊胆战，瞧着段明炀冷酷的脸色，怎么看怎么像要把黎洛丢出车的架势，也不知自家明星哪儿来的熊心豹子胆，敢开这位顶头上司的玩笑。

段明炀压根不搭理他，黎洛自讨没趣。恰好车子开到了会场入口处，围栏外除了粉丝，还簇拥着一大群媒体，都是来寻觅最新线报的，可惜车窗贴着保护膜，从外头看黑漆漆一片，什么也看不见。

段明炀起身、开门、下车，动作一气呵成，阻止都来不及阻止，转眼间暴露在了镜头范围之中。不远处立刻响起了尖叫声和此起彼伏的快门声，显然是认出他来了。

段明炀却仿佛浑然不觉似的，转过身。

邓良目瞪口呆。

紧接着，黎洛的身影从他眼前轻巧地掠过，一步跨下车，含着笑意。

见面会持续了一整个下午。

其间，大多数环节都是有台本的。主持人提的问题经纪公司早已协商过，要求尽力往引人遐想的方面答。此外，为了给粉丝发福利，见面会上还做了个小游戏：两位主演站在台子上，手对手互相推搡，谁先被推下台子就输了。

黎洛一开始确实认认真真在比，然而快要赢的时候，按照台本突然收力，刘羽嫣措手不及猛地扑到了他身上，他自己则被撞下了台子，笑嘻嘻地输了比赛。谁都看得出来他故意放水，要的就是这个效果，俩人的粉丝很吃这些细节，整个儿他们现场尖叫连连。

可即便他俩如此卖力表演，依旧没能把网上的热议转移过来。

黎洛回去的路上刷着评论，笑得乐不可支：“没想到有生之年，段总还能上一回娱乐新闻。”

段明炀：“你想不到的事情还有很多。”

黎洛歪头，眨了眨眼：“比如呢？”

段明炀：“自己想。”

“想不出了啊，现在已经够多了。”黎洛笑看他，“比如，换作大半年前，我绝不会想到，我居然会觉得你这人还不错。”

段明炀却不接话，黎洛等了半天没等来回答，还以为这个话题结束了，正要继续看手机的时候，突然听到段明炀问：“你以前觉得我很差吗？”

“你说呢？”黎洛反问，“你以前什么德行你自己不知道吗？当了段总之后倒是好转了点，看来在段家磨炼了不少啊。”

段明炀听完，合上了眼，很低地“嗯”了一声。

车子开回私郊别墅时，天色已晚，司机把他们俩放下后，没有多做停留，接着送邓良和金仁回市区去了。

黎洛这些日子为了避风头，都住在段明炀这处僻静的住所里。和市区的那处别墅不同，这地段周边没有商业区，绿化设计得相当精妙，每一栋别墅都被包围在重重树影间，私密性极强。

一进门，黎洛就卸下了浑身戒备。

今天见面会人多难控，他在台上望向台下黑压压的人群时，还真担心过会不会突然冲出个持刀的杀手来。

毕竟段兴烨那种人，要是被逼急了，什么事都有可能做得出来。

所幸见面会全程平安无事，黎洛知道段明炀应该布置了不少安保关卡，这会儿便顺口道了声：“今天谢谢了。”

段明炀脱外套的动作顿了顿：“不用。”

“用的用的。”黎洛还得寸进尺了，“段总日理万机，特意抽空陪我跑活动，我太感动了。”

段明炀似乎不想再搭理他，径直往楼上走，黎洛立刻追了上去，喋喋不休道：“可感动归感动，我怎么觉得，段总您有点过于悠闲了？连江流深都在关注你家事件的进展，你怎么事不关己似的？还有工夫陪我去参加活动？不是要趁乱抓住你哥更多把柄吗？”

“有人替我在做，我只需要等候消息。”段明炀进了书房，说，“江流深倒是还算靠得住。”

黎洛第一次进他的书房，东摸摸细看看，漫不经心地回：“对啊，他这人虽然平时看着没个正经，关键时刻还是很靠谱的。”

“难怪你有什么事，总是第一时间找他。”

黎洛笑着回：“是呀，当初我被折腾得那么惨，要不是他，我都不知道要过多久才能重新振作起来。”

“黎先生真幸运。”

“嗯？你从哪句话听出来我幸运了？”

“你受苦受难的时候，总有人来救你，不是吗？”

“是又怎样？”

“从来没有人救过我。”

黎洛动作一顿，转头望过去。

段明炀站在书房中央，头顶的白炽灯光打下来，却没有映入眼底，里面是一片孤寂的漆黑。

待回味过来段明炀说了什么之后，他轻声问："真的没有过吗？"

他明明伸出过援手的。

段明炀却不记得，或者说，没当回事。

"曾经有过。我以为他会是光，结果他把我推进了更黑暗的深渊。

"在我最绝望痛苦的时候，有谁来救过我吗？谁也没有。

"我只能靠自己，一步步，重新爬上来。"

黎洛听着他的话，所有的恼恨通通涌了出来，越涌越多。

为什么当初不让我做你的光？为什么那时要利用我去投奔段家？

你本不用遭受这些痛苦的。

谁让你没有选我。

"你活该。"黎洛想也知道自己此刻的嘴脸一定很难看，扭过头不去看段明炀，咬紧了后槽牙，"趁早认清现实吧，别强求了，趁现在……"

可饶是他平日里什么话都敢往外说，真正到了这一刻，却畏缩不前了。

被背叛过一次，不敢再轻易相信别人了。

黎洛中断了半天，也没听见段明炀有任何回应，忍不住再次回头望去——

段明炀的脸色冷白得有些僵硬，目光定定地直视着他，眼中却没有任何光亮，黑暗的深处仿佛压抑着某种翻涌咆哮的情绪。

"我活该吗？"他嗓音微涩，像是确认般又问了一遍，"你觉得我活该吗？"

黎洛没由来得心虚："我只是随便说说……"

"随便说说？"段明炀一步步走到他跟前，高大的身形投下阴影，笼罩住了他。

"你对我说的所有话，都是随便说说，不作数的，是吗？"

质问般的语气令黎洛心下一刺，反呛回去："就算我认真说了，你听得进去吗？接受现实吧。"

段明炀瞳孔剧震，仿佛被踩到了逆鳞，骤然发作，猛地出手掐住他的喉咙，一把将他按在了书柜上，眼眶边缘发红，声音如同野兽的暴躁低吼："闭嘴，你根本什么都不懂！"

"那你倒是让我懂啊！"

黎洛压抑已久的怨气也跟着爆发，一拳头砸上他的心口："你一天到晚冷着张脸，从来不对我透露一点心思，我能懂什么？我只能猜！我以为我猜对了，结果呢？到头来还怪我不懂你，全是我的错行了吧？”

段明炀被砸得重咳了几声，眼中愤怒的火焰猛地旺了起来，手上力气加重，不断收紧。

黎洛被掐得疼了，发声艰难，依旧控诉不停，胡乱踹他：“你就是活该！咳咳……谁会愿意理你……”

突然被狠狠压住，后脑勺咚的一声撞到了书柜的玻璃门上。

黎洛被撞蒙了，他难以置信地瞪大眼。

这一方角落陷入静谧，无人再说话。

过去的恩怨还没有得到一个善果，段明炀尚未为自己的背叛而赎罪，他真的可以这样轻易地原谅吗？

段明炀害的不仅是他，还有仍在监狱里等待一个清白的他爸，他有什么资格自作主张替他爸原谅段明炀，替他爸将这件事一笔勾销？

决定权不该在他手上。

但此时此刻，黎洛注视着眼前这张脸庞，他不得不承认，他几乎已经彻底原谅段明炀了。

哪怕这个人曾经那样冷眼看待他，但只要如今，过去的，也不是非要计较至今。

饶是黎洛精力再旺盛，也有点蔫儿了。好在这两天没活动，又不宜出门，他干脆就待在屋里刷手机、玩游戏。

然而他盘着腿坐在书房的沙发椅上厮杀了一个多小时，却输得惨不忍睹。

黎洛一气之下，怒瞪在电脑桌旁安安静静工作的段明炀：“段总，我受工伤了，你得赔我钱。”

段明炀一个眼神都不屑给他：“又怎么了？”

“你看你把我关在这儿，还不陪我聊天，我只能打游戏，打又打不过，自尊心受了伤，这算不算工伤？你是不是该赔钱？”

“多少。”

“一百万。”

段明炀的目光总算从电脑屏幕前转了过来：“给你两百万，把声音关了。”

“没问题！”黎洛讹诈成功，笑嘻嘻地等着收款。

段明炀没用手机或电脑转账，而是打开书桌抽屉，从里面取出了一个钱包，甩了张白金卡给他，一如既往地老派。

黎洛美滋滋地接了卡，多瞧了一眼那钱包，只瞥到个轮廓，不由得一愣：“这钱包……怎么这么眼熟？”

段明炀放回钱包的手顿了顿："没想到黎先生还记得。"

"那当然，我记性向来很好。"

"记性好？那怎么总是忘了自己说过什么？"

"选择性遗忘罢了。"黎洛下地，赤脚踏在厚实的地毯上走过去，"不太美好的回忆，总不能一直记着，多堵心啊。"

段明炀垂下眼，抿着薄唇，啪的一声重重关上了抽屉。

"欸！别关啊，让我看看。"

黎洛伸手去拉，却被段明炀拦开："没什么可看的。"

"你越不让看越说明心里有鬼。"黎洛抱胸，得意地看着他，仿佛抓到了他的把柄，"难道里面放了什么见不得人的东西？"

段明炀不答，甚至还将抽屉上了锁。黎洛更加确定那钱包里面一定放了些段明炀不想让他知道的东西。

然而未待他胡搅蛮缠把钥匙夺过来，段明炀的手机就响了。黎洛无意间看到了来电人的名字，是苏芷。

段明炀接起来之后，"嗯"了几声就挂了，合上笔记本，站起身，说："我接下来几天会很忙，没空陪着你，你回去吧。"

黎洛愣了愣："我可以回去了？"

"嗯。"段明炀答得简短，很快收拾好了东西，拎起公文包就往书房外走。

"等等！"黎洛叫住他。

"什么事？"

"你……"

"你当心。"最后只能这么说。

段明炀颔首："你也是。"

黎洛目送着他离开，听见楼下玄关处传来关门声，往沙发椅上一倒，望着天花板，怔怔出神。

段明炀说会很忙，还真的忙到好几天都见不着人影，黎洛回了自个儿公寓之后连他电话都没接到过一个。

网上的热议这阵子暂时消停了些，不管是黎家曾经的案情，还是段家近期的丑闻，似乎都进入了停滞期。

黎洛和江流深一直保持着联系，从他口中大致掌握了段家目前的状况。

舆论的压力还是相当有效的，即便是段家，也没能控制住事情的发酵，最终只能乖乖接受警方的调查。为此，段兴烨被他爸狠骂了一通。但骂归骂，毕竟是亲生儿子，况且段天佑自己也曾参与其中，不可能见死不救。

“那老狐狸，诡计多端得很，估计要找替罪羊了。”江流深说。

黎洛：“你们的证据摆在眼前，他还能找人顶罪？”

“我们搜集的证据只显示段兴烨的秘书负责过交易转账，还曾带人去往段家名下的酒店。虽然傻子都知道是谁指使她的，但必须得有直接证据证明段兴烨参与了，否则律师团总有法子替他们开脱。段家父子俩向来谨慎，应该不会留下证据，就算有，肯定也会千方百计转移，不让警方发现。”

“这也太气人了。”

“可不是嘛，不过好在也不算白费工夫，段家这段时间声名狼藉，股价大跌，好几个客户为了撇清关系，都中断了合作，把段天佑气得不轻，据说还犯病昏倒了一次，现在整个段家上下都手忙脚乱的。”

黎洛思考了会儿，问：“段天佑得的是什么毛病？什么时候开始的？”

“没什么毛病，就是有点老年痴呆的趋势，毕竟年纪大了，反应迟钝、忘性大也正常，只是身为董事长这样就有点容易误事了，所以这两年不太出来露面。你问这个做什么？”

“没事，就问问，尊老爱幼嘛。”黎洛笑道。

江流深在电话里冷哼：“你少嬉皮笑脸的了，段明炀的事我可听说了。”

黎洛肃然起敬：“您可真是语言大师。”

“学着点，别三言两语就被忽悠走了。”江流深切换到语重心长模式，“阿洛，不是我泼你冷水，当初他能背叛你，就不可能突然改邪归正。”

黎洛笑了笑：“你说这话有点晚了。”

第15章

江流深的话虽然听着令人灰心丧气，但也不是毫无可能，黎洛这几天闲在家里自个儿也想了想，万一段明炀这次也和上次一样怎么办？

从眼下的状况来看，这种可能性还真不小。

“金仁，你老板最近在做什么？”

休息室内，黎洛忍不住问。

今天是他在风波之后，第一次在没有段明炀陪同的情况下参加活动，不知是之前和段明炀待久了还是怎么的，总觉得今天焦虑感挥之不去。

所幸此次活动不是人员杂多的见面会，只是棚录的综艺宣传，入场观众较少，也经过了严密安检，应该不至于发生什么意外。

录的综艺依旧是江小芙主持的《金牌秀》，只不过换了个剧组，女主角也从赵姗姗变成了刘羽嫣。

刘羽嫣是很会“营业”的类型，刚搞完妆造，就去录制现场和粉丝互动聊天去了。

邓良从她那儿偷师了蛋糕的做法之后，这回特意带了自己亲手做的水果蛋糕，一到电视台，立刻就去找自己的“女神”献殷勤了。

休息室内只剩下黎洛和金仁两人，金仁是个闲不住的，但凡出门在外，永远没有休息的时候。这会儿又打开笔记本手指噼里啪啦飞速打字，估摸着是在和段明炀汇报，黎洛忍不住开口问了句。

金仁听见问题，从屏幕前抬头：“段总的行程安排我是无从知晓的，连吴秘书也经常不清楚他的去向，我们都只是为他做事而已，无权过问。”

黎洛意兴阑珊地“哦”了声，又问：“那你这些天汇报上去的东西，他回复了没？”

“没有。”

“一条都没？”

“一条都没。”

黎洛不死心："你汇报了几条？是不是就两三条，没什么内容，所以他不回？"

金仁推了推眼镜："一百三十五条。"

"你不是昨天才跟我碰面吗？？哪来这么多？？"

"可能太久没工作了，有点激动，不小心汇报得过于详细了点。"金仁面无表情道。

"怎么个详细法？"

"比如洛哥你昨天晚饭吃了几块排骨，今天做发型的时候喷了几下发胶。"

黎洛释然了："难怪他不回你。"

段明炀得有多无聊才会回复这种东西。

金仁这边没有消息，黎洛便无人可问了。想想真是气人，段明炀对他的一举一动总能了如指掌，他却丝毫不清楚段明炀的动向。

思前想后，黎洛难得主动地给段明炀发了条信息："在做什么？"

发出去的一瞬间就后悔了。

他刚想撤回，顶上突然跳出"对方正在输入……"。

紧接着下一秒，段明炀就回复了："在忙。"

黎洛捏紧了手机："在忙还秒回，你可真够忙的。"

他懒得管段明炀怎么想了，起身把手机往金仁正坐着的沙发上一丢："你老板要是发信息或者打电话来，就跟他说，我、在、忙。"

综艺的录制准时开始，有票的粉丝早已入席静静等候，多数都是冲着黎洛来的，他一出场，尖叫声就喊得震天响。

节目流程无非就是表演、采访、游戏等环节，就算觉得无聊也只能表现出兴致勃勃的样子。

节目组不知是想蹭他的热度，还是江小芙故意，在采访中问了个不太常问的问题："如果回到五年前，想对那时的自己说些什么呢？"

刘羽嫣套路回答："想告诉自己，要抓紧时间学更多东西，多看点影视剧作品，多揣摩下角色心理，那样的话你将来一定会少走很多弯路，达到更高的成就。"

轮到黎洛，他握起话筒，笑笑："我想对那时的自己说，少去酒吧，少喝酒，喝酒误事。"

"非常有道理。"江小芙意味深长地看了他一眼，接着抽出下一条看似随机的问题，"两位在感情中，会选择吃回头草吗？"

刘羽嫣立即答："不会。"

于是台上台下所有人的目光又集中到了黎洛身上。

他一听这问题就知道谁在背后整他了，姓江的还真是记仇，占了句口头便宜也要让自个儿妹妹报复回来。

“这得分人。”黎洛眼中狡黠的笑意一闪而过，“如果是那种样样都很完美的人，肯定会念念不忘啊。”

“哦？比如哪位呢，举个例子？”

“女明星不方便举例。”

台下立刻响起了粉丝的起哄声，江小芙憋着笑。

但她的眼神明明在说：你完了，我哥又要找你算账了。

黎洛才不担心，这种片段节目组肯定不会播，顶多剪个花絮，但不可避免地会被现场的粉丝流传出去。

黎洛顺着江小芙的话添油加醋地把江流深一通猛夸，像什么“他是我们全家的偶像”“我是看着他的戏长大的”“演技随着年龄的增加越来越好了”之类的虚假赞美都“吹”出来了，是个人都听得出来他在明捧暗呛，台下粉丝都听乐了。江小芙赶紧阻止他继续胡言乱语，将话题引向了下一个环节。

四五个小时后，录制圆满结束，嘉宾和主持人回到后台合影，刘羽嫣挑了张集体照和双人照发动态，黎洛配合地跟着转发：“收工，辛苦了。”

转评过万，他自己动态下自然都是些“洛哥辛苦了”“期待新剧”“祝收视率破新高”这样的评论，但到别的博主那儿，“画风”就完全不一样了。

“这剧情我越来越看不懂了。”

“你刚通网吗？‘热搜’都上半天了。”

“我觉得，这两个人肯定没有在一起啊！”

“黎洛的绯闻比他演的电视剧还要精彩，每天都有新惊喜，就冲这点，我关注他了。”

邓良看见这条评论哭笑不得，对黎洛复述了一遍，说：“洛哥，你还真是花式吸粉。”

“别看了，有什么可看的。”黎洛刚从更衣室出来，换上了来时的休闲装，“你‘女神’喊我们一会儿去聚餐，你还不赶紧收拾收拾？”

邓良立刻扔了手机：“啊？洛哥你怎么才说！”

黎洛好笑地看着他飞奔进了更衣室，转身拿起自己的手机，随手翻了翻，新信息不少，但没有一条是段明炀发来的。

他朝金仁抬了抬下巴：“欸，你老板找过你吗？”

“找过，但不是关于洛哥你的事。”

“啊？你还负责我以外的事？”

“嗯，我以前是段总的专职助理，现在还有很多事需要我负责。”

“这样啊。”黎洛对段明炀的不管不问略感不快，随口抱怨，“他不会交给其他助理吗？我这边已经够你忙的了，黑心老板。”

金仁：“没有其他助理，就我一个。”

黎洛愣了愣：“就你一个？怎么可能。”

就算是普通公司的总经理都有两三个助理，更何况段明炀这样掌管大半个集团事务的董事长之子。

金仁：“段总刚来公司的时候，地位处于弱势，手底下只有我一个员工，还是和董事长提了几次后才把我分配过去的。”

黎洛：“那他现在地位够高了吧，怎么不多招几个助理？”

“招过，但是……”金仁难得迟疑，似乎在斟酌措辞，“洛哥你应该知道，段家那位对段总有意见。”

黎洛瞬间了然：“招的人有问题？”

金仁没表态：“我为段家做事，也算是半个段兴烨手底下的人，没法透露太多。只能说，段总来段家的头两年，处境很惨，处处需要戒备。可能因此导致了他现在不太容易相信别人，也就没有再招过其他助理。”

金仁连“惨”这个字眼都用上了，真实情况恐怕只会比他形容的更糟。

黎洛忽然想起了段明炀那晚的话：“从来没有人救过我。

“在我最绝望痛苦的时候，有谁来救过我吗？谁也没有。

“我只能靠自己，一步步，重新爬上来。”

黎洛心里跟堵着口淤血似的，气怎么都顺不平。

黎洛走出休息室，脑海中仍旧回荡着刚才金仁的话，像有把铁锤子在往四壁不断敲打似的，阵阵闷痛，昏头涨脑。

黎洛脑子里浑浑噩噩，漫无目的地往前走，不知不觉走出了后台。推开门一抬头，恰好看见空旷的场地上停着辆豪车，车窗全闭。

这样的豪车不是随处可见的。

黎洛看见它的一刹那，就暂时忘却了刚才在纠结的东西。

很没出息地开心了。

看，段明炀还是挺在乎他的，前阵子可能真的是太忙了。

黎洛立即挂上笑，尺度把握适中，不会太做作也不会太虚假，维持在最迷人的弧度，接着朝车子的方向走去。

走到只剩一米的距离时，脚步却猛地刹住。

走近一看，这辆车和段明炀的那辆，并不是同一款。

可他却没法后退了。

身后和身侧，几名保镖从隐蔽的角落阴影中走出来，收拢包围圈，将他困堵在了车前。

其中一位，眼角一道疤。

车的后座车窗在眼前缓缓降下，漆黑的玻璃后露出一张英俊贵气的脸，眉宇间神似段明炀，只是一笑，气质就完全不像了。

“黎先生，上车吧。”

黎洛唇角的笑意渐渐敛起，冷眼看他。

“我上了车，还回得来吗，段先生？”

“那要看黎先生配不配合了。”段兴烨微笑着，儒雅又得体。

保镖走上前，默不作声地打开了后座车门，静静伫立在一旁。

黎洛扫视了周围一圈，六七个人围着，当即轻哼了声，抬腿一跨，坐进了车里。

段兴烨目露赞赏：“黎先生真是果断大胆，我很欣赏你这一点。”

黎洛架起腿：“过奖，我只是觉得，段先生应该不至于那么失智，电视台这儿到处是监控，我要是出了事，你立马就被精准定位了。”

“黎先生别把我想得那么坏，先前不过是立场冲突，才有了些矛盾，换作我弟弟跟你站在对立面，他也会那么做。”

“您是来挑拨离间的？”黎洛微笑，“那可真不好意思，我跟你弟弟近期合作关系还算稳定。”

段兴烨眼角抽了抽：“黎先生还真是青睐他。”

黎洛笑意愈盛：“那当然，明炀英俊多金又能干，连您这样诡计多端的人都栽在了他手上，这样的兄弟，我怎么能不崇拜他呢？”

段兴烨依旧温文尔雅：“一时疏忽而已，让你见笑了。这原本只是我们的家务事，但我看，黎先生似乎有意蹚这趟浑水？”

黎洛冷笑：“这由得了我吗？您先是拿我当挡箭牌，再是亲自上门找我，可不就是要把我拉下水？我寻思着这件事也不是我起的头啊，不是您罪有应得吗？缠着我不放又有什么用呢。”

段兴烨：“黎先生别误会，我不是来找你麻烦的。我只是看你被人欺骗利用了，还卖力地替人做事，觉得可怜罢了。今天特意过来给你提个醒，不要再白白浪费心思了。”

黎洛了然地点头：“懂了，果然是来挑拨离间的。”

“先听我把话说完，再判断也不迟。”段兴烨气定神闲道，“我这辆车，你看着眼熟吗？”

这话题未免过于跳跃了些，黎洛倒想看看他葫芦里卖什么药，如实回答：“明炀有辆差不多的。”

段兴烨：“是，我这个弟弟啊，或许是以前没见过什么好东西，进了我家的门，什么都不懂，只好样样都学我。我去酒吧，他也去酒吧，我管理公司，他也要管理公司，甚至连买车都要和我一个品牌，你说逗不逗？”

“我觉得你挺逗的。”

黎洛嗤道：“这车我早就给他买过一辆，就停在楼下，他连下去看一眼都没看，难道还会羡慕你的车？他就是想膈应你而已，这你都看不出来，你说你逗不逗？”

“黎先生真是伶牙俐齿，我说不过你。”

段兴烨笑笑，明明说着认输的话，却不知为何，脸上完全是一副胜券在握的神色。

“不管他是不是学我，这些我都可以不计较，但他总不能……连追求的心上人，都跟我一样吧？”

段兴烨继续：“虽说他们确实认识得更久，也曾有过一段恋情，但感情不是以时间先后来衡量的啊。如今我婚都结了，他还念念不忘，是不是有点逾矩了？黎先生你觉得呢？”

黎洛笑道：“他和苏芷？不可能。”

段兴烨：“是吗？你从来没看到过他们联络吗？”

“家人之间互相联系，不是很正常吗。”

段兴烨：“黎先生，如果你执意不信，那我只能告诉你一些真相了。”

黎洛抬眼看他：“什么真相。”

段兴烨：“比如……我弟他有一个款式挺老的钱包，你见过吗？”

黎洛点头。

“我有一次无意中看见，他钱包里居然夹着他和我妻子高中时代的合照。”

段兴烨：“我一开始还自我安慰，或许只是珍藏青春回忆罢了，毕竟我妻子刚嫁给我那会儿，跟他没什么往来。可后来，就发现事情不对劲了。”

黎洛：“哪里不对劲，你能不能一口气说完？”

段兴烨苦笑：“我不是故意不说完，而是这些事，实在是难以启齿……还记得我妻子获奖的那次金曲奖吗？我弟特意出席了颁奖……那时我就看出了端倪，也曾告诫过你。但我那时没有声张，依然努力维持着这段婚姻，结果后来……”

段兴烨叹了声气：“当我手下人告诉我，我妻子趁工作中的空闲时间，频繁出入我弟的私郊别墅时……我就知道已经无可挽回了。果然，前几天，她跟我提出了离婚。

“我不死心地问她原因，才从她口中得知，原来她和我弟早就有过一段关系，只不过后来被我追求，觉得我更值得托付，就甩了我弟。然而婚后我工作繁忙，她不甘寂寞，跟我弟同在一个家中，两个人一来二去，自然而然地就……旧情复燃了。”

段兴烨无奈道：“这是她亲口告诉我的，并非我杜撰，黎先生若是不信，也可以去问问她或我弟。”

竟是如此。

“你告诉我这些干什么？”

“我没别的意思，黎先生。”段兴烨：“只是我弟他第一次利用你进了我家门，平步青云；第二次利用你让我遭罪，趁机怂恿我妻子离婚。你被骗得这么惨，他却地位爱情双丰收，岂不是便宜他了？”

黎洛沉默着，过了近一分钟，才抬起头来。

“段先生未免把我想得太脆弱了。”他甚至勾起了嘴角，“不过我第一次觉得，你说得居然有点道理。”

段兴烨怔了怔，似是有些意外，继而笑了：“黎先生真是坚强，既然如此，那我斗胆再说两句。我弟这次行动虽然确实令我措手不及，吃了大亏，但他想要扳倒我，还是轻狂了些。他目前看似占了上风，实际上，他想取而代之的野心已经暴露了，你也看到，我爸毫不犹豫地选择了偏袒我。一旦没了我爸的支持，他在集团将会如履薄冰，到时候我不会手软的。”

黎洛斜睨他：“有劳段先生替我报仇了。”

段兴烨浅笑：“让别人报仇多没意思，你不想自己参与一下吗？”

“我已经被你们段家的恩怨情仇折腾得够惨了，你还想拉我下水？”

“不需要你下水，只需要你下点——”段兴烨抬手至虚空中，做出了一个倒东西的手势，眼神意味深长，“黎先生这么聪明，应该知道我在说什么吧？”

黎洛：“我还没有恨他恨到想让他死的地步，下毒这种事，您还是另请高明吧。”

“哈哈，黎先生说笑了，我还不至于歹毒到谋杀亲弟，况且这都什么年代了。我指的不过是一种助眠药罢了，只是剂量稍稍增加了些。”

黎洛不理会他的说辞，直接问：“有什么副作用？”

“短期内没有副作用，但吃上一两个月的话，记忆力会衰退，反应速度变慢，思维能力减弱，仅此而已。”

“仅此而已？”黎洛挑眉，“段先生想让他变成一个无能的废人，这可比杀了他还狠毒啊。”

“我确实忌惮我弟的能力，想让他在董事会失去威信。但我保证没那么严重，他还是能像普通人一样生活工作，顶多迟钝些罢了。而且药停了之后，过几年就能康复。不信的话，你可以自己拿去检测。”

段兴烨打开后座之间的夹板，取出一个药瓶，上边贴着标签，注明了药名、成分和生产日期等，全是英文，和那种能在药店里买到的正规药品没什么区别。

“这种安眠药，外面药店只有卖5%和10%剂量的，我弟平时吃的是10%，这瓶是20%，是我特意找人制作的。如果他按平时用量每天服一粒的话，实际摄入量是平时的两倍。黎先生如果有意为自己小小地报复下，尽早让他得到报应，现在就可以拿走这瓶药。”

黎洛：“他平时吃安眠药？”

“几乎每天都吃啊。”段兴烨略显讶异，“他经常整宿整宿地失眠，不吃安眠药有时候都无法入睡，你难道不知道吗？”

“我还真不知道。”

段明炀从来没在他面前吃过安眠药，哪像是个会失眠的人。可他们总共也就一起待过几次而已，或许那几次段明炀正好没吃药罢了。

黎洛斟酌了会儿，接过药瓶：“等我把这瓶药拿去检测后再说，如果真的像你说的那样，我再考虑给他换掉，我可不想为了他把自己栽进去。”

段兴烨：“那就有劳黎先生了，我相信你能做出正确选择。另外，有什么他的新动向，也欢迎你告诉我，我会付你酬劳的。”

黎洛嗤笑：“我看起来像是缺钱的样子？”

“酬劳未必是指钱。”段兴烨含笑道，“我听说，黎伯父的三年减刑申请已经批下来了？”

黎洛：“是，那又怎样？”

“没怎样，不过……要是黎先生愿意和我化干戈为玉帛，对我鼎力相助的话，事成之后，我或许可以让伯父再早一年出来。”

“呵，您这话可真够不要脸的，我爸就是被你们诬陷送进去的，你拿这个来跟我谈条件？”

“黎先生又误会我，伯父的事，我可真的一点儿没参与，我那时忙着对付我弟呢，哪儿来的闲心思管外部竞争，都是我爸和我弟在背后操纵的。”

黎洛眯起眼："这么一看，与段先生合作似乎更划算？"

段兴烨笑笑："那是自然。"

后座空间内一时静了下来，两道锐利的目光彼此对视碰撞，闪过电光石火。

"反正我也没什么可失去的了。"黎洛率先打破安静，伸出手。

"段先生，合作愉快。"

从车里走出来的时候，正好一阵清新的晚风拂面而过，一扫沉闷的空气。他仿佛从一个牢笼中脱困而出，焕然新生。

黎洛站在车外，正握着药瓶仔细瞅，忽然察觉另一道探究的目光，侧目一看，是那名许久未见的带疤保镖。

他笑笑："哟，大哥，没想到吧，我还能傍上你的新老板。"

保镖收回视线，低头不语，比前几次遇见时恭敬了许多。

黎洛依稀记得那次段明炀将他从酒店救出来之后，将这保镖等人带走了一段时间，也不知道采取了怎样的惩戒手段，将人训得这般听话。

但如今，该被训一训的，是段明炀了。

他将药瓶揣进衣兜里，顺带着掏出手机，迅速编辑了一条信息，按下发送："段总，今晚可以去你家吗？有事找你。"

和共同录制综艺的一群人聚完餐之后，江小芙嚷嚷着要去唱 K，邓良自然第一个举手报名，还腼腆地拉上了金仁一起。

黎洛面上没推托，跟着他们进了包厢，场子刚热起来，就以去卫生间为借口，提前开溜了，结果在门口恰好遇到被江小芙喊来助兴的江流深。

"哟，江总还出入娱乐场所呢？"黎洛笑道。

江流深迎面走过来，用肩轻撞了下他："哟，黎先生还出来招蜂引蝶呢？"

黎洛捶了他一拳："胡说什么。还有事，先走了。"

刚迈开步子，就被拉住了。

"怎么了？"江流深难得一本正经，仔细端详他的脸色，"你今天不太对劲啊，都不呛我了。是不是姓段的又惹你生气了？跟哥说说，哥帮你报仇雪恨。"

黎洛笑笑："你有时候说话还挺顺耳的。"

"顺耳你就跟我多聊两句。"江流深说，"只要你开口，看在我们这么多年兄弟的份上，哥绝对帮你。"

"这话感动得我都要哭了。"

"哎哟，我就说你早晚还得被那姓段的骗一回吧，没事，尽管哭，哥给你安慰给你抱抱。"

黎洛眼中闪过狡黠："那我就不客气了。"

他立即一个箭步冲上去，在江流深惊讶的目光中张开手臂，一下子紧紧箍住对方。

"兄弟，感恩有你。"

黎洛重重拍了两下他的后背，响亮的拍打声在走廊里回荡。

"感觉怎么样？"

江流深猛咳了两声："有点窒息，还有点恶心。"

"你怎么可以这样说人家？"

"现在完全是恶心了。"

江流深绝望地闭上眼："我脏了……"

黎洛憋不住了，一把推开他，佯装怒骂："滚，不要脸！"

这时恰逢夏希艾来电，江流深惊得一哆嗦，手机差点没拿稳。

"不说了，溜了溜了，有事再找哥啊！"说完就急急忙忙接电话去了。

经江流深这么一打岔，原本郁闷的心情好多了。黎洛哼着歌往门口走，中途突然刹住脚步，迅速回头看了一圈。

长长的走廊空无一人。

奇怪了……怎么总感觉被人盯着。

段明炀之前已经答应他把高价保镖撤了啊，收入中也没扣钱，应该不会有假吧……

大概是这阵子神经高度戒备，太疑神疑鬼了。

到停车库取完车时，江小芙发来信息"追杀"，痛斥他提前开溜的行为，扬言要将他今天录制中的丑照做成表情包发出去。

黎洛不屑："哥三百六十度无死角，你能找出来一张丑的算我输。"

江小芙大骂："你和我哥一样不要脸！"

黎洛权当夸奖，将手机往副驾驶座上一扔，一脚油门驶出了停车库。

外头夜色已深，炫亮的跑车在各色霓虹灯中慢慢腾腾地前行，大城市中心的路上依旧车水马龙。有的人加班晚归，疲惫不堪地握着公交车的把手，摇摇晃晃地前行。有的人出来寻欢作乐，兴致高昂地热议要去哪一家酒吧通宵，嬉闹成群。

黎洛自己开着车去了段明炀在市区常住的那处别墅，路上拐了个弯，跑了趟药店，又稍微堵了会儿，到的时候十点半，比约定的时间迟到了半小时，然而别墅里的灯仍旧黑着。

他没有钥匙，只能将车停好，靠在门口等。

高级住宅区一到深夜便万籁俱寂，一声野猫野狗的叫喊都听不见。门廊顶上的灯光投映下来，将他的身形拉出一道长长的黑影。

此情此景，像极了当年，他等在段明炀的出租屋楼下，只有昏黄路灯相依为伴的场景。

黎洛兀自笑了声。

等了大约一刻钟，那辆熟悉的车才缓缓驶来。停稳在跟前后，司机率先下车，打开了后座门。多日未见的段明炀一步跨出来，脸上的神色依旧冷冷淡淡。

若不是黎洛亲眼看见了他的应允信息，差点以为自己是在擅闯民宅了。

“怎么这么晚才回来，我等了好久。”

“你不是一刻钟前到的吗？”

黎洛诧异：“你怎么知道？”

段明炀径直走过他面前，开门进去，撂下一句话：“门口有监控。”

黎洛听见这两个字就寒毛一竖：“你是有多爱偷拍别人。”

黎洛没副正经样儿地插着兜，跟着他进了屋，往四周环视了圈，没发现其他人来过的痕迹，一回头，段明炀都已经上楼梯了。

“你等等我啊！”

“我去洗澡，你要一起？”

“那算了。”黎洛摆摆手，“您先请，我去房间等着。”

待段明炀进了二楼的浴室后，他立即踮起脚，蹑手蹑脚地走到门口，像个变态似的耳朵贴着门，偷听里面的动静。

直到听见水流的声音，他才放心地进了隔壁卧室。

卧室里的布置如同以往，床铺整洁，没有看见多余的东西。

如果段兴烨所说属实，那段明炀每天吃的安眠药应该就放在床头柜里。

黎洛锁定目标后迅速走到柜前，毫不犹豫地一把拉开抽屉，结果却一愣。

首先映入眼帘的不是药瓶，竟然是那个老款钱包。

他分明记得段明炀将这个钱包锁在私郊别墅的书房抽屉里了，怎么一转眼就跑到市区别墅的卧室抽屉里来了？

只有一种可能：段明炀随身携带着它。

黎洛顿时心情复杂地看着那钱包。

确实和段明炀曾经买的那款是同款，不过也不知是长期携带皮革磨损了还是怎么的，有些地方颜色稍暗些，有些地方稍亮些，看着不太美观。

不过黎洛倒是好奇了，这样一个破破旧旧的钱包里，真装着段兴烨所说的照片？

他对段兴烨的话虽然没有百分百全信，但段兴烨应该也不至于蠢到口说无凭，撒这种一问当事人就会露馅儿的谎。

既然段兴烨敢让他去向苏芷和段明炀求证，那起码，苏芷必然是那样坦白了。

或许只是苏芷的一厢情愿呢？或许段明炀对苏芷也只是玩玩儿呢？或许他们两个在私郊别墅只是聊人生聊理想呢？或许……

多想也没用，最后的物证就在眼前，一看便知。

拿都拿出来了，黎洛干脆一不做二不休，嗒一声打开了钱包的扣子——

还真的有照片。

而且这张照片，他是见过的。

当年陪着段明炀回国，第一次去到他家中时，曾在卧室看见的那个相框里，就装着这张照片。

当时黎洛印象最深的是照片中段明炀酷酷的笑脸，依稀记得周围有一圈男女同学围着，并未多留心。可如今这张夹在钱包里的照片，被剪裁成了合适的尺寸，画面中只剩下两个人。

紧挨着段明炀的，正是高中时候的苏芷。

而装照片的塑料隔层外，用红色笔写着日期。

日期，是他们分道扬镳的那一天。

证据确凿，什么都无需多问了。

难怪段明炀之前不让他看钱包。

要是被他看见了，还怎么继续骗他呢？

段明炀依然是段明炀，从始至终。

这么一看，他以前还真是错怪段明炀了，这冷血动物确实是有感情的，甚至可以称得上专情了。高中时喜欢的人，多年后进入段家再遇见，依然喜欢。

而且这个日期……如果不是巧合的话，或许可以说明，段明炀当年投靠段家的缘由了。

为了心上人，暂时放下骨气，依附憎恶之人，时至今日才厚积薄发，一步步夺得家产，跻身豪门贵子之列，抱得旧日情人归。

在这段堪称励志且感人的爱情故事中，他只不过是做了男女主之间重归旧好的牺牲品罢了。

放在小说里，顶多轻描淡写一句话带过的那种。

仿佛他这五六年的时间，根本无足轻重。

黎洛此刻都不知道该说自己可笑还是可悲。

照片中的苏芷笑得很大方，段明炀也嘴角微翘，两人都气质出挑，站在一起般配得宛如天造地设。

黎洛恍惚间想起苏芷曾说过，她看见段明炀在喂小猫，转过头时，脸上挂着笑。

现在一细想，兴许段明炀不是因为猫而笑的，只是因为苏芷的出现罢了。

照片中两人的微笑仿佛是对他的轻蔑嘲笑，黎洛不想再多看一眼，连这钱包都觉得烫手，立刻扣上，眼不见为净，烦躁地一甩，扔回了抽屉里。

这一甩之下，就看见了立在抽屉角落的药瓶。

瓶身上贴的标签和段兴烨给他的那个一模一样，他取出来，拧开瓶盖查看，连里头的药片形状颜色都如出一辙，看来段兴烨还真是花了心思。

黎洛捏着瓶子，呆坐在地上许久，脑子里将这段日子的种种回忆了一遍。

他猛吸一口气，打起精神，心一横，取出了衣袋里事先准备好的药瓶。

为了防止心思缜密的段明炀察觉蛛丝马迹，他特意将两瓶药都倒了出来，数清原先的余量后，将两种药换了个瓶子，确保数量一粒不差，再放回原先摆放的角落。

刚关上抽屉，就听见了隔壁浴室的开门声。

段明炀走进卧室时，黎洛正好整以暇地坐在床上，跷着腿，笑吟吟地看着他。

“洗得好慢啊。”

段明炀走到床前，沉黑的眼眸紧盯着他，压迫感令人有些喘不上气。

“刚刚在我房间里做了什么？”

黎洛被这声问话惊得心脏突地一跳，脑海中飞速转了圈，说：“你不是爱在房间里装监控吗？自己去看啊。”

“我房间里从来不装监控。”

黎洛暗暗松了口气。

“我就想来问问你，你这几天干吗去了？还有，上次从监狱回来的路上，你说的新证据进展得怎么样？”

不知是不是因为刚才做了件不太道德的事，黎洛总觉得今晚段明炀句句话都在针对他。要不是他心理素质过硬，这会儿估计都心虚得让人看出端倪了。

段明炀：“能让你爸翻案的证据，我找到了。”

第16章

黎洛大脑死机了一秒才反应过来段明炀说了什么话。

“你说真的？”他立刻站起身，急切地问道：“什么证据？从哪找的？确定能翻案吗？”

段明炀陡然爆了个惊天炸雷，此刻却卖起了关子，往一旁的沙发椅上一坐，慢条斯理地给自己倒了杯红酒，品了品，才缓缓开口：“当年做伪证的其中一位，愿意坦白真相。”

“为什么？你逼他的？”

段明炀斜睨过来：“黎先生总是把我想得很凶恶。当然，我要逼也可以，但必然会惊动段家那两位，不划算。愿意坦白的那位周老板，是主动来找我的。”

“主动？他突然良心发现了？”

“不是。只是这次段家的事牵连到了他。被他带走的其中一位小姐保存了聊天记录，证明他有参与交易，之前问他索要钱财无果，怀恨在心，这次就趁机会报复，把证据提供给了警方。”

黎洛：“然后呢？他找你交易吗，你该不会是要帮他脱罪吧？那我可就有点看不起你了，段总。”

“他咎由自取，我为什么要那么做？”段明炀道，“他先求助于段兴烨，但段兴烨自顾不暇，没空管他。他也差不多猜到这事是谁曝光的，就来找我了。我开出的条件是，他必须承认在你爸的案子里做伪证了，事后我会协助他公司的管理，不让他的公司在他入狱期间被人侵占。”

“他同意？做伪证不是罪加一等吗？”

“以他的罪行，顶多加刑两年而已。他的公司规模不大，儿子还没成年，坐牢几乎相当于将公司拱手让人。既然横竖都逃不过，是出狱时发现自己公司成了别人家的家产好，还是起码出狱后还能东山再起好？”

“明白了。”黎洛点头，但又马上皱起了眉，“但只靠他的证词也不够啊，顶多是个辅助，那些‘挪用款项’的物证不推翻，我爸就不可能翻案。”

段明炀："这点我自然知道。"

黎洛眼睛一亮："你还有其他证据？"

段明炀不答，将一杯红酒慢悠悠地喝完了，放下空玻璃杯，轻拍了拍旁边的座椅："过来坐。"

黎洛微愣，随即笑开了，听话地走过去坐下。

"段总，你是不是有点太瞧不起我了？"

段明炀今晚高高在上的语气和态度，隐隐之间，似乎不同于往日。如果说以前只是冷若冰霜，那今天就是寒如冰锥，时不时地往心上刺一下，让人特别不舒坦。

看来苏芷和段兴烨离婚，确实让他有点儿忘乎所以了。

黎洛笑意发冷，像是吐芯子的毒蛇。

"我不是你的宠物，也不是在求你告诉我，别忘了我爸是因为谁才进去的，我是在给你机会赎罪，你最好对我客气一点，学、弟。"

话音刚落，脖子被猛地一勒！

段明炀突然发作，攥住他的后衣领向后用力一扯，迫使他仰头，漆黑的眼眸透出丝丝寒意，蚀骨刺心。

"你不是求我是什么？"

段明炀的怒火来得猝不及防，迅速而猛烈，像是隐忍了许久，此刻终于爆发，神色间戾气不断聚集，眼中迸发出寒光："黎先生，我没有罪需要赎，也没有义务帮你，我甚至随时可以销毁搜集到的证据，你又能把我怎么样？"

段明炀语调愈发低沉狠辣："你以为自己还是那个能玩弄人于股掌的'大少爷'吗？"

黎洛不得不昂着头，眼神下视，喉结艰难地一滚。

他的直觉果然没错，段明炀今晚真的不一样。

不加掩饰的嘲讽，毫不留情的贬低。

他仿佛已经成了失去价值的玩具，被对方不屑一顾，甚至还要再踩上一脚。

"确实不能把你怎么样。"黎洛忍着脖子被衣领勒住的不适，勉力低头，"但想让我认输……你做梦。"

空气凝滞，他们以目光对峙，段明炀身上的湿热水汽在沉默中渐渐冷却、干涸。

"你总是那么高傲自大，以为自己可以为所欲为，无所忌惮。"

段明炀松开手，黎洛踉跄着后退了几步，堪堪站定。

"我包容了你一次又一次，可你是怎么对我的？"

黎洛扯了扯嘴角："我对你不好吗？"

"你说的好是指在电话里让我滚，还是指和段兴烨合谋换了我的药？"

刹那间，房间里陷入死一般的寂静。

连同黎洛的心跳一起。

段明炀的眼神如锐箭，话语如利刃："你是不是在想我怎么知道的？"

"给你安排的那三名保镖，我从来没撤掉过，你在外面的一举一动，随时都有人汇报给我。

"包括你在什么地方，见了什么人。

"而帮我物色人手的人，就是那个，被我辞退、投靠了段兴烨又被我招安的保镖。

"他今天告诉我，你从段兴烨那儿拿了瓶安眠药，让我小心，你知道我当时是什么感受吗？"

段明炀一字一顿："失、望、至、极。"

黎洛的身形轻微地晃了晃。

段明炀的目光令他冻得想打战，连连咽了几口唾沫，才将自己的声线压平稳了些："我没有换段兴烨给的药……"

段明炀无视他的辩白，转身而去，走到正对着他的电视柜前，打开放在上面的公文包，从里面取出了一台微型摄像机，接着按开了自己的手机。

画面中出现了他的身影。

实时录制，同步转播。

"我为什么在浴室里待了那么久？你要亲眼看看拍到的内容才肯承认吗？"

黎洛呆怔地望着那黑漆漆的镜头，所有到嘴边的话语都失了声。

仿佛注视着一个足以吞噬人的可怖黑洞，里面正放映着他不堪回首的记忆，令他缓缓坠入冰窟，浑身发冷，手脚僵硬，脑袋里一阵轰鸣。

"你骗我。"他最终惨淡地笑了笑，"你明明在房间装了监控……你要骗我几次才够……"

他真是愚蠢透顶才会选择原谅段明炀。

"你对我从来没有过信任，谈什么失望？"黎洛越笑脸色越苍白，"就算没有这件事，你难道就会相信我？呵……时时刻刻监视我……大可不必这么费工夫，我不会害你，只要你把答应我的事做到了，还我爸清白之后，我们就好聚好散。"

"好聚好散？"

段明炀的音调忽然降了下去："你有什么资格对我说好聚好散？你有什么资格？"

黎洛闭了闭眼，所有事到了段明炀嘴里，仿佛都成了他的过错。

开始权究竟在谁手里，谁是他们这段友情的主宰者，根本不言而喻。

绝交的时候也只是他单方面断绝了关系，他黎家大宅就在本市，他黎洛就在演艺圈，天天抛头露面，段明炀若要找他，轻而易举，可段明炀五年来联系过他一次吗？

一次也没有。

第一次出现，就是得权得势后，要将他赶尽杀绝。

若说他有错，那他最大的过错，就是好了伤疤忘了疼。

忘了这人曾经虐得他遍体鳞伤，忘了这人有多心狠手辣。

"那这次由你来说。"黎洛看着他。

段明炀沉默地立在原地，不吭一声，眼眶隐隐发红，阴郁的目光仿佛一张密不透风的网，迎面缓缓罩过来，要将他紧紧裹住，令他窒息。

在被彻底笼罩住之前，黎洛先发制人："给过你机会了，你不说，那就我来说。"

他向前跨了两步，站定在段明炀跟前。

他这才发现，段明炀的指尖在轻微地颤抖，仿佛怒火烧到了最旺，无法控制自己的身体行为。

有什么可气的呢？气他不乖乖听话？还是气他与段兴烨合作？

都无关紧要了。

黎洛的目光与他缠绕，声音平静如水："我们就这样吧……我走了，段明炀。"

黎洛垂下眼帘，没去看段明炀的神色，错身而过，朝门口走。

"我没有说要绝交。"

段明炀突然开口，声音哑得像砂纸。

"黎洛，我没有说要绝交。"

黎洛停下脚步，抬头望了望模糊的吊灯。

"可是我想了。"

"所以你又擅自替我做了决定。"段明炀声音愈发哑，"第二次了，你是不是说话从来都不算数？曾经对我说的那些话……有一句是真的吗？"

他没说是哪些话，但黎洛总觉得应该是自己心中所想的那些。

"如果我说是，你就会信吗？"

段明炀又沉默了。

答案显而易见。

别说段明炀不信，就连他自己也绝无可能再轻易相信了。

“既然无话可说，能放我走了吗？”

“你这次走了。”段明炀道，“我不会再来找你了。”

不知为何，黎洛竟觉得他这句话像某种幼稚的威胁，听着有些可笑，又有些可怜。

“那就别找了。”

黎洛背对着他。

“可能从一开始，我们就不该遇见。”

房门被轻轻地带上，将身后的视线隔绝，将一切早该舍弃的东西留在了屋内。

别墅外，夜色深得如浓墨浸染的画布，云层压得很低，仿佛即将降下一场倾盆大雨。

黎洛从门廊出来，往自己停靠在路边的车子走去，每走一步，灰暗的石阶上就落下一滴雨。

一共走了十六步，也没听见身后传来任何声音。

他伸手往口袋里掏了掏，掏出那个药瓶，对准了不远处的垃圾桶，向前用力一掷，然而视线模糊导致准头不佳，药瓶砸在了垃圾桶的边缘，反弹了出来，落到地上，滚了几圈，正面朝上。

瓶身上标着：安眠成分 5%。

他吸了吸鼻子，走到药瓶前蹲下来，水泥地上又落了几滴雨，留下深色的水迹。

药瓶被捡起来，这回准确无误地扔进了垃圾桶，黎洛拍了拍手上的灰尘，坐进车里，最后望了眼别墅二楼的窗户。

灯光已暗，空无一人。

正如同那些年楼下苦苦的等待，也未能盼来一个朝他遥遥相望的身影。

油门踩下，车子飞驰而去，在寂静的住宅区留下一阵长久的轰鸣。

直到车子的缩影消失于夜色中，轰鸣声随风飘散，万籁重归宁静，二楼窗户的窗帘，才轻轻地摆动了几个来回。

一大早，邓良哼着欢快的小调进了住宅区，沿着草木环绕的石径小道往前走，边呼吸着新鲜空气，边回忆着昨晚和“女神”的情歌对唱，心里美得傻傻憨笑了两声。

来到熟悉的独栋前，他照例先瞅了瞅周围有没有疑似记者的人。虽然高档小区安保工作做得不错，但也得以防万一。

确认无误后，他才抬手按响了门铃。明知大门的隔音效果绝佳，里面的人未必能听见，还是忍不住乐滋滋地朝里头喊：“洛哥！来开门啦！给你带了好吃的！”

等了五分钟依旧无人来应，他又按了次门铃，继续等了三四分钟，大门才咔嚓一声打开了。

“我今天想休息，你回去吧。”

“那我把东西放好就——”

邓良忽然觉得这声音似乎哑得有点过头了，定睛一看眼前人的模样，吓得一颗小心脏差点从嘴里飞出来，急忙从门缝里挤进了屋。

“洛哥你怎么了？？怎么眼睛这么肿？？脸色也好差，这黑眼圈深得……”

忽然，他像是看到了什么惊吓至极的场面，指着黎洛的手指微微地颤抖，话都说不利索：“洛、洛哥……你头发……你头发怎么剪了？”

下一秒，邓良就得出了一个可怕的猜测：“你是不是……吸毒了……所以不让我进来，还这么憔悴……还行为异常……”

他越说越觉得肯定是这么回事，不禁悲从中来，撕心裂肺地哭喊：“洛哥啊！！我就知道你这性子早晚有一天会犯事！你不要觉得吸毒很酷啊！想想你的粉丝知道后会有多伤心！你的小助理以后跟谁过啊！”

黎洛捂住耳朵：“再嚷嚷就把你宰了，大卸八块那种。”

邓良立刻噤声。

“没睡好而已，头发是我自己的，我想剪就剪，有问题吗？”

邓良头摇得像拨浪鼓，盯着他看。

一夜不见，黎洛跟变了个人似的，昨晚还柔顺服帖的长发眼下却毛毛躁躁地反翘着，被剪得乱七八糟，修剪者显然手生且急躁，好几撮连长度都不整齐，最短的只到耳侧，最长的垂散在颈边，虽然整体看来依旧是长发，但相比较原来，确实短了许多。

黎洛向来爱惜这头长发，从来不染色，造型师修短一厘米都要发脾气，这回却自己胡乱剪了一气，说没发生什么事，鬼才信。

但既然不是吸毒，黎洛也没主动提起，那邓良也不敢多嘴深究其中缘由。毕竟他家艺人的脾气，他再清楚不过了，哪儿是他一个弱小无助的小助理能承受的？

“带了什么吃的？”黎洛看着他手里拎的袋子问。

邓良提起袋子：“慕斯蛋糕。刘羽嫣说上次你想吃，没给你做，昨天特意给你做了，结果你刚到包厢就溜了，她都没来得及拿出来，就让我带给你，说是谢谢你在剧组的照顾。”

“她倒是挺有心。”黎洛接过袋子，趿着拖鞋走到餐厅，打开了盒子，皱起眉，“怎么没勺子？”

“你当店里卖的啊还送勺子？人家给你做就不错了。”

“好吧。”黎洛没再说什么，随手扯过餐桌上的餐具盒，手伸进去翻找，刀叉乒零乓啷地碰撞在一起，翻了半天也没翻出一把勺子。

邓良看不下去了，替他拿了一把：“不就在最上面吗？翻什么呀？”

“哦，没注意。”黎洛接过勺子，挖了块蛋糕，送进嘴里，面无表情地鼓着腮帮子咀嚼。

邓良：“我昨天吃了一块，感觉太甜了，你吃两口就行，早饭还是吃点清淡的吧。”

“不甜。”黎洛低下头，似乎有些出神，“我吃过更甜的。”

“啊？在哪里吃的？”

“英国。”

邓良忽然想起来：“说起英国，你下星期不是要去那儿拍广告吗？行李开始收拾了吗？”

“什么广告？”

“G 牌的新一季代言广告呀！你可别说你忘了。”

黎洛抓了抓乱糟糟的头发：“还真忘了。”

邓良无奈，苦口婆心道：“洛哥你这个工作状态不行啊，下个月就要进组拍戏了，据说那位导演很严格的，我怕你到时候挨批评，甩手不干了……”

“我现在就不想干了。”

“啊？！”

“开玩笑的。”黎洛总算露出了往常的笑容，“对了，金仁怎么没跟你一起来？”

“他去公司了，今天没什么安排，他说他不来也不要紧。”

“哦——”黎洛拖长了音，尾调近似呢喃，“他可能以后都不会来了。”

邓良没听清：“什么？”

黎洛垂下眼：“没什么。”

一整块蛋糕被囫囵吞枣似的几口送进了肚子，或许是吃太急了，又或许是太腻了，总之黎洛一早上都有点反胃。中午勉强凑合吃了点邓良从饭店打包回来的菜，还是不舒服，下午又昏昏沉沉地睡了半天，晚上才总算清醒了。

邓良见他精神这样差，试探性地询问要不要喊发型师来修剪下发型，黎洛对着镜子捏起一撮参差不齐的头发，第一次答应了。

发型师专门为他一个人服务，以往都清闲得很，因为黎洛的发型几乎万年不变，偶尔烫个卷也是轻轻松松的简单活儿，不需要像别的男明星一样吹啊烫的折腾半天，别家发型师都羡慕得要死。

因此当发型师这回前来看见黎洛一头狗啃了似的乱发时，着实被吓得不轻。

"洛哥你……自残了？"

"你们一个两个到底会不会说话？"

邓良忙打岔："洛哥他就是想换个发型换种心情。"

发型师默默接受了这个显然很不可信的理由，抄起剪刀和梳子，摩拳擦掌："终于到我大展身手的时候了！"

黎洛一记眼刀甩过来："不准剪太短。"

"哦。"

发型师在后边小心翼翼地剪着，黎洛戴着耳机听歌，中途忽然来了个电话，是冯致安打来的。

"冯叔，什么事？"

冯致安的声音难掩激动："我看到你发来的证据了，太好了！不过先别打草惊蛇，我看了下表格里的数据，一部分挪用的款项还没找齐，等找齐了所有证据我们再打个漂亮的翻身仗！"

黎洛听得云里雾里："什么证据？我没给你发啊。"

"啊？那封匿名邮件不是你发的？我看看……开头是冯先生，哎哟，还真不是你啊，我太高兴了没仔细看，那会是谁？"

黎洛怔了会儿，反应过来："应该是段明炀发的，他说查到证据了，我让他帮忙解决。"

只是没想到他们闹翻到这种地步，段明炀还愿意继续帮忙。

是良心难安吗？不，应该只是为了自身利益。

黎洛追问："邮件里有什么？"

冯致安："有几份加密的文件和表格，罗列了当年一大部分资金的去向，还有疑似段天佑当时和项目资金部门主管王东升的录音。发件人说有一部分证据暂时没拿到手，之后会想办法转移出来的。"

黎洛没料到段明炀居然真的这么神通广大，能从段家父子俩手里偷出证据来，靠的是苏芷？还是那名保镖？抑或有其他途径？

罢了，反正无论如何，这都是段明炀的分内之事，心安理得接受就行了，他懒得再去想那么多，给自己添堵。

“那就好，冯叔你可以少操点心了。”

“嗯。”冯致安有些迟疑，“这段明炀……似乎没外界传的那么心狠手辣。”

黎洛笑笑：“冯叔，他只是想借刀杀人，通过我们家这一案扳倒他爸和他哥而已，你可别对他掉以轻心。”

冯致安表示同意：“说得也是，总之事情有转机了就好。你最近怎么样？我看你爸的事热度降下来了，你也重新开始活动了，没人再刁难你吧？”

“我能有什么事。”黎洛望着镜子里一缕缕被剪下、落到围布上的散发，平平淡淡地说，“我好着呢。”

又聊了些无关紧要的家长里短，冯致安才挂了电话。

黎洛摘下耳机，问：“剪好了吗？”

“快了快了。”发型师迅速手起刀落，打薄修剪，再用吹风机吹走碎发，喷了点定型水，原本乱七八糟的头发立刻被打理得服服帖帖，柔顺光泽。

“大功告成！洛哥，你看看？”

黎洛站起身，凑到镜子前，摸了摸后颈的头发长度，离肩差一点，辫子是扎不了了，但长发的个人标志勉强还在。

邓良在一旁玩手机玩得都快睡着了，整个人歪歪斜斜地靠在沙发上，一时不察，手机从手中脱落，砸到大腿上，猛地一个激灵，被惊醒了，睁开眼恰好看见黎洛在拨弄自己的新发型。

“哇，好帅啊！！”他立即从沙发上跳起来，惊喜道，“感觉更加英姿飒爽了！特别酷！”

黎洛勾唇：“是吗？”

发型师暗暗松了口气，这饭碗算是保住了。

邓良狂点头：“嗯嗯！我觉得比以前还帅！而且更方便了，洛哥，你怎么不早点剪啊！”

“现在想通咯。”

“嗯？”邓良觉得这话怪怪的，似乎答非所问，“想通什么了啊？”

黎洛眨了眨眼：“想通了，这人哪，就该往前看，千万别回头。”

他拿出手机，对着光源，相当嚣张地用前置摄像头拍了张此时此刻最真实的照片，接着贴到微博，按下发送。

——新的一天，新的开始。

黎洛的新发型照片一出，在网络上意料之中地引起了轰动，爱他长发的粉丝痛心疾首连连惋惜，但大部分粉丝惊讶之余接受得很快，评论几乎都是“吹”他“神仙颜值”“什么发型都能驾驭”之类的，自动过滤了他泛青的黑眼圈。

一些博主将他的前后对比图放出来，光是发起的“你觉得黎洛剪发后好看还是之前好看”这种无聊的投票就有几十个，偏偏还真有不少闲得没事的网友去探讨。

“肯定是之前好啊！现在这个长度跟其他一些男明星差不多，都失去特色了。”

“我觉得现在好，显得脸部轮廓更英俊利落了。”

“我只想知道他的动态到底什么意思？”

“新的开始应该是指下个月要入组的新电影吧，这是黎洛第一次拍摄大制作古装电影，请各位多多支持关注哦。”

……

这些议论黎洛发博之前早就料到，但他没料到的是，段兴烨居然也打来了电话询问。

“黎先生，你跟我弟闹掰了？”开口就是这么句幸灾乐祸的话。

黎洛淡定地回：“没有啊，你听谁说的？”

“我看你剪了头发。”

“剪头发而已，一念之间就剪了。”他半真半假地说着，“不过我跟你弟弟没到闹掰的程度，毕竟他是我的顶头上司，以后仍旧抬头不见低头见啊，闹僵了多尴尬。”

段兴烨没有认可他的说辞，但也没再提出质疑，只说：“你当心点，我弟他精着呢，别被他发现我们有联络，我可不想给你收尸。”

“知道了。你先自保吧，你家的事还没审理完呢。”

段兴烨笑了笑：“这点黎先生不用担心，等过阵子判决结果一出来，我和我爸就可以洗清嫌疑了。”

“哦？段先生挺厉害啊，明明是赵老板最大的客户，居然还能轻而易举地把自己摘出来。”

段兴烨没接话：“抱歉，黎先生，我听不懂你在说什么，这件事本来就和我家没关系啊。”

呵，警惕性够高的，没套出话来。

黎洛依旧边开着手机录音，边与他周旋：“抱歉，是我失言了。不过段先生也别高兴得太早，你和苏小姐离婚的事要是爆出来，你们段家势必又将被推上风口浪尖，你最好有个心理准备。”

“我不要紧，顶多被嘲笑几句罢了。只是我妻子向来走高冷气质路线，要是被爆出婚内出轨，恐怕是翻不了身了。”

黎洛眯眼，听出了这话的内涵。

看来段兴烨是打算到时候把“锅”全甩给苏芷，说不定还会不顾家丑带上段明炀，那他自己就完全从嫌疑人摇身一变成了受害人，打得一手好同情牌。

也不知道苏芷手里有没有段兴烨更早的出轨证据，否则只能忍下这口恶气了。

“段先生可真是下得去手。”

“过奖，比不上我弟。”

确实比不上。黎洛心道，你弟都快把你家黑料翻个底朝天了，你还浑然不觉以为自己大局在握呢。

和段兴烨的这一通电话打完，仿佛折了一天寿，黎洛趁着后边几天空闲赶紧养精蓄锐。

他爸的事尚未解决，之后指不定还会出什么乱子，要是他一直这么萎靡不振下去，磨难来了扛都扛不住，还谈什么新的开始？

这样的心理暗示多多少少起了点自我催眠的作用，然而当一周后，他再次踏上英国这片熟悉的土地时，绵绵阴雨包裹着遥远的回忆从天而降，所有事先架设起来的纸糊防线通通淋湿垮塌。

故地重游，故人却不在。

除了将防线缝缝补补、能撑多久是多久外，别无他法。

广告拍摄地选在一处已经停用的老式火车站，干冰一放，烟雾缭绕，仿佛重回二十世纪初的蒸汽时代。

G 牌新一季的广告大片仍旧由上一次的摄影师掌镜，本季的服装特点是复古绅士。

品牌方特意找了位女超模来协助拍摄，黎洛身着复古西装三件套，头戴绅士帽，轻搂着女模的纤腰，说笑着沿着月台走，宛如显赫贵族家庭的风流少爷，带着女伴，刚从一场遥远且盛大的派对归来。

他比女模还高一个头，长腿分毫不输，只是眼神始终有些游离在镜头之外，摄影师不得不中途喊停了一次。

“洛哥，摄影师说，你注意力需要再集中一点。”翻译跑过来说。

黎洛点头：“抱歉，昨晚倒时差，还没缓过来。”

拍硬照向来是他的强项，以往根本不费吹灰之力，今天这么不在状态，连邓良都有点担心了："洛哥，要不暂停拍摄，你小睡半个小时吧？精神应该会好一点。"

"不用了，我没事。"黎洛笑笑，说话间呼出一团团白色雾气，"今天温度太低，脑子都有点冻僵了，给我倒杯热水吧。"

"好好好！"邓良急忙倒水去了。

深秋的寒风无端地萧瑟，英国这几天又时不时地下了几阵阴雨，寒意包裹着薄凉和忧郁，刺入皮肤里。

黎洛一双手露在外面半天，都快冻成冰棍了，关节处微微泛红，趁着休息时间往兜里一插，才慢慢恢复了体温。

他漫不经心地朝一旁端坐的金仁走了两步，瞅了眼他正在打字的笔记本屏幕。

是之后的工作安排，不是汇报。

黎洛揉了揉鼻子，抬头望了望天，又低下头，问："刚刚的事，你汇报了吗？"

金仁转头看向他："刚刚有什么事？"

"就是摄影师说我注意力不集中，我说我时差没倒过来。"

金仁推了推眼镜："洛哥，你是想让我把这些汇报给段总吗？"

"不是。"黎洛语速很快，"我是怕你汇报给他。"

金仁："这点您不用担心，段总已经把您的事务全部移交给罗总管理了，以后他不再直接负责，我也无需再汇报了。"

黎洛一怔："为什么？"

这个问题一问出口，他自个儿都唾弃自己。

还能为什么？段明炀哪儿还有空管他？况且提出绝交的是他，现在却问段明炀为什么不管他了，是不是有病？

"没事，我随便问问。"黎洛掉了个头，"邓良倒水怎么那么慢，我去看看。"

恰逢邓良接了杯热水从不远处过来，黎洛立刻迎过去端走，当着金仁的面儿一饮而尽。

邓良："洛哥，你不嫌烫嘴吗？"

"不烫，我现在热血沸腾，精力充沛，焕然新生。"

然而当拍摄任务终于完成时，"热血沸腾"的黎洛把帽子一摔，狠搓着冻僵的脸颊肌肉，愤而怒斥："上次冻成这样，这次还冻成这样，能不能挑个春暖花开、艳阳高照的日子拍广告？"

邓良知道他最近心情不佳，大少爷脾气又发作了，忙不迭地安抚："息怒息怒，一年也就这么几次。"

“几次也够折腾的了。”黎洛将身上的品牌服装一件件换下来，内搭和外套之间贴了好几片暖贴，依旧挡不住寒风，要不是粉底上得厚，这会儿鼻子应该都已经通红了。

“我感觉要感冒。”他皱起眉。

结果还真如他所料。

兴许是前几天都没怎么休息好，这一冻之下，感冒来势汹汹，到了晚上回酒店的时候，黎洛整个儿鼻子都被纸巾擦红了。

“洛哥，品牌方说是他们照顾不周，让你生病了，很过意不去，把你回国的机票延期到了后天，明天先休息一天。”邓良说。

黎洛窝在暖烘烘的鸭绒被里嘟囔：“还不如早点回去呢，可能还好得快点，英国这天气，我实在受不了了。”

“行行行，等你好点儿了我们马上回去。那我们就不打扰你了，你好好休息吧。”

邓良将感冒药和保温杯放在床头，调暗了台灯的光线，轻手轻脚地退出房间，替他关上了门。

黎洛侧身躺着，没合上眼，出神地望着窗外又下起来的细密小雨，心想，他真的不想再来这个糟心的地方了。

太多忘不掉的曾经，太多不愿回忆的往昔。

只要身处在这个城市，大脑就无可避免地被纷至沓来的思绪占据。

如丝线般的小雨在窗户上汇聚成了雨滴，折射着屋内微弱的台灯光，宛如阴沉黑夜里的点点萤火。

黎洛却嫌那光太过刺眼，扰得他无法安然入睡。

他觉得自己需要出去淋点雨。

可当他真的穿好大衣戴着口罩走在湿滑的大街上时，又觉得自己脑子出了问题。

但既然睡不着，索性出来走走。

夜色已经全黑了，阴云遮挡住了月光，下雨天没多少人愿意出来走动，显得整个街道冷冷清清。其实时间还不算晚，不少商店仍未打烊，橱窗里透出来的光勉强增添了几分温暖。

雨下得不大，黎洛懒得撑伞，沿街走了段路，发梢沾上了细密的晶莹水珠，连打了好几个喷嚏，冻得裹紧了大衣。

走到一个公交车站前时，恰好一辆巴士远远开过来，车头挡风镜上方的数字格外眼熟，他鬼使神差地就乘了上去。

直到落座，才想起来，这条线路会经过他大学门口，以前在校门口的车站经常看见。

在这样的孤冷雨夜里流着鼻涕重返母校，实在不是什么体面的行为，黎洛下了车之后，都没好意思进教学楼看看昔日的老师在不在办公室，就在学校里随意逛了圈。

说起来，他和段明炀虽然同校，但年级不同，专业不同，在校内其实没多少交集。他们之间的大部分回忆，都是在那个灯红酒绿的酒吧以及狭小破旧的出租屋留下的。

校园很大，按他这身体状况，真要逛完的话，不是累死就是冻死。

于是他只粗略逛了逛便完事了，接着又拖着步子往回走，咳得愈发厉害，也不知道自己这趟出来遭罪究竟是为了什么。

回到空无一人的公交站，车还没来，估计要等上一阵。

遮雨棚勉强挡住了纷纷而下的雨线，黎洛甩了甩头发，用袖子胡乱擦了擦，擦完才意识到，衣袖上也沾了雨水，根本无济于事。

他此刻头发湿着，衣服湿着，阴冷潮湿的空气直往皮肤底下钻，整个人被寒意浸泡，落汤鸡似的被冻僵在原地。

要是能进屋暖和暖和就好了。

哪怕屋子很小，很破。

一念及此，他不由自主地抬起头，透过雨帘，朝某个方向遥望，却未能找到印象之中的建筑。

啊……差点忘了，上次来的时候，那地方已经变成西餐厅了。

黎洛吸了吸鼻子，又重重咳了几声。

路灯下白蒙蒙的雨线将远处的景物割裂成了无数细小的碎片，撞进眼睛里，刺得眼睛发酸。黎洛闭了闭眼，正欲收回视线，忽然，无意间瞥到了一家店的招牌：Dawning。

他的目光瞬间定格。

眼前的其余周边景象迅速退去，只剩下那几个银白的英文字母映在眼里。

他呆呆地望了会儿，身体比大脑先一步行动，不由自主地迈开脚步，朝着那家店走，越走越疾，越走越喘，两步并作一步，最后干脆小跑了过去，一到达店门口便毫不犹豫地推门而入。

待看清了店内的摆设和装饰，黎洛才回想起来，这家店，他似乎是来过的。

几年前，他闲逛到这家店里，随手给他妈妈买了几件饰品，顺道带到了酒吧去，被调酒师误认为是给段明炀的礼物，得知那天是段明炀的生日，段明炀还给他买了一模一样的新钱包……

站在柜台后的店员听见门被推开的动静，抬起头来，笑着用英文问候："先生，晚上好，有什么可以帮您的吗？"

黎洛的思绪回笼，望了圈周围，一时不知道该怎么回答。

他只是在看到店名的一刹那，一时冲动，就莽撞地跑了进来。

黎洛走出珠宝店门时，外头的雨不知何时停了，潮湿的空气散发出些许清新气味，令人精神一振，方才进店之前的烦郁一扫而空。

这才算是真正的新开始吧。

夜色已深，天空彻底被黑暗侵袭，将寂寥冷清的街道笼罩在阴云之下，寒意更甚，孤单更浓。

公交车还有二十分钟才来下一班，黎洛懒得再等，想叫辆出租车，一摸口袋，却发现手机不见了。

他分明记得进店前还在，想来大概是刚刚和店员聊得太投入，放在柜台上忘了拿。

好在他没走出多远，当下便立刻折返回去，十几步就到了。进到店里一眼望去，手机果然就在他刚才坐的那处柜台上。

"抱歉，落下东西了。"他朝店员挥了挥手机，重新坐下，准备打好了车再走。

"没关系，下次当心。"店员笑着走过来。

第17章

滂沱大雨，将急驰而过的迈巴赫的轰鸣声掩盖在了雨声之下，所行之处飞溅起一串如浪般的水花。

“都快入冬了，居然还下这么大雨。”

苏芷裹紧了温暖的羊绒披肩，靠在后座椅上，侧头望着被雨冲刷得模糊不清的玻璃窗。等了半天没有回应，忍不住扭头看向身旁的男人。

依旧闭着眼，一声不吭，像是睡着了。

但她知道对方没睡着，嫌这气氛过于安静，接着没话找话道：“你不换辆车吗？总开这辆。”

正闭目养神的男人缓缓睁开了眼。

“没其他喜欢的。”

“有什么特殊意义吗？”

“没有。”

苏芷无奈地看着他。

窗外迅速掠过的路灯将男人的侧脸勾勒出了一道金线，唯有低垂的眼眸隐没于黑暗中，黯淡无光。

“你这一个多星期好像心情都不太好，发生什么事了，明炀？”

“我没事，你先担心你自己。”段明炀沉声道，“段兴烨在搜集你‘出轨’的证据，你的离婚手续要抓紧，不能让他先发制人。”

“怕什么，反正我已经有了他在结婚第一个月就出轨的证据。”苏芷轻哼了声，“他这人不可一世，还以为我们已经亮完底牌了，没查到他参与交易的证据。等他成功洗白得意忘形的时候，再来个回马枪，看他怎么收场。”

段明炀侧目：“你从那一次开始就让私家侦探跟踪他了？”

“是啊，出轨只有零次和无数次，他以为我的忍耐是纵容，越来越放肆，其实我只是在等一个契机。不然光凭我一个人，就算有证据也不可能斗得过他。所以，还是要谢谢你，明炀，还有江流深，借这次的事，终于让我离成了婚，否则我不知道要忍到什么时候去。”

“是我欠你的，你本不用遭受这些。”

苏芷摇头：“你是欠我，但归根结底，还是我自己不听劝，明明结婚前就知道他是什么样的人了……”

“既然这样，当初为什么要跟他结婚？我跟你说过，他追求你只是因为……”

“我知道。”

苏芷打断了他的话，继而陷入沉默，过了很久，才叹了声气，轻轻地说：“因为他那时候，看起来真的很爱我。

“我知道他追我的动机是什么，也曾听说他花名在外，可他追我的期间，是那么执着，又那么热忱……”

苏芷的目光向窗外投去，无聚焦地落于雨幕后的某处虚空中。

“他会亲自买票来我的演唱会，在第一排挥着荧光棒，跟唱我的歌。他会体贴地送我回家，绅士地和我保持距离，不跟我有身体接触。还会挡在我前面，不顾家人的阻拦，坚持要娶我，而不是娶其他门当户对的富家小姐。

“他对我说了那么多遍喜欢和爱，我就轻飘飘地以为，是我改变了他，让他浪子回头了……

“可就在我答应了他、爱上了他，甚至嫁给了他之后，他却变了个人。”

路灯飞速掠过，映出了她眼中一闪而过的水光。

“我现在这么恨他，不是因为接受不了他的‘不爱’，而是接受不了，他曾经的那些‘很爱很爱’，都是假的。

“就算是假的，我也想听他再说一次。”

苏芷抽了张纸巾，轻轻按了按湿润的眼角，整理好仪态。

“唉，难为你了，生存在他的监视下，连和谁关系好都不能表现出来，一定忍得很痛苦吧？”

“还好。”段明炀垂眸，拨弄着戒指。

段明炀沉默着将戒指褪到了最外面一圈关节处，把玩了会儿，又缓缓推了回去。

苏芷转眼一看，车子已经驶入了住宅区，便转回了正题：“今天来找你，是想把我手里最后一批证据转交给你，剩下的我也无能为力了。他一向不太让我参与公司的事，这些都还是前几年他对我没什么戒心的时候搜集的，我当时只想着找出轨证据，这些段家生意上的文件都没看，没想到如今能派上用处。”

“里面有什么？”

"一部分款项的去向，好像还有点其他的，没打开看。"

"嗯，我安排了人在他那儿，他有什么新动作我会告诉你的。"

"行，谢谢了，也谢谢你留宿我一晚。"苏芷拢了拢披肩，自嘲道，"为了营造假象给他看也真不容易，每次都跑大老远去你那个私郊别墅，现在离了婚，终于可以光明正大来你家了。"

段明炀："抱歉，还需要装一阵子，否则他容易看出破绽，客房已经给你准备好了。"

"同学一场，别客气，那我就——"

尚未说完，车子突然停了下来，前边的司机敲了敲挡板，得到应允后，前后座间的挡板缓缓降下，司机扭过头，说："段总，门口有个人。"

段明炀皱眉："看得清是谁吗？"

苏芷也往前凑过去："是不是段总派来的人？"

车子挡风玻璃前的雨刮器使劲地来回摆动，将冲刷在玻璃上的雨水拨到两边，无奈雨势太大，视野刚清晰半秒，又重归模糊。

好在段家专属司机的视力都是百里挑一，仔细凝视了一会儿，汇报说："一个个子挺高的男人，戴着口罩，站在门廊下面……咦？"

苏芷忙问："怎么了？"

司机："他朝我们走过来了，还没撑伞，这不全淋湿了吗……"

话音刚落，车窗就被咚咚敲了两下。

黎洛拉下口罩，用手抹开车窗上的雨水，使劲往里瞅。可玻璃上贴着防窥膜，漆黑一片，压根看不清里面坐着谁，他只能抱着试一试的心态大喊："段明炀！"

喊了几声也没有回应，正想换一边车窗喊，猝不及防地，车子忽然行驶了起来。他连忙往后退了两步，眼睁睁看着车子往车库的方向开去，原地怔了半秒，立即跑着跟上去。

他的靴子里灌满了雨水，沉重得仿佛绑了铅块，被雨水淋湿的大衣已经毫无保暖作用，贴在身上反而加快了寒意的入侵。

可他没精力去理会这些琐碎。

淌着雨水的迈巴赫终于在车库中停下，从车上下来的人未曾淋到一滴雨，西装笔挺，皮鞋锃亮，高贵且从容，冷眼看着浑身狼狈的他。

"段明炀，我……"

司机打开了另一侧的车门，走下来的是苏芷。

黎洛的话音瞬间卡壳，眼看着段明炀朝苏芷伸出手："进去吧。"

完全无视他的存在。

苏芷迟疑不定，看了看段明炀伸出的手，又转头看了看黎洛，思索片刻，继而笑了："我自己进去就好，黎先生看起来比我更需要你的帮助。"

"谢谢苏小姐。"黎洛也朝她笑，雨水顺着脸颊流进了嘴里也浑然不在意。

"不客气，希望你们好好聊。"

苏芷颔首致意，提着裙摆先行进了屋子，司机也趁他们说话的间隙，默不作声地告退了。

车库里只剩下他们两个。

黎洛发晕的脑子一时搞不清发生了什么状况，身体还在向前倾，重心不稳踉跄了一步，左脚绊右脚，扑通一声扑倒在了水泥地上，下巴磕到了点儿地面，痛得龇牙咧嘴。

段明炀头也不回地往屋里走去，眼看着就要关上门。

咚！身后传来一声巨响。

突然失去支撑的黎洛再度摔倒在地，脑袋震得嗡嗡响，这回是真的爬不起来了，手指头都动弹不了一下，贴在额头的湿发挡住了视线，雨水流进眼里，又溢出眼眶，鼻尖因发烧而通红着，其余地方都是苍白的。

这辈子也就和段明炀绝交那天这么狼狈过。

他有很多话想告诉段明炀，可他嘴巴张了张，声带已经哑得什么都说不出口了。

目之所及，只能看见段明炀的皮鞋尖，在眼前驻足了几秒，紧接着便掉转方向，折身走进了屋内。

门在眼前砰的一声关上，车库内顿时陷入黑暗。

黎洛半睁着眼，却看不清任何东西，也不知在黑暗恍惚了多久，眼皮逐渐沉重，撑都撑不起，虚弱地轻眨了几下，终究是耷拉了下来，任意识远去。

在即将昏迷之际，隐约感觉身体一轻，仿佛灵魂脱离了肉身，飘浮于半空之中，再也体会不到疼痛与悲伤，游离的意识中只剩下一些美好回忆。

这一夜的梦比以往都漫长。

很多过去以为已经遗忘的琐事纷纷闪现，宛如在黑夜中点燃了一根根烟火棒，稍纵即逝的光芒，却在心中留下了璀璨的印记。

比如，黎洛回忆起大学时候的某一次，他兴冲冲地邀请段明炀去尝一家新开的米其林西餐厅，软磨硬泡了半天才成功，开玩笑说"你要穿得正式点哦"，结果段明炀真的穿了熨烫得平平整整的白衬衫，还打了领带，站在阶梯教室的后门等他下课，惹得所有女生都无心听讲。

黎洛下课后跑过去搭上他的肩，笑嘻嘻地夸了句：“学弟，你今天特别像一个白马王子。”

导致段明炀一晚上脸都有点黑。

还有一次，来酒吧的一位客人开了辆跑车，就停在门口，段明炀下班出门的时候难得多看了几眼，黎洛暗暗记下了。后来就买了辆同款送他。段明炀却怎么都不肯要，连下去看一眼都不肯。

那是黎洛少有的几次跟他怄气，一整天没主动跟他说话。

冷战一直持续到第二天。就在黎洛以为段明炀压根不会在乎他感受的时候，段明炀从外面买了块小蛋糕回来。

是慕斯款。

“我要什么自己会争取。”段明炀当时微微皱着眉，看起来一如既往地冷酷，声音却是平和的，“你给我的已经够多了。”

“我给过你什么？”黎洛疑惑。

他给的礼物，段明炀几乎全拒绝了，收下的都是些不值钱的小玩意儿，何来的多？

可段明炀不解释，只是说：“很多。”

“很多”到底是指什么？

黎洛在梦里也思考起了这个问题。

然而没等他思考出个所以然来，梦就醒了。

缓缓睁开眼，入目所见不再是昏倒前看到的车库水泥地，变成了卧室的纯白天花板。

厚重的布艺窗帘遮挡了外头刺眼的日光，只留下一道窄窄的缝，阳光像装进了一根长条荧光棒，倒在了他的被褥上，是昏暗的房间里唯一的光源所在。

黎洛迷迷瞪瞪地伸手去抓，只抓到一捧阳光，盯着自己捧着光的手心发呆。

他似乎明白了段明炀说的“很多”是指什么。

“咝……”

未消的头痛很快便再度侵袭而来，一下将他的思绪硬生生拽回了现实。黎洛撑着床，艰难地坐起身。

拖着病躯坐了十几个小时的红眼航班，下了飞机没倒时差，又在寒风中吹了一个多小时，最后还淋成了落汤鸡，现在没在医院躺着已经堪称奇迹了。

他缓了会儿，将头痛压下去几分，这时，听见房间外隐隐约约传来说话的声音。

隔了一扇门，只能听清是一道男声和一道女声，说着“证据”之类的字眼，其他的就听不清了。

黎洛掀开被子下地，正欲走出去，突然发现，自己手背上贴着一小条医用胶布。看来在他昏睡的时候，已经有医生来给他输过液了，难怪感觉发热的症状缓解了不少。

再仔细一瞧，身上的衣服也换成了睡衣。

他立刻穿上拖鞋，两三步就走到了门口。外边的人可能是听到了他的脚步，谈话声瞬间中止。

黎洛直接拧开了门把手。

外边站着的果然是段明炀和苏芷，见他出来，目光齐刷刷地落到他身上。

“你们站在房间外干什么，等我醒吗？”

黎洛笑道，说完，突然发现段明炀的脸色有些憔悴，眼眶内尽是红血丝，像是一夜没睡。

“你怎么了？发生什么事了？”

段明炀不答。

“黎先生，早。”苏芷先开了口，朝他问候了声，接着对段明炀说，“那我先回去了，你们最好准备好说辞，以防昨晚有人看见黎先生过来。”

“嗯，我送你。”段明炀陪着她走到楼下，目送她上车离去。

黎洛厚着脸皮一同跟了过去，与段明炀肩并肩，懒洋洋地靠着大门的门框向苏芷挥别。

苏芷的车一消失在视线里，段明炀转身就把他推进了屋里，重重关上门。

黎洛被他使劲一推，倒退了两三步才站稳，又咳了好几声：“段总……咳咳！我还生着病呢。”

“生着病还这么能折腾的，黎先生是头一个。”段明炀冷冷道，“你知道现在全公司上下都在找你吗？”

黎洛：“我给邓良发信息了呀，说我先回国办点事去了，他没收到吗？”

“发条信息就可以擅自离开？黎先生，你知不知道‘负责’两个字怎么写？”

“好好好，我错了，别生气。”黎洛今天乖顺得不可思议，浅笑着看他，琥珀色的眼里宛如有水波流转，“我知道段总最负责了，不如你教教我怎么负责？”

黎洛犹记得，那天得知他爸被抓之后，紧接着就接到了段天佑亲自打来的电话。

“明炀已经打算跟我回去了，你识相的话，就离他远远儿的，否则……我也可以让你们父子团聚。”这是段天佑的原话。

他起初压根不相信，立刻打电话给段明炀，问：“你要跟你爸走吗？”

段明炀说：“是。”

黎洛为他的干脆而惊愕，心中逐渐生出不安，可还是不相信，连声质问：“什么时候的事情？怎么不告诉我？你不是恨他吗？不是说讨厌那种权贵的世界吗？你不要你的尊严和骨气了吗？”

“我改变主意了。”

段明炀一句话堵得他哑口无言。

如果段明炀连仇恨这么强烈的感情都可以陡然转变，那么，对他的那点儿淡薄的，甚至未必存在的友情，大概真的可以随时抛弃。

不敢再问最后一句话了。

他爸被诬陷入狱的事正令他极度愤怒无措，偏偏这时候，他最好的朋友，弃他而去，投靠了敌人。

那一刻，过往所有的情义都化作了泡影，长久以来积压的酸楚与不忿泄闸而出。

段明炀每一次对他的漠视、从未有过的应允承诺，都成了他认定对方欺骗自己的证据。

他没再给段明炀一句辩白的机会，在电话里骂得有多狠，心里就有多绝望。

眼下，段明炀又暴力地将他的伤疤撕扯开，将血淋淋的伤口摊在他面前给他看。

饶是黎洛知道自己当年可能误会了一些事情，也觉得心下骤寒，挥之不去的阴影再度侵袭而来。

但今时不同往日，如果段明炀曾经把他当朋友，不得已才做了这种事，那他愿意给段明炀一个解释的机会。

然而段明炀却没有解释。

段明炀闭上了遍布红血丝的眼睛，胸膛缓缓鼓起，又缓缓平复，仿佛艰难地呼出了一口很长的浊气。

“这些资料，是苏芷以前寻找段兴烨出轨证据的时候，一并从段兴烨电脑里拷过来的。”

他睁开眼，毫无波澜地说：“她删除了原文件，也没看过内容，因为私家侦探先一步找到了出轨证据，她就把这些不相干的资料放到了一边。

“后来她想离婚，找我商谈，无意中提到了这些资料，我才得知她手里有可以替你爸翻案的证据，便问她要了。

“然而那时段兴烨已经对她起疑，看管得很严，资料很难转移出来。而且一旦被段兴烨发现她转移的是哪些资料，转移给了谁，很容易就联想到你爸的案子，从而推测出是我要帮你，那样，你就会陷入危险。

“所以我和苏芷用这一年多，合作演了出戏。这样哪怕以后段兴烨发现了我要为你爸翻案，也只会觉得，我是为了和苏芷在一起而扳倒他，不会牵涉到你。

“我们等了很久，终于等到了机会。这阵子段家手忙脚乱，自顾不暇，她才有机会将你爸一案的证据分批转移到我手里。这些资料所在的文件是最后一批，昨晚我刚拿到。”

段明炀走近一步，沉郁的眼眸紧盯着他的眼睛：“在此之前，我从不知道，这些资料的存在。”

“什么？”黎洛一瞬间以为自己听错了，待确认自己听到的内容后，错愕地瞪圆了眼，瞳孔震荡，又重复了一遍，“什么……”

他的脑子像是被钝器猛敲了一下，嗡嗡作响，过了几秒才开始运转。

“可你当初……不是承认了吗？”

段明炀从他手里将手机收回，平静地看着他。

“如果你相信我所说的，那么，可以为你犯的错，向我道歉吗？”

“对不起。”黎洛毫不犹豫，却也手足无措，脑子里一片混乱，不知该作何表情，“我……我当时真的是气昏了头，没有多想，我应该再多问你几句的，我……不是故意对你说那些话的……”

现在想想他在电话里骂出的那些难听词句，何尝不是一把把扎在段明炀心上的刀。

“对不起，对不起……”黎洛除了道歉不知道该说什么，整颗心都揪了起来，阵阵抽疼，“我电话里说的那些都是气话，我不是真的那样觉得……”

“我也要说声对不起。”

段明炀出声打断了他。

“我那时不善言辞，导致你轻易地受了挑拨，所以造成误会我也有很大责任。直到昨晚我才明白，你为什么总是仇视我，看不起我，也明白了你一直以来承受了多少痛苦，对不起。”

这番话分明诚恳且真切，可黎洛总觉得哪儿不对劲。

段明炀的语气太平静了，平静得甚至让他有一丝害怕。

按照常理，此情此景，不应该是解除误会重归于好的时刻吗？为什么段明炀的神色却仿佛一潭失去生机的死水？

黎洛安慰道：“如果不是你做的，我不会怪你，你不用什么责任都往自己身上揽，只要误会解释清楚就好，我们——”

“我们还是回归陌生人吧。”

段明炀接了后半句。

“什么？”黎洛不敢相信自己的耳朵，“为什么？”

“因为不适合。”

“哪里不适合了？”

“哪里都不适合。”

黎洛急了：“你什么意思，给我说清楚，既然误会都真相大白了，为什么还是要跟我绝交？”

“黎先生，我们都做了错误的选择。”

段明炀的声音难得如此低柔。

“你不该选择我作为朋友，你很优秀，也很骄傲，你的跟随者不计其数，多的是能逗你开心的人，像我这样无趣又沉闷的人，并不适合跟你做朋友，你迟早会厌倦。

“至于我自己，也不该在明知会给你带来危险的情况下，冲动地选择回来找你，搅乱你原本已经趋于安稳的生活。明明每一次你出事我都觉得后怕，都想退出你的生活，可我还是逞能自负地在你面前装出可靠的样子。其实我知道，我根本不可靠。

“昨晚看到这些资料，让我更加确定了这一点。

“我连你曾因我而遭受这样的伤害都不知道，是我无能。你那天说的没错，可能我们从一开始就不该遇见，我只会给你带来伤害。”

段明炀罕见地一口气说了这么多心里话，黎洛怔了半晌，才反应过来要解释：“不是的，我不是因为那这样而受伤，是误以为你利用了我，是你哥他们故意制造的误会——”

“我还没有说完。”段明炀截断了他的话，“黎先生，你觉得，我们走到今天这一步，仅仅是因为误会吗？”

黎洛一讷：“不然呢？”

段明炀：“我们重逢后，有过那么多次解释清楚的机会，却还是再次形同陌路。我认为，更多的，是我们自身的原因。”

黎洛张了张嘴，想反驳他，可又渐渐意识到，段明炀说的似乎没错。

段家的挑拨离间好比一根火柴，他们之间的不信任才是漫长的导火索。如果他当时百分百相信段明炀，段明炀也百分百信任他，那误会的火苗刚燃起来就会不吹自灭，绝对不至于烧至今日才刚被扑灭。

归根结底，没有信任这个大前提，再多的解释和倾诉也只是白费口舌。

黎洛心里没由来地发慌，感觉他们之间有什么重要的东西已经快要流失干净，他却阻止不了，只能徒劳地去挽留："如果是我们自己的原因，那我们改正不就好了吗？"

段明炀缓缓地摇了摇头。

"黎先生，你还记得我们在酒吧相遇的那一晚吗？"他忽然问。

黎洛不知道他为什么突然提这个："记得……怎么了？"

段明炀离他很近，目光却仿佛很遥远。

"那晚，在酒吧后门踢到罐子的人，不是罗鹏。"

黎洛呆住，半秒后，缓缓睁大眼："难道是……"

"是我，我看到你跟着那人出去……我不放心。"

段明炀垂下眼帘："我从一开始就知道，你的乖顺……是装出来的，你别有目的地接近我，想要利用我。所以我不想跟你有过多牵连，也不让你进我的屋子。

"想也知道，你这样背景的人，突然来跟我这种人交朋友，顶多是一时新鲜。"

段明炀声音微哑，喉结滚动了下，又恢复了往常平淡的语气。

"可后来，你的执着与热情超出了我的预料。

"我开始动摇，毕竟，你那么高傲的一个人，愿意对我敞开心扉。

"那么多句话里，总有一两句是真的吧。

"只要有一句是真的，我就愿意相信你。"

黎洛从未听他说过这些话，呆呆地问："你回段家……难道也是为了我吗？"

段明炀没有否认。

"我想不出其他更好的办法了，黎洛。

"最快的途径只有回段家，去和段兴烨争那份财产，进入你的世界。"

段明炀缓缓抬起眼，目光一如既往地平静，眼眶却不同寻常地发红："然而就在我下定决心之后，你的那通电话，让我所有的计划，通通破碎崩溃。"

黎洛心脏猛地一钝："不是那样的，我——"

"不用解释。"段明炀道，"我已经知道那通电话是由误会引起的，也查清了你先前给我换的药是剂量更低的版本，不是为了害我。你没有任何对不起我的地方。"

黎洛咬紧了发白的唇："我明白了，你是不是在气我当时别有目的接近你，所以不愿意跟我和好？我承认我一开始确实做错了，但后来……再给我一次证明的机会，好吗？”

段明炀轻轻摇头：“我没有生你的气，我只是想说，我们相遇的契机缘由，以及我们性格和家境上的差异，令我们之间的信任基础如此薄弱。即便没有这些误会，我们或许也无法成为真正的朋友。”

“所以昨晚我思考了一整夜，终于想通了。谁都没有错，只是不合适而已。

“我们本就是不同世界的人，你可以在其中活得如鱼得水，自由洒脱，我却每天都如履薄冰，生怕走错一步就万劫不复。既然如此，何必勉强。”

段明炀的声音有些哑。

黎洛怔怔地看着段明炀。

但他又没法生气，谁让段明炀说的都是对的，他们之间，一直以来确实缺乏足够的信任，从头到尾都在互相猜疑。

难道真的只能到此为止了吗？

“不可以。”

黎洛闭上发红的眼，深吸一口气，再度睁开，执拗地看着他：“凭什么？”

他不信这就是他们的结局了。

生生误会这么多年，好不容易才说清，要是在这里放弃，他自己都无法原谅自己。

“我理解你的心情，你不是对我失望了，你是对自己失望了，觉得离我远点我会比较安全。也担心我们又因为各种矛盾而分开，不相信我们的友情能持续，对不对？”

不等段明炀回答，黎洛接着道：“但这只是你的想法，对我来说，其实很简单，我不会考虑那么多。如果你不在乎我，不用你提，我直接就跟你断了，老死不相往来。但如果你在乎我，那就别想让我放弃，谁劝我都不会听，包括你。”

他走上前一步，逼近段明炀：“你的想法约束不了我。”

段明炀方才外露的情绪渐渐敛起，脸上神色趋于平静：“你不怕我再次背叛你吗？”

“以前怕，现在不怕了。”黎洛道。

“说真的，以前的时候，快乐都是建立在提心吊胆之上的，总觉得你心里藏着很多事，不愿跟我说。

“但是今天，你把所有心事都跟我开诚布公，反而让我觉得很安心。何况我现在知道了你的想法，让我觉得底气特别足，一点儿都不怕。

“所以你真的太小看我了，段明炀。”

黎洛扬眉。

段明炀注视他良久，时间在沉默中一分一秒地过去，最终轻叹一声："我想我已经说得很明白了，黎先生。"

"我想我也说得很明白了，段总。"黎洛回，"我不是在求你，我是在告诉你，你就该这样，懂吗？"

"你到底想干什么？听不懂我说的话吗？"

"就是听懂了才不答应。"黎洛跟他犟上了，"如果你刚才骂我一顿，那我可能要翻脸了。但你这副样子，让我怎么舍得跟你断交？我看你是故意的吧？"

"我……"段明炀难得卡壳，"算了，我不想再多说了。"

他转身离开，取下门口衣架上的西装外套："总之，话我已经说清楚了，你要怎么想怎么做，随你。"

"你是在说我可以继续做朋友咯？"黎洛终于笑了，立即并拢五指举起手，"我发誓，我之前只是被蒙蔽了双眼，中途断电了一段时间，现在已经接上线路了，以后保证永不停电。"

段明炀已经穿好了西装，闻言侧目："我现在去公司，家里不需要用电。邓良一会儿会来接你回去，黎先生，请不要在我家逗留太久。"

黎洛："好，欢迎段总来我家。"

段明炀直接砰的一声关上了大门，连一句再见都没说。

"嘴硬。"黎洛愤愤地嘀咕了句，也不气馁。

二十分钟后，邓良按时出现在了门口，但不是孤身前来，浩浩荡荡地带了一群人。

黎洛看见金仁时笑着打了个招呼，看见罗鹏时"咦"了声，最后看见久未见面的林澄时，实在忍不住了："你们是准备抬我回去吗，来这么多人？"

罗鹏铁青着脸："我们是来给你收尸的！"

黎洛挑眉："怎么说话呢？"

邓良："洛哥！你还生着病呢，为什么突然先走了啊？还跑到段总家来了……你看你这眼睛红的，肯定没休息好吧？"

黎洛笑笑："休息得挺好，段总家的床比我家的舒服，就过来睡了。"

"我看你啊，就是任性惯了！"罗鹏难得指责他，"我知道你跟段总关系好，但他毕竟是你的大老板，你总是给他添麻烦，他早晚有一天要发火，我看他今天的脸色就已经很差了，你最好收敛点！"

"你放心，他对我可好了。"黎洛大言不惭，转身就搭上了林澄的肩，"你怎么也一起来了？节目录完了？”

林澄点头，依旧乖乖巧巧：“昨天就录完了，今天刚回公司，听罗总说要去接你，就跟着来了。”

“正好，帮我个忙。”

“嗯，洛哥你说。”

黎洛带着他往车子方向走。

“我们路上慢慢说。”

这一趟身心折磨下来，任谁都会元气大伤，黎洛回家之后又休息了一整天，长途跋涉的疲惫和感冒发烧的余威才消散干净。

隔天，他打着哈欠走出卧室的时候，邓良正在和金仁探讨之后进组的事宜。

“洛哥，你醒啦？快来看看我们的安排，还有没有什么要补充的。”邓良招呼他。

“有你们两个在，还需要我出什么意见，我相信你们——”黎洛往沙发上一坐，瞥了眼行程表，瞬间瞪大眼，“怎么这么密集，你们是不是人啊？”

“之前就跟你说过啊，拍电影很忙的，而且你还有其他合约，拍摄期间要来回奔波。”邓良语重心长道，“所以啊，洛哥，你这段时间必须好好休息，不要再折腾了。你前阵子的形象严重受创，好不容易才重新经营起来，就看下半年能不能稳固住了。”

黎洛仰头靠倒在沙发上，长长地叹了声气，若有所思地盯着天花板，冷不防地问：“这里面有段总给我安排的行程吗？”

金仁：“没有。”

黎洛：“那段总之后有什么行程？”

邓良：“嗯？”

金仁：“不便透露。”

黎洛：“金仁，我以后可能是你二老板你知道吗？”

邓良：“嗯？？”

金仁：“大概知道。”

邓良：“嗯？？？”

黎洛：“那你还不说？”

金仁沉默了五秒：“三天后，董事长寿宴，段总会出席。”

黎洛：“行，给我安排上。”

金仁：“好。”

三天后，段氏集团名下的七星级皇冠酒店。

云集的豪车将酒店前的露天停车场占得水泄不通，各方名流、富豪明星纷纷受邀出席，携重金厚礼前来庆贺段董事长六十岁大寿，仿佛来赴一场绝世盛宴。

又一辆纯黑昂贵的豪车缓缓驶入，停在了铺着红毯的台阶前，华美的灯光映在车身上，如波纹般漾开。

豪车算不上顶级款，却也足够吸睛，因为替车主开门的，不是普通服侍生，而是特意走下台阶的酒店主管。

周围几个富豪瞧见了，都忍不住多打量了几眼，心道：谁这么大面子？

车门一开，走出来的男人低着头，待站直了，才抬起来，一张英俊冷感的脸令周围空气陡然降了三度。

一个女子轻声低呼："这不是之前上过'热搜'的段明炀吗，真人比照片还帅啊……"

她身旁的富豪立刻低声斥责："少说点，你懂什么，这位可不是好惹的。"

酒店主管恭敬地弯腰指路："先生，段兴烨先生已经到了。"

"嗯。"

段明炀应了声，正欲迈步上台阶，身后突然传来了一声喊："段总！"

主管困惑地循声望去，只见一人从不远处挥着手走了过来，待看清来人面容后，难掩讶异："这不是……"

"好巧啊，段总。"黎洛在车里等了半天，总算等到了他，全然不顾周围人诧异的目光，一上来就老熟人似的搭上了段明炀的肩，"你也一个人？那正好，我们一起进去吧。"

酒店主管为难地皱起眉："抱歉，黎先生，你似乎不在邀请名单内……"

"我跟着他一起，你都不让进？"黎洛转头看向段明炀，"段总，你在段家的地位，好像不怎么样啊？"

主管当下就惊出了一身冷汗，旁边几个听见这话的客人也都停下了脚步，不可思议地望过来。

在段家如今最得势的次子面前说这种话，不想活了？

"放开。"

段明炀冷冷淡淡地说出二字，始终正视着前方，没有看他一眼。

众人的心瞬间提起来，不由自主地替黎洛捏了把汗。

黎洛却浑然不知自己惹了多大麻烦似的，仍旧笑嘻嘻地勾着段明炀的肩："段总，带我进去吧，我会老老实实的，绝对不给你添乱。"

段明炀终于将目光转向了他。

“我再说一遍，放开。”

身后的几个保镖微微动了动。

围观者和主管心道：完了，下一秒怕不是要血溅红毯了。

黎洛立刻松开手，耸了耸肩：“不一起就不一起，这么凶干什么，那我先进去了，你快点啊。”

说罢，不等所有安保人员反应过来，就噌噌噌迅速登上了台阶，坦然自若地进了酒店的大门。

众人：“……”

主管：“先生，对不起，是我失职，我这就让人把他带出来……”

段明炀径直从他面前走过，拾级而上。

“不必了。”

宴客厅内的布置走顶级奢华路线，连自助餐盘都是镀银的。段天佑这些年虽然不怎么出来主持事务了，但仍是整个段氏集团最大的股东，手握实权。他的寿宴，必然要有足够的排面，让谁也不敢小觑段家的财力。

虽说前阵子的丑闻事件给段家的威名蒙了一层灰，可眼看着事件的影响越来越小，原先处于观望状态的部分墙头草便又倒了过来，该巴结的巴结，该攀附的攀附，仿佛从未发生过这件事。

黎洛过了安检，在厅内搜寻了一圈，没见到段天佑的身影，想来或许是在楼上套房内休息。不过倒是看见了段兴烨和苏芷，两人正和客人喝酒谈天，夫妻俩看起来恩爱和睦，丝毫看不出正在走离婚程序的痕迹。

他从经过的服务生托盘上随手取了杯香槟，朝着他们的方向走去，一路又收获了无数惊讶的目光。

隔着七八米，段兴烨就看见了他，笑容微滞，立刻又恢复如初，举起酒杯，在虚空中敬了他一下。

“黎先生，什么风把你这位大明星吹来了？”

苏芷闻声，也转头看向他，面上稍有愠色，尺度把握得刚刚好，其他宾客不会看出她有怨气，但段兴烨一定能看出来。

“黎先生，又见面了。”

礼貌而不失刻薄的语气。

若不是场合不允许，黎洛真想为她出色的演技和台词功底鼓掌。

那一晚在车库里他就推断出来了，苏芷和段明炀纯粹是合作关系。

苏芷要是和段明炀在谈恋爱，那估计丘比特都想把他们俩拆开。

来寿宴之前，黎洛和苏芷单独通了一次电话，确认了自己的猜测。顺便凭借多年演戏获取的经验，给他们俩设计了一个自己都差点信了的剧本。

商量完之后他问苏芷："难度会不会太高了？我怕你演不好露馅。"

苏芷回："黎先生，你这些年演的，是单纯的言情剧，而我经历的，可是权谋剧。"

黎洛甘拜下风。

"晚上好，段先生，苏小姐。"他回敬了下，"前几天和苏小姐一别，苏小姐气色似乎更好了啊。"

苏芷微笑："刚喝了小半杯酒，有点不太舒服，黎先生来之前，我气色更好。"

黎洛："既然不舒服，就赶紧去休息吧，当心一会儿站久了晕倒。"

苏芷："多谢黎先生关心，我会注意的。"

这时，周围人群的音量稍微降下来了一些，似乎在顾忌着什么人。

黎洛转头望去，见段明炀来了，立即招呼他："段总，来跟我们喝一杯吧。"

段明炀也取了杯香槟，不知有意还是无意，和苏芷手上端的是同一款酒。

"明炀，怎么来这么晚？"段兴烨笑了笑，"爸在楼上休息，你要去见他一面吗？"

"不用，等他一会儿下来的时候我再去问候他。"段明炀侧目，"黎先生，你在这里做什么？"

黎洛擅自和他碰了杯，一饮而尽："我找苏小姐聊聊天，怎么，只准你跟她聊吗？"

"这是我们的家宴。"

意思是你是个外人。

"行，那你们一家人先聊，我去找其他人玩儿。"黎洛将空杯子放好，不多做逗留，潇洒转身而去。

林澄正在无人注意的角落默默夹菜吃，冷不防地被人拍了下后背，吓了一跳，刚夹起的牛排又掉回了餐盘里。

"洛哥！你吓死我了……"

"怎么一个人在这儿？"黎洛好笑地抚了抚他后背，"不去跟你的表哥还有大表哥打声招呼？"

林澄嘟囔："是明炀哥让我别乱跑的，而且我是明炀哥娘家那边的亲戚关系，远得很，段兴烨根本不认识我。"

"他不认识你不要紧，你看，场上不少人都在往你这边看，看来这次综艺帮你涨了不少知名度啊。"

“他们那是在看你好吗，洛哥。”林澄哭笑不得，“我这次只得了第五名，一共就七个人，哪有什么知名度啊。”

黎洛惊呼：“哇哦，第五名，很了不得了好吗，跟你同台的都是比你资历深的前辈，你已经算是成功逆袭了。最后一期什么时候播？我给你加油助威。”

林澄：“别了吧……怪不好意思的，我还是想靠自己的努力，不能再依赖你和明炀哥了。”

“有志气，但如果你需要帮忙，随时喊我。”黎洛拍了拍他的肩膀。

黎洛跟他打打闹闹完，笑嘻嘻地松开他，一抬眼，突然看见段兴烨正站在不远处，朝他微微颔首，紧接着转身拐进了电梯处，不见了身影。

林澄也看见了，边整理一团糟的发型边问：“洛哥，他是不是在暗示你过去啊？”

“聪明。”黎洛弹了下他的脑门，笑着挥了挥手，朝段兴烨消失的方向走去。

“等着看好戏吧，这将是你洛哥演艺生涯的又一巅峰。”

第18章

宴客厅内觥筹交错，言语欢畅，然而转了个弯拐进电梯间里，所有喧嚣热闹陡然被隔绝在大理石壁之外，寂静得有些瘆人。

黎洛往电梯间里走了两步，喊："段先生，有何贵干？"

段兴烨从拐角处走出来，英俊的脸上挂着一如既往的微笑："我父亲听说你来了，想见一见你。"

黎洛冷笑："我跟你合作，不代表我能心平气和地面对诬陷我爸的人。"

"黎先生，我也知道这很为难，但能否看在我的面子上，赏脸跟我去一趟呢？"

黎洛跟在他后边进了电梯，两个人并排站着，正对着电梯门上映出的镜像。

他透过镜面看段兴烨，段兴烨也正看着他。

段兴烨："黎先生对我弟，还是有情有义的？"

黎洛："认识了这么多年，怎么可能一下子说绝交就绝交。"

段兴烨："那我们的合作，是不是有点危险了呢？"

"我既然敢对你坦白，你还用担心这个？"黎洛轻嗤。

段兴烨笑了："黎先生意外地和我臭味相投啊。我听说你前几天深更半夜去了我弟家，碰巧撞上了他跟我前妻私会，你有趁此大好机会做点什么吗？"

黎洛："也没做什么，就不停地找事儿烦他俩。"

"比如呢？"

黎洛看着电梯镜中他笑眯眯的脸，也嘿嘿一笑："比如……商量怎么扳倒你呗，他俩不想听也得听。所以你看，苏小姐今天看我格外不顺眼，说话都带刺。"

段兴烨点头："除了我，她很少对别人表现出这样的敌意，看来确实被你气得不轻。"

"叮！"电梯到达了顶层，他们俩踏着厚厚的绒毛地毯往前走，脚步悄无声息，只有谈话声继续。

黎洛："你打算曝光他们俩的事吗？"

段兴烨：“如果我妻子先反咬我一口的话。”

“如果她什么都不做呢？”

“那我们就相安无事，各不打扰。”段兴烨说，“我没有必要在一波将平的时候再惹风浪。”

黎洛：“一波将平？审判结果已经要出来了？”

段兴烨颔首：“我的秘书已经认罪了，是她私自为客户提供性服务获取暴利，我毫不知情。”

黎洛佩服道：“段先生，够狠啊。”

段兴烨微笑：“过奖了。”

这一路汹涌的暗潮，终于将他们送到了总统套房门前，段兴烨抬手叩了叩房门，待里面的人从监控中确认完毕后，雕花大门便在眼前缓缓打开了。

门后一左一右站着两名保镖模样的人，笔直地站在大门两旁。

黎洛吹了声口哨：“哇哦，这排场，跟拍电影似的。”

虽说他家没被陷害前比段家更富有，但有钱人也分种类，像他爸这种年轻时就凭聪明才智在高新科技界崭露头角的，大多事都喜欢亲力亲为，不因循守旧，所以虽然家里雇工也不少，但没什么尊卑概念。

而段天佑是继承家业，集团主要从事传统产业，向来觉得自己高人一等，保镖的排场宛如旧时的达官显贵。

眼下，套房内偌大的客厅里不仅有两名开门的人员，还有若干下属，不知道的还以为是在从事什么非法交易。

段天佑坐在正对着房门的单人沙发座上，正看着一份文件，听见声响，抬起头来。

黎洛乍一看，突然发现，他似乎苍老了许多。

上一次见段天佑，是他爸被暂时关押之后，他盛怒之下莽撞地冲去段氏集团找段天佑算账，结果自然是被保镖拦了下来，只远远地看到段天佑投射过来的轻蔑眼神。

是长辈对小辈的傲视，也是得胜者对落败者的不屑。

每次回忆起来都令人恨得牙痒。

而如今，刚过六十岁的段天佑两鬓掺杂了不少灰白发丝，眼中的精光远不如当年锐利，甚至眼珠子隐隐有些浑浊。

高傲的姿态犹在，却如同成了一具空壳子，施展不出当年颐指气使的威压了。

短短五年而已，这变化未免过于巨大了些。

“爸，黎先生来了。”段兴烨说。

段天佑目光阴沉，脸上情绪难辨。

黎洛无惧地回视：“找我有事吗？”

他连一声称呼都不想加。

段天佑似乎也不介意，朝身旁周遭人等挥了挥手：“你们都先出去吧，兴烨，你去楼下主持场面，我一会儿下来。”

段兴烨：“好，有事您喊我。”

房门被轻轻带上，套房内陷入微妙的沉默，黎洛大大方方地在段天佑对面的单人沙发上坐下，架势上像是要与他分庭抗礼。

段天佑放下文件，从茶几上推过来，语气算不得多友善：“看看。”

黎洛接过来，随手翻了几页，抬眼：“给我看你们家的利润额干什么？说服我入股？”

段天佑到底是长辈，不爱听这种吊儿郎当的话，眼中多了几分轻视和责备：“仔细看看。”

黎洛将文件啪一声甩回茶几，说：“不用，我看完了，您要说什么赶紧说，我还得下楼呢。”

他才把当年用来气他爸的功力发挥了三成，段天佑的脸上就浮现出了怒色，沉声冷笑：“好，那我就来说说，你刚刚应该也已经看到了，我们家的账分两个部分，一部分产业是兴烨在管，还有一部分，是明炀在管。”

“结果段明炀逆袭了，管得少还赚得多，是不是？”黎洛嗤笑，“三十多年精英教育的儿子反倒不如穷养的儿子，这要是传出去，您的老脸往哪儿搁呀？”

段天佑：“你这牙尖嘴利的，可真一点儿不像你爸。”

黎洛：“还好意思提我爸？您这脸皮厚的，可真像您。”

段天佑额角青筋一突，但兴许是顾忌着长辈的风度，没有发作，权当没听见这话，“我把明炀接回来的时候，没想到他这么能干，甚至超过了兴烨。”

黎洛：“一个是为了生存立足，一个是为了继承家业，你猜谁会更拼命？”

“但他如今，似乎已经不仅仅满足于立足了。”段天佑深深地看了他一眼，“贪心膨胀不是件好事，容易让人忘乎所以，他以为自己已经强大到能够对兴烨发起挑战了，实际上，他的权势都是兴烨暂时让给他的而已。”

黎洛：“您这话应该对他说，对我说干吗？我可不想参与你们的三角关系。”

段天佑：“你若不想参与，为何先前为明炀做事，现在又为兴烨做事？”

黎洛：“退而求其次呗，一流的看不上我，只能跟二流子混混了。”

段天佑深吸一口气："你再这样出言不逊，贬低兴烨，我恐怕要怀疑你投靠他的动机了。"

黎洛笑了："您把我喊来，不就是因为怀疑我吗？装模作样什么呢？"

段天佑："既然如此，那我就直说了。我认为你故意归顺兴烨的目的，是为了给明炀套取情报，我说得对吗？"

"对。"黎洛承认得极为爽快，"段兴烨差点把我打残，我的心得有多大才会帮他做事？"

段天佑重重冷哼："兴烨怀疑得果然没错，你也真是不怕死，居然还敢承认！"

他抬手就要按下扶手上的按键喊保镖进来。

"但是，"黎洛出声截住了他的动作，"一码归一码，你的另一个儿子对我也不怎么样，我也不会白白给他情报的。"

段天佑："你手上能有什么情报？兴烨做事一向稳妥，不可能留下把柄。"

黎洛粲然一笑："还真有一个，而且和您有关。如果您愿意帮我，这个情报交换给您也行。"

"哦？"段天佑面露轻蔑："你倒是说来听听。"

"都说了是交换，哪儿能随便说呢，你得先答应我啊。"

段天佑审视着他的眼睛，像是在判断这笔买卖划不划算，末了道："可以，我本就要拆开他们，一家人的关系搞成这副样子，不像话。"

黎洛："那可就一言为定了哦？要是你食言，后续情报我都不会给你了哦？"

段天佑："笑话，我有必要靠撒谎来从你这种小辈嘴里套情报吗？"

"行行行，您厉害。"黎洛站起身，手插进了裤兜里，朝着段天佑走去，"但即使有这么多手下为您排除异己，还是会存在盲区吧？"

段天佑："不可能。"

黎洛："真的？"

段天佑："就算我有时候一时疏忽，遗漏了什么地方，还有兴烨在，他会替我补上……"

黎洛笑而不语。

段天佑反应过来："你是说……"

"看来您还没那么老糊涂啊。"

黎洛弯下腰，手从裤兜里伸了出来，握成拳，攥着两样东西。

"我这儿有一个药瓶和一段录音，您想先看哪个？"

段天佑高高在上的表情终于出现了一丝裂缝。

“你早有准备。”他的目光立刻充满戒备，“你今天来，就是来挑拨我们父子关系的吧？”

“当然啊，这还用问吗？”黎洛将手摊开，一个安眠药瓶和一支录音笔静静地躺在手心，“但倘若他没有做什么亏心事，我能挑拨得起来吗？”

段天佑神色复杂地看着他手上的两样东西，最终说：“先放录音。”

黎洛笑笑：“行。”

他即刻按下了播放键。

“段明炀没那个本事，他不过是一个半路进门的私生子，再受器重又如何？我爸给他的，我这个继承人亲儿子照样能收回来。况且等我爸过两年没了实权，我妈难道还会好心留一个别的女人生的孩子在家里吗？家产还不都是我和我妈的……”

段天佑听完，稍稍松了口气：“就这个？能说明什么？”

“光凭这个，确实不能说明什么。”黎洛收起了录音笔，往他身侧的沙发上一坐，跷起腿，优哉游哉地说，“只不过当时您儿子说完这话，我就觉得哪儿不太对劲，按您这硬朗的身子骨，再续航十来年应该不成问题啊，他怎么就这么笃定，您过两年会让位给他呢？”

“本来吧，这事我也没放心上，但好巧不巧，他前阵子为了对付明炀，给了我一瓶药。您看看，这药您眼熟吗？”

段天佑眉头紧锁：“没见过。”

黎洛将药瓶往茶几上一敲：“就算您不吃安眠药，是不是也有长期服用某种药物呢？”

段天佑戒备道：“你问这个做什么？我凭什么告诉你？”

黎洛：“您不告诉我也没关系，我先跟您解释解释，您儿子给我的这种药啊，如果服用剂量过多，会造成一个人记忆衰退、反应迟缓等一系列类似老糊涂的症状。我想，他既然掌握了配方，那他想要做成其他任何药的样子，应该都能轻易瞒天过海吧？”

段天佑抿唇不言，过了半晌，终于忍不住了：“你到底想说什么？”

黎洛：“我想说什么，您心里应该已经很清楚了，如果还不清楚，那可能是药吃多了。”

“荒唐！”段天佑拍案而起，“我的家产早晚是他的，他害我有什么好处？！谁知道你的录音是不是伪造的，故事是不是瞎编的？”

“人的贪心是无穷尽的。”黎洛从容不迫，“古时候还有不少太子谋反呢，他们图什么？不就是怕夜长梦多吗？明炀在你们集团受到越来越多人的认可和拥护，对他造成的威胁也就越来越大，担心再拖下去会失去人心。而你又顾忌他用集团收益资助母家，迟迟不肯把全部实权交给他。在这种情况下，他除了把继承权提前夺过来，还能怎么做？”

段天佑盛怒之下急喘着气，紧盯着他，仿佛要从他脸上寻出撒谎的痕迹。

黎洛泰然自若：“您要是不信，就把您平常吃的那瓶药拿去检测呗，看看里面是不是混杂了一部分有问题的药片，如果是的话，不就证明我所言非虚了？”

“就算我的药确实被换了，”段天佑道，“也不能证明是他换的。”

黎洛笑了：“那您去查呗，您手下不是有人吗？这点小事，对您来说应该不足挂齿啊。”

段天佑被他噎住，脸色阴鸷：“在我查出来之前，你最好给我守口如瓶。”

黎洛：“您放心，我要是说出去，您和您儿子不得联手追杀我？我还要这条小命呢。”

段天佑：“算你识相。”

黎洛：“但如果您查明真相之后，不兑现诺言，我可就要把这事捅出去了。那样一来，您儿子继承人的位置，恐怕是坐不稳了，毕竟谁愿意在一个无能又狠毒的人手底下做事呢？”

段天佑：“不用你提醒，我向来言而有信。”

“好，那我就不多嘴了。”黎洛站起身，“我先下去找明炀，您多保重，别气坏了身子，那可就正中我下怀了。”

段天佑气结：“不送！”

“送还是要送的，我难得来一趟，这点排面您总得给我吧？”黎洛走到门口，自个儿打开了大门，朝着外面等候的一排人随手一指，对段天佑说，“就这位送我下去吧，您看成吗？”

段天佑压根无心去看他指的是谁，一拂袖：“随你！”

黎洛笑了笑：“那就谢谢您嘞。”

其余的保镖和下属见董事长面色不佳，不敢在外多逗留，立即进入套房重返岗位，只有被黎洛指的那名中年男子留了下来，陪着黎洛往来时的电梯走去，路上一声不吭。

“怎么了，王东升，”黎洛率先打破沉默，“见到我，不应该先问候一声吗？”

被他唤作王东升的男子约莫四十有余，身高比他矮上一截，长相周正，略显富态，看起来似乎是个亲和勤恳的老实人，然而一开口，便透出了几分势利：

“黎先生，我现在已经不为黎家做事了，在段兴烨先生手下任财务经理，按辈分和职位，你应该对我尊敬些。”

黎洛冷笑：“可我喜欢按品性分人，有的人背信弃义，出卖雇主，你让我怎么尊敬得起来？”

王东升：“我承认我确实不够义气，但当年你家出了那样的事，底下员工都不好过，尤其是我们负责项目资金的部门，免不了被追责。我只不过是为了养家糊口，才选择跳槽去了段氏，实属无奈之举。”

黎洛：“照你这么说，如果段兴烨倒台了，你是不是就要‘无奈’地投靠段明炀去了？”

王东升没正面回答，只是讪笑：“黎先生多虑了，段总为人亲切务实，能力优秀出众，是段氏唯一的继承人，这事不会出任何差错的。”

“为人亲切务实？你在说谁？”黎洛语气夸张，“他前阵子刚爆出来的丑闻，你不知道？你在用2G上网吗？”

王东升眼角一抽：“我当然知道，段总遭人嫉妒，被人诬陷，还好法律还了他清白。现在这事已经基本尘埃落定了，黎先生的消息才是滞后。”

黎洛扑哧一笑：“我消息滞后？那请问你知不知道，这次的事只是前奏，想要扳倒他的人，手里有的是让他倒台的后招呢？”

王东升：“清者自清，段总没做过亏心事，又有董事长撑腰，无需担心。”

“他要是真有董事长撑腰，就不会到现在还拿不到全部家产了。你跟在他身边这几年，应该很清楚他干过多少见不得人的勾当吧？其中有些事，恐怕连你们董事长也会大发雷霆甚至改换继承人吧？”

王东升眼神闪烁了下：“绝对没有那种事。”

“行，你就继续自欺欺人好了。”黎洛拍了拍他的肩，“王经理，你可千万别改抱大腿，我非常期待看到你镣铐加身的那天，痛哭流涕地对我说‘我不该背叛你家，不该不听你的话，你救救我吧’。那画面，啧啧，我做梦都能笑醒。”

“黎先生说笑了。”

谈话间，他们走到了电梯间，黎洛按下升降键，待电梯开了门，转过头：“就送到这儿吧，王经理。最后送你句话，不是不报，时候未到。你好自为之。”

他踏入电梯，转身眯眼看着门外的人。

王东升迟疑两秒，终究忍不住问：“黎先生，你跟我说这些，难道不怕我告诉段总？”

黎洛：“如果你蠢到这份上，切断自己的后路，那神仙也救不了你了。”

王东升：“你的意思是，你在救我？”

“我可不是神仙，非要说是的话，那也是提前来告诉你死期的死神，想看你多做一会儿徒劳的挣扎而已。”

黎洛按下关门键，看着电梯在眼前缓缓关上，嗤笑：“药，可以乱吃。但话，我可从来不会乱讲。”

电梯门彻底关上，将王东升惊疑不定的脸隔绝在了门外。

黎洛对着镜面吐了吐舌头。

不会乱讲话的演员可不是好演员。

显示屏上的数字不断缩小，直到变为“1”时，电梯门再度缓缓打开。

门外站着微笑的段兴烨。

“黎先生，好巧。”他说，“我父亲喊我上去，他刚刚跟我通过电话了，没有对你提出任何异议。”

“哦？是吗。”黎洛迈腿走出电梯，与进入电梯的段兴烨错身而过，站定后回头，同样笑着，“那是不是说明，段先生打消对我的疑虑了？”

段兴烨：“先前你那么轻易就投靠了我，确实让我对你有所怀疑，不过既然连我父亲都觉得你没问题，那我也就没什么可担忧的了。希望黎先生别见怪。”

黎洛：“正常，疑人不用嘛，我理解。”

段兴烨笑意更盛：“与你合作真的比与你为敌愉快多了，说句真心话，我个人很想和你交个朋友，等这趟风波结束之后，我们或许可以一起去喝一杯，你看怎么样？”

“有空的话。”黎洛手伸进电梯间，替他按下了关门键，迅速撤回，冲他眨了下眼，“我现在更想去和你弟喝一杯。”

宴客厅内气氛正酣，多是品酒笑谈的宾客。林澄酒量不好，只能在安静的角落里一边喝果汁，一边伸长脖子张望黎洛什么时候回来。

结果没等来他洛哥，倒是等来了他表哥。

段明炀的脸色不怎么好看，上来就问：“澄澄，你看到他了吗？”

林澄不用猜也知道“他”是指谁，可当他正要回答时，目光越过段明炀的肩膀，突然看见黎洛从电梯间那儿出来了。

看到他们俩时，黎洛脸上的愣怔一闪而过，紧接不知想到了什么，又浮现出了狡黠的笑容，莫名其妙地朝他做了个食指抵唇的噤声手势，接着一闪身，躲到了一根离他们十来米远的柱子后面，挡住了身形。

段明炀顺着林澄的目光望去，没有寻觅到人影，转回头来问：“你在看什么？”

“啊？噢噢，没什么……”林澄估摸着黎洛可能是想捉弄段明炀，比如从柱子后面突然蹿出来大吼一声之类的，想象了下他一向正经冷静的表哥被吓到的画面，觉得还挺有趣，于是说，“你问洛哥吗？我刚刚看到他往电梯间去了……”

段明炀蹙眉：“他去了几楼？”

林澄：“我也不清楚，只看到段兴烨冲他点了点头，他就跟着去了。”

“段兴烨喊他去的？”段明炀脸色微变，尚未等到回答，就立即转身往电梯间大步走去，林澄留都来不及留他。

段明炀步伐匆忙，疾步从人群中穿过，不停地说着“借过”“抱歉”。半途中，苏芷恰好跟他撞上，见他神色不对劲，关切地问了句：“怎么了，明炀？”

“我上去一趟。”段明炀没停下脚步，直接从她面前头也不回地经过，“如果你看到他下楼了，给我发信息。”

苏芷还想问一句“他是谁”，段明炀已经走到了几米开外，被层层人群挡住了身影。

靠近电梯间的区域相对较为安静，没有几个宾客走到这一块儿来。少了人群的阻碍，段明炀越走越急，皮鞋踏在大理石地上发出清晰而响亮的嗒嗒声，他却充耳不闻，目光紧盯着前方的入口，自动忽略了周遭所有的事物。

以至于旁侧突然伸出只手时，他毫无防备，被对方猛地一把拽了过去！

砰！

那人将他狠狠按在了背光处的柱子上。

段明炀闷哼一声，堪堪站稳。

段明炀尚未予以反击，那人就迅速拉开了距离。

“段总，我今天立了功。”

段明炀看着黎洛，神色依旧冷冷淡淡。

“黎先生，不要再玩过去那一套，没用的。”

“真的没用吗？”黎洛抬眼笑看他。

段明炀转身离开：“别在段家的地盘胡闹。”

黎洛立马跟上去，用只有他们俩能听见的音量说：“别走啊，你怎么不问问我立了什么功？我特别想在你面前吹一吹。”

段明炀直视前方：“我不想听，也不需要你做这种多余的事。”

黎洛：“哪儿多余了？你听了就知道了，我今天把你哥和你爸耍得团团转——”

“黎先生。”段明炀忽然刹住脚步，转向他，眉头压得很低，“我说了，我不需要你去做这种事，明白吗？”

黎洛怔了怔，恍然大悟：“哦——你在担心我。”

段明炀沉默不答。

“你刚刚找林澄，是不是想问我去哪儿了？”

段明炀依旧沉默。

黎洛笑得弯起了眼，揶揄他：“你明明很关心我，是不是？”

“我从来没说过你有什么错。”段明炀目光深邃，“我只是说我们合不来而已。”

黎洛的笑容定格在脸上。

他傻眼地看着段明炀转身汇入人群，身影消失，直到半分钟后才回过神来。

上天似是有心帮他，后续几天，为了让他专心准备之后的电影拍摄，公司给他接的综艺和代言活动都适当减少了些。

罗鹏经过上一次的“转发事件”和“英国失踪事件”，担心黎洛在开拍前又惹出什么祸端，巴不得他整天闭门不出，老老实实待在家里。

可惜天不遂人愿，黎洛只要闲着没事，就三天两头往段明炀家跑。

前两次去还能逮着人，可后来段明炀或许是嫌他骚扰过多，干脆不待在家里了。黎洛的车停在别墅门外，等了一上午都没见着人，立马掉转车头，超跑一路轰鸣，直接开到了段氏办公大厦的楼下。

他来得高调张扬，撑着鲜红色敞篷跑车的车门翻身落地，赚够了回头率。大冬天还戴着一副夸张的全黑墨镜，却没将标志性的头发藏起，任它随风飘扬，就差把“我是黎洛”几个大字写在脑门上了。

刚迈出几步，尚未到达大厦门口，便被认出他的人群团团围住，寸步难行。到最后不得不让大厦里的所有保安来维持秩序，他才得以进入办公区。

段明炀从会议室开完例会出来的时候，根本没法迈腿。

目之所及，办公区内排队的人绕了整整三圈，黑压压的一片，而队列的最前端，某位任性乱来的大明星面前摆着张办公桌，正自说自话地举办着小型粉丝签名会。

“别挤，一个个来，见者有份。”黎洛一边吆喝着，一边接过粉丝递来的笔记本、打印纸、衣服……甚至还有口红。

“洛哥！！这是你代言广告里拿的色号！我可喜欢了！能不能用它给我涂个嘴？那我就人生圆满了！”

黎洛拿着口红苦笑道：“别嫌我涂得难看啊。”

“不会不会！涂到耳后根去都行！”

女粉丝立刻闭上眼，噘起嘴，缓缓凑近。不像是要涂口红，倒有点像是在索吻。

黎洛无奈地抬手，将口红戳过去，正琢磨着该从哪儿下手，旁边一侧突然横生出一只手，扣住了他的手腕。

下一秒，他听见人群倒吸一口凉气，自觉地往外散开了一圈，胆战心惊地低呼：“段总……”

“上班时间，擅自离岗，当公司的规定是摆设吗？”段明炀沉声呵斥，“两分钟内不回岗位，扣除一个月奖金。”

所有在排队的员工听了这话，立刻如同鸟兽受惊般四散逃开，宛如大型逃难现场。仅仅一分多钟后，黎洛的桌子前就空无一人了。

“段总，你怎么这么不近人情啊。”黎洛笑眼看他，完全不知悔改。

段明炀手上使劲，握着他的手腕将他拽了起来，一声不吭地往自己办公室疾步走去。

黎洛被他拉扯着，边走边喊：“哎，等等，我这口红还没还给人家呢……”

段明炀置若罔闻，直接将他拽进了自己的办公室，砰的一声关上门，隔绝了所有窥探的耳朵和视线。

“你还要胡闹多久？”

黎洛因惯性往前冲了几步，差点撞上办公桌，站稳了才回头：“我胡闹还是你胡闹啊？”

段明炀不接他的打诨插科：“你这么招摇过市，生怕段兴烨不知道你来找我了吗？”

黎洛哼笑，漫不经心地把玩着那支红宝石色的口红：“他知道才好，反正在他眼里，我就应该故意接近你来套取情报啊。我要是不来找你，他才觉得奇怪呢。”

段明炀：“你这么任性妄为，迟早会暴露。”

黎洛笑了：“暴露什么？”

段明炀：“不要岔开话题。”

黎洛耸肩：“行，反正在我暴露之前，你先把他的恶行曝光出来不就好了？”

段明炀：“没那么容易。”

“哪儿不容易了？我都听苏芷说了，你们手里有确凿的证据，证明段兴烨参与了非法交易。”黎洛走上前，“亏我之前为你那样鞍前马后，你却瞒着我说你没有足够的证据，还放任段兴烨洗白，你有没有良心？”

段明炀一动不动："没必要让你知情，越少人知道越好。我说过，光凭这件事，扳不倒他们。我的目的是趁他们自顾不暇之际，抓到他们更多的把柄和破绽。"

黎洛："所以你就趁机把那名保镖安插到你哥身边，为你通风报信？"

段明炀："他没那么大权力，拿不到情报，只是为我关注段兴烨的行程而已，苏芷更重要。"

黎洛撇了撇嘴："哦……怎么个重要法？"

段明炀后退了一步，躲开他："她是段兴烨身边最亲近的人，刚结婚的时候，段兴烨对她还没那么戒备，她暗中掌握了很多证据。但她还没来得及转移出来，段兴烨就开始怀疑她了，所以这次的事相当于一个豁口，让她有机会把证据交到我手里。"

黎洛："那你之前说，她把段兴烨电脑里的资料给删了，段兴烨就一点儿没察觉吗？"

段明炀："后来应该察觉了，或许只是没抓住她删资料的证据，也可能是觉得她看不懂那些资料，拿去了也没用，所以没对她做什么。而且你家的那些资料，他肯定有备份，删了也不要紧。"

黎洛在心里默默感谢了苏芷一百遍，又道："还有一点，我早就想问了，既然你和苏芷没有一腿，为什么她愿意冒这么大风险，把证据交到你手里？难道是你……"

"是我指使苏芷去和段兴烨结婚的，你想这么说是吗？"

黎洛点头："你看，你都能猜到我要说什么，我们是有默契的。"

段明炀："黎先生总能把我所做的好事理解成坏事，谈何默契？"

黎洛："那就是默契还不够，需要多多培养。"

段明炀："黎先生请回吧。"

黎洛扯住他衣服："别别！我不说了还不行吗，你继续，苏芷她到底怎么回事？"

段明炀视线下移，看着自己被扯皱的衣服，皱起了眉。

黎洛立马识相地松开了手，冲他无辜地眨了眨眼，段明炀依旧皱着眉。黎洛只得伸手把起皱的布料捋平了。

段明炀这才开口："她很傻，但也很清醒。"

黎洛一歪脑袋："什么意思？"

段明炀："我早就跟她说过段兴烨并非爱她才和她结婚的，她却还是败在了段兴烨的谎言之下，以为自己能让他浪子回头。好在当她发现自己遭到背叛的时候，立刻清醒，开始着手收集他出轨的证据，势必要让段兴烨付出代价。”

黎洛接上：“可她一个人势单力薄，光有证据也扳不倒段兴烨，甚至可能断送歌手生涯，所以就找到了志同道合的你合作？”

段明炀：“没错。”

黎洛懒洋洋地靠在办公桌边上，轻哼了声：“她把自己的前途和人生都托付给了你，还真是信赖你啊。不知道段总高中的时候做了什么好人好事，让人家如此倾心于你呢？”

“因为她知道我于心有愧，一定会帮她。”

“嗯？”这答案倒是出乎黎洛的预料，“你愧疚什么？”

段明炀却没答，继续刚刚的话题：“总之，幸好她那时及时醒悟，当机立断，我们现在才能掌握你爸一案的关键证据。否则，怕是多费很多力气，也未必拿得到。”

这点黎洛深表同意，如今能拿到证据，实在是件极其幸运的事，首先苏芷必须出手迅速果断，其次她必须选择段明炀作为合作伙伴而不是别人，然后段明炀必须仍然愿意帮他爸翻案，接着还得演戏瞒过段兴烨，最后要找到机会令段兴烨自顾不暇、趁机转移证据。

每一项都是不可控因素，缺一不可，而他们竟然做到了。若非老天开眼，那真是命中注定段兴烨该遭报应。

黎洛点头：“看来我得再好好感谢她一次，看看能不能回报她什么。”

段明炀：“她做这些是为了自己，并非有意帮你，而且她的目的很明确，只是为了报复段兴烨，并不想参与到你家的案子之中，也不需要你的回报。”

黎洛：“那可不一定，万一她想再找个靠谱的男朋友呢？我人脉这么广，准能帮她找到适合的。”

段明炀冷眼瞧他：“你有空胡思乱想这些，不如先考虑自己的处境。”

黎洛摆手：“我朋友很靠谱，不用考虑。”

段明炀一时无言，脸上神色不知是喜是怒。黎洛坦然与之对视，抛玩着手里的口红，艳丽的色彩在视线中来回跃动，更艳丽的是他含笑的眼睛。

“盯着我看干什么？我说得不对吗？”

段明炀似是终于受够了他，下达了逐客令：“请回吧，黎先生，以后不要再来段家的地盘找我。”

黎洛根本没把他的话放在眼里，笑着贴近他，抬起手，骤然施力，一把拽过段明炀。

“别想甩掉我。”黎洛眯起眼，“合不来也得给我磨合到合得来，听到没？”

段明炀的目光不咸不淡地落在他脸上："凭什么？自以为是。"

黎洛脑子转了个弯才明白他话语中的含义，不由得笑了："你不服？那就证明给我看啊。"

段明炀将他推开："黎先生，激将法没用。"

黎洛："那什么办法有用？你告诉我，我一定——"

嗡嗡！急促短暂的振动声打断了他们的对话。

段明炀闻声前倾，去拿放在办公桌上的手机。

段明炀看完了信息，将手机放下，从容地理了理自己的西装，若无其事道："黎先生，我刚得到消息，段兴烨正在来我办公室的路上，可能已经上电梯了。"

黎洛愤愤地在心里大骂了段兴烨八百遍后，只能一本正经地接话："他来找你还是找我？"

"不清楚，保镖只告诉我他来了。但不管是来找谁的，你留在这里都不妥当，请你尽快回去。"

黎洛却拒绝道："我不走。"

段明炀皱眉："现在不是任性的时候。"

话音刚落，办公室外忽然传来多人的脚步声，由远及近，听样子只差几步便到门口了。

段兴烨来得比信息中还快。

段明炀神色一凛，立即指着沙发说："你去那坐，听我安排。"

黎洛握紧了手里的那支口红，稍做掂量，突然冲他一笑："谁要听你命令？你算个什么东西？"

段明炀罕见地微怔了一瞬。

黎洛的音量越拔越高："段明炀，你有本事把你哥的女人抢过来，怎么没本事把你哥的家产抢过来呢？就会在这儿给我摆威风，废物！我警告你——"

啪！

段兴烨拧门把手的动作停顿了半秒。

接着推开了门。

办公室内，段明炀背对着他，站立在办公桌前，刚放下手。

黎洛正对着他，一手扶着书桌，一手则紧捂着自己的脸，偏过头，略长的头发掩盖住了脸颊。

段兴烨身后紧跟而来的几名下属虽没听见对话，但瞟了眼办公室里的情形，大致也猜到发生了什么。一名下属暗暗朝身旁的另一名下属使了个眼色，两人都从彼此眼中读出了同一条讯息：段明炀，果然和传闻中一样暴戾，连自己手下的当红艺人都打。

沉默良久的黎洛缓缓转过头，松开了手。

左脸颊上红白相间的五指印触目惊心。

他眼眶通红，琥珀般的眸子中变幻交错着震惊、愤怒与不甘："段明炀……"

他努力压下喉间快要溢出的愤怒，咬牙切齿地挤出几个字："你会付出代价的。"

第19章

黎洛放完狠话，迅速转过了头，似是不愿以这种狼狈的模样示人。

门口除了段兴烨等人，一些胆子大的员工也偷偷摸摸地从工位上望过来，试图透过人群缝隙窥探办公室里的情况。

段兴烨到底是老江湖，只被这场面震住了一秒，立刻管理好表情，恢复成了平日里镇定自若的模样，朝自己身后的若干人等说："你们守在外面，别让外人进来。"

保镖和下属依言告退，替他关上了门，办公室内转眼间只剩下他们三人。

"怎么了这是？"段兴烨忧心道，"明炀，你怎么能打人呢？还好我看到了黎先生出现在我们集团的新闻，特意过来看看，否则这传出去，你们俩可怎么收场呀？"

段明炀抿唇不言，刚刚扇了黎洛耳光的那只手垂在身侧，五指微蜷着，似乎有些僵硬。

"呵……他才无所谓。"黎洛先开了口。

他抬手愤而一掷，将那支口红砸到了段明炀胸膛上，口红落地，咕噜噜地滚了几圈，停在了段兴烨脚边。

段兴烨低头，弯腰捡起来，放在眼前仔细看了看，问："这是谁的？"

黎洛冷笑："从他抽屉里找到的，你不眼熟吗？"

段兴烨瞬间了然，饶有深意地看向段明炀："原来是这么回事。"

段明炀仿佛才回过神："我教训自己手底下的员工，不需要别人插手。"

"行，你们之间的内部矛盾，你们自己解决。"段兴烨走至办公桌前，将那只口红放正了，转身笑看他，"我们之间的事，一会儿再说。我先去外面等着，你们好了喊我，不要再吵起来了啊。"

段兴烨一走出去，黎洛立刻把门锁了，确定对方没在门外偷听后，这才长长地松了口气。

"幸亏我机智。"他转身看向仍杵在原地的段明炀，"段总，你这反应也太慢了，差点露馅。”

段明炀抬起自己的右手，垂着眼帘：“你这是在干什么？”

“激将法没用，那就换一计呗。”黎洛大大方方地承认，走回到他跟前，勾起笑，“怎么样，后悔了吗？”

段明炀：“是你自己抓着我的手打的。”

“情况紧急，我怕你下不了手。”

段明炀转身离开。

黎洛刚想埋怨几句“无情无义”，段明炀又折了回来。

手里多了条从衣架上取下的围巾。

“黎先生，不要再胡闹了。”

段明炀走到他面前，捧着围巾，往他脖子上绕了两圈，稍做整理，将厚实的布料竖起，挡住了他的半张脸，再将耳鬓的发丝散下。如此一来，几乎看不出一侧脸颊偏肿。

黎洛的脸埋在柔软温暖的羊毛围巾里，抬起一双含着笑意的眼：“不闹了，对不起，刚刚是有点胡来了，主要是怕你哥突然闯进来看出点什么，干脆先发制人震住他，打消他的疑虑。你看，这不是奏效了吗？”

段明炀不接话：“还疼吗？”

黎洛：“嗯，还好。”

段明炀微皱眉，似乎又想说些反驳的话，黎洛立即赶在他前头开口：“好了，不开玩笑了，我先走一步，不然你哥又该起疑了。”

“嗯。以后要见我就打电话，不要来这里。”

黎洛闷闷地说：“我打了啊，你不接。”

段明炀：“刚刚在开会，这阵子很忙。”

黎洛：“好吧……什么时候才能再和你见个面啊？”

段明炀沉吟片刻：“下周的华曲奖，你去一趟，苏芷也去，我们商量下后续安排。”

黎洛笑了：“可是华曲奖主办方也没邀请我啊。”

段明炀：“你听金仁安排就行。”

黎洛意味深长地“哦”了声：“那就先谢谢段总给我开后门了。”

段明炀没再说什么，径自走到了自己的办公桌前坐下，说：“回去吧，不要总掺和到段家的事里，我可以应付。”

“嗯。”黎洛最后冲他弯了弯眼，“你也当心。”

他算是明白了，段明炀在他面前，根本就是块空心石头。稍微任性一点，使出蛮劲撞上去，就能把石头撞出道道裂缝。

当天晚上，黎洛就主动约了段兴烨见面。

在段明炀派来暗中保护他的保镖还没来得及通风报信之前，他就已经坐上了段兴烨的车。

司机没有得到明确的目的地指示，便在城市的大街小巷中慢悠悠地穿梭，偶尔抬眼透过反光镜看一下后方，也只能看到如水泥墙般坚实的挡板。

后座俨然成了一处私密安静的商议场所。

段兴烨开了瓶香槟，斟满两杯，一杯递给身旁的人："招待不周，黎先生还请见谅。"

黎洛接过酒杯，不屑地轻哼："是挺不周的，我以为段先生怎么着也该请我去你家名下的大酒店谈事，谁知道竟然是在车里，是不是看不起我？"

段兴烨微笑："黎先生身份特殊，要是被人瞧见你来找我，免不了引起猜疑。"

黎洛："我看你是怕被段明炀发现吧？"

段兴烨："不能说怕，但我们合作这种机密的事，自然不能被他知晓。"

黎洛："他知道了又怎么样？反正我已经跟他吵崩了。"

段兴烨："黎先生，我知道你还在生气，但你看，我都没跟他吵，你又何必往心里去呢？"

黎洛："你少拿自己来比较，谁不知道你段总花名在外，你对苏芷本来就没有感情，当然不介意她找别的男人。"

段兴烨抿了口香槟，过了良久，忽然说："其实也不是毫无感情。"

黎洛侧目："嗯？这话从你嘴里说出来，怎么这么假呢？"

段兴烨笑了："黎先生，我知道我在你心里印象不佳，但如果你出生在我这样的家庭，估计比我也好不到哪儿去。"

黎洛："我就家庭美满了？你找借口也得看看对象吧。"

段兴烨摇头："起码你爸为人正派，你耳濡目染的，应该也是些光明磊落的正道吧？而且你爸应该也不会突然带回来一个私生子，跟你争夺家产吧？"

黎洛："你接着卖惨，我听着呢。"

段兴烨苦笑："你看，连我的真心话，也不会被人相信。"

黎洛："那是因为你假话太多了，《狼来了》的故事听过吗？"

段兴烨："我承认我说过不少假话，但是……"

他抬起左手，注视着无名指上的结婚戒指，目光微微出神。

"婚礼上对她说的那句'我愿意'，是我这辈子说过最真心的话。"

黎洛冷眼看他："哦，然后你结完婚又去找小情人了，可真够真心的啊。"

段兴烨放下手，将杯中酒一饮而尽，说："如果她与我弟毫无瓜葛，我或许是能与她白头偕老的。"

黎洛轻嗤："我明白了，总之你这么恶毒又花心，都是段明炀的错，你自己一点问题都没有。"

段兴烨将空玻璃杯放回孔位，转过头，"黎先生，你今天特意来找我，应该不只是为了呛我吧？"

黎洛见好就收："当然不是，我有要紧事找你。"

段兴烨："愿闻其详。"

黎洛将跷着的腿放下，正色道："段明炀他，好像拿到你参与那些交易的证据了。"

"怎么会？"段兴烨脱口而出，说完立马改口，"我根本没有参与，他哪儿来的证据？"

"都这个时候了，段先生，你就别装模作样了吧。"黎洛压低了声音，"我觉得你身边，可能有他的人。"

后座内安静了一秒。

"你为什么这么觉得？"段兴烨问，"知道是谁吗？"

黎洛摇头："那倒没有，但你想啊，之前连警方都没查出来，为什么现在审判快进入尾声了，他突然有了证据？除了有人透露给他之外，还能有什么渠道？"

段兴烨颦眉，似乎还不大相信："我身边应该不存在这种人，也有可能是有人存心污蔑。黎先生，你亲眼见到他所谓的证据了吗？是什么内容呢？"

黎洛心里冷笑，段兴烨这厮，还在跟他装蒜呢，无非就是想套出他的话来。

"我又不是他心腹，他怎么会给我看？"黎洛端起香槟，轻轻晃了晃，"信不信由你，总之呢，我建议你还是小心为妙，没事多排查排查身边的人，尤其是给你管账的人。我们家的前车之鉴，段先生应该最清楚不过了吧？"

他浅饮了一口香槟，看着段兴烨脸色微变。

"黎先生这是意有所指吗？"

黎洛："你心里明白就好。背叛过一次的人，怎么能保证他不会背叛第二次？"

段兴烨沉默几秒，仰头靠倒在座椅上，叹了声气："我以为我的前妻离开我之后，我就不用再担心被人背叛了。"

黎洛毫不同情："做多了亏心事，就别怕遭报应。"

段兴烨笑出了声，难得反呛回来："那黎先生当初被我弟背叛，又是因为做了什么亏心事呢？"

黎洛翻了个白眼："要你管。"

他跟段明炀谁也没背叛谁，还不是面前这浑蛋搞的鬼。

段兴烨依旧笑着："好，我不管，但你也别真的跟他闹掰了，别忘了我们合作的目的。"

黎洛不耐烦道："知道了，我就说说而已，回去就跟他和好去。你也看到了，他那么对我，我怎么可能放弃报复他？"

段兴烨颔首："你知道轻重就好，不过我也是没想到，他居然会打你。要不是我亲眼看到，我真不敢相信。"

黎洛："现在你总该相信我绝不会帮他了吧？"

段兴烨："我一直都很信任黎先生你啊。"

黎洛服了他的厚脸皮。如果真的信任，怎么会在收到他来集团找段明炀的消息之后，立刻赶过来一探究竟？

真是撒谎不打草稿。

这趟短暂的大马路之旅最终停在了黎洛家附近的僻静街口，段兴烨连车都没下，只简短客套地跟他道了声别，便让司机掉了个头回去了，谨慎到了极点。

黎洛边骂骂咧咧边看着车子驶远，只好将大衣裹紧了，用围巾遮住脸，拢起长发，迎着冬日的冷冽晚风，低头徒步往回走。所幸夜色已深，寒意又逼得路人脚步匆匆，没有几个人仔细看他的脸，一路竟没被人认出来。

回到家时，他露在外边的半张脸都快冻僵了，赶紧将暖气开到最大，待室内温度上升了些，才脱下沉厚的大衣。

刚松了口气，手机就响了。

视频电话的振动跟催命似的急促，"明炀"两个大字气势汹汹地显示在屏幕上方，看着都备感压力。

黎洛不急不忙地给自己倒了杯热水，捧着水杯抿了几口，直到被冻得发白的唇色红润了些，才按下绿色通话键。

"我错了。"

第一句话就秒认㞞，果然让脸色愠怒的段明炀怔了一瞬。

视频里的青年神态乖巧，白皙的脸颊上浮着一层薄红，不知是被冷风吹的还是喝酒醉的，吸了吸鼻子，下巴和脖子缩在还未摘下的围巾里，一双剔透的琥珀色眼睛无辜地看着他。

段明炀盯着他沉默半晌，问："你下午怎么答应我的？"

黎洛捧着手机倒在沙发上，头发散开来，接着侧了个身，脸离屏幕又近了些："我去找段兴烨是有原因的，你能听我先解释一下再骂我吗？"

"我没想骂你。"段明炀抬手松了松领结，拿起水杯灌了两口，将水杯放下后，才沉声道，"说吧，我听着。"

他将与段兴烨合作的前因后果通通说了一遍，末了还不忘抱怨："那天在你爸的寿宴上就想告诉你了，你不肯听，还让我别插手。"

"我现在也是这个态度。"段明炀的神色没有缓和多少，"你挑拨他们父子之间的关系，确实很聪明，但你有没有想过，如果你那天稍有纰漏，可能就出不了那个房间了。"

黎洛："我知道你是在担心我，可我这不是好好出来了吗？我爸的事我怎么能不参与呢？而且，我那天铤而走险也是因为……想在你面前表现表现，将功补过一下。"

段明炀："黎先生，我应该已经说得很清楚了，你没有错，我没有怪你，非要说错的话，也是我的错。"

黎洛低头把脸埋进围巾里，小声嘟囔："你明明就是在怪我，我们的误会都解释清楚了，你还不跟我和好。"

"我不是……"段明炀停顿住，过了几秒，轻轻地叹了声气，"你还是和以前一样。"

黎洛："嗯？"

段明炀："在我面前似乎很听我话，很信任我，可实际上，你又很任性。"

黎洛："你讨厌这样？"

"我不是这个意思。"段明炀垂眸，"我只是觉得，你现在对我的态度，和曾经一样。"

黎洛微怔，脑子转了转，继而明白了。

态度和曾经一样，也就意味着，结局也可能会和曾经一样。

他们仿佛陷入了一个解不开的死循环。

怪只怪，他起了个坏头，从一开始，就没把彼此之间的信任基础打好，满口的兄弟情义里全是虚情假意，以至于当他开始用心的时候，段明炀已经很难再信任他了。

后来好不容易相信了，这份地基不稳的单薄信任又被误会击碎。

黎洛回忆了下，似乎这五六年……他没有一句值得让段明炀与他和好如初的好话。

他们俩总是一而再再而三地错过稳固信任的好时机，才走到了如今这般田地，不知该如何修复，也不知该如何继续。

“那，如果我能证明我曾经也不是骗你的，你愿意跟我和好吗？”他抱着一丝希望问。

既然一切矛盾的根本原因都源于最初的猜疑，那就回到最初，将开始与发展的时间线好好捋捋清。让段明炀也知道，他当初并非从始至终地欺骗。

段明炀反问：“你怎么证明？”

黎洛想了想：“比如那年你生日，我给你订了蛋糕，那个时候——”

“只有那一年而已，后来的生日，你都食言了。”段明炀打断了他的话，“时间是会模糊记忆的，我已经不能确定，那天你是真的发自内心地对我笑了，还是我记忆中的美化而已。”

段明炀摇摇头，显然不想再多谈这个话题，说：“已经很晚了，我要去睡了，你也快睡吧，明早八点还有行程。”

黎洛见他这样固执，怕又惹他不高兴，只好暂时妥协：“好吧，如果睡不着，记得给我打电话，别再吃安眠药了。”

“嗯。”

待挂了电话，黎洛才忽然反应过来，段明炀怎么知道他明天有行程？

这人，真是越来越好懂了。

周末，华曲奖当天。

傍晚六七点钟，冬日的冽风呼啸而至，将厚重的红毯尽头都吹得卷起了边，工作人员连忙将边缘压平了，以免下一位嘉宾走红毯时被绊倒。

多数女明星都要美丽不要温度，穿着抹胸连衣裙、露背装在红毯上摆造型，争奇斗艳。男明星则大多裹得严严实实，上好的西装布料保暖又防风，根本不用担心挨冻。

仅有一位例外。

三楼的监控室内，段明炀插兜站在反光玻璃窗前，目光下视，望着楼下正在红毯上停留拍照的那道单薄身影，很浅地皱了皱眉。

“段总，嘉宾已经差不多到齐了。”工作人员走过来说，“您要不要去现场兜一圈？”

“等等。”段明炀目送着那人走完了红毯，身影消失在嘉宾入口处，才转过身。

“走吧。”

一年一度的华曲奖再度如期举办，地点与去年相同，赞助方也相同。

来参加过上一届颁奖典礼的嘉宾多多少少对“段氏”这个名号有几分印象，加上这阵子段明炀频繁登上“热搜”，知名度再次升级，是故现场大大小小的嘉宾几乎都对他有所耳闻。

段明炀带着两名便衣保镖从监控室下来，低调地步入会场，巡视典礼现场的安排。

然而几个眼尖的明星依旧认出了他，立即站起身来，恭敬客套地喊“段总您好”，附带自我介绍，显然是想混个脸熟。

段明炀回了他们一声“你好”，但也仅此而已，说完便头也不回地往前走，一步都不停留。对方毫无搭话的机会，面面相觑几秒，只能知难而退。

五百多人的颁奖典礼大厅，沿着段明炀视线的去向画一条直线，最终连到了一人身上。

他走到离那人不过三四米远时，那人尚且浑然不觉，只顾着和身旁的人打闹拌嘴。

身上单薄的浅金色丝绸衬衣松松垮垮，折射出流动的灯光，华丽又慵懒，宛如一头高贵的狮子。最上边两颗纽扣都没扣，导致领口大敞，平直凸起的两截锁骨看得一清二楚。脖子上的黑色颈荡下来一条细长的铂金链子，末端挂着一个戒指吊坠。

已经长长了些的头发扎成了短短的辫子，被别人紧紧攥在手里。

分明是在被欺负，却像是占了什么便宜似的，琥珀色的眼里溢出笑意。

段明炀轻咳了一声。

黎洛才发现他，转过头，稀松平常地打了声招呼：“嗨，刚想去找你。”

段明炀的眉头稍松了些许：“真的吗？”

黎洛笑了笑：“假的，你滚回监控室行不行？影响我心情。”

段明炀瞥了眼一旁的江流深和夏希艾，回：“你也很碍眼。”

紧接着又稍稍侧身，对夏希艾说：“夏希艾，上次的事，抱歉。”

夏希艾微怔，似乎没料到他会为上次华曲奖的事道歉，刚想回话，却被江流深挡住了。

“然后呢？道个歉就过去了？你给人家造成心理阴影了，怎么赔？”

夏希艾小声说：“你别乱说话……”

黎洛一副看热闹不嫌事大的态度，朝他做口型：“看你怎么办。”

段明炀的视线扫荡了一个来回，收回目光，淡淡地问：“那小朋友想要怎么赔呢？”

黎洛的笑容一滞。

“不、不用赔……”夏希艾斟酌着词句，“段总当时那么做也无可厚非，我没有怪你……”

“你很善解人意，谢谢谅解。”段明炀道，“祝你今晚有所斩获。”

说完便与来时一样，带着保镖径直从他们面前走过，半秒都不再留恋。

出了典礼大厅，他没回监控室，去了后台工作人员专用的休息室。在门口吩咐了保镖几句，一名保镖反身折回大厅，另一名则将里面的无关人等撵去了另一间休息室，接着退至门外，来回巡逻，确保闲杂人等勿入。

过了十分钟左右，休息室的门终于被敲响。

“请进。”

传来一声清脆的按门把手声响。

“不去看颁奖吗？”

苏芷关上门，走进来：“黎先生在外面聊得正开心呢。”

段明炀倒了两杯茶，一杯推过去。

苏芷走到沙发边上坐下，喝了口热茶：“可他上次给我打电话，说为了跟你和好，什么都愿意做呢。”

“他有时候只是说说而已。”

段明炀的目光不知落在何处，安静地握着茶杯，却没有喝。

苏芷也静静地看着他。

时间过去一秒、两秒、三秒……

“他还说了什么？”

苏芷扑哧一笑：“你怎么不自己去问？难道需要我给你们两个传话不成？考虑一下我的感受好不好。”

段明炀摇头：“算了，无论他说了什么，眼下，我都不能和他走得太近。”

他取出一个牛皮文件袋，递至苏芷面前：“你的离婚手续已经办完了，律师为你争取到了最大利益，你拿去看看。”

苏芷的笑容瞬间定格，缓缓放下递到唇边的茶杯，接过文件袋，看着封面上“离婚财产分配”几个大字，微微出神。

“有什么可看的……就算半分财产都没得，我也不在乎，我只希望他能为自己的所作所为付出代价。”

段明炀：“接下来的交给我，你不用再参与了，否则段兴烨真的会对你不利。”

苏芷：“我忍了这么多年，就为了等这一次机会，你却让我退出？”

段明炀："我只是担心他会不念旧情，让你身败名裂。"

苏芷苦涩地笑了声："就算身败名裂，我也要与他玉石俱焚。这是我们之间的事，我自己来处理吧。"

她拿着文件袋站起来，理了理蓬松微卷的发型，稍昂起头，挺直脊背，微笑道："你不去看颁奖，我可要去看了，毕竟，这或许是我最后一次参加颁奖典礼了。"

段明炀沉声道："不会的。"

"那就先承你吉言了，改日再见。"

关门声响起，紧随其后的，是走廊内苏芷的细高跟踏在硬实的地砖上发出的声响，如同金石掷地般清脆有力。

然而在某一瞬间，戛然而止。

空旷安静的走廊内，苏芷脸上的笑容慢慢敛起，发呆良久，长叹了声气。

"苏小姐，怎么了？"

黎洛恰好撞见了她，问："你们这就商量完了？不是说我们三个再谈一谈后面的对策吗？"

苏芷重新拾起笑："黎先生，晚上好。我还有事，就先走了。而且我觉得今晚不是个适合谈正事的日子。"

苏芷浅浅地笑了会儿，目光落到自己手中的文件袋上，忽然问："黎先生，你知道当初段兴烨为什么会来追求我吗？"

黎洛想了想："是不是想利用你来塑造自己的'好丈夫人设'？"

苏芷摇头："如果仅仅如此，他有大把更容易得手的人选，为什么偏偏选择我呢？众所周知，我不是那么好追的，也不是那么好掌控的。"

黎洛："有道理……那我想不出来了，愿闻其详。"

苏芷垂眸，似乎陷入了某种回忆："他追我是因为……他以为明炀爱我。"

黎洛恍然大悟："所以他娶你只是为了气段明炀？我的天……真不是个东西。可是你和段明炀之间明明没有感情啊，'曾经的恋人'不也是婚后才编造的吗？他先前怎么会那么以为？"

苏芷抬眼："因为，他看到了明炀钱包里的照片。"

黎洛微愣，脑子里迅速转了个弯。

原来之前段兴烨告知他这件事的时候，是把事情的时间顺序颠倒了来说的。

不是先结婚然后看到照片，而是看到照片后才选择和苏芷结婚。

然而无论哪个顺序，都存在同样的困惑：为什么段明炀要把和苏芷的合影夹在钱包里？

他干脆一不做二不休，直接问了出来。

苏芷却没直接回答，而是继续说："从那之后，段兴烨就开始追求我。明炀也发现了自己钱包被翻看的事，并且找到了我，说明了照片的缘由。"

黎洛："什么缘由？"

"他说，照片是匆忙之下随手剪的，没有考虑那么多，就塞进了钱包夹层里。"

苏芷浅笑。

第20章

空寂的走廊内安静得如同与世隔绝。

“我觉得好傻。”

黎洛笑了笑，逆着光的眼眸中似有微光在隐隐闪烁。

“太傻了，那个傻瓜。”

苏芷也笑：“觉得他傻，就让他开开窍吧。”

“嗯，我会的。”

黎洛走到休息室门口，手按上门柄，忽然回过头来：“苏小姐。”

苏芷：“嗯？”

黎洛：“对不起。”

苏芷愣了下，随即莞尔：“道什么歉，照片又不是你放的。非要说的话，说声谢谢吧。”

黎洛知道她在开玩笑，但还是认认真真地回：“谢谢你，如果以后有什么需要我帮忙的地方，我在所不辞。”

“这可是你说的哦。”苏芷笑道，“如果我到时候被我前夫泼脏水，你可要给我撑腰啊。”

黎洛比了个“OK”的手势：“我绝对让他知道你是他不该招惹的女人。”

苏芷笑得爽朗，笑声在走廊内回荡，渐渐低了下去。

苏芷依然扬着嘴角，眼眶却微红。

“我多么希望，我和他之间，也是误会一场。”

黎洛看着她，低柔道：“苏小姐，虽然这么说听起来有些敷衍，但我认为，你绝对值得更好的。”

苏芷仰头望了会儿天花板，复又低下头，冲他微笑：“我也这么认为。”

黎洛也笑：“不愧是苏小姐。”

“事实已定，不这么想还能怎么办呢？”苏芷无奈地摇摇头，“我该走了，黎先生，希望你们早日和好。”

“一定一定。”黎洛毕恭毕敬，“对了，我还有最后件事想问苏小姐。”

“什么？”

“明炀他笑起来……是什么样子？”

苏芷回忆了片刻：“很干净明朗，万里晴空的感觉。”

黎洛点头：“那我希望他以后，每天都是晴天。”

苏芷看着他步入休息室，关上门，才缓缓回过味来，不禁莞尔。

休息室的门咔嗒一声响，段明炀正背对门打电话，听见响动的一刹那，立即捂住手机转过头，待看清了来人，又松开手继续接了。

“嗯，我知道了。”

黎洛关上门，拧了锁，轻手轻脚地走到段明炀背后。

他们挨得近，以至于通话内容都听得一清二楚。

“段总，我们接下来该怎么办？”是金仁的声音。

段明炀迟疑了半秒，他不易察觉地皱起了眉。

“不要轻举妄动，先观察事态的进展，做好公关准备。”

“好，那苏小姐的事就这些了。”金仁接着道，“我再跟您汇报下洛哥最近的新动向。”

黎洛忍不住轻笑了声，立马收住，胸膛不停地震，憋笑憋到快要内伤。

金仁毫无察觉，仍在继续汇报工作：“其他的内容我已整理好文档了，稍后发您邮箱，主要汇报一点，洛哥今天穿得很单薄。”

黎洛的笑容僵住。

段明炀斜他一眼，一把将他从身后提拎到了面前。

黎洛倒退几步，后背靠在了墙壁上。

金仁：“他说苦肉计对您比较有效。”

黎洛眨了眨眼睛，一脸无辜。

段明炀眯起眼：“我知道了。”

挂了电话，休息室内一时无人出声。

“黎先生，解释一下？”

“你不都听见了吗？今天好冷啊。”

段明炀垂下眼帘。

黎洛撇撇嘴：“哼，无情。”

段明炀冷眼看他，抬手利落地将自己的西装外套脱了，当空一挥，沉厚的外套扬起又落下，最终罩在了他的肩头。

段明炀接着后退半步，拉开距离：“黎先生，我欣赏你的傲，也欣赏你的任性，但我这种多疑的性格，不配跟你做朋友。”

黎洛迅速转身，一把攥过他的衣领，将段明炀狠狠按到墙上！

“配不配，不是你一个人说了算的。”

“我真的受够了。”

段明炀沉默地看着他。

“我懂的。”

“但你还是不相信我。”黎洛五指收紧，“如果你觉得怀疑，就亲手来确认，觉得我任性，就亲手来收拾。”

“你之前不是一直教训我吗？怎么，知道误会我了，开始后退了？我告诉你，段明炀，别自以为离开我才能让我安全。”

休息室内再度陷入沉默。

“明炀，我们重新认识，好不好？”

段明炀没有拒绝，却也没答应，稍稍昂起头，看不清此时此刻的目光和表情，不知在想些什么。

黎洛仰视着他，眼底顿时浮现出了一丝笑意。

黎洛再接再厉：“明炀——”

咚咚！

休息室的门突然被敲了两下，传来外头保镖的声音：“段总，主办方邀您去颁奖大厅坐。”

“黎先生，别忘了你一会儿也要出去颁奖。”

“还早。”

咚咚。

没得到回应的保镖第二次敲门：“段总，您没事吧？”

门外传来一声细微的咔嚓声响。

门把手被按下了一半。

“没事。”

段明炀：“在外面守着，谁都不准进。”

“是。”保镖恪守职责，不该问的绝不多问，脚步声逐渐远去。

“观察期一个月，希望我们不会让彼此失望。”

“好！不准反悔！”

他趁热打铁问：“那什么时候能把那晚的事告诉我？”

“等这次事情处理完之后。现在，尽量离我远一点。”

黎洛不情愿了：“你怕牵连我？可这事也关系到我家呀。”

段明炀：“都交给我处理。”

黎洛：“那可不行，我的卧底工作才进行到一半呢，我退出了谁来替代我？你哥肯定也会怀疑的。我既然已经牵连进去了，就没法中途退出了。”

段明炀挑眉：“又不听指挥？”

黎洛笑嘻嘻的：“反正我得参与。”

段明炀似乎实在拿他没辙了，站起身。

“段兴烨已经和苏芷办完离婚手续了，他应该会在媒体爆料之前先发制人。”

黎洛问：“刚刚金仁的电话就在说这事？”

“嗯，一旦他有所动作，苏芷那边就会先发通稿，段兴烨为了挽回自己的名声，势必将爆出我与苏芷的事。”

“可那些不都是假的吗？你们完全可以澄清啊。”

“如果澄清了，那段兴烨也就知道了，我和苏芷这些年的所作所为，都是用来骗他的幌子。他还会上当吗？”

“必然不会啊。”

“那他是不是就有可能，从我身边的其他人下手呢？”

黎洛思索片刻，道：“有可能，他这种人，就喜欢用这种卑鄙的方式。”

“最危险的地方才最安全。”黎洛要保持冷静以理服人，相当艰难，“以你哥的报复心，我藏在天涯海角都会被他揪出来，还不如把我放在你身边，你说对不对？而且啊……”

“而且什么？”

“而且我觉得，你哥可能马上就要自顾不暇了。”黎洛眨了眨眼，“自从我上次告诉你爸那瓶药的事之后，算算日子，他差不多也该查清楚了。”

仿佛印证了这猜测似的，他刚说完，段明炀的手机就响了起来，来电人依旧是金仁。

金仁向来言简意赅，这回刚汇报完没多久又来电话，必然是有急事。

段明炀接起之后只聊了两句便挂了，脸上倒是平平淡淡的，看不出发生了什么。

黎洛吃瓜吃得相当积极，立刻问：“是不是你哥和你爸反目成仇了？我们是不是有好戏看了？”

段明炀瞟他：“黎先生，虽然我不知道你对我爸具体说了些什么，但我不得不佩服你的手段。”

“嗯？”

"段兴烨，被逐出董事会了。"

"啊？"这倒让黎洛惊诧了，"我是想过你爸会惩罚他，但没想到这么严厉，不是说虎毒不食子吗？"

段明炀拿起茶几上的遥控器，将休息室内的温度又调高了两度，才缓缓道："他确实不会食子，起码，肯定不是那位'子'。"

黎洛身子往前一挪："你快接着说，别卖关子。"

段明炀："我爸会那么做，我猜，一来是为了震慑他夫人家，警告他们别再图谋不轨。二来……应该也是为了震慑我。"

黎洛："嗯？怎么说？"

段明炀："他无非就是想暗示我：我给你的，说收回就能收回，可别像你哥这样拎不清，安分一点。"

黎洛："他这算是杀鸡儆猴？"

段明炀："他根本没有杀鸡，段兴烨依然是他的继承人，董事会里的位置不过是个虚名罢了，被剥夺也无关紧要，顶多让段兴烨在集团丢脸失势一阵子罢了。"

"失势？"黎洛敏锐地捕捉到了这个词，脑海里一转，"话说，你知道王东升这个人吗？"

段明炀点头："从你家叛离来的，现在是段兴烨身边的亲信。"

黎洛："你多关注下这个人，暗地里可以有意无意地示好一下，我觉得可能会有意想不到的收获。"

段明炀的目光略显疑惑，尚未来得及开口，休息室内第三次响起了手机铃声。

这回是黎洛的电话。

来电人是段兴烨。

"真正的好戏来了。"

黎洛立即食指抵唇，示意段明炀噤声，清了清嗓子，按下了通话键，打开免提。

"黎先生。"段兴烨的声音含着笑，却莫名阴冷，"方便说点事吗？"

黎洛："方便啊，什么事？"

段兴烨："上次你和我爸见面，谈了些什么内容？可以跟我说说吗？"

黎洛："那次啊，基本上就是在呛你爸呗，你也知道的，我不可能对着仇人谈笑风生啊。不过鉴于我们目前的合作关系，我没做什么过分的事，最后还是心平气和地跟你爸进行了虚伪的寒暄——"

“你提安眠药的事了吗？”段兴烨冷不防地问。

黎洛差点被他带过去，一声“没有”都到嘴边了，突然被段明炀轻按了下，立即警觉。

段兴烨疑心重，如果不假思索地反驳，可能反而会引来猜忌。

于是他装作回忆了会儿，才说：“好像没有欸，你要让我提的话早说啊，下次再提。”

段兴烨沉默几秒，接着又问：“你知道今天我被踢出董事会了吗？”

“什么？”黎洛故作惊讶，继而笑了，“你终于遭报应了啊，活该。”

段兴烨那头不知是何脸色，想来不会太好看，因为声音明显沉了下去：“能闭嘴吗？”

“不是你要聊的吗？我陪你聊了，你还让我闭嘴，有没有人性？”

黎洛嗔怪道：“还不如你弟弟。”

段明炀抿唇不言，似乎在责备他。

“你到底想说什么？能不能痛快点儿？”

段兴烨：“我怀疑，有人对我爸泄露了那瓶药的事。”

黎洛：“泄露就泄露了呗，你爸难道还会因此而责骂你？”

段兴烨：“我说的不是给你的那瓶，而是给我爸的那瓶。”

黎洛惊呼一声。

“什么？段先生，你可太让我震撼了，连你亲爸都下得去手？”

段兴烨继续说：“黎先生，这药没多大副作用，以后停了就能恢复。我不是跟你说过吗？”

黎洛：“可这毕竟也是药啊。”

段兴烨：“我知道，如果不是万不得已，我也不会给我爸吃这药。”

“呵，这话你说给你爸听去，还万不得已呢。”黎洛冷嘲，“别怪我话说得太难听，你既然敢做，就要敢当，现在被踢出董事会，纯粹是你罪有应得。”

段兴烨：“黎先生，你别跟我呛，先解释清楚，这药的事情，你即便没有告诉过我爸，那有没有告诉过别人？比如……我弟？”

黎洛：“我疯了吧？给他换药还告诉他这药有问题？”

段兴烨：“那万一……你没给他换药呢？”

黎洛：“你什么意思？怀疑我两面派？”

段兴烨笑笑：“我没这么说，只不过，自从你把我给的药拿走之后，算算日子也快一个月了吧？可我弟他，似乎没有出现任何症状？”

黎洛没反驳："你这么一说，好像真是，可我明明换了呀，难道他没吃吗？还是他察觉不对劲了？"

他不按牌理出牌，将问题抛回去，倒让段兴烨噎住了。

"一个人的习惯不会突然改变。"段兴烨尽力将话题绕回去，"应该是有人告密了。"

黎洛："所以你怀疑我？可知道这药的人应该不止我一个吧？"

段兴烨："确实，但其他知情者都跟了我很多年，你是与我接触时间最短的，所以我提出合理怀疑，还望别见怪。"

黎洛相当大度："你怀疑也正常，不过呢，我也善意地提醒你一句，跟了你很多年的人，未必可信，有些人在投靠你之前，或许还跟了别人很多年呢？"

段兴烨立刻会意："黎先生，这是你第二次意有所指了，是不是因为王经理与你有些私人恩怨，所以你一再将矛头引到他身上去呢？"

黎洛："有私人恩怨我不否认，但是我说的也是实情啊，背叛过一次的人，你怎么能保证他不会背叛第二次？劝你最好留个心眼。"

段兴烨："谢谢提醒，我会注意的。不过目前来说，我还是不能完全对你消除疑心，敬请谅解。"

黎洛："没事，我理解，你尽管查吧。"

反正只要段明炀和段天佑不说，谁都不知道他做了什么，而这两个人是最不可能对段兴烨说出他名字的。

段兴烨估计也试探够了，假模假样地客套了一通，最后问："过两天黎先生有时间吗？我想跟你再当面谈一谈之后的计划。这几天要处理我前妻和董事会的事，实在忙不过来。"

黎洛尚未答话，手臂忽然一紧，段明炀朝他严肃地摇了摇头。

黎洛浅笑。

"好啊，尽早约时间，我马上就要进组了。"

"行。"

挂了电话，黎洛正欲再嘲笑段兴烨一通，结果一对上段明炀的眼神，瞬间㞞了："欸，你听我解释……"

"我不想听。"段明炀竟然耍起了脾气，"我果然不该相信你。"

黎洛怕他生气："你放心，段兴烨既然会给我打电话，说明他只是试探，不是真的有多怀疑我，否则怎么会打草惊蛇呢？我肯定平安无事地过去，平安无事地回来。我跟你哥都打过那么多次交道了，不会有事的。"

段明炀的脸色还是有些黑："约哪里都不要跟他独处，让我安排的保镖在场，否则万一出事，我救都来不及救你。”

黎洛：“你哥戒备心那么强，肯定在最私密的场合最容易撬出话来啊。这事牵涉我爸和你，我必须把这场戏演到最后，能多帮一点是一点。”

段明炀：“帮你爸就可以了，不用帮我。”

黎洛：“那怎么行？你们两个都是我最亲近的人，谁也不能受伤害。”

段明炀沉默半晌。

第21章

最终，在黎洛的好说歹说之下，段明炀总算同意了让他去单刀赴会，前提是在手机里装上了监控定位，以防不测。同时，在段明炀的谆谆教诲之下，黎洛也勉为其难地同意了不去找他，安安分分地待在家里，为之后电影入组做准备。

他罕见地多日没闹腾，倒让罗鹏和邓良忧心忡忡了。

“洛哥，虽然冬天了……但咱也不能冬眠啊，上网营个业呗？”

黎洛正在打手机游戏，随口说：“哦，那你现在拍一张。”

邓良闻言，从头到脚打量了他一番：蓬松凌乱的头发，扣子都扣错了的睡衣，卷起半截的裤腿，只穿了一只的毛绒袜，还抱着个粉丝送的哈士奇大玩偶。

怎么看怎么憨憨。

虽然黎洛不修边幅也很美，可这“精致贵公子人设”不能崩啊，否则以后万千少女们再看他演的言情剧，脑子里有了画面太出戏了怎么办？

邓良一言难尽道：“洛哥……你有没有以前的自拍？前几天华曲奖那套那么好看，应该发两张出去啊。”

黎洛头也不抬道：“那天太忙了，没自拍。”

邓良小声嘟囔：“忙什么呀……明明一直在休息室偷懒……”

“你说什么？”

“没、没什么……那你随便拍张蓝天白云发一发？”

黎洛：“这有什么好发的，我的粉丝又不是不见天日。”

正在一旁汇报工作的金仁道：“洛哥，这话不准确，虽然你的粉丝也能看到天空，但她们更喜欢通过你的视角看天空。”

黎洛总算抬头了，笑道：“金仁，你说话怎么这么温柔暖心？”

邓良一脸惊恐：“啊？”

金仁：“洛哥过奖了，我只是实话实说而已。”

黎洛：“嗯，最真实的话才最动人，像你们段总，虽然人看起来挺冷淡，但说起话来可真动听啊。”

邓良简直怀疑自己的耳朵：“洛哥，你在说哪个段总？？”

黎洛白他一眼：“你还认识其他段总？怎么总是傻乎乎的。”

邓良太委屈了：“你听听你自己说的话，哪一句像在形容段总啊？连形容金哥那句也一点儿都不像好吗。”

金仁打键盘的手指停顿了一瞬，接着当着两人的面继续打字：63. 助理今天“撑”了洛哥。

邓良：“嗯？”

黎洛看了好笑，正欲开口，手机突然来了条新信息——

段兴烨：一小时后，我到你家楼下接你。

该来的还是来了。

黎洛一阵恶寒，立刻回：知道了，别用这种语气，怪恶心的。

段兴烨没再回。他这人虽然当面看着温文尔雅待人礼貌，可心里估计把谁都不当回事儿，能发个信息来通知他，已经算是挺给面子了。

黎洛当即把游戏关了，将手机往兜里一揣，从沙发上站起来，往衣帽间去了。

邓良惊喜：“洛哥，你终于要‘营业’了啊？”

“我要出去一趟，顺便拍几张自拍，省得你天天说我。”黎洛关上门前冲他眨眼，“你先关心关心自己吧，劝你多夸你金哥两句，当心这份报告呈上去，段总一会儿就来收拾你。”

邓良一抖，惴惴不安地缓缓扭头看向旁边的金仁。

金仁的镜片光一闪，不动声色地推了推眼镜。

“金哥！你就是我亲大哥！”

黎洛拉上了衣帽间的门，将邓良那大嗓门隔绝在了外头，没有立刻换衣服，而是给段明炀打了个视频电话。

才响了三声就接通了。

“什么事？”

段明炀的嗓音一如既往地平淡，不过眉宇间的阴郁似乎散开了些。

黎洛擅自将这点归功给了自己，漾开了笑，打量了一眼对方画面中的背景，应该是在办公室里。

“这么晚还在工作啊。”

“什么事。”段明炀声音闷闷的。

“段兴烨给我发消息了，一会儿我要和他出去。你说，他是不是还在怀疑我告密？”

段明炀摇头："我前几天私下联系了一次王东升，刻意留下了线索，肯定有人汇报给他了，加上你的引导，现在他应该已经把重点怀疑对象变成王东升了。"

黎洛吹捧："不愧是段总，跟我配合得太好了！"

段明炀："但你在他那的嫌疑尚未完全洗清，还是要当心。"

"没事，兵来将挡水来土掩。"黎洛笑笑，"听你这么一说，我估计他特意来找我应该不是为了安眠药的事，那会是什么？"

段明炀沉吟片刻："我今天收到汇报，他今天去了趟苏芷以前住的房间，在里面待了很久，可能是想搜出更多证据，或许近期就打算曝光我和苏芷的事，以此影响我在集团和外界的风评。我猜测，他可能是想来寻求你的协助。"

黎洛点头："这倒是有可能。欸，那苏芷那边知道这事了吗？"

段明炀："我已经告诉她了，她准备得很充分，随时会先发制人，不用担心。"

黎洛赞叹："苏小姐可真是果敢霸气，我都快成她的粉丝了。"

"黎先生最好先考虑考虑自己的粉丝。"段明炀道，"你即将入组，电影拍摄周期很长，也会很忙，可能好几个月都没法参加其他活动。在此期间，你需要注意保持自己的人气。"

黎洛撇嘴："你怎么跟邓良一样啰唆？我本来就没想当什么好演员好偶像，你对我的要求能不能宽松点？"

段明炀微微摇头："你有这个潜力，只是你之前的人生一直在被搅乱，无法专心于事业。但等一切尘埃落定后，我希望你可以找到自己追求的东西。"

段明炀说得一本正经言辞恳切，黎洛也不好意思开玩笑了："好，我答应你。其实不用你说，我也不会再这么继续吊儿郎当混下去了。这次电影我会认真拍的，争取拿个奖回来。让你看看，我也可以很优秀。"

"你一直都很优秀。"段明炀道。

黎洛讨饶："求你别这么说，我真的会膨胀。"

"我该换衣服了。"他定了定神，"一会儿我试试能不能悄悄录个音，带回来给你听。"

段明炀："嗯，不用勉强，安全最重要。"

黎洛听他反应滞后了一瞬："你是不是工作太累了？早点回去休息吧。"

"不是。我还有文件要看，先挂了。"

说完还真挂了。

黎洛莫名其妙地放下手机，开始挑衣服穿。

衣帽间的赞助服堆积如山，多数精美华贵，黎洛看都不看，只挑自己买的便服穿，五分钟就搞定了全套。

段兴烨才不配他费时间打扮。

刚想再梳理下头发，放在一旁的手机忽然又振了振。

黎洛随手拿起一看——

段兴烨：有事，取消。

耍人玩呢？黎洛翻了个白眼，正欲回骂一通，手机屏幕顶端突然跳出一条微博通知。

他平时都切着小号，不可能是粉丝留言。事实证明确实不是，只是一条时讯爆点新闻——歌手苏芷自曝丈夫出轨，豪门贵子竟有如此劣迹……

虽然标题起得恶俗无聊，但内容却是实打实地惊心动魄。

黎洛看到新闻的一刹那就明白段兴烨的“有事”指的是什么了，若不是立场不允许，他此时此刻真想回段兴烨一句：栽在自己身边人手上的感觉，您懂了吗？

苏芷这一“锤”砸得全网地动山摇，十分钟后直接爆了“热搜”。

连黎洛都没料想到她出手如此迅猛果敢，更别说其他惊掉了下巴的普通网友。

虽说先前段家爆出丑闻时，段兴烨的“好丈夫人设”已经有所崩塌，但鉴于当时苏芷并未出面说明什么，后续警方也未能查出段兴烨直参与交易的直接证据，因此段兴烨的名声这阵子又慢慢恢复了。

然而就在他“人设”即将重新稳固之际，苏芷突然爆出这等惊天大料，宛如雷霆劈下，令所有人都措手不及。

黎洛认认真真仔仔细细地看了苏芷所发的每一条证据。

之前他就听段明炀说过，段兴烨在这段婚姻中背叛了数次，但谁曾想，数量竟有如此之多。

如果仅仅是这些出轨证据，这条新闻或许只能归为丑闻，然而苏芷不愧是苏芷，不“锤”则已，一“锤”就要“锤”得段兴烨再也无法翻身。

她直接公开了段兴烨参与交易的有力证据。

人尽可见，人尽哗然。

文案中道：“我对这段婚姻早已失望，但念在曾经的感情上，迟迟未能做出决断。然而自从上次事端爆出之后，我实在无法再容忍下去。我知道情况必然属实，因为我前夫就是那样的人。”

“出轨已经不可原谅，而参与违法交易更应该接受制裁。眼看着我前夫即将钻法律的空子洗清嫌疑，而真正的受害者却无处申冤，我决定做出正确的选择。这段时间一直隐忍不发，是在搜集证据，功夫不负有心人，终于让我找到了。”

“原谅我为了自身安全，直至离婚手续办完的今天才说出实情，好在尚未结案，还来得及。图上证据都已提交给警方，也请大家助我一臂之力，让更多人了解此事！”

连妻子都反水报警，网友们更是纷纷转发支持，一小时内转发量就超过了十万。

苏芷的粉丝向来“佛”系，然而当得知自家“女神”这些年遭受的委屈和不公后，都在谴责。

“当年追求我女神的时候那么殷勤，把我都骗了，结婚的时候我还感动得哭了呢，原来承诺都是假的！”

“我天，我还真情实感地看好过这对，温柔少爷配高冷才女，果然这种神仙爱情只能出现在小说里，现实中都是假的……真心疼苏芷姐姐……”

“爱之深恨之切啊，苏芷曾经有多爱现在就有多恨吧，希望她能如愿，尽绵薄之力转发一下。”

“段氏家大业大，你这么发出来肯定会遭到报复的，一定要注意保护好自己啊！”

……

黎洛看各种谴责段兴烨的转评看得津津有味，幸灾乐祸地给段兴烨发了条信息：“段总，你好像惹上大麻烦了啊，能摆平吗？”

段兴烨没有回复，想来应该是忙着公关去了。

黎洛也没指望他会回，乐得不用出门，又换回了睡衣，抓了抓本就乱蓬蓬的头发，走出了衣帽间，重新回到客厅。

邓良正在给金仁捏肩，看见他的模样，满头问号：“哥，你怎么还是这身？不是换衣服去了吗？”

“不去了。”黎洛大大咧咧地盘腿往沙发上一坐，“想来想去还是家里舒服啊。”

邓良：“洛哥你以前不是这样的！你怎么了！”

黎洛：“嗯？我以前怎样？”

邓良：“就整天出去玩啊，和各种女明星一起，不然你以为你花心大萝卜的名头怎么来的？”

黎洛嗤了声：“现在收心了不行吗？”

邓良在旁边隐约看见他从社交平台界面切换到了聊天界面，立刻揶揄：“原来不是出去花，而是网上花呀。”

黎洛抬起眼皮，冷冷哼笑一声：“金仁，给我加一条，小助理嘲讽我。”

“好的，洛哥。”金仁三秒打完了一条新报告。

邓良惊了：“金哥？还能这样随便加的？你的报告不是实事求是的吗？”

金仁合上了笔记本：“我的报告，是以洛哥为基本原则，他说什么，就是什么。”

邓良：“啊？？你的报告不都是关于洛哥的吗？如果他可以随便改，那还有什么真实性？这算什么原则啊？”

金仁：“段总说的原则。”

邓良：“当我什么都没说。”

黎洛也是头一次听到这条原则，好奇地问：“他真那么说过？”

金仁略一沉吟：“准确来说，段总的原话是‘如果某天，他和我立场相违背，你就听他的’，所以我觉得我可以理解为，洛哥你的优先等级是在段总之上的，段总让我做的事，如果你有异议，我最终听你的。”

黎洛怔住，手里握着的手机振动了几下，也没能将他振回神来。

以前段明炀刚把金仁派到他身边的时候，他以为是为了监督他不干坏事，后来以为金仁的每日报告是为了保护他。

谁承想，段明炀竟然从未想过以此束缚他，甚至把自己的掌控权都交了出去。

叮嘱金仁事事以他为优先，无非就是为了某天他们俩真的反目成仇，可以多个人帮他。

哪怕这个人是自己唯一信得过的助理，哪怕助理会反水对付自己。

段明炀狠起来，竟然连自己都不信任，连自己都不放过。

手机越振手越麻，难以再忽视，黎洛低头去看屏幕，果不其然地显示着段明炀的名字。

他站起身就往楼上走。

邓良喊他：“洛哥你要休息了？那我们先走了？”

黎洛头也不回：“嗯，我想一个人待会儿。”

邓良还没来得及回一声“好”，人就没影儿了。

“洛哥今天怎么怪怪的？”他一边捏肩一边问金仁，“一会儿出去一会儿不出去，一会高高兴兴的一会儿又神情恍惚的，金哥，你怎么看？”

金仁：“老板们的事，我们最好别参与。”

邓良：“啊？”

黎洛走到自己卧室，也没仔细听楼下的两人走了没，就把房门锁了。

手机振了许久无人接听，此刻已经停了。

他回拨了一个视频通话过去。

段明炀这回没有立即接，稍微过了十几秒，才同意了通话。

黎洛见他背景依然是办公室，问："怎么这么晚接？是不是刚刚有人在你办公室？"

段明炀蹙眉："你似乎比我更晚。"

"好好，我的错。"黎洛笑了。

段明炀似乎也意识到自己的话有失威严，轻咳了声，道："刚才段兴烨的人来了趟我的办公室，说是给我看文件，但我想，应该是来看我反应的。"

黎洛："那必然啊，段兴烨肯定以为是你指使苏芷那么干的。"

段明炀："她不是一个会被指使的女人，她有自己的想法和决断，我只是提供了帮助而已。"

黎洛："所以你也不知道她今天会发？那你觉得今天这个时机好吗？"

段明炀："今天是他们的结婚纪念日。"

黎洛恍然大悟："原来如此。"

在结婚纪念日宣布离婚，苏芷不仅是痛下决心为自己做出"断舍离"，还能借此博得更多舆论支持和同情。

"我错了，段总。"黎洛道，"你们段家最狠的，不是姓段的，是你们家娶的媳妇儿。"

段明炀瞥他一眼："向来如此。"

"我已经跟她联系过了，她说她准备得很充分，无论段兴烨拿出什么证据诬陷她，她都可以迅速回击。如果有意外状况，再找我帮忙。"

黎洛点头："那就好，不过……既然你们都商量好了，你还打我电话干吗？"

段明炀："因为你可能就是那个'意外状况'。"

黎洛："啊？"

段明炀："这件事你不能参与，绝不可以像上次一样转发。"

黎洛哭笑不得："拜托，别把我当傻子好吗，上次我是在跟段兴烨作对，这次我是在'跟你们作对'，我怎么可能光明正大地转发声援苏芷，这点道理我还是懂的啊。"

段明炀："你明白就好。"

"黎先生，"视频中的段明炀面容严肃，似是斥责，"我们在谈正事，不要总是开玩笑。"

黎洛无辜道："正事不都谈完了吗？你又不让我插手，我还能谈什么？"

段明炀依旧冷着脸："这段时间段兴烨一定会监督我们的一举一动，在他被提审之前，我们不可以见面，否则容易被他察觉出端倪。"

段明炀默不作声地凝视着他。

黎洛翻了个身，趴在柔软的大床上，将手机支起，抱了个枕头垫着下巴，笑眯眯地看着他。

"段总，我觉得你现在比以前有意思多了，以前不管心里想什么，外表都冷冰冰的。现在虽然还是冷冰冰的，但仔细一观察，就会知道你在想什么了。"

"我从来没变过。"段明炀道，"是你以前观察得不够仔细。"

"嗯？你还赖我？"黎洛佯怒，气势汹汹地捶了下床，拳头被床垫弹了起来，看着动静还挺大，"还不是你害得我心情沮丧，无心观察。"

段明炀轻哼："黎先生真是大言不惭，你何曾沮丧过？不都是转眼就和朋友喝酒玩乐去了吗？"

"有过的啊。"

黎洛登时像泄了气的皮球，软塌塌地趴倒在床上，半张脸埋进了松软的枕头里，声音透过布料与棉花传来，闷闷的："我们绝交那天，我很沮丧的。"

屏幕里的段明炀像被按下了暂停键，一句话都不说了。

黎洛整张脸都快埋进枕头里了，声音微不可闻。

他说完，悄悄抬眼，瞟了下段明炀的反应。

段明炀的目光依旧落在他身上，却完全失了方才的威严与气势，甚至隐约有些飘忽，像是个做错了事不知道该怎么弥补的小孩子，脸上划过一瞬罕见的无措。

"对不起……"

这番话说出来，黎洛自个儿都有些心虚。

段明炀那两次只遭到了痛骂，怎么可能知道他有多难受？

虽然都是误会引起，他也不是有心伤害，但平心而论，他们俩之间，被伤得更深的人或许是段明炀。否则段明炀不会在误会解除后，仍旧拒绝他的和好请求。

一个人得心灰意冷到什么份上，才会连朋友都不敢再交了？

思虑至此，黎洛顿时有些后悔了。

无论怎样，他刚才的话都很欠妥，他不该把自己受到的伤害归咎到同样是受害者的段明炀头上去。

埋没了对方的心意，也轻贱了对方的痛苦。

于是他立即补上："我说这些不是怪你，我知道你其实也——"

"黎洛。"

段明炀突然出声喊了他的名字。

"嗯？"黎洛心里一咯噔，段明炀这样一本正经地喊他名字的时候，通常都不会是什么好事。

"很抱歉，但是……"段明炀似乎在犹豫该不该说，迟疑几秒，最终还是说出了口，"对我来说，这并不是坏事。"

黎洛一愣，相当意外："什么意思？"

段明炀没有立刻说明，从办公桌前站了起来，接着走进了隔壁专供休息的房间，锁上门，坐到沙发上，轻呼出一口气，仿佛将一身戒备与自矜卸了下来，透出几分松懈与慵懒。

休息室内光线同样朦胧昏暗，柔和了段明炀冷硬的面容轮廓，也模糊了他脸上的情绪。

他没说下去，黎洛却大致能凭语境猜出来。

但他不解："你怎么会觉得我是那样的人？"

"因为你总是很快就开始新的生活了，不是吗？"段明炀的目光透过他，仿佛在望向曾经的过往，"我们闹掰之后，我回了段家，没过多久，就听说你开始踏足演艺圈了。"

"你演了第一部戏，一夜爆红，那段时间，所有人都在谈论你，所有人都倾慕你。

"我没能忍住，去看了你演的那部剧。"

段明炀垂下眼眸，停顿几秒，不知是回忆起了什么。

"那个角色很适合你，你演得很好。"

黎洛立即撇清："那只是演戏而已。"

段明炀抬眸："我知道是演戏。"

黎洛微怔，回味了会儿段明炀的话，明白过来了："所以你觉得我那时跟你当朋友，也是演戏？"

段明炀："你转眼就变身成了明星，戏一部接着一部地演，你让我能怎么想？

"你过得那么潇洒，精彩。而我就像一个见不得你好的卑鄙小人，躲在阴暗的角落里。"

话音刚落，屏幕忽然一黑。

黎洛以为是视频挂断了，急忙想拨回去，然而仔细一看，屏幕上依然显示着正在通话中。

是段明炀把手机摄像头遮挡住了。

黎洛怔怔地看着那片漆黑。

不敢，也不想打扰段明炀此刻的沉默与掩饰。

脑海中却不可避免地想象起了屏幕后段明炀的表情。

这人向来都以一副冷酷阴郁的形象示人，待他狠心时如此，待他温和时亦如此，仿佛无坚不摧，几乎从未流露出一丝一毫的软弱。

他可以肆无忌惮地哭一场宣泄，而段明炀就连这种时候，也要站得笔直，冷静自持。

好似容不得自己在他面前露出任何脆弱的模样。

眼下也是如此。

屏幕过了一分多钟才终于重新见了光，再度出现的段明炀面色无异，沉黑的眼眸中看不出什么情绪，平淡地继续说："不过这些都已经过去了，现在我的很多想法都变了。"

黎洛忍不住吸了吸鼻子，"说出的话可不能反悔，以后不准再跟我绝交了。"

段明炀颔首："我不会再说了，如果你哪天想说，也不用顾及我什么。"

段明炀说得委婉，他却听明白了。

段明炀不是完全相信了他，只是妥协了。

一种放弃自我保护的妥协。

你要就拿着，不要就扔了，不用顾及我。

说话的语气听似高高在上，话语的内容却让人觉得卑微得可怜。

"如果我又跟你绝交了……你怎么办？"黎洛觉得自己这话纯粹找事儿，但仍旧想逼一逼段明炀，把心底话全倒出来。

段明炀听完，一时没作声，微怔一瞬，交握双手："那就回到原来的计划，先把你爸的案子解决，然后离开段家，跟我妈搬到国外去。"

黎洛："既然已经决定了，当初为什么又回来找我？"

"一时冲动罢了。"段明炀似乎不愿再多谈，转移了话题，"下次再说吧，我该出去了，段兴烨的人随时可能会再来找我。你也当心，这几天尽量不要出门，还不能确定这次能不能给段兴烨定罪。"

第22章

黎洛："我过几天就要进组了，会很忙，没时间和你聊了。"

"……我不需要。"

"真的吗？"黎洛低笑。

段明炀闻言，眯起了眼："黎先生，你越来越嚣张了。"

第二天中午的时候，段兴烨被警方带走审讯的新闻已经传得满城风雨。黎洛还躺在床上做白日梦呢，就接到了江流深打来的电话，惺忪着眼敷衍地"嗯嗯啊啊"了半天，才听清他在说什么："哦，原来你在说段家的事啊。"

江流深气结："敢情我刚刚说了半天你都没在听？"

"谁知道你是不是又闲得无聊来跟我话家常。"黎洛打了个哈欠，困得不行，"我还想再睡会儿，你先挂吧，八小时后再打过来。"

江流深忍不住骂了句脏话："好心当成驴肝肺，我再帮你打听消息我就是狗！"

"我可是听说了，段总今天去参加了集团的董事会议，估计正跟他爸商量怎么度过这次危机呢。"

"他自有安排。"黎洛没法透露太多，而且他也不清楚段明炀具体会怎么做，"总之他是站在我这边的，你放心好了。"

"我放心什么啊，现在段兴烨什么都不说，谁知道暗地里在算计什么。"

"他什么都不说？"

"你刚刚果然没在听。"

黎洛这会儿彻底醒了："听着呢听着呢，你再说一遍。"

江流深无奈地重复道："我说，段兴烨今早被警方带走之后，我托人打听了下，据说他在审讯过程中一声不吭，全权由他的律师代为应答。"

黎洛："他律师说了什么？"

江流深："打太极呗，反正死不承认就是了。"

黎洛："那他有没有暗地里买通稿'黑'苏芷？"

江流深："没有，风平浪静。"

黎洛："啊？这么奇怪……"

按理说，段兴烨今早才被警方找上门，那他昨晚有一整晚的时间可以将苏芷与段明炀的"偷情"证据放出，先扭转舆论。然而他却没那么做，老老实实地等着警方来调查，这未免也太说不过去了。

"你有没有看过苏芷放出的证据？"黎洛忽然想到，"是不是里面有什么漏洞，所以段兴烨才有恃无恐？"

江流深："我早就让律师看过了，无意外的话基本能胜诉。"

黎洛稍松了一口气，仔细想想也是，他能想到的事，段明炀估计早就想到了，若不是有十成的把握，谨慎如段明炀，必然不会轻易让苏芷曝光这些证据。

"不过我还是得提醒你一句啊，阿洛。"江流深道，"就算段兴烨这次进去了，也跟你家的事没多少关系吧？你当心别被姓段的利用了。"

"……我都说了他不是那种人。而且我家的事，这次说不定能一块儿摆平了，只是现在我不方便跟你说太多。"

江流深惊了："你跟我之间还有小秘密了？"

黎洛无语："说正经的，这些事越少人知道越好，跟你又没关系，我不想把你卷进来。"

他说完，突然觉得这话异常耳熟，稍一琢磨，恍然大悟：这不是段明炀总挂在嘴上的说辞吗？

真是跟什么人待久了就会说什么话。

江流深又教育叮嘱了几句，无非就是让他别轻信段明炀，活像一位絮絮叨叨的老父亲。黎洛知道他也是为了自己好，只能听着。

黎洛讨饶："江少爷，你放过我吧，我昨晚没睡好，精神萎靡，专注不起来。等事情过去了，我保证一五一十全部告诉你。"

江流深似乎还想说几句，然而还是挂了电话。

几分钟后手机来了一条新信息："反正之后我打听到其他消息再告诉你。"

黎洛看着信息，无奈地摇头。

段兴烨被警方带走的事果不其然地被发布到了网上，也果不其然地被顶到了"热搜"。苏芷那边暂时没有其他动静，或许是在静等消息，可她的粉丝都已经按捺不住了，纷纷拍手称快。

可黎洛知道这事没那么简单，打官司是场持久战，何况还有整个段家的精英律师团在段兴烨背后撑腰，必然会将损失降到最低。

而且目前仍存在一个巨大隐患：苏芷的证据只能证明段兴烨参与了违法交

易，段天佑则侥幸逃离了法网。

虽说段天佑前阵子将自己亲儿子逐出了董事会，但也只不过是一时处在气头上，段兴烨若真要出了什么事，他必然不会坐视不管。

所以若是按照眼下的情形，这场博弈最后的结果极有可能是：段兴烨被不痛不痒地判个两三年，然后出来继续继承家业，除了名誉会受损之外，其余毫无影响。

“唉……”黎洛长叹一声，仰面躺倒在大床上。

其实要让段天佑垮台，也没有那么难。

只要他爸翻案了就行。

但偏偏这事还挺难。

黎洛望着天花板，在脑海中认认真真罗列出了目前手里掌握的证据：Zark那边先前交给他冯叔去谈了，说是会割让点利益换取佐证，谈不谈得成还很难说；段明炀之前说过有个做伪证的周老板愿意说出实情，可问题是对方口说无凭，不能算作主要人证；最有力的证据是苏芷的文件，挪用的款项每一笔数字都对得上，还有疑似段天佑当时和王东升的录音，基本上是证据确凿了。

但如果段天佑硬是狡辩不认罪，让王东升做替罪羊，也不是完全没可能脱身而出。

那样一来，段家依然屹立不倒，他们就相当于满盘皆输了。

黎洛转着自己的手机，思忖了半天，既不能去正在接受审讯的段兴烨那儿打探敌情，又不能跟正在开会的段明炀商量对策，憋得发慌，干脆先打开手机，看看网上目前的舆论导向如何。

不看不要紧，这一看之下，才发现被讨论的，竟是段明炀和他。

好几条相关热评都提到了他们俩的名字——

“说真的，我不信段明炀没参与，有钱男人都一个样，警方最好也查查他。”

“哭了，黎洛不要跟这种家里出来的人混在一起啊……”

“我估摸着黎洛上次转发是为了讨好段明炀吧，毕竟是他的大老板，结果马屁拍错对象咯，现在肯定正追悔莫及呢。”

“哎，我觉得他也未必干净……”

“楼上说出了我不敢说的。”

……

言辞一条比一条过分，黎洛越看越恼火，他可以不在乎关于自己的评论，反正这些年早就习惯了，但他见不得段明炀被骂，恨不得立刻大号回复这些人：段明炀他清白得很！

想归想，他不可能真的这么冲动任性。而且这些评论数量并不足以引起关注，只不过是一些无聊揣测罢了。段明炀前阵子曝光度太高，远比段兴烨出名，网友会讨论也实属正常，没必要为此大动肝火。

所以，平常心，平常心。

在用小号举报之后，黎洛很平静地释然了。

横竖做不了其他事，不如先专心做好眼前的，顺便转移注意力，缓解心情。

于是他起床去洗了个澡，吃了顿早饭，打了几盘游戏，稍作休息，接着进了健身房。

为了过几天就要入组的古装电影拍摄，他这段时间几乎每天都要花上三四个小时训练。

电影制片方是国内顶尖的制片厂，导演是在国际上拿过奖的著名导演，电影剧本改编自一部经典小说，能挑中他这么一个没拍过电影的演员当男主角，也真是够大胆了。

片中他饰演一位出身名门的正派弟子，武功高强，天赋异禀，容颜无双，却因遭人嫉妒，不慎被设计陷害，一夜他沦为众矢之的，被人追杀，不得不叛离师门。经历了无数人情冷暖、世态炎凉之后，他从原来清心寡欲、不谙世事的武学奇才变成了人人谈之色变的大魔头，最终走上绝路。

电影的剧情线整体以悲情为基调，没有太多感情戏，注重刻画男主内心的转变，加上男主性格较为内敛，更需要演员扎实优秀的演技。

黎洛去试镜的时候演的是变化后那一段，当时并没有多想拿下这个角色，纯粹是被罗鹏求着去走个过场，自我感觉演得平平无奇，结果导演当场就定了他。

他后来问导演自己的表演好在哪儿，导演说了一大堆，最后总结道："虽然我确实有点儿担心，但那天你一穿上戏服，人家原作者就说你是从书里走出来的，非要你来演不可。"

黎洛点点头："懂了，我又靠脸了。"

他对此倒没太多不甘，反正不管脸还是演技，都是他的资本之一，靠哪一样被选上其实都差不多。

但如今段明炀说他可以考虑考虑自己未来的发展，也不无道理，以后如果要长期混这一行，不可能永远吃青春饭，总得转型的。

段明炀比他年纪小都已经管理半个集团了，他可不想被当成废物。

决心一定，他对这部即将开拍的新电影总算是上了点心，也拿出了从未有过的积极敬业态度，不仅每天自己在家训练，还定期找剧组的动作指导老师学习经验，如今打戏动作也算有模有样了。

在健身房挥汗如雨三个多小时后，他一如既往地浑身湿透，擦汗的毛巾随手一拧，水珠滴滴答答地落下来，看着还挺有成就感。一看手机，段明炀仍未发来任何信息。

下个月他应该正在剧组里拍戏，也不知道段明炀会不会来探班。这个人，很有可能只会打个电话过来，告诉他安安分分地等待事情解决。

黎洛叹了声气，无可奈何，懒得再去思考那么多，举起手机，对着自己满头大汗的脸拍了张自认为英姿飒爽的自拍，发到了网上——“又是阴沉沉的一天，只能在家锻炼了，好想见见太阳啊。”

一发出去，评论瞬间各种吹捧。

黎洛对这条动态的效果还算满意。

黎洛正美滋滋地幻想着，突然间，意识到一件很关键的事：段明炀这个孤僻不合群的人，似乎是不怎么上网的，甚至可能连一个账号都没有。

他立即将自己的微博内容截了张图，转手就发给了段明炀。

段明炀很快回了，却是冷漠的三个字——在开会。

黎洛有点郁闷，但他不想真的打扰到段明炀，于是只能正儿八经地回：好吧，是董事会吗？你爸打算怎么处理这次的事？

段明炀很快发了张手机备忘录的截图过来。

黎洛大致看了下他所记录的内容，这应该是一次高层会议，具体内容是商议原先段兴烨管理的那部分业务现在该交给谁接管。

段天佑将其分为了十几个部门，分别交予不同的董事会成员，看样子是想平分权力，互相制衡。

段明炀分到的是其中最无足轻重的庄园管理部门，年创收估计排在段氏所有业务的末尾，难怪他开会期间还有空发信息，可能是根本没事儿干。

黎洛看完了他发来的截图，点了下图片，回到聊天框，刚打出一个“你”，忽然觉得哪儿不太对劲，又点开了那张截图。

左上方，切回上一个应用的工作区，赫然显示着那个社交平台的图标。

黎洛傻眼了。

段明炀也有账号？他在看什么？会是自己刚刚发的那条吗？

尚未等他想明白，那头的段明炀迅速撤回了截图，没做任何解释，仿佛无事发生。

这下黎洛的好奇心彻底被勾起来了。

直接问的话估计问不到……那就先自己找找吧。

然而这无异于大海捞针，他不抱希望地在搜索栏输入了“段明炀”三个字，一点搜索，果然没跳出来任何用户。

接着又不抱希望地输入了“dmy”“明炀”，依然一无所获。

试到段明炀的生日的时候，总算跳出来了十几个用户，尽管大多数一看头像就不可能是段明炀。

但黎洛还是耐着性子一个个点进去看了主页。

果不其然，都不是。

点开最后一个以“用户”开头加一串数字的账号时，他已经在想干脆还是直接问段明炀算了，总能撬开嘴的吧？

手机界面跳转到了这位博主的个人主页，没有头像，没有背景，粉丝数“0”，关注数“1”。

黎洛百无聊赖地往下一滑，漫不经心地扫了眼，瞥见了他最新一条动态。

这条动态，转发的是他刚刚那张“想见太阳”的自拍。

发布于二十分钟前，仅在他之后一分钟。

黎洛看着这条内容发了足足十秒钟的呆。

脑子里不停地飞速飘过“不可能吧”四个大字，小心翼翼地挪动手指，轻轻地往下继续滑。

仿佛即将开启通往未知世界的大门。

黎洛发蒙地看着屏幕。

脑子仿佛被钝器重锤了一下，嗡嗡作响，停止了正常运作，几乎是在惯性的驱使下继续往下滑。

——终于又见面了。

这一条，日期是收购宴那天。

至此，黎洛几乎已经确定了心中的某个猜测。然而越是确定，越不敢往下翻。

如果这真是段明炀的账号，那么也就意味着，这条之前，一切都是他所不知晓的内容。

他该孤单成什么样啊……

他起码还有家人，有朋友，可段明炀那五年里，身陷段家的囚笼，妈妈又要做手术养病，身边没有一个能让他依赖的人。

“在我最绝望痛苦的时候，有谁来救过我吗？谁也没有。

“我只能靠自己，一步步，重新爬上来。”

现在回想起段明炀先前说这话时的神情，大概是想得到他一句安慰的。

他却说他“活该”。

黎洛闭了闭眼，呼出的气息有点抖。

明知不该再看下去了，可这些隐秘不为人知的内容宛如洞穴深处的宝藏，引诱他去探索，他抵挡不住这一摆在眼前的巨大诱惑，只能不断对自己说着“没事的，都已经过去了，现在不是好好的吗”，给自己做足了心理准备，才敢接着往下看去。

他们重逢前的最后一条动态，内容出乎意料地平淡。

——窗外开始放烟花了，又一年过去了。

发送时间是 1 月 1 日的 00: 01。

段明炀的生日是 12 月 31 日。

黎洛脑中一阵晕眩。

他不敢去想段明炀为什么要等到那个点，更不敢去想段明炀到底等了多久。

或许只是那一天，或许，是那一年、两年、三年……五年。

只为等一句明知无望的“生日快乐”。

眼前屏幕上的文字逐渐变得有些模糊，黎洛吸了吸鼻子，咬紧发白的唇，自虐般地继续看了下去。

从这条动态开始，前边的动态间隔时间变长了许多，动辄一两个月才发一条，内容也逐渐变得琐碎，以转发居多。

转发的对象，自然是段明炀唯一的关注人。

他发了一张新剧的定妆照，问粉丝好不好看，段明炀转发说：嗯。

他发了一张不小心摔倒后腿上擦破皮的照片，贴着纱布，粉丝各种心疼，段明炀转发附了张图，是在病房里，腿上绑着石膏：同款。出镜的半截胳膊上也有瘀青。

他发了一张年夜饭的照片，问粉丝今晚吃什么，段明炀转发附图，简单的几道菜，有酱牛肉和煮秋葵，说：这些。

平平淡淡的语气，仿佛在与他闲聊诉日常，但却不是为了让他看见。相反的，正是因为知道他不会看见，段明炀才能这么肆无忌惮。

五六年，才上百条动态，很快就翻到了底。

段明炀这个账号的第一条微博，转发的内容也是他的第一条微博。

他那时刚签完经纪合约，开始踏足演艺圈，公司给他开了个新账号，一直没用，直到第一部戏拍完进入宣传期，他才发了张自己的角色图，附文：大家好，我是黎洛！

那条动态后来也成了他众多新、老粉丝的日常打卡动态，各种评论段明炀毫不起眼的转发就埋藏在这千万条之中：还记得我吗，学长。

日期已是五年前了。

这条内容，应该是想被发现的。

这一刹那，黎洛所有搭设起来的心理防线统统崩溃垮塌。

为什么要藏得这么好？为什么不直接说出来？段明炀一定是在等着某天他自己发现。

这人太可恶了。

嗡嗡——

偏偏这时候罪魁祸首还打来了电话。

黎洛平复情绪后，才接通了电话，没有出声。

“我开完会了。”段明炀说，“我爸派我出国几天，说是去巡视英国的庄园，应该是想把我暂时支出去，意料之中。”

“……”

“不过比较意外的是，王东升也出差，跟我去不同的城市，但都是英国，不知道是刻意还是碰巧。如果我猜测得没错，他期间应该会来找我。”

“……”

“……你在听吗？”电话那头安静得不太寻常，段明炀问，“是信号不好吗？”

黎洛低声简短地回：“在听。”

“你怎么了？”段明炀冷不防地问。

段明炀简直比他自己还了解他，那次受伤也是一眼就看出来，平时不知道观察得有多仔细。

“没事，刚刚在排练剧本呢，有点入戏了，脱离不出情绪，现在好点了。”他随口胡诌，努力笑了两声，“你继续说，我听着呢。”

段明炀却问：“是在演众叛亲离那一段吗？”

黎洛正想打嗝呢，闻言愣了，嗝也憋了回去：“你怎么知道故事情节？”剧本应该是对外保密的啊。

段明炀沉默了会儿，说，“那部电影，我投资了，看过剧本。”

黎洛更惊了：“难道是你给我定的男主？”

“不是，我是在你确定参演之后投资的。”

“你投资我的电影，段家人不会怀疑吗？”

“应该不会，资金来自我这几年自己经营的一家影视公司，规模还不大，名义上的总经理也不是我，所以目前比较安全。”

黎洛呆然半晌，小心翼翼地试探：“我问个可能有点自恋的问题，那家影视公司……不会是为了我而创立的吧？”

“……”

“当我没问！是我想多了。”

“不然呢，黎先生？”

黎洛又呆了：“啊……那……什么时候创立的？”

“五年前的想法，两年前正式成立。当初收购你们烁星和几家小的娱乐公司，本就是为了等时机成熟之后，合并到我自己创立的公司去，整合你的各类资源。”

黎洛：“那你当初为什么还要赶我走？”

段明炀停顿了半秒，很敷衍地结束了话题：“不提了。”

接着又很生硬地切回了原话题：“所以你是在演众叛亲离那一段吗？”

黎洛只好顺着他的话头切回去：“是啊，那一段是不是很悲情？”

“再悲情也只是演戏。”段明炀说，“不用代入太深，你不会再遭遇那种境地了，我会让你和你的家人团聚的。”

“不说了，我要继续排练了。”黎洛仰起头，眼睛望着天花板，“你出国几天？”

“半个月。”

“行，国内交给我，你搞定王东升。半个月后，我们一起，去把所有事，统统解决。”

段明炀一时没回，似乎有些迟疑，可能还是想一人揽下全部的活，黎洛不给他开口的机会：“段明炀，你不许再让我置身事外了。”

“黎洛……”他听见段明炀吸气的细微声音，仿佛在做一个重大的决定，“这一段时间，可能会有很多突发状况。”

“但无论发生什么，相信我，不会让你陷入危险。

“安心等我回来。”

尽管答非所问，可这下是真的默认了。

“嗯，等你。刚刚开玩笑的。”

第23章

入组开机的当天，冬日寒风的尾巴刚扫荡过去，初春的暖意姗姗来迟，天气依旧冻人心脾。黎洛这回老老实实地裹上了包身的羽绒服。

剧组正式开机，所有工作人员各赴岗位，调配设备。

第一场戏里就有男主角的戏份，剧情背景是他尚未被逐出师门的时候，因而黎洛身上穿的是一套服装师量身定做的三层纯白色的古装。

里衣是贴身亲肤的面料，减少摩擦，保证活动敏捷。外层由较厚的布料制成，足以御寒，领口处辅以银线刺绣而成的浪花纹，每变化一个角度，折射出的光线便如同浪花般起伏翻涌。最外边的罩衫是点睛之笔，虽薄如蝉翼，却不可或缺，稍走一步便随风扬起，衣袂翩翩，飘逸又仙气。

再配上腰间的同纹衣带与碧绿的翡翠玉佩，一眼便知出身名门望族，师承武林名家。

穿完了衣服便是妆发。男主角生性三分单纯七分清冷，因而妆面也是以自然清新为主，没有过多地涂脂抹粉，着重突出了黎洛本身优秀的面部轮廓。

整个扮相完成后，邓良忍不住看着镜子赞叹了句："洛哥，虽然今年刚过没几个月，但我觉得，这身可能是你今年排名第一的古装造型！"

镜中人眉眼一抬，高洁如山顶初雪，矜贵胜王公贵族。

"和我以前的古装造型相比呢？"

邓良想了想："以前都是比较帅气的，让人想接近。这次是比较仙气的，让人觉得你不食人间烟火，可远观而不可亵玩。"

黎洛笑了："以前怎么没发现你这么有文化？跟你金哥学的？"

邓良噘嘴："洛哥，你又埋汰我。"

黎洛戳了下他肉嘟嘟的脸："好啦，开个玩笑。对了，今天金仁怎么没来？"

"他说有事，可能要下午才来。"

"太好了，没人打小报告，上午我可以肆无忌惮地浪了！"

邓良无语："哪儿有时间浪啊，马上就开拍了好不。"

“几分钟也能浪。”黎洛道，“你去外面跟导演说一声我好了，问他什么时候开拍，我看看还可以浪多久。”

“知道啦！”邓良干活儿还是积极的，立马小跑了出去。

黎洛从化妆椅上站起身，拨了缕及腰的乌黑长发到身前，对着镜子打量了自己一番。

从来没演过这种角色，竟然也不是很违和。

难道是跟某位大冰山待久了，自然而然地沾上了高冷的气质？

他忍不住拿出手机拍了张镜子里的自己，转手便发给了段明炀：“你说，咱俩要是性格互换，我是不是就是这个样子？”

段明炀回得很快：“你是现代人。”

“噗。”黎洛笑出了声。

这么无聊的冷笑话，从段明炀这个冷酷男人的嘴里说出来，负负得正，还挺有趣。

“这么晚了你怎么还不睡？”黎洛接着问，“你那儿都十一点了吧？”

段明炀：“准备出去见个人。”

黎洛：“谁？”

段明炀：“王东升。”

黎洛脑内瞬间警铃大作：“他来找你了？这么重要的事你怎么不告诉我？是不是又想一个人偷偷解决？”

他质问三连发过去，段明炀过了会儿才回复：“不是，我想先看看他的意图，未必是来投靠我的。”

黎洛：“段兴烨都被踢出董事会了，权力也平分了，人也快坐牢了，他不来投靠你能投靠谁？你爸没有第三个儿子了啊。”

段明炀：“我上次故意试探他，看得出他还是有点犹豫，这次来，或许也是来试探我的态度。”

黎洛：“那你打算怎么办？”

段明炀：“利诱。”

黎洛：“如果行不通呢？”

段明炀：“那就威逼。”

黎洛：“哇哦，好想见识一下传闻中心狠手辣的段总是怎么威逼的哦。”

段明炀：“你还是不要见识为妙。”

黎洛被他一本正经放狠话的样子逗乐了，又调侃了他几句，直到段明炀那边准备下楼赴约了，才结束对话。

刚好邓良从门外进来，说："洛哥，张导让你先去站个点。"

"好，走。"黎洛抖了抖宽大的衣袖，将手机交出去，"要是段总来电话，记得告诉我。"

拍摄持续了一整个上午，开头就是场激烈的双人打戏，得亏了黎洛之前勤勤恳恳的训练，体力才能支撑到导演喊停。

跟他演对手戏的配角是个健壮高大的年轻新人，拍完满头大汗，一屁股坐到地上喘气。休息的时候黎洛路过他们几个附近，隐约听见他们在谈论自己——

"没想到洛哥看着白白净净的，体力这么好……"

"真的，颠覆了我以前对他的印象……"

黎洛得意地轻哼了声，拐进了自己的休息室。

今天他的戏份已经拍完了，导演估计是怕第一天强度太高他会吃不消，只安排了一场戏，后面的日子应该就没这么轻松了。

说是轻松，其实他后背也被汗水浸得湿透了，不过精神还算不错，换下衣服后仍有精力对着镜子欣赏自己的身材。

邓良在一旁不忍直视："哥，我知道你身材好，但咱能把衣服穿上不？这还不是大夏天呢，会着凉的。"

黎洛转过来，拍了拍自己的腹肌："哥这是给你树立榜样，跟哥学学，运动起来，把你的一块腹肌变成八块。"

"我胖我快乐，吃你家大米了？"邓良小声嘟囔着，将一件保暖毛衣递给他。

黎洛抬起手臂穿好，随口问："段总来过消息吗？"

"没有。"邓良说完，忽然想起，"对了，我差点忘了，深哥打过你电话，我接了，他说让你拍完戏再打给他。"

"嗯？他找我？"黎洛估摸着应该是段兴烨的事，立即抓过挂在衣架上的羽绒服，反手一套，迅速利落地穿戴完毕，继而拨通了江流深的电话。

提示音响了两声就打通了，传来江流深的声音："喂，阿洛？"

"欸，是我，什么事？"

"你现在在哪儿？"

"在片场呢。"

"片场哪儿？"

黎洛莫名："休息室啊，怎么了？"

"你去外边接电话，确保周围没有人。"江流深神神秘秘道，"哦对，也不能有监控。"

黎洛意识到可能有要紧事，也不含糊："你等会儿。"

他将手机扬声器处捂住，转头朝邓良说：“我出去一下，可能得离开片场，要是张导有事找我，你再联系我。”

邓良点头：“好！”

黎洛关上休息室的门，一路往外走，与路上遇到的好几个工作人员，镇定自若地笑着打了招呼，一直走到僻静的拍摄场地外围。

这地方出入需要工作证，相对比较安全。确保了周围没有监控之后，他才重新接起江流深的电话。

“好了，到底什么事？”

“你就在片场待着，哪儿都别去啊。”江流深说。

“啊？为什么？”

“我早上刚得到的消息。”江流深压低了声音，“段家把段兴烨保释出来了，算算时间，现在应该已经回家了。”

“什么？”黎洛忍不住骂了句，“这么快？”

保释倒不在意料之外，只是他没想到段兴烨的事闹出了这么大动静，居然才几天就被保释了出来。

“你先别急，虽然他出来了，但等警方整理好证据，还是得上法庭的。”

“那如果他这期间找苏芷和段明炀的麻烦怎么办？”

“这你不用担心，他的人身自由是受限的，不能骚扰举证人，更不能出国，所以苏芷和段明炀相对来说都比较安全。”

黎洛稍稍安心了些：“那就好。”

“好什么好。”江流深无语，“他不能找苏芷也不能找段明炀，难道就在家老老实实待着？你猜他会去找谁？”

“该不会是我吧？”

“你说呢？”

“好像有可能……”

“所以我让你别离开片场，在那儿他应该不敢下手。”

“你别担心，我现在在他认知里是跟他一伙儿的，就算他来找我应该也只是跟我商量对策。”黎洛裹紧了羽绒服，“我本来还想让段明炀这几天争取拿到人证的，现在看来有点——”

他说到这儿，脑中忽然察觉到一丝不对劲。

按理说段兴烨回家这事段明炀不可能不知道啊，怎么从早上到现在一点消息都没有？

“你什么时候知道他保释的消息的？”

江流深："上午十点左右吧，段家保密工作做得太好了，人都办完手续了我才知道。"

十点……段明炀那儿差不多是凌晨两点，可能是睡了，所以才没收到这个消息？

可撇开这个不谈，为什么他昨晚见完王东升之后一点动静都没有？不应该啊……

"我先联系下段明炀，之后再跟你说。"黎洛皱眉，"他应该考虑到这种情况了，肯定有办法。"

"嗯。"江流深难得没反驳，"总之你也别太担心，有什么事，我们会护你周全的。"

"我们"？江流深居然也有和段明炀意见达成一致的时候？

黎洛听了这话，有点想问"你和段明炀什么时候关系缓和了"，但眼下显然不是问这种问题的合适时机。

"好，放心，我不会有事的。"

段明炀答应过他，不会让他遇到危险。

他当然也不能让段明炀遇到危险。

待挂了江流深的电话后，黎洛紧接着打了个国际长途。

电话里一声提示音都没响，直接传来了人工语音。

竟然关了机？

段明炀似乎没有睡觉时关机的习惯啊。

此时一阵冷风刮过，黎洛一个激灵，望了圈周围孤零零的环境，心里莫名升起一股不安，当机立断迅速往回走，边走边试着第二次拨出了电话。

依然关机。

快走到片场入口处的时候，第三个电话仍旧说着"您好，您拨打的电话……"

黎洛直接挂了，转而翻找手机通讯录，找到了金仁的名字，想着让金仁联系随同段明炀出行的吴秘书。

只要人确确实实在酒店里，那应该就没事。

他手指按上电话号码的刹那，手机屏幕变成了黑底的通话界面。黎洛举起手机，贴到耳边——

无意间余光一瞥，瞬间竖起了一身寒毛，头皮差点炸开。

屏幕上倒映出一张蒙面男人的脸。

悄无声息地站在他身后。

他压根顾不上思考，当即转手肘击，直砸对方面门！

然而，对方的反应比他快了 0.1 秒，迅速后仰三十度躲开了攻击，紧接着抬手，用力一按手上握着的喷雾瓶，一团成分不明的水雾迎面飞速喷射了过来。

黎洛立即反手去挡，可水雾细密，迎风飘散，不可避免地冲进了他鼻息间，登时一股猛烈呛人的气味直达气管，整个喉咙几乎都快烧起来了。

“咳咳……咳、咳咳……”

他咳得眼里都冒出了泪光，边咳嗽边努力后退躲避，倚靠到了墙上，手机滑落也没空去捡，拳头使劲砸向片场入口处的门。

“来人！咳咳！有没有人……咳……”

他希望有人能听见过来帮忙，可惜对方没有给他过多求救的机会，两三步便追了上来，手上多了一块湿毛巾，二话不说直接紧紧捂住了他的口鼻。

黎洛立即闭嘴，努力憋气，然而咳得太厉害，还是吸入了一点，顷刻间头晕目眩，力气渐失，靠着墙缓缓滑下去，最终咚一声倒在了冰冷的水泥地上。

滑落的手机就躺在眼前，他半合着眼，神志不清地望过去，祈祷电话拨通了——

屏幕显示号码刚拨出去，响了两三声之后信号才连上。

嗡嗡——

手机的振动声在空旷的场地上响起。

瞬间只觉一道寒意从他头顶贯彻到脚底。

黎洛费劲地抬起眼皮，望向站在他跟前戴着口罩和墨镜的男人，想破口大骂，然而药物成分入侵，已经没力气发声了。

对方蹲了下来，注视着即将陷入昏迷的他，语气像往常一样毫无波澜：“洛哥，对不起。”

再度醒来的时候，已是傍晚。

天边的晚霞艳丽得近乎诡异，从云层中穿透而出的阳光也染上了粉紫色，透过玻璃窗户洒在实木地板上，光影梦幻。

然而黎洛睁开眼看到的情景并不怎么梦幻。

视线里左边坐着段兴烨，右边坐着段天佑，身后站着他的经纪人，哦不，前经纪人。

这位经纪人已经被他单方面开除了。

黎洛动了动胳膊，果不其然，手被反绑在椅子靠背上，谁也揍不了。

于是他选择了又闭上眼。

段兴烨：“黎先生，醒了就别装睡了吧。”

黎洛一副死猪不怕开水烫的架势，优哉游哉地：“你们阖家团圆、其乐融融的时刻，我就不参与了，睡一会儿就回去。”

段兴烨倒是习惯了他这副吊儿郎当的样子，可一旁的段天佑看不下去了：“兴烨，少跟这种没脸没皮的人客气，给他点颜色看看，不然他要无法无天了。”

黎洛听见这话，睁开了眼：“您居然有脸说我无法无天？是谁光天化日之下把我绑架过来的？不怕监控拍到吗？”

“洛哥。”站在段天佑身后的人开了口，镜片光一闪而过，“那一片没监控，我之前去片场勘探过。”

敌人的智商提高了。

黎洛眯起眼看向对面的三个人。

段天佑和段兴烨的弱点他是清楚的，一个老奸巨猾但脾气冲动，一个阴险狠毒但能力一般，两个人都多疑自负，才使得他先前能够加以利用，成功挑拨离间。

可他不清楚金仁的弱点。

而金仁很清楚他的弱点。

这样的人，如果是同伴，必然如虎添翼。如果是敌人……那只能自求多福了。

黎洛此刻脑子里一条应对策略都想不出来，他是真没料到，段明炀唯一信任的助理竟然也会反水。

金仁虽然整天跟个机器人似的只知道工作，但怎么看也不像是个坏人啊，上次他被段兴烨设计陷害，还是金仁及时察觉端倪报告给段明炀的呢，如果他和段兴烨是一伙的，为什么要汇报？

黎洛盯着金仁的脸，想看出点碟中谍的蛛丝马迹，可惜无果，叹了声气：“金仁，我一直把你当朋友，明炀也是，你怎么忍心背叛我们？”

他声情并茂，动用了七分真心三分演技，企图唤回对方的良知。

金仁推了推眼镜：“洛哥，我跟您说过，我是董事长分配到段总手下的，从一开始，我就是董事长手下的人，从未变过，不构成背叛。”

得，白费力气。

黎洛转向段天佑：“厉害啊，老伙计，这么早就埋了这步棋，怎么到现在才亮出来？”

段天佑冷哼：“最关键的一步棋，自然要到最关键的时候用，这些年金仁确实完完全全在为明炀做事，不曾与我联系，否则以明炀的性格，怎么可能那么信任他？”

黎洛了然：“您可真够深谋远虑啊。”

段天佑略显得意："就算是自己亲儿子，也得提防着点儿，否则怎么安享晚年呢？是不是啊，兴烨？"

段兴烨一个激灵，连忙弯腰，谦卑至极："爸，我知道错了，都是一时糊涂，听信了舅舅的鬼话，以后不会再和他们家来往了。"

"希望你是真的改过自新。"

"一定一定。"

黎洛看着他们父子俩一唱一和，算是瞧出来了。段兴烨应该是向他爸低头认错了，不知用了什么方式，总之哄得段天佑原谅了他，如今两人又是一条战线上的了。

那遭殃的可不就是他这个当初挑拨离间的人吗？

"他才不会改过自新呢。"黎洛嗤道，"别被他的演技骗了，等你一放松警惕，他立马就把你从董事长的位置上踢下去，信不信？"

段兴烨闻言转头："黎先生，你说什么？"

他仿佛听到了什么不可思议的笑话，嘴角一扬，笑眯眯的："我哪儿来的演技？倒是你，演技真是登峰造极了。要不是我爸告诉我事情始末，我差点儿真以为是王经理在搞鬼呢。"

黎洛："过奖过奖，不是我演技好，是你们一家三口智商太低罢了。"

段兴烨依旧笑着："一家三口？"

黎洛听见他语气，心下登时一沉。

金仁可别连那事儿都说了。

"黎先生为什么要把我弟也骂进去？"段兴烨如闲庭散步般，一步步走到他跟前，弯下腰，直视着他的眼睛："你和我弟弟，不是兄弟情义好得很吗？"

"你听谁说的？"

"还能有谁？"

空气静滞三秒。

"金仁！"

黎洛猛地暴喝一声，犹如雷霆贯耳，震得段兴烨都一抖，连忙后退几步远离他，整个房子里都回荡着他愤怒的余音。

"你有没有良心！我们对你不好吗！啊？！"

段天佑年纪大了，受不了这样的声音暴击："吵死了，耳朵都快聋了，把他的嘴堵上，赶紧的！"

金仁拿了一卷胶带走过来，撕下一截："洛哥，抱歉。"

"你道什么歉！虚伪！叛——唔唔唔！"

嘴巴被封上，黎洛只能发动眼神攻击，两道凶狠锐利的视线像激光一样射出去，仿佛要将面前的人射出千疮百孔。

可惜这终究不是物理伤害，金仁毫发无损，面无表情地拍了拍他的胸口，似是安抚：“洛哥，安静点儿吧，别自讨苦吃。”

黎洛一愣，低头看了眼胸口，又抬起头看向面前的人。

金仁放下手，右手拇指和食指迅速交叉比画了下，继而若无其事地转身离开。

“总算安静了。”段天佑嫌恶道，“这人真够闹腾，兴烨，你先审审他，我还有事要处理，一会儿再过来。”

“好的，爸。”

金仁没跟着一起走，问：“董事长，我需要留下来吗？段总刚出来，尚未了解事情全貌，或许需要我的帮助。”

段天佑想了想：“也对，那你就留下吧。”

“是。”

段天佑走了之后，房间里就只剩下他们三个了。

段兴烨坐回沙发上，跷起腿，气定神闲道：“黎先生，要不是金仁告诉我这事，我还身在盲区呢。想想也是，难怪我先前输得一败涂地，被你俩演的一出好戏耍得团团转。”

黎洛翻了个大大的白眼，用眼神表达自己的鄙夷。

段兴烨也不恼，继续道：“看来我弟也是个演员，居然能伪装这么多年，真是令我后怕。”

“若不是我爸备着后招，恐怕这回我们父子俩都要搭进去了。好在老天有眼，没让你们的阴谋诡计得逞。

“劝你认清事实，坦白从宽吧。”

他摆了摆手，示意金仁去撕胶带：“你要是再大吼大叫，那就再封上，直到你配合为止。”

胶带被刺啦一声撕下，一点儿怜惜都没有，黎洛疼得倒吸气，龇牙咧嘴了半天才缓过来，愤愤地瞪向眼前人：“我还能坦白什么？这个叛徒不都告诉你了吗？”

段兴烨：“金仁也只了解部分情况，他说，你们俩想给你爸翻案，但他不知道你们具体掌握了哪些证据，所以需要你的协助。”

黎洛昂头冷哼：“你当我傻子吗？我如果告诉了你，你肯定会去销毁人证物证吧？”

“话是这么说没错。”段兴烨道，“可你别无他法，只能告诉我。”

黎洛头昂得更高了：“你哪儿来的自信？”

段兴烨但笑不语，朝金仁稍稍抬了抬下巴，金仁便不急不慢地说：“洛哥，如果你想让段总平安无事地回来，还是坦白吧。”

黎洛的视线瞬间转向了他：“什么意思？你们把他怎么了？！”

金仁：“王经理去找了段总，这事您知道吗？”

黎洛惊疑不定地点了点头。

金仁：“您和段总可能以为他是来投靠你们的，但实际上，他去找段总，是董事长安排好的。”

黎洛：“为什么？”

段兴烨忍不住插嘴：“黎先生，你怎么变笨了？还能为什么，王经理并无二心，一直为我效力，这次我爸特意安排他一同前往英国，自然是为了迷惑你们，让你们以为他打算投靠你们，好让我弟上钩赴约。”

黎洛握紧拳头，额角绷起了青筋，眼中迸发出怒光，近乎咆哮道：“你们到底对他做了什么？！”

段兴烨笑得更猖狂：“金仁，给他看看王经理传来的照片。”

金仁依言照做，走到黎洛面前，拿出手机，按亮屏幕，转过手机给他看：“洛哥，你自己看吧。”

屏幕中显示着一张酒店房间内的照片，床上四仰八叉地躺着个人，像是失去了意识，从身形和侧脸轮廓看来确实是段明炀。

黎洛迅速往下瞟了眼，勃然大怒：“段兴烨！你敢动他一下试试！”

“我怎么不敢？”

段兴烨从沙发上站了起来，金仁收回手机，默默退到一旁。

“我以前能把他打得半死不活，现在依然能。他以前毫无还手之力，现在依然是。”段兴烨踱步至他身旁，挑起他的下巴，“你要怪只能怪自己，放着好好的黎家大少爷不当，跑去跟这种货色当兄弟，结果自己搭了进去，家人也搭了进去。值得吗，黎先生？”

黎洛头一扭，躲开他的手：“我觉得值就行，关你什么事！”

“不关我事？”段兴烨的手缓缓下移，轻笑了两声，突然一把掐住他的喉咙！

“被你害得最惨的难道不是我吗？

“要不是你们两个，我何至于此？”

段兴烨力气大得吓人，相比之下段明炀以前的“凶狠”根本就是过家家。

黎洛被掐得完全发不出声，昂着头，脸涨得通红，只能艰涩地喘息，瞪着眼听他说："如果不是你，段明炀他就不会进我家的门，我就不会想要找出他的把柄，就不会阴差阳错地和我前妻结婚，更不会和她离婚，被她亲手送进监狱……这一切的一切，都是因为你的一时兴起。"

段兴烨弯下腰，看着他，眼中被怒意逼出了血丝，手上不断收力，足以令人窒息。

"我真想让你去死，黎洛。"

黎洛听了他这一番颠倒黑白，推卸罪责的言论，简直无语，想痛骂一句"臭不要脸"，可大脑的供氧已经到达了极限，只能干瞪着眼，眼前的景物越来越花，意识涣散，瞳孔开始缓缓放大，隐约感觉整个世界正在渐渐离自己远去。

段兴烨还不松手，紧紧掐住他的喉咙，像是真的要掐死他为止。

"段总。"金仁开了口，"他还没说出人证、物证。"

段兴烨微微侧头，思考了会儿，不是冲动复仇的时候，眼中的血丝渐渐退去，最终松开了手。

"失礼了，黎先生。"

重获自由的黎洛立即倒吸了一大口气，仿佛濒死的鱼被浪重新卷回了海里，贪婪地呼吸着新鲜空气，胸膛剧烈起伏，两三分钟后才总算没那么头晕目眩了。

段兴烨已然坐回原位，甚至有心情给自己倒了杯茶。

"说实话，我曾经说想和你交个朋友，是真心的。黎先生你确实聪明、大胆，又很有趣。可惜，兜兜转转，你最终还是与我为敌了，说好的酒，看来也是喝不成了。"

黎洛仍喘着气："我可没答应过……要跟你喝酒……别、别自说自话。"

"也对，是我一厢情愿了。"段兴烨端起茶杯，吹了吹，飘散出的热气随风而散。

"看来我们的合作关系，也只能就此结束了。

"与我为敌的下场，想必黎先生还记得吧？那我就不多废话了。"

段兴烨气压一沉。

"把你们的证据交出来，否则，你那昏迷不醒的挚友可能就要受点皮肉之苦了。"

"你敢！"

黎洛怒吼着使劲朝前一冲，椅子发出一声刺耳尖锐的擦地声，往前挪动了半米。

段兴烨视若无睹，从容地呷了口茶："你猜我敢不敢？"

黎洛紧咬着后槽牙，死死瞪着他，以目光与他对峙，眼中腾腾的怒气仿佛一把熊熊燃烧的烈火，似乎下一秒就要冲上去将他烧成灰。

然而随着时间的流逝，火苗的燃势渐渐弱了下去。或者说，被压抑了下去。

段兴烨笃定了他不敢拿段明炀的安全来赌。

他也确实不敢赌。

沉默地对峙了近一分钟，黎洛最终只能咬碎了牙往肚里咽，闭上眼，深呼吸，再缓缓睁开，像是做出了一个极为艰难不甘的决定。

"只要你保证不伤害他……我就把我知道的告诉你。"

段兴烨心满意足："成交！"

相比起他愉悦的语气，黎洛的语调可以用沉重来形容，每一个字都像是从喉咙里硬拽出来的一样，极为不情愿："苏芷她……给了我们一部分证据……以防泄露，我那儿没有备份，都交给段明炀保管了。"

"他保存在哪儿？"

"我不清楚，他怕我惹事上身，不让我知道。"黎洛想了想，"金仁可能知道，喂，金仁，你老板一般把重要文件存在哪儿？"

金仁略一思索："段总家里有个保险柜，可能存在那里。"

段兴烨："保险柜密码是多少？"

"不清楚。"

段兴烨的目光转向黎洛。

黎洛："别看我，我也不清楚。"

段兴烨："那让我猜猜……不会又是你的生日吧，黎先生？"

"又？"黎洛捕捉到了关键词，"段总，你怎么知道我的生日曾被当作保险柜密码？你不是没参与当年我家的事吗？"

"我倒是希望我参与了。"兴许是觉得自己稳操胜券了，又兴许是憋了太久总算可以倒一倒苦水，段兴烨这回没有再避而不谈，相当坦白，"本来只是为了监控我弟才装的摄像头，没想到派上了作用。可明明是我拍到的视频，明明是我搞到的密码，我爸看了却以为是我弟故意接近你套取情报，功劳全被他占了，顺顺利利地进了我家门。我真是搬起石头砸自己的脚啊……"

黎洛回敬："那你也是帮凶，你爸是主谋。"

"不，命运才是帮凶，老天才是主谋。如果不是天时地利人和，要想整垮你们家，还真没那么容易。"

黎洛："呵，得了吧，你们怕不是蓄谋已久，早就联系王东升了吧？我们都有录音。”

段兴烨：“既然你都掌握证据了，又何必戳穿呢？大家心知肚明即可。”

黎洛：“所以你这是承认你们伙同内奸陷害我爸了？”

段兴烨：“这怎么能叫陷害呢，不过是利益之争，智者胜罢了。”

黎洛：“把违法乱纪说得这么冠冕堂皇的，我只见过你一个。”

段兴烨不以为意：“随你怎么讽刺，总之，现在笑到最后的依然是我。你们耍再多小聪明，也无济于事了。”

黎洛冷哼了声，显然憋着气，可最后也只能说：“我该交代的都交代了，你什么时候放了我和段明炀？”

“不急，我得先确认下你说的是否属实啊。”段兴烨拿起手机，拨了个电话，贴在耳畔，过了一会儿又放下了。

“郊区信号怎么这么差。”

他蹙眉又拨了次，依然没拨出去，只好拿起一旁的电话机，拨了个宅子里的内线号码，这回终于通了。

“过来一趟。”

黎洛不知道他喊了谁过来，过了约莫一分钟，身后的房门被敲响，传来一道有些耳熟的声音：

“段总。”

“进来。”

待那人进入房间，走到段兴烨跟前，黎洛才看清来者何人。

“哟，好巧，又见面了，保镖大哥。”他看见老熟人似的打了声招呼。

保镖不答，微低着头，谦卑又恭敬，连眼角的疤看着都不那么狰狞了。

段兴烨：“带人去段明炀的房子里搜一搜，找到保险柜搬回来。”

黎洛插嘴：“你还不知道密码呢，搬回来有什么用？”

段兴烨：“没有密码，但我们有你啊，只要你在我手里，还怕段明炀不告诉我？”

黎洛痛骂：“阴险！”

段兴烨哈哈一笑：“过奖。”

接着对保镖说：“多带几个人，做得隐蔽点，别被人发现了。”

“是。”

“出去吧……等等，我爸去哪儿了？”

“董事长在书房看文件。”

“你让他先别看了，说我已经审得差不多了，请他过来商量下一步。”

“好。”

保镖告退后，段兴烨将杯中茶一饮而尽，舒爽地长叹了口气。

“憋了这么多天，总算神清气爽了。”

黎洛嗤道：“段总放松得也太早了吧？就算我爸的事被你销毁了证据，可苏芷那边的证据已经提交警方了，你仍旧躲不过，还是要坐牢。”

段兴烨笑着摇摇头：“黎先生还是太单纯了，我既然能对付得了你这个大明星和我弟那个狠角色，还怕对付不了一介女流吗？”

黎洛：“你在保释期间，骚扰举证人只会让你更快进监狱。”

“这不用你提醒，我自然知道。但对付她，根本无需我亲自出马。”段兴烨悠然道，“我早就知道她偷我电脑里的数据，只不过念在夫妻一场，才没有多计较。”

“但我既然知道了，怎么可能一而再再而三地让她拿到‘证据’？”

段兴烨哼笑：“前期那些记录确实是真的，可后期那些交易记录……如果警方一一去核实，就会发现，酒店和会所的监控根本没拍到我，因为我去的压根不是那些地方，她拿到的交易账目统统是王经理的‘杰作’。你猜，到时候警方会怎么想？”

“警方会觉得，苏芷为了报复你出轨，盗刷你的卡，伪造了这些交易记录。”

“聪明，不愧是你。”段兴烨拍手鼓掌，“可惜你们三个机关算尽，依然一场空。我顶多背负个出轨的骂名罢了，她可是实打实地犯了法。最后要进监狱的，指不定是谁呢。”

“段总好狠的心，连自己老婆都这么算计。”黎洛道，“既然你早就有准备，为什么警察问你的时候什么都不说？”

段兴烨笑笑：“那当然是为了放长线，钓你们两条大鱼，外加表现良好，给自己争取保释机会咯。”

黎洛：“没想到段总这么深谋远虑，以前真是小看你了。”

“现在高看也来得及。”段兴烨站起了身，“好了，聊得够久了，我估计这会儿我弟也该醒了，我先去问他保险柜密码，回头再来对付你，最后对付我前妻，你们一个也跑不掉。”

“等等。”黎洛喊住他，“按你这么说，王东升既知晓你家陷害我家的证据，又有你指使他陷害苏芷的证据，你留着他，不怕是个后患吗？”

段兴烨微笑：“这点不劳你操心，处理完你们，我自然会去处理王经理。”

黎洛立刻朝一旁的金仁道：“听听，兔死狗烹，你也逃不了！”

段兴烨：“黎先生，别试图策反了，他们俩情况不一样。王经理曾经背叛过雇主一次，手里还握有证据，我早晚要处理他的。而金仁一直都是我们家的人，也没有参与那件事，手里毫无证据，不构成威胁，我自然不会对他做什么。”

黎洛冷笑：“王经理要是听见你这些话，不知该有多心寒呢。”

段兴烨也笑：“可惜他听不见，还老老实实在酒店守着，当我们家的看门狗呢。”

“狗急了也是会咬人的，当心啊，段总。”

“多谢提醒。”段兴烨显然没放在心上，“我先走一步，你就在这间屋子里好好待着，别想逃跑，外头都是我们家的保镖。金仁，把他绑紧一点。”

金仁点头，上前了一步，站在黎洛身后，蹲下身。

“绑完了去书房喊我爸一声，他怎么还不过来，要错过好戏了。”段兴烨已经握上了门把手，回头问，“好了没？”

“好了。”

回答的却是黎洛。

段兴烨目露困惑，有些莫名和好笑：“黎先生，你好什么？”

黎洛站起身，揉了揉酸痛的手腕，活动了下筋骨，朝他粲然一笑：“准备好揍你了啊。”

段兴烨尚未来得及弄明白发生了什么，一阵呼啸而来的拳风已至颊畔，左脸骨头猛地一痛，下一秒便天旋地转，砰的一声被掀翻在地！

“咝——”

他趴着地上龇牙咧嘴，痛得仿佛骨头都裂开了，感觉有什么温热的液体从鼻子里流了出来，流入嘴里，腥甜腥甜的。

一抬眼，便看到了散落在地板上的绳索。

以及眼前的两双皮鞋。

他视线缓缓上移，看见两个并肩的身影。

一人高傲鄙夷地俯视着他，一人平静漠然地俯视着他。

饶是他再迟钝，也该明白状况了。

“金仁……你……你竟然……咳咳！”

段兴烨立即费劲地从地上爬起来，也不管自己现在这副样子有多狼狈，迅速后退到门边上，握上了门把手，给自己争取逃脱机会。

“你们、跑不出去的……咳咳！金仁……你这是在找死！”

“跑不出去的是你。”

黎洛说完，将手伸进羽绒服内，从里衣的胸口撕下一个拇指大小的圆形贴片。

他朝段兴烨笑了笑，话却是对着监听器说的：“喂，在吗？你们可以进来了。”

话音刚落，段兴烨手中的门把突然动了一下。

可他分明没有拧。

他像只受惊的兔子一样立即往后跳了一步。

下一道声音从房门外传来，低沉且冷静。

“我在。”

第24章

听见这声回话的一刹那，黎洛眼中的一星半点儿暴戾全部散了个干净，抬手迅速捋了捋头发，将耳鬓散落的发丝掖到耳后，露出整张脸。

他想象中段明炀此刻也应该是西装革履，英俊逼人，迈着自信从容的步伐走进来，宛如电影中隆重登场的最终大人物，用强势的气场令所有人折服。

咔嚓一声，房门终于打开了。

黎洛期待万分地伸长脖子望过去——

然后笑容僵在了脸上。

“明……炀？”

眼前的人确实穿着西装，可外套皱得不像话，仿佛被扔进滚筒洗衣机滚了三天三夜，里头的白衬衫崩了两粒扣子，领口歪歪斜斜地垂落着，还不如不穿。头发更是杂乱无章，惨不忍睹，好似在龙卷风里睡了一晚上。

若不是那张脸还是熟悉的，黎洛几乎以为走进来的是个不修边幅的流浪汉。

出国一趟，高冷霸总立志当狂野男孩了？

这幅画面过于震撼，直接令他大脑死机了三秒。

这还不算完。紧接着走进来的江流深，不比段明炀好到哪儿去，甚至更为狼狈，脸颊明显肿了一坨。

黎洛咽了口唾沫：“你们……是刚从非洲逃难回来吗？”

江流深捂住脸，先告起了状：“你问问这位，有没有人性，要不是我拦着他不让他冲进来，计划早就暴露了，他倒好，非但不领情，还给了我一拳！”

黎洛看向段明炀：“你干吗要冲进来？”

段明炀不答，默不作声地走到段兴烨跟前，一把抓起他的右手手腕。

段兴烨愣住：“你做什——啊啊啊！”

段明炀干净利落地扭断了他的右手，一脸冷漠地看着他惨叫倒地，仿佛事不关己。

黎洛看得目瞪口呆。

见惯了段明炀平日里沉稳的一面，他都快忘了，段明炀在外人嘴里，是心狠手辣的。他一直以为是传言过分夸大，今日一见，才知并非空穴来风。

心狠手辣的段明炀，只是在他面前心慈手软而已。

江流深冷哼："这家伙，听见你被掐，立马跟我急眼了。我就说有金仁在你肯定没事，还不信我，现在信了吧？"

段明炀没听见似的，径自走到黎洛面前。

黎洛近距离看着他乱七八糟的样子更想笑了，努力了憋回去。

倒在地上的段兴烨总算缓过痛劲儿来了，用另一条完好的手臂艰难地撑着地站了起来。哪怕他再傻，此刻也明白自己被算计了。

"我爸呢……你们把他怎么了？！"

"别急，段先生。"江流深道，"你爸已经被送去警局喝茶了，马上就送你去父子团圆。"

"你们——"

江流深打断他："我知道你有很多问题，咱们路上慢慢说，保证让你输得心服口服。"

段兴烨歪歪斜斜地靠在墙上，鼻血还在不断往下流，捂也捂不住，看着眼前四个将他包围的人，最终重重地哼了一声，不再挣扎了。

江流深："这还差不多，走吧，咱们一起去把这事儿收个尾！"

走出别墅的时候，段兴烨的目光到处东张西望，似乎是在寻找什么人，待看到大门口站着的自家保镖时，脸上立即浮现出了一丝欣喜。

保镖恭敬地开了门："段总，请。"

段明炀："嗯。"

段兴烨："……"

黎洛看着他瞬间刷白又迅速铁青的脸色，不禁乐了："没想到吧，你这一屋子都是我们的人，惊不惊喜？意不意外？"

段兴烨黑着脸不答，直到被保镖按进了车里，和里面原本坐着的人打了个照面后，憋着的气瞬间炸开了，也顾不得什么风度不风度了，指着对方便破口大骂："王东升！你这个混账！我就不该相信你！"

王东升此刻手被绑着，脸色也不太好看，瞥了他一眼："段总，你不是说要处理我这条狗吗？现在说相信我是不是晚了点？"

"你！"段兴烨被他噎住，气得脸红脖子粗。

"你们俩冷静点，可别打起来，以后或许还得当狱友呢。"黎洛边说着，边和段明炀一起上了车。

江流深等人紧随其后，七座的商务车立刻被塞得满满当当，金仁负责开车，江流深坐在副驾驶，保镖则坐在最后排负责看管二人。

黎洛坐在中间的单人座，和段明炀的座位隔了一条通道。

段兴烨："黎先生，我真搞不明白，我怎么会栽在你这种人手里？"

江流深立刻接话："他这种脑子当然搞不定，还不是我想出的绝妙主意。况且要不是我借的私人飞机，段总现在还跟我们相隔十万八千里呢。"

黎洛一记眼刀："所以骗我到没监控的地方让金仁喷我一脸辣椒水也是你的主意？"

正在开车的金仁："是的。"

江流深连忙说："哎哎，先别急着生气，我这不是怕你知情了就演不出那种拼死搏斗的效果了嘛。而且要是被监控拍到了，有人报警就麻烦了，看我考虑得多周到。"

"周到你个鬼！"黎洛猛踹了脚前座椅背，"我演技好得很，我看你就是想趁机捉弄我！"

拐了个弯的金仁："有可能。"

被踹得弹出去又靠回椅背的江流深听见这话，登时怒了："你们俩双打我也就算了，怎么还带个旁白？姓段的你评评理，这事儿能成是不是有我的功劳？"

段兴烨："我感觉是。"

江流深："谁问你了？！"

段兴烨："我不姓段吗？！"

王东升："你们能小点儿声吗？我吃了安眠剂头还晕着呢。"

段兴烨："你吃什么安眠剂？不是让你给他吃吗？蠢货！"

王东升："我要是成功了我还会在这儿吗？你才蠢吧！"

"反了你了！"段兴烨气得一头就要撞上去，保镖赶紧将他们俩拉开。

黎洛在前排看好戏看得相当愉悦，拍手道："王经理，我早就提醒过你，不要抱错大腿，可惜你不听，落得这种下场，只能怪你自己啊。"

王东升哼了声，扭过头看向窗外，谁也不搭理了。

黎洛懒得再嘲讽他。

"欸，跟我说说，到底怎么回事？"他摇晃着手，"你怎么一夜之间回来了？什么时候计划好这些的？"

段明炀被他问得无可奈何，低声娓娓道来："一开始确实是江先生的主意。他听说警察那边问不出话，觉得蹊跷，想再去查查苏芷的证据有没有被动过手脚，正好我也在查，于是就恰好碰上了。”

黎洛：“所以你们一合计，干脆一起查了？”

段明炀：“嗯，结果查出来，交易记录是真的，但却并非真的有交易。这些记录，是故意做出来给苏芷看的。所以，江先生就提议，让我假装中计，再让你去套话。趁他们以为自己胜券在握的时候，再杀他们一个措手不及。”

黎洛甚为感动：“哇，你们就这么相信我能套出话来啊？”

段明炀：“嗯。”

江流深：“那当然，这世界上除了我之外，你是最会忽悠的人了。”

黎洛又踹了前座一脚：“闭嘴！”

转头对段明炀说：“我就知道，肯定是有什么目的才让金仁把我绑过去的。”

金仁：“洛哥，你刚开始好像真情实感地骂我了。”

“我刚开始只是没反应过来。”黎洛立即道，“仔细一想就明白了，你之前说过，明炀招的助理有问题，那他怎么会信任你一个由他爸派过去的助理呢？肯定是你对他百分百坦诚了，他才会信任你，才会派到我身边来。”

江流深不屑一哼：“马后炮，难道监听器也是你自己想明白的？”

黎洛怀疑江流深这人生来就是为了拆他台的，“我承认，金仁拍了我胸口一下我才发现了监听器。”

江流深：“仅此而已？”

黎洛：“……他还在手机屏幕上打了句话。”

江流深：“什么话？”

黎洛：“……照片是假的，段总和深哥在外面，您胸口的是监听器，请尽量套话。”

江流深笑到捶椅背：“这不全是他给你剧透的嘛！跟你自个儿想明白有什么关系？”

后座的段兴烨也嘲笑：“我还当你们早就串通好了呢，原来手段这么低劣。”

看着窗外的王东升：“被低劣手段骗上钩的人岂不是更低劣。”

段兴烨：“……”

保镖：“别打了！都给我坐好！”

黎洛踹完前座，扭头对段明炀说：“我还是起到了一点作用的对吧？”

“嗯，你作用最大。”段明炀哄小孩儿似的回答。

“到警局了。”金仁忽然说。

段明炀：“起来吧。”

黎洛起身的时候无意间往窗外一瞥，顿时动作僵住。

警察局外全是记者，个个扛着相机和话筒，不知是谁喊来的，此刻看到了车子前座的金仁和江流深，统统像闻到猎物气息的捕食者一样火速围了过来，将他们的车包围得水泄不通，光黎洛这边的窗户外就站了七八个，正伸长了脖子往车内张望，想要一窥究竟。

黎洛见状，僵着脖子缓缓转过头。

“他们看不见里面。”段明炀及时阻止了他发散过度的担忧，“等一会儿，警局会派人出来开道的。”

经他这么一说，黎洛又往窗外仔细看了眼，才发现那些记者的眼神确实都没对焦在他脸上，只是在往里张望而已。车窗玻璃应该是单向可见的。

黎洛拍拍胸口，总算舒了口气：“吓死我了。”

“瞧你那点胆子。”江流深哼笑，“别慌，都是哥喊来的，为了把事情搞大点。有哥在，你不用露面，老老实实在车里待着。”

黎洛立马不乐意了：“我都参与全过程了，你不让我参与大结局？”

江流深：“这事太复杂，你要是现在参与进来，免不了被审讯，拍戏进度就得耽搁了。况且我们先要解决的是苏芷的案子，本来就跟你没什么关系，等违法交易这桩案子锤死了，我们再处理你爸的案子，到时候估计你电影也拍得差不多了，保证让你参与大结局。”

黎洛思量了会儿，觉得挺有道理，勉强同意了：“行吧，那你们当心，我在车里等你们回来。”

江流深笑笑：“放心，这世上没你哥摆不平的事。”

这时，警局派出来的人已经将车子周围聚拢的记者驱赶得差不多了，留出了一条直通门口的道。江流深率先打开车门走了出去，立即将所有的媒体镜头吸引到了自己身上。

黎洛在车里看着他在车外独领风骚，跟走红毯似的笑着与各路记者打招呼，不得不敬佩地感慨一句：“姓江的总是这么游刃有余。”

段明炀低声道：“确实。”

黎洛坐回了自己的位置上，笑问：“你不是一直看不惯他吗？怎么突然承认他厉害了？”

“我对你说过很多次别参与这件事，用了各种方法想让你远离，都没能阻止你。”段明炀淡淡道，“而他只用一句话，就让你同意了留在车里，确实厉害。换作我来说，大概又会失败。”

黎洛一愣。

后座的段兴烨忍不住嗤笑：“弟弟，你也不看看人家江流深什么出身，受过什么教育，当然比你会办事、会说话。你跟他比，不是自取其辱吗？”

段明炀没说话，黎洛先按捺不住了：“段兴烨，你还嫌死得不够快是不是？再说一句话我现在就送你归西。”

段兴烨：“反正我都是要进去的人了，我还不能说个痛快吗？”

黎洛：“都什么年代了你还跟我谈出身？明炀，别听他胡说八道。”

段兴烨哼了声：“这种阶级不对等的关系我看得多了，多半没好结果。像他这种烂泥里出身的人，爬得再高，和我们终究是格格不入的。我说的对不对，弟弟？”

黎洛：“你放——”

段明炀：“对。”

“啊？”黎洛呆住。

“那又怎样？”段明炀脸上没什么表情。

“就是！”黎洛立即高声附和，可一说完，又觉得前半句话不太对劲。

“等等，明炀……”

没等他说完，车门就被外边的警察敲了两下，示意他们可以下车了。大部分记者已被江流深吸引走，剩下的少部分被拦到了离车较远的地方，只能举着长焦镜头远远地拍摄。

“你先回片场，我处理完再来找你。”段明炀不容分说地将罩在他身上的外套往上一拉，盖过了他的头顶，严严实实地挡住了他的整张脸。

黎洛被蒙在一片黑暗中，什么也看不见。

“等一下……”他伸手想去抓段明炀，可连衣角也没够到。

之后，他听见了车门被拉开的声音，听见了段兴烨和王东升被警察带下车的拉扯声，甚至听见了远处摄像机的快门声，但直到车门再度关上，也没能再听见段明炀的声音。

“洛哥，他们都进去了。”车里只剩下驾驶位的金仁，“我们要在这儿等着吗？”

黎洛扯下外套，看了眼外边渐深的夜色，以及不远处那群打算等警察一走就冲过来的记者，微微出神。

半晌后，摇了摇头，又重新把脑袋埋回了外套里，深深地吸了口气——

“回片场吧。”

车子沿着高速公路平稳地行驶了近两个小时，回到市郊的拍摄基地时已经九点多了，警察局那边还没来消息，估计仍在审讯中。

黎洛知道这事没那么快解决，但又实在担心，发了好几条信息去，都石沉大海，只好先入住剧组在片场附近包下的酒店，接着等音讯。

金仁的房间在他隔壁，和邓良住一间标间，陪着他走到了房门口，敲响了自己的房门。

“谁啊？”邓良澡都洗完了，穿着睡衣和拖鞋出来开门，手里还拿着个遥控机，一见门外的两人，嘴立马一噘，“洛哥你又去哪儿浪了？这么晚才回来。还有金哥，你不是说下午来吗？我等了你一天，到最后活都是我干的，可把我累坏了。”

说完还装模作样地揉了揉并不存在的腰。

“陪洛哥办事去了。”金仁言简意赅地概括完毕，径自进了房间。

“办事？怎么不带上我？”邓良嘴噘得更高了。

黎洛拿房卡刷开了门，看了眼他：“小邓子啊，我有时候真羡慕你这样无忧无虑、什么也不知道的生活。”

邓良：“啊？”

“可惜上天赐予了我和金仁过高的智商，我们只能用来努力报效社会、惩恶扬善了。”黎洛打开了房门，冲他笑笑，挥了挥手中的房卡，“一个温馨建议，以后少惹你金哥，晚安。”

“什么乱七八糟的……”邓良挠了挠头发，思忖了半天，突然一拍脑袋瓜！

这不还是拐着弯儿说他傻吗！

黎洛进了自己房间，累得澡也不想洗，把外套往床上一扔，羽绒服一脱，接着原地一蹬，飞扑上了柔软的大床。

原本就皱巴巴的外套被他蹂躏了一路，皱得都不成样子了，他寻思着反正也不能穿了，干脆心安理得地垫在了下面，趴在床上，又打开手机查看有没有新消息。

结果没看到段明炀的消息，倒是看见了段明炀的“热搜”。

还是和江流深一起。

这场面可真是人间罕见，他立即点进去看内容。

果不其然，是在说晚上他们俩押着段兴烨进警局的事。

段家的家事这阵子本就闹得沸沸扬扬的，上午段兴烨被保释的信息传出后已经上过一次“热搜”了，话题里统统是在骂的。谁承想才过了几个小时，段兴烨又满脸是血地被带回了警察局，手还疑似骨折了。

最扑朔迷离的是，他竟然是被自己弟弟和貌似没什么关系的江流深带回来的。

网友们哪儿能错过这么精彩的新闻，立即展开了激烈的讨论与推理——

“现实果真比电视剧还精彩，这场豪门风云已经到了‘烧脑’的地步了，我赌段明炀是好人，毕竟深哥‘江湖地位’在那儿摆着，他出手协助的人，肯定坏不到哪儿去。”

“他们俩会一起出手的原因我只能想到黎洛了，可黎洛又没出现，再说了，苏芷这事跟黎洛好像没什么关系啊？”

“据说车里还有黎洛的经纪人和另外一个人，但没拍到脸，我怀疑是黎洛本人。”

“这事疑点太多了，为什么深哥脸颊高肿？为什么段总衣衫不整？为什么段兴烨鼻血狂流？他们三个人是约架去了吗？”

“插句题外话，这两位同框真的帅出天际，我又可以了。”

“想看后续，我不差这点流量，你们记者能不能给点力？都几个小时过去了？”

……

段明炀的风评有所好转自然是件好事，可连江流深都有名有姓了，他这个从头到尾都参与其中做出了巨大贡献的“领衔主演”却只能隐姓埋名，活在网友的猜测中，实在令黎洛不爽得很。

要不是出于成年人的理智，他简直想亲自弄条“热搜”，把段明炀和江流深的“热搜”压下去。

但他当然没法这么做，只能郁闷地在床上打滚。滚到一半，突然灵机一动。

既然明面上不能参与，那他可以暗戳戳地参与啊。

主意一定，黎洛立即翻过身躺在床上，枕着西装外套，举起手机拍了张自拍，配文——今天做了好多事，好累啊，希望一切努力都能有个好结果，晚安。

他大致能猜到网上会如何议论他这条动态，但他也不在乎。一发出去，便迅速切换到小号，进入段明炀账号的主页守着。

按上次段明炀转发的速度来看，肯定把他设为了“特别关注”，那只要等段明炀处理完事情从警局出来，一打开手机，就一定会看见这条新动态。

黎洛一遍遍地刷新着主页，刚开始间隔五分钟，后来间隔十分钟，再后来……手机都拿不稳了。

这一天过得，早上是高强度打戏，中午是被迷晕绑架，傍晚是脑力与演技大爆发，如今到了深夜，只剩下身心俱疲了。

他靠在床头打了会儿瞌睡，醒一下就刷新一下手机，勉强又坚持了半个多小时，依然杳无音讯，实在撑不下去了，打了个大大的哈欠，头一歪，彻彻底底地沉入了梦乡。

醒来的时候，外边天还没大亮，只透进来朦胧的日光。黎洛半睁着眼，望着灰乎乎的天花板发了半天呆，才想起来自己身在何处。

片场附近酒店的舒适度是真的远比不上市中心的高档酒店，大床房还这么挤，枕头也硬邦邦的，硌得慌。

黎洛打了个哈欠，重新闭上眼，侧过身，整个人贴上了旁边的墙。

他心满意足地继续睡了。

五分钟后，倏然睁开眼。

黎洛看了眼床头的闹钟，为了早起拍戏特意买的，此时还没响。

过了一会，段明炀敲门进来了，看着他乱糟糟的头发。

段明炀："太长了，可以剪了。"

"都剪过一次了，你是有多看不惯我的头发啊。"黎洛不大高兴地小声嘟囔了句。

"什么？"段明炀没听清。

"没什么。"黎洛别过脸，假装不理他了，看他怎么反应。

"你昨晚也没说一声。"段明炀回，"我说过事情处理完会来找你的。"

"几点到的？"

"两点左右。"

"那么晚？"黎洛顿时不气了，"是事情很棘手吗？"

段明炀摇头："昨天审讯到凌晨，律师还在狡辩，但也是最后的挣扎了，证据确凿，定罪只是时间问题。"

"那就好。"黎洛的心稍稍定了定，解除了一项危机，整个人都松散了下来。

他们两个从昨天见面到现在为止，连好好说会儿话的时间都没几分钟。

"今天要回公司一趟。盯着董事长位置的不止段兴烨一个，昨晚已经有董事会成员得知消息蠢蠢欲动了，下一个目标可能就是我，我要去看下公司的情况。"

黎洛对这个回答相当不满意，但也明白段明炀是身不由己，只好"哼"了声："行吧，知道你忙。"

段明炀说，"我来找你，是有些话想当面告诉你。"

黎洛问："什么？"

段明炀："如果我爸和我哥这次被定罪，那董事会就会将他们革职。"

黎洛意兴阑珊道："哦，这肯定啊，所以呢？"

“以我现在在董事会的支持率，如果想要争一争那个位置，应该有希望胜出。”段明炀神色严肃，“但我不会去争，也不会留在董事会，我会彻底离开段家，不再拿他们一分钱。”

黎洛怔住。

胜利的希望就在眼前了，段明炀却放弃了胜利的果实，把那么大一笔财产拱手让人，听上去似乎很傻。

但从段明炀这些年的遭遇来看，做出这番决定，也算是情理之中。

“嗯，不管你做什么决定，我都会支持你的。”黎洛认真回他。

段明炀却道：“这样一来，我就不再是段家的人，资产只剩下一家影视公司，收入和地位都会比以前低很多。”

“而你爸翻案之后，你家的股票应该会迅速回升，甚至可能超过江家，到时候你的身价会是现在的百倍不止。”

黎洛一听这话：“你想说什么？不会是昨天被你哥的话洗脑了吧？”

段明炀稍稍退后了些，似乎有意拉开距离，“我只是想把未来五年，甚至十年，我们之间的差距告诉你。”

黎洛前几句还听得云里雾里，不清楚他想表达什么，听到最后一句，终于豁然开朗了。

“段总，你这是……”他笑问。

段明炀看似像过去一样，把决定权交给了他，自己处于被动地位，实则已经悄悄亮出锋利的爪子。

看来前阵子的努力没白费，起码让这只食肉动物开始慢慢露出野性的本性，转守为攻了。

“看你怎么想了。”

黎洛佯装思考了起来：“唔……那我可得认真考虑考虑，毕竟五年还挺长的。万一像你说的一样，我身价涨了百倍呢？”

段明炀：“嗯。”

“欸，别生气啊，不是你提的吗？我只是在陈述事实呀。”黎洛笑得愈发得意。

他很快止了声，因为转过身的段明炀脸色沉得有点吓人。

“一大早火气就这么旺啊……”黎洛咽了口唾沫。

“黎先生，我刚才忘了说，我们之间，还有另一个差距。”

“什么？”

“我倾向于在成功前保持冷静、隐藏自己，而你喜欢从一开始就尽情表现自己，把自己暴露无遗。”

段明炀眯起眼：“你现在或许觉得，自己占了上风。可等到了我真正想要出手的时候……你会输得很惨的。”

“怎么个惨法，你让我见识见识……”他挺腰昂头。

“你再招惹我一次，就会知道了。”

这时隔壁邓良来敲门，房门一开，自认勇敢无畏实则双手发颤的小助理立刻冲了进来，双手抄着酒店浴室里的拖鞋大喝一声：“谁！敢欺负我们洛哥！我拍——”

“拍什么？”段明炀问。

邓良呆滞地看着段明炀，怔怔地咽了口唾沫。

“我……拍手鼓掌。”他用手中的拖鞋拍了两下。

后到的金仁一把攥住他的后衣领，将他往隔壁屋拖回去，走廊里传来俩人的声音。

“以后老板们的事少管，知道了吗？”

“呜呜呜知道了……”

第25章

段明炀说是“回公司一趟”，结果去了好几天都没再来片场。

日子难得如此风平浪静，和平得仿佛之前发生的种种都是在做梦。片场的生活几乎与世隔绝，每天不是拍戏就是吃饭睡觉，相当充实，没多少操心其他事的时间。但尽管如此，外界的消息还是通过各种渠道一个个地传到了黎洛耳朵里，其中最让他惊喜的，就是他爸之前申请的三年减刑批下来了。

冯致安打来电话的时候，黎洛正在扒拉剧组寡淡的午餐盒饭，一听这事，立刻扔了筷子跳起来，把周围几个演员都惊着了，抬头问：“洛哥，怎么了？”

黎洛摆摆手：“没事没事，你们先吃，我接个电话去。”

他捂着手机匆匆跑到了休息室外边，找了个没人的地方，激动地问：“真的吗？冯叔，那我爸什么时候能出来？”

冯致安算了算：“等手续办完，应该还要一个月吧。”

“那么快！”黎洛雀跃地喊了声，欣喜之余，又有点愧疚，“上次跟他开玩笑说，有可能我们还没翻案他就出来了，结果还真是，唉，我太没用了，还得我爸亲自出马。”

冯致安：“说什么呢，这次事的始末小段都告诉我了，要不是你，哪儿能这么顺利？何况你还吃了那么多苦，我说给你爸听的时候，他都心疼坏了。”

黎洛：“您跟他说这些干吗呀，他听了也做不了什么，还不是瞎担心。”

冯致安：“那你可小看你爸了，我看他听了啊，斗志满满，好像准备一出来就给你报仇呢。”

“他先给他自己报仇吧。”黎洛乐了，“他出狱的日子定下了您告诉我一声，我们一起去接他，正好我的戏份一个月后也差不多拍完了，应该没什么事。”

冯致安笑笑：“好，到时候再喊上小段，他功不可没。”

“好嘞！”黎洛应和了声。

喜上加喜，一切事态都在朝好的方向发展。黎洛哼着歌儿回到休息室，一口气扫光了两盒盒饭，拍拍肚皮，又赶着去拍下一场戏了。

剧组一众配角全员看呆，等他走了，立刻围到一起悄悄议论——

“原来洛哥这么敬业，看来以前都是媒体瞎报道。”

“就是啊，这么难吃的盒饭，我都吃不下去，他居然面不改色地吃完了，还吃了两盒！”

“难怪人家能一直红，太吃苦耐劳了，真的，从今天起洛哥就是我的榜样！”

邓小助理在一旁默默地扒拉着盒饭，感动欣慰的泪水在眼眶中打转。

他家洛哥，终于长大了。

由于状态绝佳，下午的戏比预定时间提前两小时拍完了。

导演一喊“卡”，所有人都松了口气。黎洛手执长剑，吊着威亚从天而降，长发飞扬，白衣胜雪，衣袂翻飞，眼神分明是冷冽的，面颊却因剧烈运动而泛出了一层淡淡的薄红，宛如冬雪映梅，美不胜收。

摄影师看呆了半晌，直到他快要落地时才想起要抓拍。

甫一落地，导演便迎了上来：“刚才这一段演得真是好，我之前还担心你把握不准这个人物的性格，看来是我多虑了。”

黎洛用衣袖擦了擦额角的薄汗，笑笑：“谢谢王导。”

“加油，晚上还有场戏，拍完我们就要进入下一个阶段了，你也要换一身造型啦。”

黎洛点头，趁机问：“王导，我可不可以把晚上的戏提前拍了？今晚我想回市区一趟，明天也跟您请个假。”

“可以啊，是有什么活动吗？”

“对，特别重要的活动。”

“行，那我就把你明天的戏排到后天去。”

“谢谢王导。”

有了导演的应允，原本要拍到晚上九点的戏不到七点便拍完了。黎洛一身疲惫地回到休息室，本打算卸下造型，整理东西，早点去找段明炀，结果却遇上了一位不速之客。

“你怎么来了？”

“正好路过，来看看你第一部电影拍得怎么样。”江流深躺在他休息室的沙发上，吃着他粉丝送来的慰问水果，随意得跟在自己家似的，“刚刚围观了会儿，还不错，但比起哥来说还是差得远了。”

黎洛翻了个白眼，拿剑鞘戳了戳他：“起来，我要收拾东西走了。”

“我刚来你就走？”江流将剑鞘往外一推，“我还给你带来了重大消息呢，你不要听了？”

“有什么消息回头电话再说。”

“是关于段总的。”

黎洛动作瞬间定格，缓缓回头：“他怎么了？”

江流深却又卖起了关子：“现在想听了？刚刚对哥什么态度，怎么交朋友也喜新厌旧呢。”

黎洛飘过去，“忍辱负重”地扯了扯他衣袖：“您说，我听着。”

“这还差不多。”江流深翻身下地，总算愿意开口了，“就那天，我们一起进警局接受审讯嘛，出来的时候，你家那位突然问了我一个问题，把我吓得够呛。”

“什么问题？”

“他问我，‘你有没有背叛过黎洛？’”

黎洛：“你怎么回的？”

江流深：“我当然说没有啊。”

黎洛：“然后他怎么说？”

江流深：“他说，‘抱歉，那以前可能确实是我误会了，做了些多余的事，我向你道歉’。然后就走了。”

黎洛迷惑了：“什么意思？”

江流深：“我一开始也没明白，回去之后就一直在想这事。”

黎洛连忙拉住他：“你别往心里去，我替他道个歉行了吧。我就说他怎么老在我面前提你，那天还说你不是好人。”

江流深头疼地扶额：“你赶紧跟他解释清楚，我容易吗我？莫名其妙背锅这么多年。”

黎洛：“好，我见到他就说。谢了兄弟，要不是你告诉我，我都不知道居然还有这么桩误会。”

江流深闻言又得意了：“是不是得感谢哥？”

“是是是。”黎洛比了个心，故意恶心他，捏着嗓子娇滴滴地喊，“谢谢深哥——深哥对我最好了——”

吱呀——

休息室的门忽然开了。

黎洛第一时间转头缓缓望了过去——

站在门口的男人一身银灰西装，肩上披着黑色大衣，背头发型一丝不苟，高大的身形几乎要碰到门框顶上。

此刻，提着瓶红酒，正站在原地看着他。

黎洛直愣愣地看着门口的男人。

一半是被段明炀的突然出现惊到了，一半是被段明炀的造型帅到了。

此情此景，像极了一年多前的收购宴，段明炀也是这样华丽隆重地出场。

休息室里三个人都尴尬地沉默着。

“江先生。”段明炀转移了视线，缓步走近江流深，“可以请你回避下吗？”

江流深：“行，你们慢聊，我先走一步。”说完转身就走，毫不留恋。

休息室的门重新关上，咔嗒一声落下了锁。

黎洛看着面前脸色冷峻的男人：“我们在聊你呢，江流深把你那天问他的话告诉我了。”

“我知道。”段明炀将手中的酒放在了化妆台上，脱下肩头的大衣，往沙发上一抛，侧过身看他，“我误会过一阵子，现在已经不怀疑了。那天问他那个问题，只是想最后确认一遍而已。”

黎洛见他语气平静，便迎了上去：“你怎么来了？我正想去找你呢。”

段明炀拥：“来接你去我那儿，顺便向导演请一天假。”

黎洛笑了：“我们想一块儿去了，我已经请好假了。”

“嗯。”段明炀转身将红酒从袋中取了出来，开了瓶塞，将浓醇的酒液斟倒在了自己携带过来的高脚杯中。

黎洛双手一撑，坐上了化妆台，晃荡着一双白靴：“今天怎么这么好，还有美酒，为了庆祝什么吗？”

“你总说我挑的酒难喝，这次出国去庄园巡视，有他们自酿的红酒，我觉得不错，带回来给你尝尝。”

段明炀倒完两杯，一杯递给他。

黎洛接过酒：“你见过苏芷了？她还好吗？”

“挺好的，交易案今天下午差不多审讯完了，暂时没她什么事，她打算去度假几天。”段明炀端着酒杯，走到他面前，“接下来，就是你爸的案子了。我已经让律师把证据都整理妥当，转交给冯先生了，毕竟，他比我更了解这起案子。”

“嗯，你考虑得真周到。”

黎洛举起酒杯，与他碰了下杯，玻璃轻撞，叮的一声，悦耳悠长。

“明炀，谢谢你。”

“不用，是我该做的。”

“不，我不仅指这件事。”黎洛嘴边噙着笑，“谢谢你，信守承诺，没有让我陷入危险。”

段明炀：“你也遵守了承诺，谢谢。”

黎洛琥珀瞳如同跳动的烛火，又明亮又炽热：“这是不是说明，我们可以再一次信任彼此了呢？”

等待了那么久，忍耐了那么久，无非就是想要得到这一份信任。

他要他们从头打好根基，重新再相识一场。

“如果你信任我的话……再答应我一件事，好吗？”黎洛冲他眨了眨眼。

“什么？”

“你是不是说过，和一个人做朋友，会交心一辈子？”

“是。”

“还作数吗？”

“作数。”

“好。”

咚咚！

休息室的门突然被敲响。

紧接着传来拧门把手的声音。

“怎么锁了？我还要进去拿东西呢。”外头的人嘀咕着。

门外的人在喊：“谁有休息室的钥匙啊？”

门外的人终于借到了钥匙：“这么一大串，哪一把啊？”

咔嗒。

休息室的门，开了。

“咦，有人啊？”

邓良刚推开了一道门缝，就见休息室里灯光敞亮，动作顿了顿，朝身后的造型师抱怨了句：“白试了半天钥匙，喏，还给你。真是的，敲门也没反应，我还以为没人呢……”

然而当他接着推开门、看清是谁在里面之后，立刻把后半句“谁啊怎么不来开门”吞了回去。

“段总……”

坐在沙发上的男人面容冷峻，英气逼人，正闭着眼，似乎在小憩，听见他的问候，睁开眼，转过头来，淡淡地“嗯”了声。

造型师跟在后头进了门，一见室内的另一人，随口问道：“洛哥，你怎么还没换衣服啊？不是要走了吗？”

黎洛背对着门口，倚靠着化妆台，没转过来，也没答话，低着头，看动作似乎在擦脸上的什么东西。

邓良隐约觉得他状态不对劲，立即走了过去，想绕到他面前看一看情况。

尚未走近，黎洛突然转过了身，吸了吸鼻子，冲他们俩一笑：“刚刚在练后面的哭戏，太投入了，马上就走。”

邓良松了口气，心底油然升起一股感动与骄傲：“洛哥，你今天真的很不一样。”

黎洛低声问：“哪里不一样？”

邓良刚要声情并茂地吹捧一波“爱岗敬业”，突然，余光瞟到另一道目光正盯着他。

登时一个激灵。

他怎么差点忘了，大老板在这儿，按流程，应该先夸大老板。

于是邓良又转过头，眼含着激动的泪光，看向他的大老板。

“段总！主要是您工作干得好！”

段明炀挑眉：“我干得好？我怎么干的，你说说。”

邓良听他语气似乎挺愉悦，料想自己马屁应该拍对了地方，立刻滔滔不绝：“您来之前啊，我们洛哥……呃，当然也很优秀，但是您来之后，他接受了您的教育，变得越来越优秀！工作也越来越认真！这样努力下去，夺得最佳演员指日可待啊！”

“嗯，他是欠教育。”段明炀的目光转到刚黎洛身上，“我刚才教育得好吗，黎先生？”

黎洛咬了咬牙，挤出一个字：“好……”

“哪里好？”

“好就好在……灌输给了我很多思想。”

“不客气，以后还会有更多的。”

“那我真是谢谢您了……”

邓良欣慰道：“洛哥你这样谦虚就对了嘛。”

黎洛气闷无处可泄，一记眼刀甩过去：“你来干吗？我不是让你回酒店吗？”

“这不是来给你送新衣服嘛。”邓良道，“下场戏就要换新造型了，我把衣服拿来先给你搁这儿啊。”

造型师捧着戏服走过来：“既然洛哥你还在，要不要试试新衣服？你身上这件之后就不穿了，来，我帮你脱。”

“不用。”黎洛后退一步。

造型师的手僵在半空，困惑地问：“怎么了？”

“我想把这身衣服带回去，留个纪念。”

造型师上下打量了他一番：“就这么穿着回去？”

黎洛：“嗯。”

造型师：“靴子也穿回去？”

“穿。”

“那妆发总要卸吧。”造型师走到了化妆台前，“洛哥你坐，我帮你卸掉。”

黎洛往椅子上一坐，朝造型师道，“快帮我卸了，我急着回去。”

造型师技术熟练，两三下就拆了头饰，接着帮他卸妆发。黎洛透过镜子，看见身后的段明炀从沙发上站了起来，抖了抖手中的大衣，将大衣披上肩的同时背过了身，静静地站立着。

“好了！”造型师最后帮他抓了抓发型，“洛哥，你这头发保养得真好，我觉得你都可以用真发拍古装戏了。”

黎洛撇嘴：“半长不长的，准备剪了。”

“啊？那多可惜啊。”

“某位大老板逼着我剪。”他瞟了眼身后的男人，“不得不从啊。”

段明炀走上前，撑在化妆台上：“我只是提个建议，如果你喜欢这个造型，也可以不剪。”

黎洛“哼”了声：“让留长发的是您，让剪掉的也是您，现在又说让我自己决定，到底要我怎样啊？”

段明炀的动作定格，缓缓转过头，看着他：“我什么时候说过让你留长发？”

“你那天——”黎洛说到一半卡住，看了眼满脸好奇的邓良，郁闷道，“回去再说。”

邓良很失望。

段明炀不知道又怎么了，突然沉下了脸，一把拽起他，冷声道：“回去了。”

造型师连道别都来不及说一声，就眼见着两人出了门，转眼间消失得无影无踪，不禁困惑地问：“段总不是来视察工作的吗？怎么和洛哥一起回去？”

邓良语重心长道，“以过来人的经验告诉你，老板的事，咱们别打听。哥是为了你好，明白吗？”

“好的，谢谢邓哥。”

一路被拽到停车场都没遇上什么人，估计都在拍摄现场。

然而段明炀严肃阴沉的脸色令他无法完全安心，不知道自己是不是又因为态度过于嚣张而被对方记上了小本本。

段明炀亲自驾驶，一路飞驰，将迈巴赫的性能发挥到了极致，不出四十分钟就开回了市郊的别墅。一下车便走到副驾驶的门前，替他开了车门，随后就往房子里走去。

第26章

明天，希望也是个大晴天。

可惜上天不作美，第二天一早醒过来的时候，黎洛首先听到的是窗外淅淅沥沥的落雨声。

他打着哈欠睁开眼，瞅了眼外边，乌云密布，天空阴沉灰暗，顿时提不起劲儿来了。

难得请了假，还想出去玩呢。

不过转念一想，就这么窝在家里，睡上一整天，似乎也不赖。

起码不用担心有人打扰。

于是黎洛一抬腿，扭动着调整了下姿势，惬意地“嗯哼”了声，闭上眼，准备再睡个舒适的回笼觉。

黎洛洗完澡下楼去餐厅吃早餐。

段明炀站在厨房里煎鸡蛋。身上穿了条宽松的居家裤，系着围裙。

煎完鸡蛋，面包也刚好烤好，段明炀挖了勺果酱，一层夹鸡蛋，一层涂果酱，拿刀切去面包的边缘，再切成小块，做了份精致易入口的三明治，顺手热了杯牛奶，盘子杯子一并端过来，往他面前一放。

段明炀解了围裙，在他旁边拉了个椅子坐下。

黎洛拿起杯子抿了口热牛奶，看了眼盘子里精致的三明治，再看看段明炀盘子里剩下的面包屑，心里忽然又有点酸。

以前赖在段明炀家留宿的时候，早上起来，床头也总是放着一份这样的早餐，有时候是三明治，有时候是小蛋糕。

他却一直不知道段明炀吃什么。

后来从酒吧调酒师那儿才知道，段明炀一般会把酒吧卖剩下准备扔掉但还能吃的点心带回去当早饭。

然而段明炀给他吃的，都是从附近面包店新鲜现买的，往往还要再加工下，摆个盘，配上一杯热牛奶或者纯果汁，摆放在他床头。

精致得与那间简陋的出租屋格格不入。

无论是当年一穷二白的打工服务生，还是现在的叱咤商界的段总，段明炀好像从来没让他吃过什么苦。

段明炀曾经对他说出那些话时，他心里其实是不以为意的。

他才不在乎什么样的日子，也不在乎段明炀有没有钱，朋友之间只要相互理解，相互信任，这些物质上的东西有那么重要吗？

所以当时他根本不明白，为什么这种小事也能让段明炀耿耿于怀。

现在却似乎有点明白了。

谁不想和这样认真负责的人做兄弟呢？

盘子里的三明治一块块进了肚子，黎洛喝完最后一口牛奶，舔了舔嘴角，下定了决心："明炀，我有个问题。"

"什么？"

"你之前说，五年里要追赶上我，是吗？"

段明炀皱眉："不一定是五年，可能需要更久。"

黎洛赶紧转移话题，撑着办公桌看他的电脑屏幕，"你在看什么呢？公司的事处理好了吗？"

段明炀的心思被吸引了过去，接着说："嗯，差不多了。我已经在董事会议上表过态了，自愿放弃段家的一切股份和职位。"

"其他人什么反应？"

"刚开始肯定是怀疑的，以为我欲擒故纵，但这几天我把手头上的业务陆陆续续交给他们之后，就差不多打消对我的怀疑了。"

"那以后由谁接管董事长的位置啊？"

"有几个二把手在争，但无论谁接管，都不可能重回昔日的风光了，段氏毕竟是家族企业，董事长和准继承人入狱，风评受损，遭到这样的重创，多的是人准备跳槽。就像你家当年一样，商人都是唯利是图的。"

黎洛若有所思地点了点头："你就真的完全净身出户？什么也不带走？"

"带走了一些人。"段明炀指着屏幕上几张照片，道，"这些都是我一手栽培起来的，直属于我，都还算能干，也愿意跟我走，去新公司应该能帮上忙。"

黎洛趴下来，手撑着脸，笑吟吟道："我也能帮忙啊，段总。"

段明炀抬眼看他："我跟他们说，未来新影视公司的重点培养对象是你的时候，有人向我提议换一个，说你风评不佳，也不好管。"

黎洛一拍桌子："谁这么没眼力见儿？"

段明炀：“你该反思下自己为什么会给人留下这种印象。”

黎洛满不在乎：“我要是好管，当初就不会为了气我爸跑到酒吧去了，也就不会遇到你啦，你说对不对？”

“强词夺理。”段明炀看了眼电脑右下角的时间，问，“晚上想吃什么？我去做。”

黎洛靠着办公桌，思考了会儿：“嗯……牛肉？”

“还有呢？”

“想不出了，你觉得我爱吃什么？”

段明炀看了他一眼，似乎有些无奈：“你爱吃的太多了，蔬菜有芹菜、茄子、芥蓝、秋葵……荤菜有牛肉、鱼肉、鹅肉……我做不了那么多，也不知道做成什么菜，还是你选吧。”

黎洛对他如数家珍般的回答相当满意，随口道：“就像你年夜饭一样，做酱牛肉和煮秋葵吧。”

“好。”段明炀转回头，去给手上的工作做最后的收尾。

书房内安静了五秒。

黎洛笑着笑着，突然脑中一个激灵，猛地倒吸一口凉气。

同一瞬间，段明炀猛地回头，两道目光像锐箭一样射过来。

“你怎么知道我年夜饭吃了什么？”

黎洛讪笑两声：“嘿嘿。”

“装傻没用。”段明炀危险地眯起了眼，扶手椅转了个向，面朝着他，“坦白从宽。”

“那……抗拒从严吗？”

“你说呢？”

黎洛揪着衣服的下摆，像是快要哭了，“大骗子，威胁我。”

段明炀突然沉下脸，凶神恶煞的：“再给我演？”

段明炀：“说清楚，是不是窥探我隐私了？”

黎洛“哼”了声，收起眼中硬挤出来的一点泪，也不犟了：“好好好，我承认，看了你小号。”

“看了多少？”

“全部……”

“那是不是该跟我道个歉？好歹比我大半岁，怎么也是个学长，还做这种偷偷摸摸的事。”

黎洛忍不住扑哧笑了出来。

段明炀头一回主动承认比他年纪小的事实。

“对不起对不起，我本来就打算道歉的。”黎洛收敛了不正经，举起手发誓，“如果你不喜欢这样，我以后都不看了，我保证。”

段明炀靠着椅背，淡淡道：“一些丢脸的东西而已，你想看就看吧，没什么。”

黎洛搭着他的肩：“不丢脸，嗯……我看着很感动。”

段明炀停下了动作：“好好说话。”

“是你不让我好好说。”黎洛嘟哝了句，懒洋洋地，“说真的，我一点都不觉得那些内容丢脸，我第一次看的时候还哭了。就你打电话给我那次，我骗你在排练剧本，嘿嘿。”

段明炀：“……我那次就觉得奇怪，你竟然会提前排练。”

黎洛愤愤道：“我不用排练是因为我有天赋！拍摄的时候信手拈来！”

“那就看你在这部电影里的表现了。”

“反正……不准删，以后还要发，要真情实感地发，我会时时刻刻监督自己有没有做得不好的地方。”

“那我现在就发。”段明炀伸手去拿桌上的手机，“某艺人拉着我聊天，妨碍我工作。”

这时，他手机恰好传来叮的一声。

黎洛伸长了脖子：“谁的消息啊？”

段明炀当着他的面点开，看完之后大大方方地转告他：“是冯先生，他说，你爸下个月 16 号出狱。我们一起去接他吧。”

一个月后。

市立监狱大门口。

外围墙外除了一条笔直的水泥大道，就是一片荒凉的杂草地，本该人迹罕至，然而此刻，却被熙熙攘攘的记者和粉丝堵出了闹市的情景。

“据悉，黎正宏先生将于今天被提前释放。”电视台记者举着话筒，朝镜头道，“并且有消息称，黎正宏先生一案有充足的翻案证据，不久后将走法律流程。消息可靠与否还有待商榷……”

“出来了出来了！”

记者连忙招呼摄影师：“快！往前挤，黎洛人呢？”

所有人都一窝蜂地往前挤，尤其是想第一时间拍到照片的记者。

“啊，出来了出来了！”站在最前排的粉丝忽然大喊，立即吸引了所有人的视线。

记者连忙招呼摄影师："快！往前挤，黎洛人呢？"

所有人都一窝蜂地往前挤，尤其是想第一时间拍到照片的记者。

所幸狱警早有准备，硬是在人挤人的情况下开出了一条道，护送了半程。剩下的半程，交给了黎家的保镖。

黎正宏当年入狱时都没见过这么大阵仗，忍不住扭头说："儿子，你在外面混得可以啊。"

黎洛戴着墨镜，在频繁不断的闪光灯下一脸严峻，无视所有记者的提问，扶着他爸大步往前走，耳朵里只听得见快门声和粉丝的加油声，根本听不见其他的。

短短几十米的路走了五分多钟，一上车，车外的保镖立刻走到车前替他们开道，司机小心翼翼地驾驶，唯恐撞到人，半晌过去，才好不容易开出了人群的包围圈。

为了防止有人追车，司机净挑七拐八弯的小路开，半小时后，终于甩掉了所有记者，和接应的车在指定地点会合了。

黎正宏被保镖护送着转移，看这架势都乐了："你们在拍电影吗？"

黎洛："爸，有些记者会记车牌，我让保镖把这辆车开走，随他们追去吧。而且，我想让你见一个人。"

"谁啊？"黎正宏刚问出口，旋即想起，"噢，那谁是吧。"

他们俩走到了来接应的另一辆商务车旁，开门前，黎洛回头道："爸，你对他仁慈点儿，别吓唬他。"

"那得看我心情了。"黎正宏已经摆出了一副威严的神态，半点不近人情，"虽说他帮了我们家不少，但归根结底，我们家的事也有一部分是因他而起。"

黎洛松开了门把手："你要这样我可就不让你上车了。"

谁知他话音刚落，门就从里边打开了。

"黎先生，请尽快上车，以免有记者追上来。"段明炀扶着车门，为他们俩让道。

黎洛暗道一声不好，可他爸已经上了车，他也只能跟着上去，坐到了段明炀身旁。

黎正宏在冯致安身边的位置坐下，语气还算温和地打了声招呼，可一转头，立马不苟言笑了。

"段总。"

段明炀立即正襟危坐，像挨老师批评的学生一样："黎先生，我已经不是段家的人了。"

“什么意思？”

“我放弃了继承权和在段氏的职务，手续已经办好，现在和段家没有任何关系了。”

“哦。”黎正宏淡淡瞥他一眼，“所以你现在什么都不是了？”

黎洛看见段明炀放在膝上的手一下攥成了拳，忍不住埋怨了：“爸，你怎么说话呢？”

黎正宏：“我这是阐明事实，他没了这个头衔，就等于没了身份地位，只能从‘什么也不是’做起了，我说的对不对，小段？”

“黎先生说的对。”段明炀道，“但就算没了这个头衔，我也能靠自己博得一个新的头衔，请您放心。”

他这话一出来，车里的几人都安静了。

黎正宏冷哼一声。

黎洛瞪着眼朝他爸做口型：“您够了啊。”

黎正宏视若无睹，摆了摆手：“好了，其他的我不多说了，就这么点小要求，等你身价过亿了再来谈吧。”

黎洛忍无可忍：“爸，明炀他的公司现在刚起步，要身价过亿起码两三年吧。明炀，别理他，我爸跟你开玩笑呢。”

段明炀却转头示意他别说话，继而看向黎正宏：“黎先生，谢谢您的宽宏大量。”

黎洛：“啊？”

黎正宏也有点意外：“你还觉得我宽宏大量？”

段明炀点头：“您没有计较以前的事，放了我一马，谢谢。我知道您提出这个要求，也并非为难我，所以我觉得，您确实是一位宽宏大量的人。”

黎正宏嘴角微扬了一瞬，立即咳嗽两声，接着摆出架子：“那你就好好努力吧。”

“嗯。”段明炀言辞恳切，“我会全力以赴的。”

黎洛拍他一掌：“你傻呀，答应什么，我爸就是存心试探你！”

“好了好了，都别争了。”在一旁听了半天的冯致安道，“我有几句话要说。”

黎正宏看向他：“你也要提点要求？”

“我可没你那么坏心。”冯致安笑道，看向段明炀，“小段啊，你想不想接我的位置？我现在身价虽然没过亿，但加上你的公司，应该够了。”

黎洛立即欢天喜地地高呼：“还是冯叔对我好！”

黎正宏错愕了半晌：“你怎么能胳膊肘往外拐？”

冯致安："小段哪儿是外人。"

黎正宏："可你再怎么样也不能把自己的职位让出去啊，没了你，公司还怎么运转？"

冯致安安抚道："我也没说立刻让出去，会慢慢转交给他，让他先熟悉业务的。他以前有管理一个大集团的经验，年轻有为，而且还信得过，让他接我的位置，再合适不过了。"

黎正宏："我不同意，只要我在这个位置上一天，集团的二把手就只能是你。"

黎洛啧啧道："您怎么这么霸道呢？冯叔为我们家效力多少年了？你不在的日子都是他一个人管理集团的，负担多重啊，现在你回来了，还不允许他享享清福、休息休息了？"

"不只是我该休息休息。"冯致安拍了拍黎正宏的肩，"正宏啊，你也该休息休息了。咱们年纪都大了，为事业忙活了半辈子，甜头尝过了苦头也尝过了，却没好好享受过自己的人生，你不觉得遗憾吗？是时候把事业交给他们小辈去操心了。"

黎正宏听了这话，一时没反驳，似乎有些心动。

冯致安趁热打铁："等咱们彻底放手了，就去周游世界，在监狱里的时候，你不是一直说，出来了之后要多去看看外面的世界吗？我陪你去，咱们可以去日本赏樱，去加勒比看海，去土耳其坐热气球，不比你在办公室对着一堆文件开心多了？"

黎正宏终于笑了："你这么一说，还真有点想退休了。"

黎洛刚要欢呼庆祝，突然转念一想，不对，他们在这聊了半天，还没征询过段明炀的意见呢。

能一步登天自然是好事，但像段明炀这样自尊心这么强的人，万一不肯受人恩惠，更愿意自己白手起家怎么办？

"明炀，你觉得怎么样？"趁他爸在跟他冯叔讨论的时候，黎洛小声说，"冯叔的提议也是为了我们好，不是觉得你凭自己赚不到那么多钱，你别误会……"

段明炀侧头："你是在担心我会拒绝？"

黎洛小幅度地点了点头。

"你想多了，黎先生。我连段家都可以效劳，怎么可能拒绝为你家效劳。"

黎正宏一个人也演不下去了："好好好，你们都联合起来对付我，我还有什么选择呢。不过小段同志，业务上我还是要考验你一段时间。在我把集团彻底交给你之前，你要让我看到你的实力。利润翻一倍，可以吗？"

“可以。”段明炀毫不犹豫。

黎洛打抱不平：“哇，爸你太贼了，说是考验，其实就是想让明炀帮你赚钱。”

黎正宏还挺得意：“这就是你爸的生意经之一——不得不割让一样东西的时候，必须使这次割让带来的利益最大化。学着点。”

黎洛懒得跟他争辩，对段明炀说：“你就慢慢赚，让他多当几年董事长，多尝尝工作的辛苦，反正他身强体壮。”

黎正宏竖起耳朵：“我听见了啊！不孝子！”

冯致安连忙转移他的注意，继续和他探讨起了退休后的美好生活，车内不一会儿又响起了黎正宏爽朗的笑声。

“还是我冯叔有一套，把我爸哄得服服帖帖的。”黎洛小声说。

段明炀转过头，低声道：“有点羡慕你。”

“嗯？为什么？”

“你爸很爱你，你们关系也很好。”

黎洛冲他笑道：“你妈妈也很爱你啊，改天一起去见见你妈吧。”

“好。”

黎洛：“我们一个缺母爱，一个缺父爱，可以互补。”

段明炀闻言也笑了，面朝着车窗外明朗温暖的阳光，仿佛自己也拥抱着光。

第27章

换完了车，车子一路驶向市郊的黎家大宅。

自从黎正宏入狱之后，这处他们家面积最大的房产已经许久无人入住了，所幸房子一直有进行日常清扫和维护工作，虽看着冷冷清清，但气派豪华的大宅依然彰显着当年财力。

黎洛走在自家熟悉的大理石长廊上，朝身旁的段明炀笑道："怎么样，我家不比段家差吧？当我哥们不亏吧？"

"无法相提并论。"段明炀道，"那里像牢笼，这里像天堂。"

"怎么这么会说话。你可以把你妈也接过来，反正这儿大得很，再住七八口都绰绰有余。"

段明炀："她动完手术之后我就把她送去了外市，远离段家，现在她住在林澄家，每天打打麻将散散步，过得挺开心的，未必肯来。"

黎洛："那就算了，还是和家人待在一起温馨，我们可以经常去看望她，或者把她接过来小住一段时间。"

段明炀点了点头："好。"

拐过长廊，他们四人乘室内电梯上了三楼，直达会客大厅。律师团收到通知，早已候着了。

"你们俩就别参与了。"黎正宏道，"这些证据多亏了你们，后面的事，就交给我吧。"

黎洛不乐意了："可是，爸，他们父子俩狡猾得很，我得给你出谋划策呀。"

黎正宏："我和那段老头当了半辈子的对手，我比你更了解他。这原本也是我们之间的恩怨，不该牵扯到小辈，你们为我遭了那么多罪，该放松放松了，别再劳神了。"

冯致安也帮着劝："是啊，阿洛，你们俩还有各自的工作要忙，不能耽误了。反正所有证据小段都已经交给我了，我也很清楚事情的来龙去脉，你爸有什么问题，问我就是了，放心吧。"

“可是——”黎洛还想反驳，段明炀却按住了他。

“那我们就先出去了。”

黎正宏：“好，你们随便去哪儿逛逛吧，我让管家准备了晚餐，一会儿记得回来。”

段明炀：“嗯，谢谢黎先生。”

出了会客厅，黎洛还是有点不甘心：“你干吗不让我说啊，这个案子因我而起，我也想帮我爸打这场官司。”

段明炀牵着他进了电梯，按了地下停车库的楼层，说：“我想，你爸应该就是不想让你抱有这种想法，才让你别再参与。”

黎洛：“为什么这么说？”

段明炀：“你一直都有罪恶感，觉得是自己造成了你爸入狱，但实际上，罪恶的不是你，是段家。”

“就像你爸说的，这是他和段天佑之间的恩怨。你只是被利用了，成为其中一环，如果你知道会造成这样的后果，肯定会阻止这一切发生。

“我知道你还是很难释怀，我和你一样，也有罪恶感，也是被利用了。但如果你爸这个当事人认为此事与我们无关，我们再抱着这种罪恶感，只会让他更担心而已。

“为了让他能够专心应对这场官司，我们不参与，对他来说才是最大的帮助。”

叮！电梯到达了地下一层。

黎洛迟疑着不出去：“你说得确实挺有道理……但我还是想帮我爸，他年纪大了，我怕他力不从心。”

“你这话要是说给他听，他可能要生气了。”段明炀站在电梯门口，“他不让你参与，我认为还有一个因素，像你爸这样的高位者，免不了有点傲气，和老对手竞争了半辈子都处于上风，突然栽了那么大个跟头，哪怕他嘴上不说，心里肯定憋着气。你只有让他亲自打赢了这场官司，他才能真正扬眉吐气，彻底释怀。所以，尽量不要干涉他，让他尽情施展拳脚吧。”

黎洛思忖了会儿，认命般跟着走出了电梯：“我竟然觉得你比我还了解我爸，怎么回事，难道你才是我爸亲生的？”

段明炀往前走：“旁观者清罢了。”

地下车库里停的车不多，黎洛常开的几辆爱车都停在市区的房子了，这儿只有他爸的商务车和他早些年开腻的两三辆跑车。他随便选了辆，声控启动，坐到了副驾驶的位置上。

“带我去哪儿？”

“去我的公司逛逛。”段明炀打着方向盘，缓缓开出车库。

跑车许久没开，马力依然充足，不出半小时就从市郊开到了市区，黎洛本以为段明炀这家刚成立两年的公司规模应该不大，谁知一到现场，发现竟然占了一整栋楼。

“你这是打算认真干啊？”黎洛诧异道，“我还以为你只是当个副业玩玩呢。”

段明炀：“你什么时候见我玩过？”

黎洛一琢磨，还真是，段明炀做什么都是认真的，反观自己，做什么都跟玩儿似的，从某种意义上来说，也算是一种互补了。

他们俩直接从正门进了大楼，尽管黎洛戴着墨镜，但见着他的人几乎都认了出来。这边员工还是第一次近距离亲眼见他，回头率百分百。

等电梯的时候，不远处有几个女员工聚在一起兴奋又小声地议论着什么，目光时不时地瞟过来。

进了电梯，阻绝了那些火热的视线，他才笑嘻嘻地说：“别见怪，好久没‘营业’了。”

段明炀面不改色：“我们公司有规定，任何公司内部发生的事都不能说出去，否则查到了就开除，并追究法律责任。所以就算他们看见你了，也不会随意说出去。”

黎洛：“啊……难怪你敢带我来。早说嘛，白‘营业’了，我还以为能上次‘热搜’呢。”

“你今天已经上过‘热搜’了。”段明炀道，“全网都在讨论你从监狱接你爸的事。这种关键当口，最好别再多生枝节，以免转移大家对案情的注意力。”

黎洛意兴阑珊：“行吧，那就等这事儿过去。”

电梯门一开，便到了办公区，他们俩还没进门，就听见一道熟悉的声音——

“这角色没有突破，容易让观众审美疲劳。”

另一道熟悉的声音：“突破有风险啊，还是先安安分分演擅长的，等电影出了看看反响再考虑突破吧。”

“聊什么呢？”黎洛推门进去，朝里头的两个人说，“你们怎么在这儿？”

邓良一扭头，惊喜道：“洛哥！你不是回你爸家去了吗！”

金仁依然淡定：“洛哥，我们在讨论你下一部戏的事。”

黎洛走过去，看了眼桌上堆积成山的剧本，头都大了：“我才刚拍完电影，你们就急着给我接下一部了？能不能让我休息会儿？”

“段总，你看看他们，不带这么压榨艺人的。”

邓良第一次现场目睹他家无法无天任性妄为的明星告状，浑身鸡皮疙瘩都起来了，小心翼翼道：“就是段总喊我们来挑剧本的……”

黎洛闻言立刻停手，一脸严肃道：“挑完了吗？给我看看。”

邓良：“嗯？”

黎洛扭头，冲段明炀一笑：“刚刚开玩笑呢，我可敬业了。”

段明炀无奈地看他一眼，坐到了沙发上。

邓良只能睁一只眼闭一只眼。

“你要是觉得累，就延后。”段明炀淡淡道，“反正都是自己公司的戏，主要演员也基本都是自己公司的，想什么时候拍就什么时候拍，以你为主。”

这可太爽了，黎洛心道。但他也不想让段明炀觉得他只顾着玩，不务正业。

“先给我看看剧本吧，反正最近闲着也是闲着，合适就拍。”

“嗯。”段明炀抬眼，“把你们选的剧本拿过来。”

这语气这架势，邓良差点就应了声“喳！皇上，这就给您呈上来”。

他递过剧本，金仁先一步介绍道：“有两个角色还不错，一个是洛哥擅长的大少爷，民国片。一个是大胆突破的反派角色，警匪片。我认为后者比较适合洛哥，毕竟已经演了五年多的言情剧，观众可能想看点不一样的角色。”

邓良反驳：“洛哥不是刚演完反派吗，我觉得电影上映前都不该再演反派了，这样电影上映的时候才有惊喜感，才有话题度。”

两个人你说你有理我说我有理，黎洛粗略地翻了翻剧本，看不出什么花儿来，一时也难以抉择，转头问段明炀：“你觉得我适合演哪个角色？我都可以。”

段明炀沉思了会儿，问：“两部戏分别有什么缺点吗？”

邓良想了想：“缺点啊……民国片拍摄时间要长一点，其他就没什么了。哦，对了，这部戏是小说改编的，原著里男主是短发，为了还原，洛哥需要剪头发。”

“警匪片呢。”

金仁：“嗯，警匪片的话是挺有挑战的，还有不少打斗的戏。”

段明炀眉毛拧得跟麻花一样，指着桌上一堆剧本，沉声低斥：“这么多剧本，你们就挑不出别的了吗？”

黎洛终于忍不住了，放声大笑，眼泪都快笑出来了：“哈哈哈……那我们就、就缓一缓，等等其他剧本，先看看有没有综艺活动之类的，哈哈哈……”

邓良眼睛一亮：“还真有！有一档经营餐厅的节目发来邀请，档期正合适！”

黎洛回忆起了段明炀不错的厨艺，还挺感兴趣，问：“可以带朋友去吗？”

邓良：“倒是没说不可以……不过肯定也得是明星才行，不然收视率会有影响。”

“我们段总可不就是大明星？”黎洛笑着，“我们俩一起去，保证收视率爆棚。”

段明炀推开他：“别闹，我不适合抛头露面。”

金仁：“深哥和夏希艾已经确定去了，收视率应该不成问题，段总去不去都不影响。”

“啊，有他们两个啊……”黎洛顿时泄了气，萎靡不振的，“他们俩关注度都那么高，我俩去肯定输了，还是一个都别去了，免得被人嘲笑不如他们。”

段明炀紧抿着唇，沉默了半晌，问：“什么时候录？”

金仁：“三个月后，录二十天，您日程表上目前没有安排。”

黎洛皱眉：“哎，还是别去了吧，咱们就不凑这个热闹了，比不过的。”

段明炀冷眼瞧他：“黎先生，别装了，我知道你在用激将法。”

黎洛立马变脸，笑吟吟地：“知道你还上钩啊？”

段明炀说完，接着转头朝金仁道：“如果之后那二十天里有安排，统统推了。再去问问节目组，缺不缺赞助商，我们可以提供赞助，交换条件是给他多加镜头。”

“段总，您这先发制人的手段有够不要脸啊。”

段明炀淡然道：“你是我们公司的门面和台柱，既然要出战，就要动用一切资源让你赢。”

黎洛再次乐不可支地笑倒了。

段明炀又领着他去公司的其他部门逛了圈。虽说这家公司主要以影视为主，但此前也动用资金收购了几家娱乐经纪公司，黎洛所在的烁星和赵建华先前经营的龙行皆包含在内。

按照段明炀的话来说，其实他原本真正的目标只是烁星，收购其他的公司仅仅是为了掩人耳目罢了。

也真是煞费苦心了。

不过黎洛对当初一事仍旧百思不得其解：“你说你，费了这么大周章，怎么就要把我赶出去呢？是想着让我上门来求你？你明知道我不会那么做。”

“一时冲动。”段明炀瞥他一眼，“而且那时你也确实可恨。”

黎洛瞪大眼：“好啊姓段的，你还恨过我？”

“难道你没恨过我？”

“好像有过。”黎洛心虚了，赔笑道，“也就那么一两年而已。”

段明炀冷了脸："我也就那么一两天而已。"

连这也要比个长短。

黎洛已经可以预见段明炀的记仇小本本上又要多一条内容了。

他们俩每个楼层逛完一遍，公司上上下下都知道大老板今天领着当家门面来巡视了。可碍于公司规定,谁也不敢偷偷往网上发,只能私底下同事之间讨论。

黎洛随他们去猜。

外出兜了一趟回家，刚好赶上晚饭时间。黎洛领着段明炀大摇大摆地进了餐厅，瞧见满桌自己爱吃的菜，才觉得肚子饿了。

黎正宏和冯致安已经落座，笑着招呼他们俩过来。

"爸，谈得怎么样？翻案的胜算大吗？"黎洛一坐下就问。

"你爸出马，哪儿有摆不平的事？"黎正宏看起来心情不错，"那么多证据摆在眼前，连他们的口供都有了。这胜算嘛，不说百分百，百分之九十五总是有的。"

黎洛一颗心落下了："那就好。什么时候开庭？"

冯致安："起诉材料我先前已经让律师代为提交了，顺利的话，估计下星期就能开庭。"

"我必须出席。"黎洛坚决道，"爸，这回你可不能再赶我了，大结局总得让我见证吧。"

黎正宏笑了："好，你去吧，小段也可以去旁听。"

段明炀把自己盘里切成小块的牛排和黎洛那盘交换了下，回了声"嗯"。

晚饭后，也没其他什么事急着回市区处理，他们俩干脆就住下了。

"你说，事到如今，应该不会再出什么岔子了吧？"

黎洛脑子里仍在回忆有没有遗漏的细节。

段明炀："要出岔子也不会是现在，而是他们刑满释放之后。而且，既然你爸可以提前释放，他们也可以，或许将来，我和他们还会有一场交战。"

黎洛不屑："你这次能赢，以后一样能赢，不用怕他们卷土重来。"

"我不怕他们。我只希望那时候有足够的能力保护你，不再像这回一样，让你经历这么多危险。"

"瞎说什么呢，是我自己要和他们杠上的，又不是你指使的。再说了，我能数次从他们手底下逃生，一半确实是靠你，但另一半，是靠我自己的实力和运气。以后谁保护谁，还不一定呢。"

段明炀低笑了声："好，以后你保护我。"

"这还差不多。"黎洛。

第二天一早，段明炀精神奕奕地早起了。

“段总，你得学会享受有钱人的生活。”黎洛吃着一勺勺酸奶麦片，说，“我们赚这么多钱干吗？不就是为了生活得更惬意嘛，你总这么亲力亲为，过得和以前有什么区别？还容易累着自己。”

段明炀拿了个可颂递给他：“不累，我习惯什么都自己来，和有没有钱没关系。”

黎洛嘴里塞着可颂，什么话都说不出来。

早餐吃到一半，段明炀的手机响了，接起来听了会儿，微微皱起眉，问那头的人：“我可以公放吗？他在我旁边。”

正吃着水果的黎洛注意力被吸引了过去：“谁啊？”

“苏芷。”

按下免提键后，苏芷的声音立刻传了出来，倒不像是有急事的语气：“黎先生，你下午有空吗？”

黎洛：“有啊，什么事？”

苏芷：“段兴烨托律师转告我，想和我见一面。”

黎洛立马不吃了：“他找你？你们俩的恩怨不是已经了结了吗，难道他有新的花招？”

苏芷：“我也在怀疑，而且我想到你家的案子开庭在即，如果他有什么新动作可能会影响到你家，所以我想让你和明炀陪我一起去。”

黎洛当即应下了：“好，没问题。谢谢你告知我这件事，苏小姐。”

苏芷：“应该的，你们帮了我那么多，该是我说谢谢。”

电话一挂，黎洛转头就跟黎正宏和冯致安说了这事，被两位父辈叮咛了半天，才终于得以出门。

下午一点，他们俩准时在监狱停车场和苏芷碰了面。

“你就别进去了。”黎洛朝段明炀说，“他要是见了你，除了嘲讽也不会说别的了。”

段明炀：“他见了你就能老实说话？”

黎洛：“起码我能和他周旋，你俩一碰面，就只剩下吵架了。”

段明炀似乎也没法否认这点，最终说：“好吧，你们注意安全。”

“才一会儿时间，没事的。”

过了安检，到了探监室，狱警开了门，黎洛携着苏芷一同入内。

上一次他来这间小屋子，还是来见他爸，一想到恶人仍旧逍遥法外，他只觉青灰色的四面墙和地砖令人压抑怅然。然而如今，看望的对象成了段兴烨，他忽然觉得探监室的地板如此光滑洁净，白炽灯光如此明亮耀眼。

真是个适合常来的地方。

他们俩尚未落座，另一扇门便开了，狱警撑着门，戴着手铐的段兴烨紧跟着走了进来。

他模样倒不是很憔悴，脸上干干净净的，没有胡茬没有黑眼圈，依旧透出斯文矜贵的公子哥气质，甚至还挂着温文尔雅的微笑。若不是身穿囚服，若不是身处监狱，若不是一条胳膊上还绑着石膏，他这出场，估计能引起不少名门小姐的芳心萌动。

可惜他面对的是两个早已识破他伪善面具的人。

“哟，看来你在这儿过得挺滋润嘛。”黎洛甫一见面就抢占嘲讽先手，“要不待一辈子吧，别出去了。”

段兴烨微笑一滞，转眼间又恢复如初：“黎先生，我怎么不记得有喊你来？”

黎洛：“我今天是苏小姐的一日保镖，怕你狗急跳墙做出什么伤天害理的事来。你如果只是纯粹地聊天，无视我就好。”

段兴烨：“那万一，你把我们的聊天内容告诉了我弟弟怎么办？”

黎洛冷哼：“你以为苏小姐就不会告诉吗？”

段兴烨看了苏芷一眼，见她默认，终是叹了声气，拉开了椅子：“行，你们坐吧。”

苏芷一坐下，便开门见山地问：“你找我有什么事？”

段兴烨笑笑：“没什么，宣判之后就没见过你了，想见你一面。”

黎洛被他的厚脸皮震撼到了，碍于苏芷还没发话，暂且忍下了满肚子的嘲讽。

“段先生，你还记得你是因为什么而入狱的吗？”苏芷的嫌恶从语气里都能听出来，“因为你出轨，你参与了肮脏的交易。你怎么还有脸对我说这种话？”

段兴烨面对谴责不为所动，眼神落到苏芷的手上：“是，我出轨，我肮脏，可你不也还是想着我吗？”

黎洛顺着他的视线望过去，看见苏芷的左手无名指上戴着一枚钻石戒指。

“我的戒指入狱前已经摘下了，让人带回去保管了。”段兴烨勾唇道，“律师说，我没有直接参与当年黎家的案子，就目前的交易案来看，只要我表现良好，顶多五六年就能出去了。”

他眼里脉脉流淌着温柔的光，看起来真诚恳切。

“到时候，我把戒指戴上，再回来找你，可以吗？”

连黎洛都愣神了一瞬，分不清这话到底是出自演技还是真心。

回过神来后，他立即去看苏芷的表情，生怕她被段兴烨的妖言蛊惑了。

所幸苏芷根本无需他担心。

“段兴烨。”苏芷冷声直呼他的大名，深呼吸一口气，死死盯着他，近乎咬牙切齿道，“你实在太恶心了。”

她说完便站起身，似乎一秒也不愿多待下去：“我们走吧，黎先生。”

黎洛正有此意，跟着她起身朝门口走。

“苏小姐，我还有最后一个问题，听我问完再走好吗？”段兴烨高声喊。

苏芷停下了脚步。

“说。”

“我已经知道了，你和我弟之间全是假的，是骗我的。”段兴烨的声音逐渐变轻、变沉，“那你和我，在结婚宣誓的时候，是真心的吗？”

苏芷缓缓回头，与此同时，将无名指上的戒指用力褪下。

“我真心与否，重要吗？你为了什么而追求我、和我结婚，当我不知道吗？”

叮！

钻石戒指被狠狠一掷，重重砸在坚硬的地上，弹跳了几下，转着圈儿滚出去，停在了段兴烨脚边。

“我和你，已经毫无瓜葛了，段兴烨。”

苏芷说完，打开门便走了出去，没有再回过一次头。

黎洛仍站在探监室内，看着段兴烨费劲地弯腰，捡起了脚边那枚戒指，放在眼前端详了会儿，似乎在检查有没有破损的地方，接着放入自己的衣兜，抬头冲他一笑：“黎先生，只要相爱，就可以重新开始，我说的没错吧？”

黎洛有些怜悯地看着他：“段先生，你根本不懂什么是爱。”

“我可能暂时还没完全弄懂爱，但是，”他的目光陡然阴鸷，“我从小就懂什么是恨。“等我出来，不会放过你们的。”

黎洛耸肩一哼，朝他挥了挥手，开门退出去：“我翘首以待。”

走到监狱门口，他才在一个僻静的角落里找到了苏芷。

“你来了，走吧。”苏芷转过身，朝停车场方向走。

黎洛伸手拉住了他：“苏小姐，想哭就哭吧，我都经常哭呢，你没必要那么坚强。”

苏芷转回头来，眼睛红红的，朝他笑了：“黎先生，我已经哭过了。但你这么一说，我突然又想哭了，好奇怪。”

“可能我就是有这种让人动容的魅力吧。”黎洛开着玩笑，走上前，轻拍了拍她的后背，“该庆幸陪你来的是我吧，要是明炀，只会默默地给你递纸巾。”

苏芷“扑哧”一笑，可笑完，嘴角却慢慢地放下了，像是不堪重负似的。接着捂住了眼，声音隐隐哽咽：“黎先生，我不懂，为什么我和他……走到了今天这个地步呢？是我做错了什么吗？如果我一开始发现他出轨的时候，没有收集证据，而是劝阻他，会不会现在一切都变得不一样了呢……”

黎洛轻叹一声，揽住她，让她靠在自己肩头，隐藏起不愿示人的一面，轻轻上下顺着她的后背。

“苏小姐，这一场误会，确实打乱了我们四个人的命运，将我们引向了各自的人生，在各自的洪流中挣扎前行。

“段兴烨他，或许也曾爱过你，或许也是被命运左右，但他却选择了与你背道而驰，选择了与上天安排的洪流背道而驰，走向极端。

“上天是不会眷顾他这样的人的。

“上天只会眷顾像你这样，始终逆流而上，也曾为爱拼搏过的人。

“他不是你的归处，一定还有人在前方，等着和你交汇。”

黎洛抬手，揩去她眼角的泪。

“你终会遇到，懂你珍贵、懂你爱的人。”

苏芷压抑着自己的泣声，小幅地点了点头：“谢谢。”

黎洛用衣袖为她轻拭眼泪，有一下没一下地拍着她的后背，直到她情绪渐渐平复了，才松开她。

“回去吧，已经超出探访时间了，再待下去，明炀要来找我们了。”

“嗯。”

他们俩来时为防被人认出，帽子墨镜口罩都准备得很齐全，眼下倒是派上了另外的用处。

苏芷全副武装坐进车里的时候，段明炀从后视镜看了眼，都没发觉异常。反而是黎洛被瞧出了破绽。

“你袖子怎么湿了？”

“刚刚气得泼了姓段的一杯水。”

他也不想撒谎，但苏芷显然不想让更多人知道她脆弱的一面，他只能半真半假地说：“那人还想和苏小姐复合，想得美。”

段明炀不疑有他，只是说：“他确实坏，但你下次骂他，尽量不要用‘姓段的’。”

黎洛才反应过来把段明炀也骂进去了，吐了吐舌头：“抱歉，知道啦。”

苏芷中途下车回了自己家，他们俩接着开车回郊区的大宅，还有半小时车程。段明炀专心驾驶，黎洛闲着无聊，打开手机，想刷会儿手机解解闷。

结果一刷到“热搜”，惊吓得手机差点甩飞出去。

标着“爆”字的“热搜”榜首赫然列着一条——黎洛、苏芷恋情曝光。

扬起的尘土呛得黎洛猛咳了几声，把段明炀的注意力都吸引了过来。

“感冒了？”

“没、没事，咳咳！”他竭力装作若无其事，“你好好开车，别三心二意！”

暂时转移了段明炀的注意，他才微微颤抖着点开了那条“热搜”。

看清内容后，心里又骂了一万遍。

图片是他安慰苏芷那会儿偷拍的。

那亲昵的姿势，那模糊不清的身影，从远处看确实非常像小情侣了。可天地良心，他真的只是在安慰而已啊，手都规规矩矩的根本没乱放好吗！

但事已至此，怪只能怪他粗心大意了，武装得还不够严实，那么多人都在关注段家的案子，监狱门口蹲着一两个记者实属正常，被拍到了只能说他倒霉。

当务之急，是怎么把这条“热搜”压下去。

于是黎洛先火速给苏芷发了一条信息：“‘热搜’你别回应！我来处理！”

接着又火速给金仁发了一条信息：“‘热搜’给我公关掉！”

做完这两件事，他的心才定了定，随后点进去，想看看网上舆论如何。或许和之前他被曝光那些所谓的“恋情”一样，热度只能维持一小会儿，没多久就消下去了。

然而不幸的是，可能由于他太久没传出新恋情了，这回网上的讨论比以往都积极亢奋。

黎洛担心，这事可能会影响苏芷的名誉和他爸案子的关注度。

纯粹地降热度不知道能不能行得通，总之先姑且一试，之后再慢慢引导化解谣言。

他算盘打得响，可惜人算不如天算。

和段明炀一回到家，刚进家门，就听客厅的黎正宏一声洪亮的吆喝：“儿子！你上‘热搜’啦！人气真高啊！”

余音绕梁，在客厅内回荡。

黎洛：“爸，你怎么会用这个软件……”

黎正宏：“你冯叔给我下载的，说你在上面可红了，我还关注你了，记得‘回粉’啊！”

黎洛无语凝噎。

“什么‘热搜’？”段明炀皱眉打开手机，看了一眼，便扭头看向他，“你们竟然瞒着我？”

黎洛：“怎么可能！你想也知道我不可能和苏芷有一腿啊！”

段明炀：“我不是说这个。我是说，她哭了，你们为什么要瞒着我？你又为什么要瞒着我‘热搜’的事？”

黎洛快被绕晕了：“不是不是。”

他拉着段明炀到沙发上坐下，一条条解释：“苏芷的性格你也知道的，她不想让人看到那样的一面，我只能替她瞒着。至于‘热搜’……谁知道你会不会又记仇呢……”

黎正宏在旁边听见了，怒眉一竖：“你还敢记我儿子的仇？”

“我没有。”段明炀的语气忽然恭敬谦卑，“伯父，我没记过他的仇。”

黎正宏：“别喊得这么亲昵，之前不是喊我黎先生吗？”

黎洛：“爸，他一般喊我黎先生，再这么喊您，容易搞混。”

黎正宏：“啊？你们两个之间还喊得这么生分？”

这回轮到段明炀急了，手掌攥成拳又松开，罕见地露出了一丝紧张。黎洛见状笑了：“爸，你就别开他玩笑了。好啦，你继续研究怎么用，我跟他去花园走走。”

黎正宏哼了声：“记得‘回粉’啊。”

“知道啦！”

从大宅后门进了花园，他们俩慢慢朝前走着，黎洛沿路随手折了枝自家栽种的花，递给段明炀：“喏，送你朵花，别生我气了。”

段明炀收下了花：“没生气。”

黎洛：“那是怎么了？”

段明炀：“我只是希望，以后这种事别瞒着我，我们一起解决。”

“我遇到麻烦，你帮我一起解决。你遇到麻烦，就独自一个人解决。也太‘双标’了吧？”黎洛笑道，“以前不知道是谁啊，怕我也卷入麻烦，一而再再而三地瞒着我，现在懂我的感受了吗？”

段明炀默默无言，握着花，低着头，又走了一小段路，像在进行反思。

“之前不是说了吗，请你原谅我犯过的大错。”

黎洛被他的语气逗乐了：“好，既往不咎，那以后遇到麻烦我们都要对对方坦诚哦！”

“嗯。”段明炀拿出了手机，“我加派人手去降热度。”

一通操作完，他们俩刚好走到花园的中心。四周被争奇斗艳的各品种鲜花包围，幽香迷人。

段明炀拿了把园艺师的剪刀，修剪着玫瑰的枝叶茎刺，忽然开口："今天看到你和苏芷的绯闻……想起了前年你的另一条绯闻。"

"哪条？"

段明炀垂着眼眸，继续修剪："和赵珊珊的。"

黎洛微愣，他的绯闻对象多了去了，赵珊珊不是讨论度最高的也不是互动最亲昵的，段明炀为什么偏偏记得她？

段明炀："你和她共进晚餐。"

黎洛："我当什么呢，吃个晚饭而已……"

他说到一半，突然想起来自己那天为什么答应和赵珊珊出去吃饭了。

因为那天他不想一个人过。

因为那天是段明炀的生日。

"你……看见了？"黎洛小心地问。

段明炀点了点头。

"那是段家开的餐厅，我从包厢出来……就看见了你们。"

黎洛不用猜也知道段明炀当时是什么感受。

他又想起段明炀小号在那天晚上零点发的内容——窗外开始放烟花了，又一年过去了。

即便亲眼撞见自己唯一的朋友在自己生日当天和别人一起吃饭，段明炀依然等着他的祝福短信。直至这一天彻底过去，直至最后一丝希望彻底破灭。

"你那时……一定很恨我吧。"

"我说过，恨过你一两天，就是那个时候。"段明炀没有否认，放下了手中的剪刀，"我从一开始就说你会食言，不会再陪我过生日，你却偏要给我希望，给我承诺。"

"然后摧毁我的希望，违背你的承诺。

"我手机号从来没变过，每年的生日愿望都是能收到你的信息，可结果依然和之前一样……

"那天晚上，可能是压垮我的最后一根稻草吧，我一时冲动，让人赶你走。"

段明炀低着头，似乎在细嗅玫瑰，又似乎在忏悔。

"虽然很快就后悔了，但想到以你的性格，你必然会来找我谈判，就没撤回决定。

"后来我知道了这是一场误会，但可能是过不去自己心里那道自尊的坎，也可能是觉得自己那么意气用事挺丢人的。所以拖到现在才道歉，请你原谅。"

他将修剪完毕枝茎光滑的花又递了回来。

“不过，道歉归道歉，虽然我刚才答应了今后对你坦诚，但我的行事原则不会变。

“花你拿着，刺，我来除。”

黎洛接过花，深深嗅了一口，芬芳萦绕，朝面前人浅笑，眼眸剔透如琥珀：“好啊，你做我的园艺师，可你别想脱离我的保护。”

黎洛拿出手机，点开相机，高举起与纯白云朵融为一体的花，拍下了朗朗蓝天，灿烂光晕。

接着上传平台，按下发布。

第28章

一周后，案件如期开庭。

法院门前从一大早就被围得人山人海，除了来探寻第一手新闻的媒体，更多的是前来领号抽签的普通人。旁听席只有二十个，因此只能公开抽签。

黎洛下午到了法院，入席就座。

段明炀没和他一块儿，比他先到，坐在他对面的旁听席。

其他抽到号的幸运群众一进门，就见他们俩一个冷肃沉默，一个目光凌厉，这副分庭抗衡剑拔弩张的架势，都怕他俩待会儿一言不合就现场打架。

黎洛看对面那人依然毫无反应，像尊石头雕像似的，干脆也不白费功夫了，眨了眨眼，安安静静地等庭审开始。

紧张总是有点的，但也不至于太紧张。况且，如果连他爸和顶尖的律师团都搞不定，那他也束手无策。

法庭上要保持绝对安静，他爸和段家两父子出现的时候，场下人都相当自觉地缄口不言，遵守规则。

紧接着，便开审了。

肃静压抑的氛围之下，是如暗潮般涌动的各路心绪。

声音从原告席、被告席和法官席交替着传到黎洛耳朵里，律师的、法官的、段天佑的、他爸的……一条条证词与反驳仿佛交织成了两张网，忽大忽小，忽密忽疏。

然而随着时间的推移，被告席的网开始慢慢缩水变小，而原告席的网愈来愈大，愈来愈密不透风，渐渐笼罩在被告席上空，缓缓压下，将脸色越来越难看的段天佑等人裹住、吞噬。

台下的支持者都隐隐有些激动，黎洛却没有自己原本想象中那么兴奋。

可能是觉得已然胜券在握，也可能，是像一部电影的发展，最刺激惊险的剧情已经过去，如今只剩下喧嚣过后的尘埃落定。

他环顾着场内，他的父亲正在原告席铿锵有力地为自己申冤平反，胜利近在咫尺。而他的挚友虽身在被告席，目光却总是遥遥投过来，传递给他信心和力量。

再加上全场中为他而来的支持者，他被那么多人的爱包围着，只觉平和又安心。

年少时曾以为自己失去的东西，成百倍、成万倍地回到了他身边，多得他几乎捧不住。

他从未这么清晰而深刻地意识到，自己其实已经对结果无所畏惧。

三个小时后，法院当庭宣判。

段天佑因参与违法交易、挪用巨额公款、诬告陷害，且性质恶劣、情节严重，被判有期徒刑二十年。段兴烨则因组织参与违法交易、间接参与挪用公款而被判有期徒刑七年。

不出意料的结果，却令现场所有支持者为之欢呼雀跃。

法官一离席，坐在黎洛身旁的粉丝立即忍不住激动道："洛哥！恭喜！"

黎洛笑笑："谢谢你们的支持和信任。"

接着抱了抱这位粉丝，然后又抱了一个又一个前来祝贺他的人。

最后抱住了他凯旋的父亲。

"我就说我能摆平吧。"黎正宏乐呵呵道。

"嗯，爸，你真棒。"

黎洛下巴压在他爸的肩上，一抬眼，便看见了对面席位的段明炀。

相比起他这边被粉丝和家人围绕的热闹场景，段明炀那边的旁听位已经空无一人了，他孤零零地站在那儿，看着自己的父亲和兄长在他眼前被押出去，一个眼神都不屑丢给他。

他垂下眼帘，沉默地伫立着，像一个被抛弃的，却又不愿归家的高傲落单者，周围的悲喜都与他无关。

段明炀有多恨他的父兄，也就意味着，他曾有多渴望得到父亲和兄长的关爱。而段天佑和段兴烨却毁了他的这份渴望。

如今，仇虽然报了，但内心那部分空虚孤寂，或许仍需要家人的爱来填满。

"一会儿去开个庆功宴吧。"周围的粉丝路人都走干净了，黎正宏笑道，"带上小段，我们一起喝个痛快。"

黎洛想了想："爸，你和冯叔去吧，我还有事，要和明炀出城一趟，改天再陪你喝。"

"啊？你们去哪儿？"

"保密。"

黎洛笑了笑，接着走向了对面席位。

黎正宏叹气："唉。"

冯致安安慰："没关系，我陪你，孩子们就让他们去吧。"

"也好，省得喝到一半那小子劝我停，走吧，致安，陪我喝个尽兴！"

黎洛都走到段明炀面前了，段明炀还在出神，只好先开口问了句："喂，晚上有空吗？"

段明炀回神，看向他："有，怎么了？"

"一起去看望你妈妈吧。"

"今天吗？"段明炀略显意外。

"嗯，择日不如撞日，就今天吧。不行吗？"

"行是行……"

"那就走咯。"黎洛当他答应了，转身迈开腿便往门外走，回头提醒，"我先去把外面的记者引开，你待会儿出来，车库见。"

"嗯。"

刨根问底的记者比预计中难缠，多花了点时间，黎洛到车库的时候，段明炀已经发动了引擎，停在车库门口等他了。

待他一上车，便一脚油门驶出去，在记者们尚未发现之前离开了法院，一路开往市外。

"一会儿到了，我先去理个发型，买身合适的衣服。"黎洛对着副驾驶上方的镜子，拨弄着自己的头发，"虽然不是第一次见你妈了，但还是得稳重点儿。"

段明炀瞥他一眼："没有必要，已经很好了。"

"真的？"

"嗯，没有人会不喜欢你的。"

黎洛故意刁难："谁说的，你哥就不喜欢我。"

"他不是人。"段明炀毫不犹豫。

黎洛彻底乐了。

这人，真的是永远挖不完的宝藏洞。

沿着高速公路开了近一小时，他们的车才进了隔壁市，又在大街小巷间穿行了半个多小时，半路还去买了点礼品，终于到了林澄家。

黎洛看着眼前普普通通的居民楼，问："你妈就住这儿吗？"

段明炀关上后备箱，锁了车，拎着礼品走过来："嗯，之前在市郊买了套别墅，想让他们一家搬过去，但他们都不愿走，说这儿的邻里街坊更熟悉，离医院也近，万一我妈术后还有什么不舒服，就诊也方便，所以就作罢了。"

“那倒也是。”黎洛从他手里硬抢了礼品，“你怎么能拿着，被你妈看见了还以为我多不懂事呢，是我上门拜访，又不是你。”

段明炀无奈，只能为他按了电梯门，上楼后，又为他按响了门铃。

来开门的恰好是段妈妈，跟他一打照面，愣了半天，猛地一拍大腿：“你是！黎……黎洛？你是明炀的同学对不对？后来当明星了，电视里一直看到你的！”

“是的，难为您还记得。”

“妈，他不只是我同学。”段明炀纠正道，“我之前跟您说过，这是我最好的朋友。”

段妈妈稍稍从惊喜中回过点神来了：“我知道，但后来你们不是闹掰了吗？都好几年过去了，人家都是大明星了，我以为你们肯定没联系了。所以今天来是……”

黎洛笑吟吟地献上礼，总算放心了：“来看望您，阿姨，这是送您的一点小心意。”

段妈妈也松了口气：“我刚刚还怕自己猜错，不敢认呢。别客气，以后来别带礼物，跟自己家一样。”

段明炀：“妈，我们能进去再聊吗？”

“哦对，看我激动的，快，进来，正好你姨妈一家都在。”

段妈妈让开了道，黎洛便不客气地进门了。

换了拖鞋，段妈妈领着他们往里面走。房子从外边看普普通通，里面倒是敞亮干净，雅致舒适，看来近几年重新装修过。而且是两套平层打通的，大约两百多平方，一家住一套，有事互相照应，没事互不打扰，一点儿也不比住别墅差。

林澄的爸妈正在厨房里做晚饭，听见段妈妈一喊，围裙都没脱就跑出来了，看见黎洛后更是两眼发光。

“我们澄澄可喜欢你啦！”林妈妈欢欣道，“他房间里贴了好多你的海报，我带你去看看！”

黎洛刚想说好，段明炀突然轻咳了两声。

他立马会意：“不用啦阿姨，林澄现在和我一个公司，经常能见到，他早就说过我是他偶像，怪不好意思的。”

林妈妈笑了：“这孩子啊，就是藏不住心事。前几天打电话回来还提到你了呢，说好久没见你了，也不想想我们也好久没见他了。”

段明炀适时转移了话题：“他最近在准备发新歌，之后我会给他安排一段假期，让他回来多看望你们。”

林妈妈："谢谢明炀你这么尽心尽力地照顾他，要不是有你管着，我们真不放心他一个人出去闯荡。"

段明炀颔首："应该的。"

寒暄了半天，段妈妈已经把做好的菜都端上了桌，黎洛在盛情邀请之下，和他们一大家子围桌而坐，边吃边聊。

林澄爸妈激动过后，像普通长辈一样唠起了家常，当然更多的是打听演艺圈的各种内幕。

饭桌俨然成了黎洛的主场，他人脉极广，又能说会道，一会儿谈谈某个女明星和某个男明星到底是不是一对，一会儿聊聊某个明星表面光鲜私底下抠得不行，让段妈妈和林澄爸妈都听得聚精会神、津津有味。

段明炀看他聊嗨了，饭也顾不上吃，无奈地叹了声气，默默地把菜夹到他碗里，偶尔还得敲敲碗，提醒他趁热吃。

一顿普通的家常饭，吃出了过年的热闹感，餐厅时不时传出欢声笑语，明亮的灯光照亮了每个人眼中的安逸满足。

晚饭过后，天色已黑，几位长辈说要收拾出一间客房，留他们住。段明炀以不劳烦他们为由婉拒了，自己在附近的宾馆订了房，带着黎洛和家人道了别，打算明天一早再来做客。

他们俩下了楼，段明炀正打算解锁车，黎洛一时兴起："明炀，我们边散步边走过去吧，反正也不远。"

段明炀没提出异议，从车里取来了常备的口罩和帽子，递给他。

黎洛把脸一遮，长发往帽子里一藏，插着兜就潇洒地出发了。

段明炀也戴了口罩，与他并肩走着。

"差点忘了，我们段总现在也是个大明星了。"黎洛调侃他，"而且比我年纪轻，刚出道，发展潜力大。如果我以后过气了，你记得要提携我啊。"

段明炀低声道："你少说点，一晚上还没说够吗，当心被认出来。"

黎洛望了望周围，大街上路人稀稀拉拉，车辆也没多少，擦肩而过的人没有一个认出他们俩，便继续嚣张了。

"没说够啊，我感觉我还可以再表现表现。"

"他们已经很喜欢你了。"段明炀道。

"哈哈。"黎洛笑完，认认真真地说，"但我不那么认为，你也不可以那么认为，我们是平等的，没有高低上下之分。"

声音太大，以至于周围路人都望了过来。

黎洛立马压低声音和帽檐，嘟哝着。

段明炀："是，我不像黎先生你，表里如一地浪。"

黎洛不轻不重地拧了他胳膊一下，权当泄愤。

"段总今晚心情很好嘛，竟然都会开玩笑了。"

口罩遮挡住了段明炀的表情，笑意却从他黑亮的眼睛里泄露了出来："可能是因为今晚我最亲的两个人，都在我身边吧。"

黎洛闻言，拉了拉口罩。

他们继续往前走着，已经可以看见宾馆的招牌了。街上的路人也多了些，有几个人对他们两个并肩行走的高大男人投来了好奇的视线。

"走吧。"黎洛已经重新看向前方，大步朝前。

段明炀注视着身旁的友人，最终笑着转回了头，将越来越频繁的闪光灯置之身后，随他一起迈向前方。

番外一

七年前。

“榜上有一个是我们中国人！好帅！”

难得在学校里听见中文，路过的段明炀稍稍放缓了脚步，往声音的来源处瞥了眼。两个中国留学生挤在人堆里，围拥着布告栏，正激动地讨论着。

布告栏上，张贴着一张巨幅海报，登着十张照片。

前阵子不知道是谁起的头，学校里轰轰烈烈地开展了一场名为“校园十大帅哥”的评选，历时一个多星期，如今终于出了结果。入围的十张面孔多数典型的欧洲大众帅哥。

仅有一人例外。

右上角那张照片中的青年穿着件简简单单的白衬衫，头发在男生中算长的，刚到脖子这儿，乌黑柔顺，相貌俊美。光看外形，并不符合通常欧洲人的审美偏好。

可青年笑得如此灿烂自信，眉眼间透出一股浑然天成的傲气，又给人一种势在必得的强势感，列在同榜的一众学生中毫不逊色。

两个女生的讨论声不断——

“听说他家很有钱的！”

“哇！那岂不是标准的‘高富帅’？有女朋友了吗？”

“不清楚，不过人家这条件，要什么样的没有？”

段明炀没兴趣听这些，转回视线继续往前走，却被挡住了去路。

“帅哥，我是组织投票的人员之一，欢迎你来参加下一届哦！”一学生塞来了一份海报。

段明炀不得已地接下海报，放进背包前，随意扫了眼，那名中国学生的照片下标着中文名字：黎洛。

“我姓黎，黎明的黎，单名一个洛，洛阳的洛，你呢？”

一个星期后，海报上的青年出现在了他面前。

本人比海报更惹眼，一进酒吧，半数人的目光都集中了过来，黎洛却浑然不觉似的。不知是反应迟钝，还是习以为常。

“段明炀。”

“哪个明？”

段明炀注视着他琥珀色的眼和微弯的嘴角，脱口而出：“黎明的明。”

“啊，这样。”黎洛从高脚椅上下来，转移了视线，指着他身后的背包，问，“你是大学生吗？”

语气很亲切，搭讪的套路却很熟练。

段明炀如梦初醒。

若不是刚刚在酒吧后巷，他亲眼看到对方凶狠地暴揍惹恼自己的人，他此时恐怕也信了对方的表象。

这人很擅长演戏，想必目的不纯。不宜交往，必须远离。

“嗯，没什么事的话，我先回去了。”

可黎洛却无视他显而易见的拒绝，对他穷追不舍，甚至追到了他的出租屋里。

那是他老旧简陋的出租屋第一次有客人拜访。

他分明可以把人推出去赶走，却不知为何，放任对方留了下来，放任对方翻看自己的东西，放任对方得意地让他喊“哥”，甚至，放任他留下来过夜。

可能是太久没有感受过别人的陪伴了。

何况是这样一个，从头到脚都闪闪发亮、看着都觉得耀眼的人。

就算只是装出来骗他的表象，这份光明也确实温暖。

“嗯……”趴在桌边睡觉的黎洛呓语了几句，又动了动胳膊，调整了下姿势，手脚都缩在一起，睡得很憋屈的样子。

段明炀躺在床上，目光穿过黑暗，借着朦胧的月色望向他。

是个骄傲又任性的小少爷，不达目的不罢休。还带着点无知无畏，敢在陌生人家里过夜。一看就是从小被家人宠惯了，有胡来妄为的底气，有游戏人间的资本。

这类人往往不太招人喜欢，可偏偏生了副这么好的相貌。

黎洛又含糊不清地嘟囔了句，不知是不是在梦里骂他。

段明炀轻叹了声。

也罢，他们的人生不是两条平行线，估计一生也就仅此一次交集。

一念既定，他没打开灯，翻身下了床，脚步轻缓地走到桌边。

桌边的人感知到动静，似乎半睁开眼，迷迷糊糊地看了他一眼，又似乎没有，出乎意料地安静没一会儿便发出了均匀的呼吸声。

睡着的时候倒是很乖巧。

静谧的屋子里，时间一分一秒过去，外边渐渐没了人声，连车辆驶过的声音也很少再听见，已是深夜。

可段明炀却失了眠。

在黑暗寒夜里待久了，连一把篝火、一点星光都想牢牢攥住，何况是这样一场燎原大火、满天星河。

然而出乎意料的是，即便这样憋屈地睡了一晚，黎洛的兴趣仍旧没有消散，甚至在一段时间内，可以称得上相当执着。

黎洛会每天来酒吧报到，只为和他说上几句话；会跟着他回家，哪怕被拒之门外也不气馁；还会在学校里跟他打招呼，丝毫不在意同伴惊奇的眼光。

仿佛真的要跟他做朋友似的。

这段荒诞又真实的追逐每天都上演着，有天晚上，段明炀又一次狠下心将人抛在身后，独自上了楼，一进房间便藏在窗帘后面，透过缝隙往下望去——黎洛果然还在。

像电视剧里一样，在楼下苦苦等待着。

一如既往。

他本意并不是想考验，只是想让这场目的不纯的接近到此为止，和这位玩乐成性的富家子划清界限。可黎洛却自己设立了一次次考验，不断向他证明：我是很认真的。

说不动容，肯定是假的。

不知在窗前伫立了多久，窗户外忽然划过几道细雨，留下流星尾巴一般的浅浅水痕。冷风刮过，楼下的人身形似乎颤了颤。

段明炀立即折身出了房门，顺手拿上了门口的雨伞。

他不知道这次妥协会带来怎样的后果，可他没办法不去管。

下楼的路似乎变得格外漫长，每一级楼梯都成了一道鸿沟，脑子里盘旋着许多迫在眉睫的问题——

见了面该对他说些什么？

该把他带回家还是送回学校？

他真的，愿意跟我做朋友吗？

所有问题在段明炀到达门口的时候失去了思考的必要。

门口已空无一人。

一道身影刚从不远处的拐角消失，只传来一声清晰的叱骂：“给脸不要脸。”

划破寂静，余音在耳边嗡嗡作响。

雨势渐大，一道道愈来愈密集的雨线织出了一张模糊视线的水网，给沉黑的夜色蒙上了一层阴郁朦胧。连月亮都被掩藏，看不见一丝一毫的光亮。

段明炀手里握着伞，却一直忘了撑开。

从那一天起，黎洛忽然断了签。

先是一两天，接着是三四天，最后，一整个星期都没来过酒吧。

“你失宠咯。”调酒师笑他，“那位先生肯定有新朋友了。”

段明炀接过酒杯，放到自己的托盘上，平静地回了声：“嗯。”

不平行的两条线相交之后，本就会渐行渐远。

是他不自量力。

调酒师烦恼道：“可是他上次把钱包落下了，我都保管一星期了，他要是不来，我怎么还给他啊？”

“给我吧。”段明炀伸出手，“我拿到学校去给他。”

“好啊，给！”

下班的时候，已经过了十二点，英国最近进入了雨季，外边又下起了小雨，还刮起了风，地上湿滑，没几个路人在这种天气出来乱跑遭罪。

段明炀撑着伞，却防不住四面八方吹来的风，背包仍被打湿了。他反手在背包里摸索了会儿，将那个钱包取了出来，护在身前，这才有工夫仔细看了眼。

大牌子，皮质柔软，估计要花他两个月的工资才买得起。

黎洛却根本没放在眼里，连丢了都不知道。

他脚步忽然一滞，握紧了手里的钱包。

面前站着七八个人。

“又来？”段明炀冷冷地看着那伙人，朝为首的人喊，“回去跟段兴烨说，我已经拒绝那个人了。”

那人笑着走过来：“不好意思，我们只是奉命办事，管你拒没拒绝。只要段总看你不爽，我们就得揍。”

说完一拳就招呼上来，没有半句废话，出招快准狠，一看就是练家子。

段明炀凭着实战经验后退半步躲开了，转身拔腿就跑。

身后人高喊：“今天怎么㞞了？上次不是很硬气吗？追！”

这场雨夜里的狂奔和追逐没能持续很久，他再厉害，也不过是一个普通大学生，逃不过七八个人的包抄围攻。

钱包落地的时候，他也被人踩在了地上。

“不是很清高吗？不是说不收段总的钱吗？那这么贵的钱包是从哪儿来的？”

周围哄笑声一片。

雨水打在眼睛上，模糊了视线，段明炀努力睁大眼，找准了钱包的方位，趁这帮人哄笑的时候，迅速出手将钱包抓了回来，抱紧双臂，牢牢护在胸前。

一人发现了他的动作，立刻上手来抢：“交出来！”

段明炀深吸一口气，眼中瞬间迸发出狠戾的光，抬脚朝对方小腿狠狠一踹！

为首者眯起眼：“挺会找死。”

半小时后，阴暗潮湿的巷子才重归平静。

这伙人停了手，架起自己腿折的兄弟，离开前，不忘给地上的人打了个急救中心的电话。

四周又变得悄无声息，只有雨水砸在地上和耳朵里的声音在回荡。

不知过了多久，传来了救护车的鸣笛声。

被医护人员抬上车的时候，段明炀动了动眼珠，视线下移到胸前，那个钱包也已血迹斑斑。

“能说话吗？”医护人员问他。

他点点头，发出的声音嘶哑难听：“我的钱……”

“你的钱包还在，放心吧。被抢劫了是吧？倒霉的孩子。”

段明炀艰难地摇了摇头，把话继续说完整：“我的钱……在我包里……可以付医药费……这个钱包……咳咳！你们、你们别动……”

要想办法把钱包清洗干净……

这是他昏迷前的最后一个念头。

那个人已经不会再来找他了，这次交还钱包，可能是他们最后一次见面。

他不想让黎洛对他最后印象的是无能，连个钱包也守不住。

他不想让黎洛看不起他。

身上的伤养了一个多礼拜，好在都是外伤，只要忍受住一时的疼痛，便也不觉得有什么了。

只是，医疗费比预想中还要贵，出院的时候，段明炀已经捉襟见肘了。

那个人又来找了他一次，对他道歉，说自己的大儿子从小娇生惯养，有些任性，医药费会给他报销，请他原谅。

接着又劝说他回“家”。

段明炀冷眼看着面前滔滔不绝的中年男人，脑子里浮现出了黎洛那一晚揍人的狠样。

一样是娇生惯养的人，一样是用暴力压制自己看着不爽的人，为何他却觉得一个任性得可恨，一个就没有呢？

男人最终也没能劝说成功，灰心丧气地对他说："你长大了，有自己的想法了，但爸爸也是关心你，希望你早点懂爸爸的良苦用心。"

无奈的目光仿佛在看一个不懂事不听话的叛逆期孩子。

段明炀想了想，问："你什么时候回国？"

那人眼神一亮，以为有了转机："明天，怎么了？"

"后天国内有事？"

"没什么大事，你哥他上个季度的业绩不错，我打算给他庆祝庆祝。你要是回来，我们就可以一家子一起……"

"不凑热闹了。"段明炀打断了他，"我后天有事。"

和预料中一样，这个口口声声说关心他的男人，并不记得他的生日，甚至可能根本没想过去了解。

除了他妈，没有人会记得，也没有人会陪他过。

不该抱有任何期望。

男人走了，卡里多了笔补偿性的医疗费，数额令人咂舌。

两天后，段明炀在学校里遇见了那位许久没见的黎洛。

黎洛似乎通宵完刚回来，不知去哪里玩了，也不知道玩了什么，一脸疲惫，走路都打着哈欠。

段明炀有很多话想说，可他最终只是撒了个谎。

钱包就在他身后的背包里，崭新的，花了两个多月工资买的。他却狡猾地说放在酒吧了。

这样就可以再见一次了。

黎洛没有怀疑他的话，晚上如约出现在了酒吧。

倒是段明炀后悔了。

他觉得自己卑劣，又觉得自己贪婪，拥有过一次交集就该知足，可他却想要有第二次、第三次……第无数次交集。

那份温暖不属于他。

无论面前的人有多耀眼，都不是来照耀他的。

于是他又撒了谎，将走错的一步矫正，谎称钱包落在家里了，第二天再还回去，拒绝了黎洛要跟他回去的提议。

可人算不如天算，意外状况发生，最终他的出租屋里，又一次迎来了同一位客人。

这位客人比上次随性放开了些，没认认真真演戏，举手投足间都是破绽，意图完全被看穿了还在遮遮掩掩。走到哪儿，就像是一束光打到了哪儿，令他寒陋的小屋子里忽然有了光明，有了生机。

段明炀觉得自己可能是疯了，做出的事、说出的话都像疯了一样，根本不随自己的意愿。

好在一通电话挽救了他。

黎洛如获大赦，接完电话，似乎是要走，他便把钱包扔了过去。

这回大概是真的做个了断了。

可上天却在跟他开玩笑似的，黎洛看见了他背后的伤，同情心泛滥，竟然替他找了医生疗伤，还订了蛋糕陪他过生日。

发现钱包是他自己出钱新买的之后，黎洛看他的眼神已经和刚刚完全不一样了。

“明炀……你真好。”

黎洛屈着腿，脑袋垫在自己的膝盖上，侧头望着他，琥珀色的眼中头一回浮现出了几分真切。

那一刹那，段明炀推翻了之前一直以来对他的印象。

虽然骄傲任性，但黎洛，和其他上流圈的人似乎不太一样。

刚才对他的厌恶是真实的，此刻也是真实的。

演技高超的表象下，是一颗敢爱敢恨的心。

造物主如此不公，赋予了一个人显赫的身家、出众的外貌，还要附加这样令人着迷的性格。

可段明炀不至于傻到，仅仅因为黎洛对他展示出了一丝亲和，便相信这样一位近乎完美的人会真的与他交心。

黎洛说要陪他过以后每一年生日的时候，他脑子里第一个闪现的想法是：别再给我希望了。

再了解下去，黎洛只会越来越察觉到他的无趣、他的贪婪，然后远离他、再次厌恶他，直至断绝关系。

还不如将这段关系定格在对彼此印象最佳的时刻。

可黎洛却不依不饶地说要为他准备下一次生日，让人无法不心软。

段明炀抿了抿唇，终究抗拒不了慕斯蛋糕在嘴里化开时的那一份甜，和眼前人看似真诚的善意。

他从来没吃过这么美味的蛋糕，也从来没遇到过这么美好的人。

“慕斯的就好。”

其实只要你明年，还记得我的生日就好。

一学期很快便接近尾声了，时间在忙碌的学习和打工中流逝，却因另一人的加入而变得充实温暖。

段明炀从未曾料到，这段友情能持续那么久，久到他几乎快忘了，自己一开始对这个人有多戒备。

他分明搭建了一道道铜墙铁壁似的心防，可黎洛却凭借着各种手段和花样，将其一道道打破，令他节节败退，溃不成军。

他们俩之间的来往越来越密切，黎洛对他的态度也似乎越来越认真。

白天在学校里遇见，黎洛会立马眼睛放光，撇下身边所有人，三步并作两步小跑到他面前，笑吟吟地喊：“明炀，早啊。”

周围的同伴非富即贵，也知道他是个在酒吧打工的服务生，看他的眼神，或不屑，或鄙夷，总之都不太带有善意。

只有面前人漂亮的眼里满是真诚与热忱。

怎么可能不被打动。

晚上去酒吧，黎洛只要出现，通常都会等到他下班为止，无论多晚。他为此特意去和经理打了招呼，再也没有晚于十一点下班。

回了出租屋，他们俩会一起坐在小桌边写学校里的作业，互相挨着。冬天的时候，出租屋里空调老旧，温度打不上去，他将唯一的毛毯裹在黎洛身上：“别着凉。”

可黎洛还是不高兴，故意嘟哝着：“地暖都没有，我给你出钱你又不要，我看你就是想冻死我。”

说完还抢了他刚充好的热水袋。

段明炀不善言辞，拒绝时语气也生硬，可能是习惯了独自待在黑暗里，突然有人将他拽到了大太阳底下，觉得不适应，浑身僵硬，连怎么好好表达自己都做不到。

何况这是他第一次交到朋友。

难上加难。

好在黎洛似乎经验丰富，虽然偶尔会发发小脾气，但大多数时候都是转眼就忘，又笑嘻嘻地来闹他，包容他的沉默寡言，引导着他学习如何将这段友谊持续下去。

那么高傲耀眼的一个人，愿意为了他，从天上落入凡间，跟他一起坠落。

心中的最后一道防线在那一刻彻底崩塌。

如果没有能力把这束光捧到云端，送回它该在的位置，那就不配将它拽入凡间，和自己一起面对黑暗的包围，苟且生存。

黎洛有疑惑，也有不满，甚至有一次开玩笑似的说：“跟你做朋友好累啊。”

说者可能无意，但听者却不得不上了心。

这段本就不怎么牢固的友谊，越往上搭建，似乎越开始摇摇欲坠了。

正在这个时候，那个人又找上了门。

“你妈的手术费我可以出，都是小事。”那人不知道遇上了什么好事，看起来心情甚好，“你只要愿意毕业了来我手下做事，我立刻接你回去，培养你做集团的负责人，名副其实的段家人。你正常工作一辈子都赚不到那么多钱，爬不到那么高的地位。一步登天的事儿，为什么不干呢？”

一步登天。

段明炀被这个词打败了。

他最终答应了那个人的条件，以自己的自尊为代价，一步登天，进入自己不曾肖想过甚至唾弃过的世界。

这样一来，黎洛就不用为他而坠落了，他也可以一直看见那束光了。

他没想着隐瞒，当天晚上就打算坦白这个决定，可当晚，黎洛出现在酒吧时，却不像往常一样挂着笑脸，反而怒气冲冲的，看起来心情很差，上来就点了两杯烈酒，一饮而尽，又点了第三杯。

“别喝了。”段明炀拦了下来。

黎洛今晚尤其犟，挥开他的手：“我就要喝！别管我！”

段明炀直接夺了他的酒杯，沉声道：“听话。”

他不说这话还好，一说，黎洛的情绪像火药桶似的瞬间爆炸，从吧台上抢走了准备端给其他客人的酒，也不管度数多少，仰头豪饮，都来不及阻止，酒杯就已经见了底。

“我就不听话怎么了？听话我妈就能回来吗？呵，你们都在骗我……”

烈酒强悍的后劲显然已经支配了黎洛的大脑，他摇摇晃晃地后退了半步，没察觉到身后有个椅子，突然被绊了下，立刻仰面倒了下去。

段明炀一个箭步冲过去，堪堪把他捞起来。

黎洛挣扎着推搡他，嘴上也骂骂咧咧说着胡话，声音尖锐，吵得周围人都望了过来，见是醉酒的人撒酒疯，隐隐传来了几声哄笑。

段明炀几乎是强拉硬拽地将他拖离了酒吧，回到自己的屋子。

一进门，喝得烂醉如泥的黎洛自己往床上一扑，倒是安分了。

段明炀替他把鞋子脱了："好好睡一觉，有什么不开心的，明天再说。"

深夜十一点多，心脏突然传来一阵剧烈的心悸，令熟睡中的人猛地从梦中惊醒。

四周一片漆黑，寂静无声，只能听见自己惊慌的喘息。

除了床头柜上的夜光电子钟之外，所有光线仿佛被黑暗吞噬，无影无踪。

段明炀心脏突突直跳，没由来地发慌，摸索了半天才摸到顶灯开关，啪嗒按下去。

没有人。

偌大的卧室内，除了他自己，一个人也没有。

"黎洛？"他不太确定地喊了一声。

五秒后，仍未得到任何回应，又大声喊了一次："黎洛！"

依然没有回应。

"黎洛！"第三次，歇斯底里，几乎破音。

整个屋子里依然静悄悄的，唯有他嘶吼声的余音在颤抖地震荡。

梦中人的笑容和身影随着他逐渐清醒而慢慢模糊、淡去，最后消失不见。

段明炀平复着喘息，缓缓转头，扫视了一圈自己的卧室——宽敞，整洁，明亮。

已经不是梦里的屋子了。

就在那一晚的第二天，黎洛用一通电话，宣判了他的死刑。

"你在我眼里就是条狗。"

"肮脏，恶心。"

"真以为我把你当哥们了？就凭你？"

"滚，一辈子都不想再看见你。"

段明炀狂奔回出租屋的时候，被子已经冰冷了。

仿佛从来没有暖过。

他当时还没有完全绝望，仍怀着一丝希冀猜想着，黎洛应该只是气他没骨气地回了段家，只要解释清楚了就好。

就算电话被拉黑，可黎洛还有一学期才毕业，总能在学校遇到的吧。

那些话肯定只是气话，黎洛不是真的那样想，不是真的耍了他。

可之后的一学期，无论他在停车场等多久，无论他找了多少间教室，都没有再见过黎洛一面。

在这期间，他听说了国内黎家的新闻，也隐约听说段家和这件事有所牵扯。于是他又猜想，黎洛是迁怒于他，气他投靠了敌人，所以这场冷战才会持续这么久。

如果他能从段家拿到证据，帮忙翻案，黎洛应该就不会生他的气了。

毕业典礼结束那天，段天佑按照约定，派了人来接他回国，下了飞机，直接送他去段家大宅。司机仿佛押送犯人去监狱一样，沉默严肃。

段明炀也并非全然镇定。进了段家的门，多久才能出来？还能不能出来？一切都是未知数。

他不过是怀着一腔无用的孤勇罢了。

为了分散注意力找点别的事做，他打开了手机看新闻。刚一随手刷了下“热门”，榜首的第一条瞬间刺入了眼睛——大家好，我是黎洛！

熟悉的笑脸，明亮的琥珀眼，那人好似从未变过，一如他们初见。

仿佛迎头一棒，把他敲怔了。

他以为黎洛也和他一样，可事实上，黎洛已经开始了新的生活。

好像……已经完全忘记了他。

段明炀屏着呼吸，手指发颤地打下一行字，语气姿态尽量放低——还记得我吗，学长。

点了评论，又点了转发。

做完这一切，才发现，这条动态下的转评已经数万条了。

黎洛有了新的身份，有了无数的爱慕者。他的声音被淹没在了茫茫人海里，只能与众人一起，仰望着高高在上的对方。

“到了。”司机冷漠地说。

段明炀的视线从手机屏幕，缓缓上移至眼前肃穆的大宅。

段兴烨正站在门口，微笑着迎接他，目光森冷。

这一刹那，铺天盖地的绝望感终于压顶而来，令他无法再自欺欺人下去。

没有什么原因，黎洛只是抛弃了他而已。

全新的、光明的世界？

只是他在做梦而已。

安静的卧室里，电子钟上数字一分一秒地变化着，错乱的喘息声渐渐平复了下去。

段明炀深吸一口气，缓缓吐出，心绪稍稍稳定了些。

台灯折射了道光，闪了眼睛一下，仿佛在提醒着他已经回到了现实。

自那天之后，过去多久了？似乎已经好几年了。

原以为能慢慢忘记，可那段记忆却像文身一样刻在了脑子里，血流尽了，结出一道道疤，下雨天疼，大晴天疼，寒冷时疼，温暖时疼。

日复一日疼，年复一年疼。

想要清洗掉的时候，最疼。

恐怕余生，都要背负着这疼痛活下去。

段明炀抹了把眼睛，不再执着于徒劳地找那个不可能出现的人，翻身拉开床头柜的抽屉，像往常一样，去拿安眠药。

然而抽屉里却没有任何药瓶。

已经吃完了？管家怎么没放瓶新的进去？

好在他记得楼下冰箱里还有一瓶没开封的，于是下了床，走出卧室，亲自去取。

整栋别墅里静悄悄的，他不想开灯，借着窗户外透进来的微弱月光，摸索着前行。走到楼梯口的时候，忽然听见客厅里传来些微的动静。

小偷？应该不是，这里安保很严。那或许是窗没关，风吹动东西的声响。

段明炀没多在意，踩着一级级楼梯下了楼，越往下，客厅里传来的声音就越清晰，听起来，竟然像是有人在看电视。

他平时很少开电视，绝不可能是忘关了，那会是谁开的？

下了最后一级楼梯，他基本可以确定是电视机发出的声音了。再往前走几步，客厅里的情形便尽收眼底——

宽长的真皮沙发上，窝了个懒洋洋的人。

长发披散，身上穿了件宽大的 T 恤衫，两条长腿曲着搭在茶几上，像架起了两座桥。

腿和肚子之间，还夹了桶冰激凌，此刻他正一边拿勺子挖冰激凌美滋滋地吃着，一边嘚瑟地晃着脚丫看电视。

“嗯？你醒啦？”黎洛听见动静扭头，冲客厅外的人道，“我怕影响你睡觉，就来楼下看了。”

段明炀没回答他，也不走过来，呆若木鸡地站在原地，眼眶微红。

黎洛一歪脑袋：“你怎么了？没睡好？”

段明炀依然怔怔地望着他。

黎洛朝他笑了笑：“还是睡糊涂了？”

段明炀如梦初醒般，突然大步朝他走来，气势汹汹，神色吓人。

“干吗？想抢我冰激凌啊？”黎洛立刻警惕地把冰激凌桶放到一边。

“黎洛……”

声音有些嘶哑。

黎洛察觉他情绪不太对劲，安抚性地拍了拍他的后背："怎么了？突然间可怜兮兮的……"

"我做梦了。"

"噩梦？"

"美梦。"

"美梦还不好啊？"

"不好。"段明炀深深吸气，又长长地呼出一口浊气，情绪似乎平静了些，"美梦醒来之后，就要面对噩梦一样的现实。"

"现实里有我，怎么会是噩梦呢？"黎洛哄着，"别想太多了，陪我来看电视。"

"嗯。"

段明炀听话地应了声，可紧接着，却将那桶冰激凌挪远了。

"干吗不让我吃冰激凌？"他不平道。

段明炀："晚上凉，不要吃冰的。"

黎洛郁闷："这都夏天了，天气这么热，我没在家裸奔已经不错了好吗？"

段明炀根本不听他的抗议。

他拍了段明炀一巴掌，转头道："放开，我去把冰激凌放到冰箱里，小气鬼。"

黎洛打开冷冻柜，将冰激凌放了进去。

厨房里没开灯，段明炀灼灼的眼神却照亮了他的视线。

"黎洛，我没有在做梦，对不对？"

黎洛微微一笑："你是在做梦。"

段明炀身体一僵。

"有我这么完美的朋友，难道不是跟做梦一样？"

"……"

黎洛戏弄成功，得意地哈哈大笑，笑完才收敛，认认真真地回视面前人。

"我在呢。"他知道此刻段明炀最想要听的是什么，"不管你做美梦还是噩梦，醒来的时候，都能找到我。"

"找到了，现在觉得你太可恶，想丢掉。"

段明炀似乎是在报复他刚才的恶作剧。

"你才不会呢。"黎洛一点儿也不怕，嚣张得很，"就算丢了也会求我回来。"

段明炀眼底含着淡淡的笑。

"我的电视都快放完了。"黎洛哼了声。

段明炀笑笑："去房间里看吧？"

“也行。”

他们回到客厅关了电视机，回到了楼上。

黎洛原以为段明炀会陪他一起看，结果段明炀一上楼就躺下了，闭上了眼。

“你要睡觉我还怎么看啊？不会吵到你吗？”

“不会，你看吧。”

黎洛无奈，只好把音量调低了一些，看了几分钟节目，还是觉得吵，低头去拿遥控器，想再调低点音量，却发现段明炀已经睡熟了。

胸膛起伏平缓，眉眼舒展开了，似乎在做一个美梦。

房内灯光微暖，电视里传来的声音逐渐成了背景音。

“晚安。”

段明炀可能从来没好好读过自己的名字，分明他才是黎明之前，最炽亮的火光。

番外二

卡！

打板器啪的一声响，宣告着最后一场补拍完成。

邓良忙不迭地小跑过去，拿毛巾帮黎洛擦去脸上的人造血浆。

“张导，辛苦啦。”黎洛龇着一口白牙，“谢谢您的不换角之恩。”

张导哭笑不得：“我哪儿敢啊，要是这当口把你换了，我得被骂。”

黎洛瞪眼：“您还真动过这念头？”

“没有，开玩笑的。”

在手机又炸掉的那一刻，邓良总算明白了一个人生道理：信谁也别信他家洛哥就是了。

如今虽然已经过去了一个多月，但网友们仍津津乐道。

好在从结果上来说，倒没有像罗鹏和邓良所担心的那样引起一些不良影响。虽然是丢了几个不痛不痒的代言，但最重要的代言和拍的电影一个没丢，已是极其幸运了。

“你也不看看电影的投资方是谁。”

黎洛换下了一身戏服，坐在车上，跷着长腿，神气得很：“那可是我哥们，导演怎么敢换人？”

“而且有些人巴不得蹭我这波热度呢，这阵子来邀我参加活动的是不是比以前都多？”

这倒是真的，邓良这一个多月电话接到手软。尽管有的厂商怕惹麻烦终止了合作，但更多的是来寻求合作的新厂商，数量比以往还要多出一倍，有些甚至开出了天价。

毕竟，打广告做宣传，热度才是最重要的。

可黎洛却一概不接：“推了推了，没空，好不容易电影拍完了，家事也处理完了，我要休息，要出去玩！”

这出去玩，指的便是之前接的那档开餐厅的综艺。

邓良想了想那综艺的设定，暂时没敢告诉黎洛是怎么回事。

车子一路开到了烁星的大楼，停车场停了辆熟悉的车，黎洛便知段明炀已经到了。

之前节目导演同意了他带朋友的请求，这次来跟他说明详细事宜，他就顺道把段明炀也喊了过来，一起听听。

好友出游放松心情，经营一家温馨小餐厅，还能大赚一笔，怎么想都是笔稳赚不亏的买卖。

黎洛想得美好，笑得也开心。

然而半小时后，他就笑不出来了。

“什么？您再说一遍？”

黎洛怀疑自己听错了，又问了一遍对面的节目导演：“我们去东北经营什么餐厅？”

导演不急不慢地重复了一遍：“北欧冷淡风西餐厅。”

“您在开玩笑吧？”

“这怎么啦，我也是东北人，我也吃西餐啊。”

“您多久吃一次？”

“大概一年一次。”

“那您要求我们二十天营业额达到二十万？”黎洛瞪向一旁的邓良，咬牙切齿，“不是说是档轻松愉快的综艺吗？”

邓良大气都不敢出，连忙转移视线，装作四处看风景。

金仁：“洛哥，这一季其实还好，上一季是去重庆经营一家养生鸡汤火锅店，没有辣锅。”

黎洛的震撼度再创新高：“那上一季的嘉宾成功了吗？”

金仁推了推眼镜：“亏了十五万，所以这一季嘉宾大换血。”

“……”

节目导演双手合十：“上一季挑战难度确实高了点，这一季难度其实还可以，而且客人都是提前预约好的，不需要你们去揽客。”

黎洛：“既然有客人为什么会亏那么多？”

导演：“我们这个节目的形式是这样的，先匿名发广告，感兴趣的客人来预约，他们预约的时候不知道是档节目。等他们来了，你们要服务好他们，让他们吃得满意。最后结账的时候，客人可以选择支付全部账单、只付一半或者什么都不付。当然，为保护客人隐私，你们嘉宾只能看见一个总金额。”

黎洛：“这企划真是……”作死的典范。

导演叹气："我知道这企划很有创意，所以我们这次真的下血本了，不求你们一定要达到目标，但起码不要像上季一样天天亏，观众都不想看了。这么有创意的企划，我不希望它因为收视率太差而被'腰斩'啊！"

黎洛："导演，您有没有想过收视率低可能是因为这个企划本身就——"

后背突然被轻拍了下，打断了他的话。

"好，我们会尽力的。"段明炀一派从容。

"你哪儿来的自信？"

等导演走了，黎洛往沙发上一趴，享受着邓良的敲背，道："段总，我一不会做菜，二不会算账，但我也知道在东北开一家格格不入的冷淡风西餐厅营业额二十万是什么难度。你这么胸有成竹，是有什么打算吗？"

段明炀仍翻阅着企划案，眼皮也不抬一下："没什么打算，大不了把你卖了，二十万总是有的。"

黎洛怒了，拍沙发而起："我就值二十万？起码二十亿好吧！"

邓良汗颜，重点是这个吗？

"那恐怕没人买得起。"段明炀依旧没抬头，"企划案上说是经营一家西餐厅，但菜单是我们自己定，我们可以让大厨做创新融合菜，更符合当地人的口味。"

"不管卖什么菜，我再重复一遍，我一不会做菜，二不会算账。"黎洛惬意地闭上了眼，"我只负责吃、睡和貌美。"

邓良抖了抖一身鸡皮疙瘩，好心规劝："洛哥，你可以负责招待顾客。"

黎洛尚未回答，段明炀先开了口："他只是说说而已，到时候出主意最积极的还是他。"

黎洛满意地笑了："还是段总懂我，知道我努力上进。"

段明炀："你自诩聪明，又爱出风头，自然积极。"

黎洛再度拍沙发而起，扬起拳头："段明炀！你最近越来越嚣张了啊，不要以为在我爸公司业绩还不错就可以嘲笑我了，不怕我收拾你？"

邓良擦了把冷汗，敢这么对顶头上司怒吼，不知道到底是谁嚣张。

段明炀总算抬眼："你收拾我？"

满满的不屑语气。

黎洛捋起袖子："你们两个，出去，我要打人了。"

邓良还想劝两句，突然被金仁抓住了胳膊在外拖。

他疑惑地望过去，只见金仁对他坚定地摇了摇头。

邓良一凛，老老实实地跟着出了办公室。走出两步，又忍不住回头，趴到门上偷听。

可惜办公室隔音做得太好，听了半天也没听出什么水花儿来，只好作罢。

一两个小时后，他家明星才从办公室里走出来，似乎没什么异常，随口吩咐了一句："就按段总说的来吧。"

等黎洛走了，邓良才敢碰碰隔壁桌金仁的手肘，压低声音道：

"金哥，你刚刚把我拉出来，是不是猜到了洛哥打不过段总？我们在里面他没面子？唉，其实也不能怪段总太凶，洛哥实在太嚣张了……不过他们俩总是这样吵架也不行啊，我好担心他们哪天真的闹掰了……"

金仁打着字的手停顿住，缓缓转过头，用一种五味杂陈的眼神看着他，接着，又摇了摇头，叹了声气："他们相互扶持着走到今天这一步，傻子都知道他们闹不掰，洛哥只是开玩笑而已。他把我们支开，应该是想单独与段总商量节目的细节，不方便让我们听见。"

"哦哦，原来是这样啊，那我就放心了！"邓良松了口气……嗯？等等，"金哥，你说的傻子……该不会是我吧？"

金仁推了推眼镜："这可不是我说的。"

邓良："……"

节目开拍当天，餐厅外果不其然地围满了粉丝和来凑热闹的路人。

好在前期拍摄是保密行程，来拍照的前线也自觉不对外透露拍摄地点，加上这处小镇算不上什么热门景点，依山傍水，人口不多。因此摄制组稍稍清空了下场地，餐厅周围便清静了许多，节目也顺利开录了。

由于是室内真人秀，工作人员全体退至餐厅外的不远处，将拍摄工作全部交给了安装好的室内摄像机。

没了人看着，虽说也是在镜头下，但感官上总是要舒服自由多了。

第一天的安排较为轻松，是制定菜谱。去餐厅后的民宿放完行李，几位嘉宾便回到了餐厅大堂。

原本节目组打算邀请五位嘉宾加一位大厨，谁承想，刚邀了前两位，就都把自己的伙伴儿带过来了，热度也绝对足够了，就没再邀请其他嘉宾。

因而此刻餐厅里，只有清一色的大男人，倒是很适合来东北开一家豪迈重口的特色菜馆。

然而他们此刻却要费尽心思制定冷淡风菜谱。

"菜谱还需要冷淡吗？"黎洛先开了腔，指了指周围，"我一走进这家店，我还以为我是来出家的。"

餐厅原老板的品位其实还算不错，墙面贴了浅亚麻色的磨砂壁纸，餐桌统一纯白色四脚方桌，铺设了清一色的水蓝色桌布，桌上只有一个细长的玻璃花瓶做装饰，里面插着一朵去了叶的马蹄莲，素雅清新。

非常冷淡，非常北欧。

在街上一溜的烧烤店家常菜馆等烟火气息十足的餐厅中，显得如此醒目且高调。

“东北的俄式西餐挺多，也挺受欢迎，但北欧冷淡风……可能不太符合我们国人的日常口味,所以我想做点创新融合菜,各位觉得怎么样？”张大厨询问。

黎洛立刻道：“明炀他也是这么想的，而且他很会做菜，不如让他帮您一起吧？”

“这……”张大厨看了眼旁边不苟言笑的男人，多少听说过这位段总的身份，有些不敢让他打下手，“小段擅长做什么菜？”

段明炀：“会一点家常菜。”

“希艾会很多。”江流深突然插嘴，“让他来吧，他挺喜欢做饭的。”

正在翻看菜谱的夏希艾抬头：“啊？我负责外堂也可以的。”

江流深：“外堂很累的，又要点菜端菜，又要随时随地伺候客人，有你忙的。乖乖地去厨房，做点你喜欢的菜，好吃的拿出去卖，不好吃的我吃了。”

黎洛一听外堂这么苦，推销得更卖力了：“张大哥，明炀他从小就一个人生活，打杂干活做菜样样都行，力气也大，还是让他帮您吧。”

江流深：“希艾也是从小一个人生活，做事细致，心灵手巧，肯定能帮到您！”

黎洛再欲反驳，夏希艾先瞪了眼江流深：“你问过我的意见了吗？”

江流深：“我……好的，我闭嘴。”

张大厨忙打圆场：“厨房忙，我需要两个帮手，你们俩有经验，都愿意来的话最好不过了。”

夏希艾回以微笑：“嗯，我愿意的。”

段明炀：“我也愿意。”

花一个下午的时间搞定了菜谱，张大厨带着两位新拜师的学徒去超市采购，黎洛和江流深则留在了店里，清点原有的食材，按菜谱准备好明天试营业所需的原材料。

黎洛切着蘑菇，江流深剥着大蒜，两位大明星都是第一回做这种事，虽然效率低下，但也算有条不紊，厨房内一片安静和谐。

等准备完所有明天试营业所需的材料后，第一天的录制便结束了。江流深拽着导演到远处，笑眯眯地聊了两句，导演立马识相地答应把下午那段厨房对话“一剪没”。

这要是播出来，那还得了。

两位明星的偶像包袱可是极重的。

晚上，黎洛洗完澡，关了自己房里的摄像机，就跑去了段明炀房里。

段明炀正在书桌前开着笔记本电脑处理公司的事，房里的摄像机也早就关了。听见身后门开了，头也不回道：“我还要一会儿，你先睡吧。”

“不困。”黎洛走到他身旁，撑着书桌，用毛巾擦着湿发，“忙什么呢？”

“冯先生在跟我交接下一季度的工作，可能到年底他就彻底放手给我了。”

黎洛有点惊讶：“这么快？接替了冯叔的位置……那下一步就是我爸的位置了，你估计还有多久能让公司利润翻倍？”

“最多一年内。”

“段总，您可真是天纵奇才。”黎洛叹为观止。

段明炀摇头，一条条跟他分析：“你爸前几个月刚翻了案，重新回到商界掌舵。最大的竞争对手一家入了狱，一蹶不振。这个时候有点眼力见儿的都来和你爸谈合作了，包括段家以前的客户。这一年你家的股价和利润飞涨是必然的，我只是搭了顺风车而已，并不是我出了多大力。”

黎洛大概听明白了：“也就是说，我爸嘴上说是考验你，好像设了一道老高老高的门槛，其实已经给你架好高台了，你只要轻松一跳就能跨过去了？”

“差不多。”

“哎，我爸这人就是这样，对人好都藏在心里。和某个人一样。”

段明炀打着字：“那是以前，我现在有什么话基本都对你说了。”

段明炀每句话都答在令他最舒服得意的点上，黎洛像一只被顺了全身毛的大猫咪，懒洋洋地伸了个懒腰，转身钻进了一旁的被窝里。

第二天的试营业堪称兵荒马乱，比第一天还让人精疲力尽。

厨房一开始倒是有条不紊，可外堂简直乱成一锅粥。两位十指不沾阳春水的“大少爷”心有余而力不足，处理烦琐的工作比拍戏还手忙脚乱。

大堂和后厨协调不统一，导致上菜速度缓慢，客人等太久都发起了牢骚，江流深和黎洛只能靠“出卖”美色把客人安抚了下来，但到最后，依然有两桌只付了一半账单。

一个中午忙活下来，营业额只有两千左右。

“杀了我吧……我从小到大就没干过这么累的活……”黎洛趴倒在餐桌上。

江流深按着太阳穴：“今天才十桌，明晚要是坐满了十五桌，再加上翻台，岂不是要累死？”

夏希艾：“明天你别来帮我洗盘子了。”

江流深一扫倦容，冲他笑笑：“没事，我得习惯一下，否则我会变得好吃懒做的。”

黎洛冷笑：“拉倒吧，江流深在家会自己洗盘子？别吹牛了好吧，注意场合，我们在开检讨会呢。明炀，你看这人——”

肩上突然一重。

段明炀给他捏起了肩。

“舒服点了吗？”

黎洛呆呆的：“挺舒服的。”

段明炀：“晚上再给你按一按，好好睡一觉。”

“哦。”

明白了，这场没有硝烟的战斗已经开始了。

张大厨在各种闪瞎眼的操作中夹缝生存，磕磕绊绊地主持完检讨会，总算把改进方案定下了——

首先，菜单还要革新。把菜的分量减少，盘子加大、价格调低，以营造更突出的“冷淡风”特色。

其次，段明炀根据经验制定了一系列推销手段，如赠送不花钱的赞助产品、消费满额抽奖等，来提高顾客的满意度。

最后，江流深提出了一个建议：“我喊两个人来帮忙吧，不然明晚正式营业真的顾不上。”

段明炀：“时间这么紧张，估计喊不到人。”

江流深瞥他一眼：“要是我喊来了呢？要打个赌吗？”

段明炀：“江先生，你没事就爱跟别人打赌吗？”

“啊？”

江流深不明所以。

“你打算喊谁？”他连忙转移话题。

江流深没说，而是问夏希艾：“你想邀谁？”

夏希艾想了想：“要不就邀苏芷姐吧，她上次邀请我去演唱会，我还没好好感谢她呢，正好这次请她来散散心。”

为什么要散心，在座的几位都明白。

江流深：“你确定她来这儿是散心，不是当苦力？”

夏希艾：“这里风景不错啊，而且我们可以分给她一些轻松的活儿嘛。”

江流深：“可以是可以，但这样人手还是不够啊，再喊个年轻力壮吃得起苦的来吧。”

黎洛脑子里有了个人选：“要不喊林澄吧，你们认识吗？他挺能吃苦的。”

这档综艺热度相当高，所谓肥水不流外人田，林澄正值新人上升期，正好能助他一臂之力。况且林澄的刻苦卖力有目共睹，这点杂活应该不至于难倒他。

夏希艾：“认识，我跟他参加过一档综艺，人挺好的，那就邀请他吧。”

江流深：“就那个很崇拜你的男孩？”

夏希艾：“不叫崇拜，我们是朋友。”

段明炀：“嗯，他崇拜的是黎先生。”

最终邀请的空降嘉宾就定了这两位。

苏芷和林澄近期没什么通告，跟他们几个又是熟识，接到电话后没说什么便答应了，第二天中午就出现在了店里，纯当来参加朋友聚会的。

“洛哥！希艾！”“小迷弟”林澄一放好行李便兴奋地冲了过来，“好久不见！”

黎洛抱了抱他，才发现他又长个儿了，几乎和自己差不多高了。

二十岁，恰青春年少啊……

“我感觉我好老。”黎洛受伤地对段明炀说，“澄澄二十，希艾二十出头，你也比我小。我已经不是‘小鲜肉’了。”

“老就老吧。”段明炀不以为意，随手拿了围裙穿上，对新来的林澄招呼道，“先去厨房帮忙洗菜。”

林澄听了立马捋起袖子：“好的明炀哥，我这就去！”

一旁的夏希艾笑道：“明炀哥真的是实干家。”

江流深眉头一皱：“你喊他什么？”

“我跟林澄差不多年纪，就跟着他喊了，有问题吗？”夏希艾困惑，“不然还像以前一样喊段总或者段先生吗？有点生疏了吧……”

“有什么生疏的，你听他喊自己哥们还喊‘黎先生’呢。”

“明炀哥，介意我这么喊你吗？”

段明炀：“不介意。”

在外堂，黎洛听罢嘲笑了一下江流深。

江流深作势要把一块抹布扔过去，“黎洛，再损我当心我把你以前尿床的事抖出去。”

“有病？那时候我才四五岁，什么都不懂好吗。”黎洛立刻对旁边的林澄说，“别把这事告诉你哥。”

林澄很听话：“嗯嗯，我不说，洛哥放心。”

“这么懂事啊。”正插着鲜花的苏芷笑笑，“是不是因为黎先生是你的偶像所以才这么听话？”

林澄不好意思地挠挠头：“嘿嘿，是的……不过苏芷姐你也是我的偶像！我听过你很多歌。”

“是吗？听过哪些？”苏芷随口问。

林澄报了几个歌名，她有些惊讶：“这么早的歌呀……我以为没几个人听过呢。”

“嗯，确实很难找，不过我还是把所有歌找齐了。歌手里面我最崇拜的就是你和希艾了，你们都是天赋型选手，我最佩服有才华的人了。”

苏芷绽开了这些日子以来为数不多的真心笑容：“谢谢夸奖，小澄你很可爱。”

林澄瞬间红了脸：“没有没有，我、我去看看厨房需不需要帮忙的！”

说完一溜烟儿地跑进了厨房，见还有一堆菜没洗，便主动担任了洗菜工的岗位。

“明炀哥，我把盘子拿过来了。”

夏希艾抱着一大摞餐盘，稳稳当当地放在了段明炀的砧板旁边。

段明炀看了他一眼，略显讶异：“你力气……还挺大的。”

夏希艾长得显小，脸庞清俊，眼瞳澄澈，看起来像是养尊处优不谙世事的少年，所以在粉丝里也有“小天使”的爱称，虽然体形不算瘦弱，但怎么看也不像是手脚利落能干杂活的。

夏希艾笑笑：“我小时候农活干多了，以前也在餐厅洗过盘子，说不上力气大，只是熟练而已。”

段明炀略一沉吟：“以前我收购龙行的时候，听说过一些关于你的事，你很不容易。”

“其实还好，我现在过得很开心，不会再为以前的事而难过了。”夏希艾手撑在料理台上，“明炀哥，我感觉你也比以前开心了很多。”

段明炀停下了刀：“我吗？怎么看出来的？”

“直觉吧……以前你看起来很严肃，我只敢喊你段总。但现在，感觉你亲切了很多，也更好相处了。”

“可能是因为解开了一些心结。”段明炀继续切起了菜。

夏希艾麻利地将切好的菜装盘，没有多问下去：“嗯，那就好。”

晚上五点，餐厅正式开始营业。

张大厨和两位学徒坐镇厨房，苏芷和林澄负责点单及杂事，剩下两位大明星负责服务顾客和端菜。有了明确的分工，加上新来了帮手，一切都有条不紊地进行着。

“这道奶油小鸡炖蘑菇怎么样？”江流深宛如交际花一般穿梭于各桌之间，面带微笑，“这是本店的特色菜，兼具西式风情和本地口味，一定让您觉得口感新奇，还带着一丝熟悉。哦，对了，本道菜由我们张大厨掌勺，夏小厨配菜，喜欢的话，我可以代为转达哦。”

江流深作为全国观众看着长大的明星，国民度极高，来吃饭的一家人从老到少基本都认识他。有了这一优势加成，逗顾客开心根本不是什么难事，每到一桌，那一桌就传来欢声笑语。

相比之下，黎洛的国民度虽然没那么高，但好歹也是近些年最当红的流量演员之一，年轻人几乎没有不认识他的，从一头走到另一头，所过之处带起一阵阵女孩子兴奋地低呼：“好帅啊！”

也有男孩子的低呼：“我也觉得！”

林澄作为打杂小帮工，在大堂与厨房之间来回穿梭，时不时地给两边传达最新情况。

“外面好热闹啊，明炀哥！”

段明炀手一歪，锅里的菜差点全炒翻了。

夏希艾忙道：“当心！”一把握住把手，替他稳住。

张大厨听见惊呼回头看了眼，笑道：“幸好小夏反应快，这锅‘天三鲜’配起来可不容易，要是翻了就得重来了。”

段明炀认真道谢：“多亏了你，谢谢。”

林澄拿了副客人要的碗筷送出去，迎面遇上黎洛。

“厨房里怎么样？还顺利吗？”黎洛问。

林澄点头：“嗯！明炀哥和希艾从下午忙到现在，准备得可充分啦。而且希艾特别能干，刚刚明炀哥还对他说‘多亏了你’呢。”

黎洛：“是吗？”

林澄正欲再说，苏芷拍了他肩膀一下：“小澄，那桌客人好像有什么需要，你去看看。”

“哦好！”

待他走了，苏芷才道：“你要是不放心，不如去厨房看看？”

“……我有什么不放心的。”

苏芷笑笑：“你应该也很希望，现在在厨房里陪着对方的是自己，被夸‘多亏了你’的也是自己，对不对？”

黎洛不得不佩服苏芷敏锐的洞察力。

他此刻心里想的确实是，要是他也会做菜就好了……这样节目里就能有更多共处的机会了，说不定还能得到段明炀难得的夸奖。

可惜啊可惜……

夜色渐沉，月上梢头，热闹的声音逐渐隐去。

送走最后一桌客人之后，餐厅里所有人都如释重负。

黎洛看了眼表，已经晚上九点了。

可餐厅的运营还远没有结束，接着又是收拾餐桌，清扫大堂，整理后厨，一通忙活下来，又是一个多小时过去，这一天才算真正结束了。

虽然累，但值得欣慰的是，这第一晚的正式营业没有出什么大纰漏。十五桌满座加上几桌翻台，营业额达到了八千余元，这么一算，二十天内达到二十万营业额还是很有希望的。

开完总结会，大家各回各房休息。黎洛洗完澡就往床上一扑，胳膊腿儿酸得动都不想动。还好张大厨体恤他们都是第一次体验这种生活，特许明天中午休息一次，养足精神晚上再营业，否则明天还要早起买菜备菜，真有点吃不消。

黎洛躺在自己床上，正打算努力起身去找段明炀，房门忽然被咚咚敲响。

“是我。”

倒是段明炀先来找他了。

“你还敲什么门啊，进来呗。”

段明炀依言进门，走到床边坐下，看着他：“累吗？”

黎洛眼皮都快抬不动了：“你看我这副样子……你说呢？”

段明炀没说什么，站起身，“放轻松，我给你按按。”

黎洛松了口气：“不用了，你今天也很累了，早点休息去吧。”

段明炀却已经上了手，先从他的肩膀开始按，力度适中，缓缓揉捏他酸痛的肌肉，没一会儿就把他按摩得舒服地哼哼，不想让人走了。

“手艺不错啊，段总。”黎洛合着眼享受服务，在镜头前毫不吝啬自己的赞美，“会做饭，会按摩，会赚钱……居家又能干，还有什么是你不会的？”

“你躺会儿，我出去一下。”

“嗯。”黎洛翻了个身，慵懒地仰面躺在床上，肌肉已经舒缓了许多，迷迷糊糊都快睡着了，才听见房门又开了。低头一望，又是吓了一跳。

段明炀端了桶水进来，肩上挂着一块干毛巾。

“你……干吗？”

“泡个脚。有助于缓解疲劳，改善睡眠。”

黎洛只好伸出脚。

段明炀问：“水温太烫吗？”

黎洛摇摇头：“正好。”

黎洛将裤子卷上了膝盖，双脚放入盆中，接着用毛巾焐住裸露在水面上的小腿，以免着凉。

“小时候，我妈就是这样给我泡脚的。”段明炀淡淡道，“后来她身体不好，就是我给她泡了。”

难怪这么细致周到。

黎洛哪儿能被看轻了：“你看我今天把客人服侍得多满意！”

“那是因为你的身份，他们当然会对你态度不一样。”段明炀泼起冷水来令人心凉，“哪家的服务员要是像你一样到处和客人闲聊，早就被投诉了。”

黎洛惊了：“你怎么知道？你不是在厨房吗？”

“自然有人告诉我。”

黎洛想来想去，觉得除了天真听话的林澄小朋友，应该没有第二个通风报信的人选了。不管有意还是无心，明天必须得好好教育教育。

“这不是为了让客人开心吗……”他委屈巴巴道，“身为公众人物，有时候身不由己，你得体谅我。”

段明炀挑眉：“你是来经营餐厅的，还是来当大明星的？”

黎洛见装委屈无效，只得投降：“好好好，你说得对。那我怎样才能取得您的原谅呢，段总？”

段明炀忽然又沉默了，过了会才说：“明天正经点。”

又很小声地加了句：“你那样子……观众可能会觉得你不认真，哪怕你已经很认真了。”

黎洛瞬间了然。

段明炀是在担心他遭受非议。

“明炀……”他撑着下巴，仔仔细细地端详面前的人，叹道，“哎，你怎么想事情就这么周到呢……”

段明炀抬眼望过来，似乎是想忍耐，可终究没忍住，笑意漫上了眼，即将扬起唇角——

黎洛立刻制止道：“不准笑。”

段明炀对这种霸道行为略显无奈，也不阻止。

黎洛这才笑嘻嘻道："段总亲自为我倒水，好感动哦，我该怎么报答呀？"

段明炀只留下句"快睡觉"，就端着桶出去倒水了。

黎洛把摄像机关了，钻进被子里，老老实实地睡觉了。

兴许是第一天开了个好头，接下来的一路竟然出奇地顺顺利利。

当然，小磕小绊还是有的，比如某天，夏希艾不小心割破了手指，江流深自告奋勇跟他互换岗位，不让他碰水。结果那一天后厨乒零乓啷、鸡飞狗跳，段明炀全程冷脸给江流深收拾打破的碗、切得惨不忍睹的菜、炒焦的锅包牛排等，到后来已是青筋凸起，咬牙切齿。

"江先生，你能别来帮倒忙了吗？"

当着摄像头说这话，算是很不客气了。

换作别人，江流深一般也就笑眯眯地认错了，他并非不讲理。但段明炀这么冷硬地一指责，他面子上就有点过不去了，非得争两句："我第一回干这种差事，工作量又这么大，难免疏漏，你能不能宽容点儿？"

"做不好就不要逞能，你还不如到外堂去，换别的人进来。"

于是，厨房里乒零乓啷的动静更大了，时不时传来张大厨痛心疾首的高呼："这菜怎么又煳了！这切的啥玩意儿啊！哎你们俩别争一个灶台啊！"

声音都传到大堂来了，客人们纷纷侧目。

"他们俩是不是吵起来了啊？"夏希艾不放心道，"我进去看看吧。"

黎洛刚想拦下他，换自己进去查看，苏芷已经一甩长发，踩着高跟鞋气势汹汹地大步迈进了后厨。

五分钟后，厨房就安静了，并且一整天都没再传来杂音。黎洛进厨房端菜的时候，发现段明炀和江流深两个人都老老实实地在帮工，竟然意外和谐。

当晚的总结会，黎洛偷偷碰了碰江流深的胳膊，问："白天苏芷对你们说了什么？"

江流深摇了摇头，叹气道："我怀疑她对段兴烨的火气还没发泄完，趁机拿我俩当了靶子，那嘴跟机关枪一样突突突，连我老师都没那么训过我……"

此时，苏芷一记凌厉的眼刀甩了过来。

在座的几个大男人都不敢讲话了。

除却这些不痛不痒的小事件，餐厅的营业可谓顺风顺水。

尽管必不可免地沾了些明星的光，但张大厨精心设计的菜谱、段明炀提出的销售建议，加上其余众位的认真努力，也都令客人们满怀期待地来，交口称赞地离去，结账时大多选择了支付全款，营业额不断上升。

短短二十天的拍摄转眼即逝，最后一天到来时，营业额已经将近十九万了。

胜利就在眼前，然而节目组为了提高难度，增加可看性，这一天，给他们设置了一个特殊的关卡：最后一晚的客人，安排的全是小镇上超过五十岁的老年人。

“这有点难办啊……”黎洛略感头大。

之前的客人以年轻人居多，对新奇事物接受度高，而且基本也都认得他们，所以才能让他们的明星价值得以发挥，如果换成老爷爷老奶奶的话……未必那么容易取悦了。

“哎，只能靠我了。”全场唯一一位拥有大龄粉丝的江流深道，“希望他们认得我。”

尽管这么说，但大多数老年人对明星的感觉并不强烈，哪怕认识，哪怕喜欢，也不一定会因此影响对餐厅的满意度，要是做得不够好，依然有可能搞砸。

江流深接着道：“老人家一般都比较喜欢看起来乖巧懂事的，我建议今晚希艾来外堂，阿洛你去厨房。”

黎洛眼一斜：“什么意思？我看起来不乖吗？”

众人皆沉默。

段明炀道：“来厨房帮我吧。”

黎洛早就想去厨房了，只不过江流深这么说忍不住回嘴而已。既然段明炀发话了，他便顺势道：“好啊，你让我去哪儿我就去哪儿，看我多乖。”

段明炀无奈地看他一眼，没说什么。

于是这一晚的分工便交换了下。

黎洛下定决心要好好干，让段明炀也对他刮目相看一回。进了厨房便将围裙一绑，袖子一捋，看起来还真像那么回事儿。

刚开始的准备工作没什么难度，客人还没来，节奏很轻松，他只需要悠哉地切切菜，打打下手就行了，没什么技术含量，就算是第一次进厨房的人，只要耐心地慢慢做，都能完成。

然而一到饭点，客人陆陆续续来了之后，厨房就完全不轻松了。

大堂不停地有新单子过来，黎洛忙得恨不得一个人掰成两半用，节奏一乱，脑子也跟着乱。尽管已经足够小心翼翼，依然摔了几个盘子，拿错了几次酱料，搞错了几次下锅步骤。

一通忙乱下来，非但没帮上多少忙，还添了不少乱。张大厨没说他什么，段明炀自然更不会说他，但黎洛自己心里一清二楚。刚进厨房时那股准备大展身手的自信像泄了气的皮球一样慢慢瘪下去，脸上也没那么神采飞扬了，只能勉强提起十二万分的精神，尽量不再出错。

“小黎啊！把那锅鸡汤端过来一下！”张大厨喊了声。

“哦好！”黎洛匆匆忙忙地去端刚盛了鸡汤的大碗，手掌一贴上去，瞬间被烫得缩了回来，不禁倒吸一口凉气。

旁边的段明炀听见他声音，立即皱眉投来目光：“怎么了？烫到了？”

“没事没事。”黎洛冲他笑笑，拿了两块毛巾垫住，忍着手心火辣辣的灼烧感，把鸡汤端到了张大厨那儿。

段明炀放下了手头的活，跟过来：“用冷水冲一下。”

“真没事。”黎洛摊开掌心给他看。虽然是烫到了，但并不严重，一阵麻疼之后，已经没什么感觉了。

可段明炀还是执拗地把他拉到了水池旁边：“冲一会儿就好了。”自己则继续去炒那锅菜了，边炒边时不时地回头盯着他，仿佛怕他溜走了似的，面目严肃，如临大敌。

黎洛忍不住笑，可笑着笑着，又觉得心里有点酸。

他从小养尊处优惯了，从来不需要干这种杂活。迄今为止的人生中，除了他爸的事和段明炀的事，几乎没操心过其他的。公司有他冯叔打理着，又有江流深这个兄弟相助。

可以说，如果人分为三六九等的话，他最败落的时候，也顶多是从金字塔顶端掉到了第二层，依然处在大多数普通人之上，从未真正跌落至底层。

即便是认识段明炀的那段日子，他放低姿态，主动想要降至底层，段明炀却竭尽自己所能，努力将他往上层捧。

他以前总自艾自怨，觉得自己人生不幸，一会儿爸妈不爱，一会儿被骗感情。可现在想想，真是少年不知愁滋味。

他分明被所有人保护得那么好，好到连许多生活常识都不知道，好到连自己做菜做家务都不需要。比起万千普通人，已是十足幸运了。

可相较之下，段明炀却知道被烫了之后要用冷水冲，知道怎样做菜会好吃，知道挨打了要吃什么药才能止痛，知道怎么在别人面前隐藏自己的情绪……

没有人一出生就知道这些，之所以知道，无非是因为无人保护、只能靠自己罢了。

“很疼吗？”段明炀的声音将他唤了回来，大概是看他冲了许久，以为他被烫得很严重。

“不疼了。”黎洛连忙将水龙头关了，擦干了手，趁着张大厨还没有其他吩咐的间隙，走过去轻轻倚靠在桌旁，低声说：“明炀……我觉得我手脚好笨啊，早知道不跟希艾换了……”

他是真的有点懊恼。逞什么强，净添麻烦，本来就手忙脚乱了，段明炀还得分神来照看他。

“你本来就不适合做这些。”段明炀道。

黎洛听他也这么说，心里有点难受，但也只能承认：“是啊，唉，算了，我去喊希艾来帮你吧，不然苏芷或者林澄也行，他们肯定都比我强。”

刚要转身，手臂却被拽住了。

段明炀一手抬起沉重的锅子将菜装了盘，一手将他拽了回来。放下锅子后，转头问他：“不高兴了？”

黎洛愣了愣，突然想起刚刚自己的语气是有点像闹别扭，他怕段明炀误会，忙道：“没有，我真觉得自己拖后腿，想换别人帮你。”

“不用。”段明炀脱口而出，又说，“我一个人也可以，你能帮多少是多少，不用出去。”

“可我好像在帮倒忙啊……”

“不是帮倒忙，你本来就不适合做这些。”

段明炀重复了两遍这句话，黎洛心里郁闷地嘀咕，这种嫌弃的话也不用说两遍嘛……

这时，张大厨喊了声：“小段！烤箱里的鱼可以拿出来了！小黎！叫外面的来端菜！”

他们俩只好又分头行动去了。

一个多小时后，厨房里热火朝天的翻炒声才渐渐停息。

黎洛擦了擦满头的汗，还不敢解围裙，怕一会儿客人又要加菜。往旁边一看，段明炀也还穿着围裙，手撑着料理台，面露些许疲色。向来一丝不苟的发型散落了几缕，贴在汗津津的额前。

他之前都挺游刃有余的，没有像今天这样累过，黎洛知道肯定是自己没帮到多少忙的缘故，不免有些内疚。随手抽了张纸巾递过去，让他擦擦额头的薄汗。

“今天对不起啊，回去我好好学学，保证以后能上得厅堂下得厨房。”

段明炀不以为意：“这有什么可学的，说了你不适合做这些，你就适合被服侍。”

上次泡脚的时候段明炀也说了这话，黎洛一时吃不准到底是真心话还是带着玩笑性质的挖苦了。

“为什么啊？你觉得我学不会？还是觉得我吃不起苦？”他一本正经地问。如果段明炀的意思是他只适合做个“大少爷”，那他骄傲的自尊心可就不允许了。

段明炀闻言，扶了扶额："黎先生，你为什么总想着要吃苦？"

黎洛："……啊？"

段明炀："以前我没钱的时候你说要跟我一起吃苦，现在我有钱了你还要跟我一起吃苦。是生活太美满了，所以想体验困苦吗？"

黎洛："我不是那个意思……"

段明炀："那是什么意思？"

黎洛组织了下语言："我是想证明我可以改变，想让你觉得我们是平等的。"

段明炀过去似乎对他们的身份地位很在意，尽管如今和好了，但保不齐仍觉得自己低他一等。

"可我不想。"

黎洛一怔："为什么？"

段明炀替他解了围裙，说道："因为你就适合做一个无忧无虑的'大少爷'。"

黎洛表情呆呆的。

段明炀继续说道："我知道你吃得起苦，但没有必要。你天生就适合被捧着，我也乐意捧着你，捧得越高说明我越有能力。别剥夺我的乐趣好吗，黎先生？"

"我没有……我就是担心你还觉得自己不如我。"

段明炀低沉地笑了声。

黎洛："好啦好啦，我知道了，真是的……你怎么越来越会说话了，以前跟没长嘴似的，现在说起来一套套的。"

段明炀："吃一堑长一智，和黎先生相处，不会说话要吃很多亏。"

黎洛笑了："所以只许你改变，不许我改变？段总，你也太'双标'了吧？"

段明炀挑了一边眉，干脆没接话，仿佛在说"我就'双标'怎么了"。

黎洛拿他无可奈何，这时，刚出去和客人聊天的张大厨回来了，道："差不多忙完了，外边可热闹了，你俩也一起出来吧！"

段明炀正要解围裙，黎洛眼疾手快地先替他解了："这点忙我还是可以帮上的，别拦着我！"

到了外边大堂，才发现外边都已经办起派对了，夏希艾不知道从哪儿借来了一套音响设备，正举着话筒演唱一首八九十年代的老歌，音色干净清冽，曲调悠扬婉转，用粉丝的话来形容，就是"仿佛吃了 CD 一般动听"。黎洛之前在厨房就听见了几句歌词，还以为是公放的背景乐。

其他人也没闲着，引导爷爷奶奶们伴着歌声拍手，说说笑笑，把客人都哄得喜笑颜开。

夏希艾唱完一首，便换上了苏芷，她朝台下望了圈，冲林澄招了招手："来，小澄，一起吧，我需要一个搭档。”

林澄摆摆手，很不好意思地说：“我唱得不好，苏芷姐，你找希艾吧。”

苏芷：“他不一定会唱我的歌。”

林澄想想也是，于是便拿起了另一个话筒，站到了苏芷身边。

伴奏一响，先是男声部分，林澄的唱功和嗓音虽然没有夏希艾那么得天独厚，但也有属于自己的活泼特色，唱得流畅又欢快，显然是很熟悉这首歌了。

苏芷微笑着聆听，赞许地点了点头，接着他的最后一句歌词唱起了自己的部分。

黎洛拉了段明炀靠在一旁的柱子上，叹道：“怎么大家都会才艺啊，我回去也得学一门，不然以后这种场合都没什么拿得出手的。”

段明炀侧目：“你想学什么？”

黎洛一歪脑袋：“学调酒怎么样？我感觉姿势很帅，也不是很难的样子，逢年过节聚会派对都可以露一手。”

段明炀：“这算什么才艺。”

黎洛：“怎么不算了？以前你当服务生的时候，我就想学这个了，又能离你很近又能赚钱，还特别潇洒，多好。等我学会了，以后你偶尔做菜的时候，我也可以有事做啦。”

段明炀淡淡地勾起笑：“行。”

歌声轻快悦耳，一曲接着一曲，原本坐在位子上的老夫妇们一对对站了起来，步入空地，牵着彼此的手，搭着彼此的肩，伴着旋律慢悠悠地摇摆着跳起了舞。

为期二十天的录制终于圆满结束，唯一的小遗憾是他们最后一晚没能达成目标，因为江流深心情甚好，大手一挥，免了当晚所有爷爷奶奶的账单。

按照节目一开始定的规则，如果没能达到二十万营业额，就要捐出双倍的款项用于慈善事业。黎洛接着大手一挥，捐了一百万。

江流深过来搭他肩：“哈哈，不愧是我兄弟，玩得起。”

“你这人也太忘恩负义了吧？”江流深对段明炀怒道，“我给你传递了那么多消息，不说声谢谢也就算了，还把我当仇人一样。”

黎洛：“嗯？”

段明炀冷淡道：“我也给你传了很多消息，扯平了，以后有机会再合作，”

黎洛：“嗯？”

他被段明炀拉出去几十米才反应过来：“原来是姓江的给你通风报信啊！”

难怪段明炀对大堂里的事了如指掌，难怪林澄被他说教时一脸莫名，竟是这两人达成了不可告人的交易！

斗不过，真的斗不过。

一回家，连着休息了数日，这一场旅程带来的疲惫才总算得以缓解。

黎洛暂时没接新戏，只跑了几个活动，到哪儿都是人山人海一呼百应，甚至因为聚集人数过多不得不取消了几个活动。

邓良反而很开心："洛哥，你的人气又涨到一个新高度啦！"

金仁依旧是中立派："洛哥之前确实带来了一大波人气，但从可持续发展的角度来看，接下来的这档综艺才是关键。如果反响好，热度就能撑到新电影上映，否则还得想其他办法在这段空窗期维持人气。"

邓良："绝对没问题！现在还没播，已经冲到综艺榜第一啦！可想而知播出后热度有多高。"

黎洛随口道："那可不一定，万一节目组乱剪呢？"

结果真的被他一语成谶。

一个月后，节目一经播出，立即横扫全平台，包下了各个综艺排行榜的第一位。两对高人气明星之间的互动和较劲本就看点十足，再加上节目组有趣好玩的后期剪辑，每期播放量轻轻松松破亿，观众看得开心——

"哈哈哈，这节目不该叫胡闹餐厅，应该叫'少爷霸总变形记'吧！"

"张大厨参加完这节目会不会觉得自己才不太对劲啊，哈哈哈哈！"

"要我看，这餐厅里最冷淡的不是装修和菜谱，是嘉宾的称呼，'黎先生'和'段总'是什么鬼？"

"我第一次知道比厨艺也可以这么拼命，哈哈哈，深艾组终于遇到了对手！欢迎收看大型'双标'现场！"

……

弹幕评论一片狂欢，各家都其乐融融，人气难分伯仲。本以为这种情况会持续到节目结束，然而播到第三期的时候，形势突发变化。

这一期内容主要是正式营业的第一天，刚开始时观众们依然各种夸——

"飞行嘉宾我喜欢！有种一大家子团聚的感觉！"

"段总真的是实干家，哈哈，人一来还没寒暄几句就把人赶去干活了，不愧是'霸道总裁'！我喜欢！"

"厨房里的两位一派和谐，大堂里的两位都快打起来了，你们怎么回事啦，哈哈哈！"

"深哥是'妖娆交际花'，洛哥是'人间富贵花'，希艾是'清泉石上花'，段总的钱由我来花！”

本期亮点颇多，观众也讨论得热烈，本该又是热热闹闹的一期，然而就在即将结束的最后十分钟，节目舒缓温馨的背景音陡然一变，气氛登时严肃紧张起来。与此同时，画面中的段明炀皱着眉头，神色不善地挑眉道：“你是来经营餐厅的，还是来当大明星的？”

语气似乎有些冷漠。

节目戛然而止，所有人的心都瞬间提了起来。

紧接着的下期预告中，又播出了几个黎洛愁眉不展的镜头，只见他进厨房端菜的时候，段明炀全程背对着他，不理不睬，他只能悻悻地离开了，好似受了很大的委屈。

节目组这么一通剪辑，观众的情绪立马被调动了起来，弹幕评论画风突变——

“怎么回事啊？吵架了？不要吓我啊！”

“段总这就是你的不对了，我们洛哥本来就是大明星啊，不可避免的嘛，这么凶干吗？”

“其实我早就想说了……段总虽然有时候挺好，但大多数时候好像都……挺冷淡的？”

黎洛皱着眉放下手机，此时，刚好厨房的门开了。

“还差一道。”段明炀将盘子放到餐桌上，对他说，“你可以进来调酒了。”

“好啊。”

黎洛挂上笑，跟着进了厨房，才发现段明炀已经帮他把酒具都准备好了，整整齐齐地排列在一旁。

好在段明炀这几天公司事情多，应该没怎么看网上的议论，此刻脸上神色如常，微抿着唇，一副冷冷淡淡的样子。

其实也不能怪网友，段明炀的长相英俊中透出一股凌厉，性格又内敛寡言，不了解他的人确实会觉得他凶。

看来不能藏着掖着了，即使不情愿，也得给网友们看看这位冰山先生笑起来有多好看迷人。

黎洛心里暗暗打定了主意，一会儿吃完饭拍张合照发出去，力证他俩感情深厚，兄友弟恭，让谣言不攻自破。

“怎么不动，是不是还没学会？”段明炀望了过来。

黎洛回神：“谁说不会？我认认真真学了一个礼拜好吗，只是在想调哪一款酒。”

“马提尼。”

“嗯？”

“给我调一杯。”

黎洛想起来了，这是他们第一次在酒吧相遇时，段明炀手里端的酒，当时还用那杯酒替他解了围。

“好啊。”

他欣然应允。先在酒杯中加入冰块，预先冰杯。随后用冰夹取了冰块放入调酒杯中，接着倒入干味美思以及杜松子酒，盖上调酒杯盖。

手起掌落，迅速摇晃，冰块在杯内撞击的声音清脆密集，动作潇洒利落，不一会儿便完成了。

“我亲手调的，你必须喝完。”黎洛过滤了冰块，将酒倒入两个玻璃杯中，不忘装点一片柠檬，剔透的酒液配上清爽的柠檬，赏心悦目。

段明炀看完了全过程，才回头继续盛了最后一道菜，端到餐厅去。

落座后，黎洛自己先喝了口，感觉调得还行，举起酒杯笑道：“今晚不醉不归啊。”

段明炀也举杯：“好。”

晚餐是几道普通的家常菜，味道却很不错。自从开完餐厅回来，段明炀的厨艺又精进了许多，可能是私下向张大厨请教了不少。

黎洛边吃边夸边聊天，段明炀偶尔回应几句，和平常没什么区别，可吃着吃着，黎洛忽然发现，段明炀似乎话越来越少了，甚至被他喊名字也毫无反应。

“明炀？”他又喊了一遍。

“嗯？”段明炀动作有些迟钝地转过头，看着他，“怎么了。”

“我还想问你怎么了呢，喝醉了？”

“没有。”

“我想也是……”

虽然不知道段明炀酒量如何，但既然他以前在酒吧打过工，想来应该不会太差。而且他现在脸色正常，眼神清明，怎么看也不像是喝醉——

咚！

不会醉先生栽倒在了餐桌上。

黎洛惊了，这才第四杯而已啊？

“明炀，明炀，醒醒。”他推了推段明炀，见对方真的毫无反应，不像在开玩笑，立即起身，把人扶了起来，“明炀，你难受吗？我带你去房间？”

段明炀似乎稍稍清醒了些，睁开眼：“不用……喝多了，有点晕而已，过会儿就好了。”

黎洛听他语气这么淡定冷静，觉得应该也没什么大碍，于是说：“好，那你坐会儿，我去给你找点醒酒的东西。”

“嗯，谢谢。”

黎洛有点想笑，努力忍住了，转身进了厨房。

他们俩平时喝酒顶多就一两杯，从来没喝醉过，他理所当然地认为段明炀酒量和他差不多，谁知道今天才加了两杯就醉了，真是措手不及，家里连醒酒茶都没有。

黎洛只好上网搜索，查到说生梨可以解酒，冰箱里正好有几个生梨，于是打算榨一杯梨汁给段明炀喝。

咚咚当当一通乱切，几个梨被切得惨不忍睹，黎洛自己也不忍直视，赶紧统统扔进榨汁机里，按下开关。

黎洛回头一看，段明炀竟然耍起了脾气。

“我没醉。”段明炀一双眼睛灼亮，语调与平常无异，要不是一开口就酒气冲天，还净说些平日里不会说的任性话，看起来真的像没醉一样。

段明炀抬起头，问他：“我凶吗？”

眼神凶恶得不行，还好意思问这话……

黎洛也冒出了火气：“凶！不跟你玩了！也不跟你喝酒了！”

黎洛拿他没辙了，早知道这人酒品这么差，说什么也不会把他灌醉的。

“段明炀，我告诉你啊，不能乱发脾气凶我，懂吗？”

“我哪里凶了？”段明炀似乎有些委屈，“你也觉得我对你不好吗？”

黎洛从来没听过他用这种语气说话，一下语气就放软了：“不是，你对我很好，我只是……”

段明炀却没有要听他解释的意思。

“我不温柔，我是很凶。”身后人忽然道。

“什么？”刚刚还委屈着，怎么又承认了？

“可我没凶过你……”段明炀低低地说，“你没见过我真正凶的样子……”

黎洛怔了怔。

好像是没见过。

“他们也没见过，为什么要这么说？”段明炀还在继续说着，声音因醉意而含混不清，“我冷淡吗？表现得不好吗？可能是不如别人……但他们懂什么？”

段明炀倾吐完，直起了身，似乎想站起来，可醉意涌上，身体一歪，差点摔倒。

黎洛连忙扶住他，看他神色依然像往常一样淡漠，整个场面却乱七八糟的，不知该哭还是该笑。

但有一点可以确定，段明炀看到了网上那些议论，并且很在意。

如果没有这场醉酒，他或许不会表露出一点介怀，毕竟他一直都是这样的性格。黎洛真的没料到，外界的质疑会让他这么生气。不过想想也是，段明炀在这方面，做出了那么多牺牲，做出了那么多努力，仅仅因为一些表象就被不了解事实的人否定，换作谁都会生气。

"他们都不懂，别生他们的气，我懂你就可以了。"黎洛半扶着他，一边安慰一边回到了卧室，将他放倒在床上。

段明炀望着他，喉结动了动："对不起……"

"有什么可对不起的？"

"我还不够好，对不起……"

"你在我心里是最好的。"

第二周下一期的节目播出后，观众才知道又被节目的胡乱剪辑坑了一回，纷纷倒戈，大夸段总，并且整整一周话题都高居榜首，风头无两。

"段总，开心吗？"黎洛咬着早餐面包，笑吟吟地问。

段明炀翻了页报纸，眼也没抬："开心什么？"

"大家都在夸你好啊。"

"他们怎么说，不关我事。"段明炀喝了口咖啡，"你知道我怎么样就可以了。"

黎洛笑意更盛，又咬了一大口面包，腮帮子撑得鼓鼓的，嚼了半天才咽下去。

"哦，对了，我昨天新学了一款酒，今晚调给你尝尝？"

……

番外三

年末的时候，黎洛的第一部电影举办了试映会，邀请了一部分媒体和影视从业者前来观看，反响很不错。消息流传出去，网上对这部电影的期待值又提升了一大截。

邓良兴高采烈，每天花式吹捧，大有一副“我家洛哥能拿奖”的架势。

黎洛本人对此倒没有多大野心，反正该努力的都努力了，无所谓结果如何。不过要是真能拿个什么影帝，杀一杀某位江姓影帝嚣张得意的气焰，也是十分喜闻乐见的。

话说回来，这些都是小事，他眼下满脑子只记挂着一件头等大事：段明炀的生日要到了。

前年他俩还没重逢，去年那时候又闹掰了，他独自伤心流浪于英国，也没做出什么表示，今年总不能再留下遗憾了吧？

然而，世事总有变数。

“月底……我可能去我妈那儿。”

说出这句话的时候，黎洛头都不敢抬，说完立刻闭上了嘴，手指紧张地抠着沙发的边缘，发出焦躁不安的摩擦声。

段明炀坐在他对面的办公桌前，对他的焦虑似乎毫无察觉，问：“你妈那儿？”

“嗯……她跟我爸离婚之后就去国外定居了，不常跟我联系，可能是觉得对不起我……这次难得说想跟我一起过新年，我……”

黎洛小心翼翼地抬眼：“我……可以去吗？”

段明炀语气平常：“随你。”

黎洛吃不准他有没有生气：“可是，如果我去的话，就不能陪你过生日了啊。”

“生日而已，我已经不是七八岁还要人陪的小男孩了。”段明炀道。

黎洛眼睛一亮：“真的啊？你考虑清楚哦，要是我答应我妈了，可就不好反悔了。”

“嗯，你打算什么时候去？我让人给你订机票。”

“我自己订就可以了。”黎洛想了想，“那我每天给你打电话，生日那天也会给你准备礼物的！”

段明炀：“不用，机会难得，好好陪你妈吧。想得起来就给我发条信息，想不起来就算了，没什么要紧。”

黎洛站起身走到他身后，讨好地给他捏肩：“就知道你对我最好了。明年一定陪你过，不会再食言了。”

“你食言也不是一回两回了，早就习惯了。”段明炀这么说着，语气却没有责怪的意思，“注意安全，回来前告诉我一声，我去机场接你。”

“嗯，没问题。”

黎洛边捏肩边看了眼电脑屏幕上的内容，随口问：“集团最近忙吗？”

上个月冯致安将手里的业务和股份完完全全地转交给了段明炀，功成身退。如今段明炀已是黎正宏之下的集团第二大股东，等将来黎正宏也退休了，便是名副其实的“段总”了。

虽然集团里的人都知道段明炀曾是对手家的儿子，但董事长器重得很。而且段明炀行事风格雷厉风行，效率极高，手底下的人对他又敬又畏，没有不服的，如今在集团的威信已经不容置疑，员工们私下都称他“铁面无情”。

说归说，也没有人真这么想。

“忙，比以前还忙。”段明炀道，“坐到这个位置才知道，冯先生过去一个人有多辛苦。”

黎洛：“那多找几个人帮你？”

“嗯，影视公司那边交给我原先的合伙人了，集团这边，也在物色培养下面的人手，过段时间应该就轻松了。”

黎洛：“你要是觉得累，就把事情丢给我爸去，他身强体壮着呢，也不帮帮你，整天无所事事的……昨天还去找冯叔下棋。”

段明炀：“我怎么敢，况且，你爸也是为了锻炼我。”

黎洛撇嘴：“有什么不敢的？我去跟他说，给你放一个月假。”

“以什么理由？”

“理由就是我要你陪我旅游。”黎洛声音渐渐压低了，“而且，你的业绩不是快达到目标了吗，正好找个假期跟我出国一趟。”

段明炀应了声：“好。”

一个星期后。

黎洛现身机场，难得地没戴口罩，大大方方地配合粉丝的镜头，嘴角噙着笑，姿势一个接一个地换，好似把机场当成了秀场。连粉丝都嘀咕了：洛哥今天心情很好吗？还是穿了品牌赞助服？怎么这么乐意被拍？

段明炀看到这段饭拍视频的时候，已经是第二天了。

“段总，这是洛哥昨天转发量前十的图片。”金仁已将链接统统整理好，发了条动态。由于他的这个账号几乎每天都会记录黎洛当天数据最高的一些信息和照片，吸引了不少人来关注，如今粉丝已经破万了。

谁都不知道这个看似只是普通粉丝运营的数据组账号背后，其实有好几位“专员”当作日常工作在做。

“嗯。”段明炀每条都认认真真看了一遍，专心致志，仿佛看的不是被吹得天花乱坠的图片，而是下属提交上来的本季度财务报表。

“他有说哪天回来吗？”

“洛哥没说。”

“那他有交代过你什么吗？”

“段总具体指哪方面？”

“比如让你去准备礼……”段明炀顿了顿，没再说下去，“算了，没事。这几天尽量别去打扰他，不重要的活动推了，解决不了的来找我。”

“好的，段总。还有件事。”

“什么？”

“今晚需要给您订包厢吗？”

“不用了。”

“好，那蛋糕还要吗？”

“要。”

“像往年一样吗？”

“嗯。”

“明白了，这就去预订。”

金仁退出办公室后，办公室里又安安静静的了。

段明炀微微恍神，环顾了一圈四周。

沙发上少了个躺着打游戏睡懒觉的身影，仿佛周围一下子就没有了生气，空气里散发着孤零零的味道。

今年也只能一个人看烟花了。

不过，起码那个人是惦记着他的。

夜幕垂落，万家灯火亮起。

跨年的晚上总是格外热闹，电视里播着元旦晚会，一家人团团圆圆地聚在一起，老人往往不凑热闹先睡了，年轻人则大多要等到零点，盼来黑夜中升起炸开的璀璨烟花，向所有亲朋好友发上一句新年祝福之后，才怀着对新年的期许美满入睡。

段明炀从酒柜里取了瓶度数较低的红酒，给自己倒了小半杯，然后放回酒柜。

他向来自制力极强，从不贪杯，也就上一次，一时大意，喝得断了片，隐隐约约记得自己似乎说了些丢人的话，醒来后痛定思痛，打定主意再也不喝醉了。

端着酒杯走到餐厅，只有餐桌上的蛋糕在等他。

口袋里的手机振了下,似乎来了条新信息,他立即放下酒杯,掏出手机查看。

可惜，只是一条下属汇报工作的简讯。

八点了……不应该这么晚的。

尽管零点刚过的时候黎洛就第一个发来了生日祝福，但是，应该还有点别的吧？

段明炀坐在餐厅里，静默地抿一小口酒，出一会儿神。

酒杯快见底了，蛋糕也没动一口。

快九点了。

手机握在手里，却迟迟没打开，发出去一句询问。

谁让他自己说了句“想不起来就算了”，就算真的没被想起，也只能说是活该。

正这么想的时候，手机终于亮了，来电人也终于对了。

段明炀立即清了清嗓，接起来：“喂，什么事？”

黎洛那头挺安静，声音也轻轻柔柔的：“没什么事，你在做什么呢？”

“吃饭。”

“还是去年那家餐厅？”

“不是。”段明炀微皱眉，“你怎么知道？”

“金仁告诉我的。”黎洛飞快卖队友，“他说你以前每年生日都会去同一家餐厅，点同一款慕斯蛋糕，待到很晚才回去。是不是？”

“嗯。”

“今年为什么不去了？”

“那是段家名下的餐厅，恐怕已经不欢迎我了。”

“哈哈，说得也是。”黎洛笑完，问，“那你现在就在家吃饭？”

“嗯。”

“面前是不是放了个蛋糕？”

明炀无声地提了口气：“没有。”

“真没有？”

“没有。”

“好吧……”黎洛似乎很失落的样子，“没有蛋糕怎么能叫过生日呢。”

“那就先不过了，等你回来再过。”

“生日只有提早过，哪有推迟过的？”

“我想怎么过就怎么过。”

黎洛扑哧笑了：“原来段总也有这样任性的时候？以后可别总说我任性了。”

段明炀一时没说话。

“不高兴啦？”黎洛轻声问，“是不是因为我不在啊？”

“不是。你打来了电话，我很高兴。”

“这么容易就满足了？那要是看到我给你准备的礼物，还不得高兴死。”

段明炀心一动：“你准备什么了？”

“看窗外。”

随着这句话响起的，是一声响亮的“砰”，仿佛有什么东西炸开了。

段明炀倏然转头，诧异地看向窗外。

恰好看见一道烟花在眼前笔直地蹿上了天。

他立即离开餐桌，走到窗户前，仰头望向夜空。

啪！

飞上云端的烟花盛大绽放，无数细碎灿烂的花火簌簌而落，绚丽如魔法，璀璨如繁星，衬得月亮都黯然失色。

一朵尚未完全消散，下一朵紧接着绽开，声音此起彼伏，形状大大小小，错落有致，总共二十多下，正是他年龄对应的数字。

段明炀怔怔地站在窗前，连正在打电话都忘了，向来漆黑的眼中映满了五光十色的烟花光芒，明亮生辉。

直到烟花声不再传来，夜空重归黑暗，他才低下头。

话音未开，视线先捕捉到了不远处空地上的一道身影，正在一步步朝自家门口走来。

“喜欢吗？我给你准备的礼物。”

随着那道身影逐渐清晰，耳边响起的声音似乎也多了一道，一道来自电话，一道来自外边。

咔嚓。是大门打开的声音。

段明炀身形一僵，机器人似的缓缓转身，那人已经站在了眼前。

“今年生日不用一个人看烟花了。”黎洛挂了电话，扬眉道，“不仅有我陪你看，而且烟花还是我放的呢，高兴吗？”

段明炀一贯镇定的表象裂开了些：“你怎么……”

“我怎么出现在这儿？”黎洛替他问了，“别怀疑啊，我确实是去见我妈了，不过呢，只是去做了下她的思想工作，把以前的事都说开了，聊了半天。”

段明炀总算从诧异中反应过来：“所以你早就订好回来的机票了？一直瞒着我？”

“是的呢，不然怎么给你惊喜呢，特意没让金仁告诉你。可不是他对你不忠心啊，是你自己跟他说的，他得优先听我的。”

“他还真是什么都跟你说了。”段明炀无奈，“看来我要收回这句话了，不然总是被你们蒙在鼓里。”

“那可不行，要不是他，我怎么能知道段总心心念念盼着我的礼物呢？怎么能知道段总订了蛋糕还装作没有呢？”

段明炀闻言，下意识地去看那个蛋糕，藏无可藏，只能轻咳了声：“我不说，是因为不想让你太惦记我。”

“真是这样？”黎洛站定在跟前，调笑道，“还是说，段总不好意思让人知道……你一个人过生日可怜兮兮的啊？”

段明炀：“既然回来了，就先吃饭。”

黎洛讪讪道：“行，先吃饭。”

晚餐相当丰盛，金仁除了预订蛋糕，也预订了晚餐，从前菜到甜点一应俱全，足够两个人吃了。

稍稍果腹后，黎洛变戏法似的掏出两根数字蜡烛，插到蛋糕上：“还好我准备了蜡烛，你怎么没让金仁准备？不敢正视自己年龄越来越大的事实吗？”

段明炀注视着那跳跃明亮的烛光，道：“不是，只是觉得……吹蜡烛这种事，有点幼稚。”

黎洛笑了：“可不吹蜡烛怎么许愿？”

段明炀：“以前许的愿都实现了，现在没什么心愿。”

黎洛：“是吗？这么灵验？既然这么灵，那就再许个愿呗，一年一次的机会，别浪费。”

“嗯。”段明炀应了，当即闭上眼，神情严肃虔诚，一看便知在许一个庄重认真的愿望。

几秒后，他睁开眼，吹灭了蜡烛。

黎洛始终在一旁撑着脑袋笑吟吟地看着他，没有出声打扰。

段明炀沉默地切了块蛋糕，将盘子递过来。

黎洛得意了，把盘子推回去："你是寿星，你尝第一口。"

段明炀没再推拒，用勺子挖了一小块，送入嘴里，抿了抿，巧克力的甜中带着一丝微苦，在口中缓缓化开。

"甜吗？"

"嗯。"

"让我也尝尝。"

"嗯，真的甜。"

段明炀站起身走了两步，却是来到了窗台前。

"再陪我看一次烟花。"